姚璎 著

39度2 轻微撒点野

Qingwei sadianye

朝華出版社

图书在版编目(CIP)数据

39 度 2,轻微撒点野/姚璎著. —北京:朝华出版社,2012.5
ISBN 978 - 7 - 5054 - 3150 - 8

Ⅰ.①3…　Ⅱ.①姚…　Ⅲ.①长篇小说 - 中国 - 当代　Ⅳ.①I247.5

中国版本图书馆 CIP 数据核字(2012)087924 号

39 度 2,轻微撒点野

作　　者　姚　璎

选题策划　杨　彬　王　磊
责任编辑　张世昌
责任印制　张文东
封面设计　小徐书装

出版发行　朝华出版社
社　　址　北京市西城区百万庄大街 24 号　　**邮政编码**　100037
订购电话　(010)68413840 68996050
传　　真　(010)88415258(发行部)
联系版权　j-yn@163.com
网　　址　www.blossompress.com.cn
印　　刷　三河市灵山装订厂
经　　销　全国新华书店
开　　本　710mm × 1000mm　1/16　　**字　　数**　360 千字
印　　张　20
版　　次　2012 年 7 月第 1 版　2012 年 7 月第 1 次印刷
装　　别　平
书　　号　ISBN 978 - 7 - 5054 - 3150 - 8
定　　价　28.80 元

01

目录 CONTENTS

39度2，轻微撒点野

第一卷　让我在青春里撒点儿野

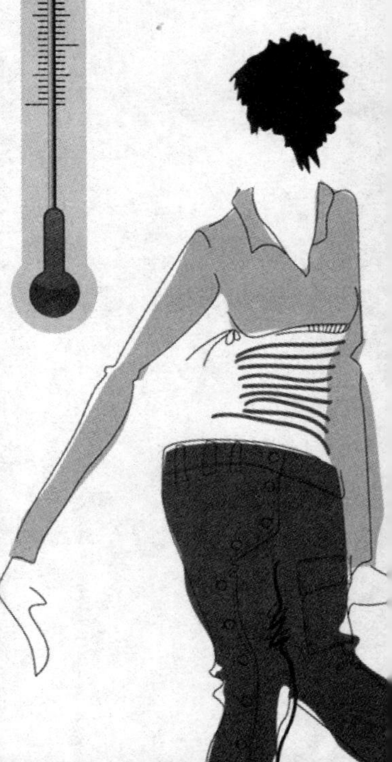

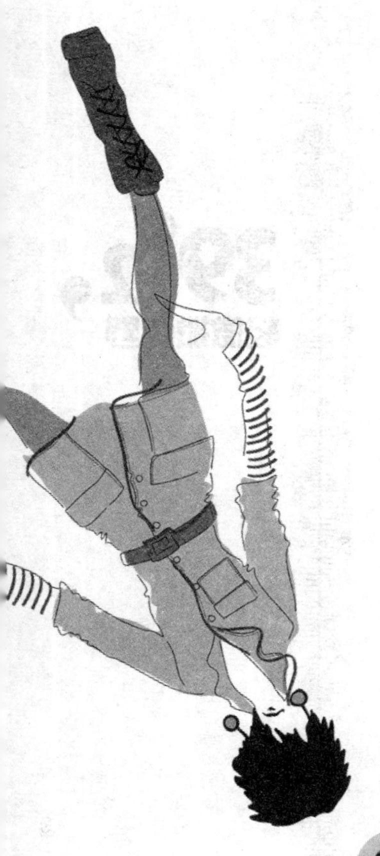

第二卷　让你在记忆里绊一跤

02

03

39度2，轻微撒点野

第三卷　让她在骚动中抽点儿风

34 36 38
35 37 39

ENTS

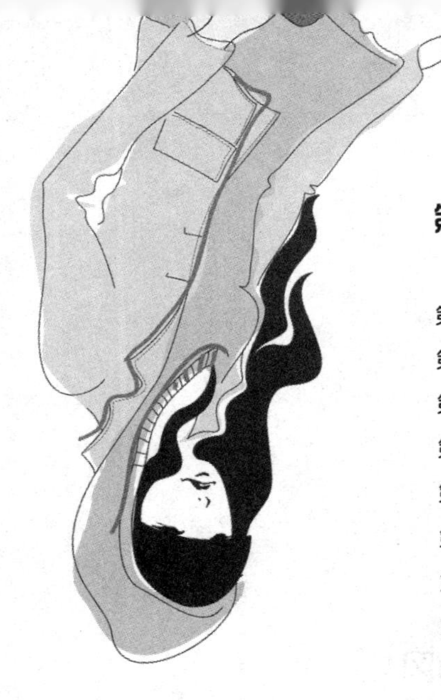

第四卷 让你在激情中撞个腰

结尾卷 让我们在绚烂中定格

04

39度2，轻微撒点野

01

让我在青春里撒点儿野

第一章
高烧 39 度 2！

晚上 9 点。B 大学附近地下室入口对面的阴影处。一个穿着黑色呢子大衣的男人在抽烟，烟头在黑暗中一明一灭，隐约照出了他俊逸的脸部轮廓。随后他打了个电话。打过之后，他抬腕看了看手表，开始数数：一、二、三！

不出他所料，没过多久就隔着马路看到一个称得上是高帅富的倜傥男人犹如踏着节拍一样，悻悻地从地下室的出口冒出头来，在寒风中还瑟缩着肩头，频频回头，一副舍不得走的样子，但原地踌躇了半晌最终还是无可选择地驾车离开。

这应是他的情敌。但感情的战役胜在知彼知己，百战不殆。他对敌人已了如指掌。情敌离开的速度与时间和他计算的分毫不差。他甚至还知晓这个男人在半个小时之内必须掐着点尽快赶到家，否则后果将会很严重。

“小舅舅，赶紧回家去吧，小舅妈会请你吃顿好的！”他目送着远去情敌的背影在心底里默默念道，不动声色地把手里的烟头摁住掐灭，然后掸掸西服下摆的烟灰，走进了阴暗潮湿的地下室。

她昏昏沉沉地躺在地下室长廊最尽头的小房间里。她在发烧，头好像有两个大，沉重得抬不起来，全身的温度也越来越高，让她满脸涨红，疲倦得只想躺在冰凉的地面上。她害怕这种感觉，就像要死了一样。她还没活够不想死，连忙在床头胡乱摸索，想再找点儿退烧药来吃，门却在此时被重新敲响了。

“咚咚咚——”敲门声还算是有礼貌，但听在她的耳朵里却像是催命符，她火大地扯过被子蒙住了头，心想这次欧阳明远就算是把门砸烂了她都不会再开门，她讨厌看到这个男人，每次看到他血压就要升高。她装死躺在被窝里，嘴唇被高烧折磨得起皮皲裂，全身软得没有一丝气力。

但是敲门声并没有因为她的沉默抗议而消止，而是有节奏有耐心地一直敲着，敲得她简直要被迫喷火了。她终于忍不住愤怒，强撑着软绵绵的身子爬起床，跌跌撞撞地摸索着走到门边，然后猛地拉开了房门，哑声怒吼道："欧阳……明远，你丫……还有完没完啊？"

愤怒的唾沫星子乱飞，喷射到达之处，却不是欧阳明远，而是全身还带着外面寒气的另外一个人！范晓鸥一呆，但这次手上的动作却比脑袋反应得更快，下意识地已经将门猛地关上去，不让这个男人进来。

但他只用一只手就轻松地将狭小的门重新推开了一条缝，他弯着高大的身子钻进了屋里，顿时让本就不大的空间更加局促了起来。

她本来就病怏怏的，哪能阻止如土匪般阴险狡诈的他长驱直入，她虚弱地靠在门框边，瞪着他，却没有力气将他再赶出去。

"你来……干什么？"她哑声说道。

"过来看看，"他用她所熟悉的冷淡腔调简单地回答，然后站在屋子中央环顾了一下四周，见屋子里非常狭窄憋屈，除了靠近窗户边的床位上还有被褥外，其余的几张都是空床板，上面空空如也，使得屋子里异常冷清寂寥。他不由微微蹙紧了好看的浓眉，说："现在就你一个人住吗？"

她冷着一张脸，忍着极度的不适，强打起精神和他相抗衡，否则她的气场就输给他了。她不想在他面前表现得很脆弱可怜的样子，便咬着唇说："你……有眼……自己不会看啊……"

难得今天他不和她的倔脾气计较，因为他锐利的眼神已经扫到了她红得不正常的脸上，他只盯着她看了两眼，便蓦地伸过一只手来。她下意识地就要躲闪，但额头已经覆盖上了他因从室外刚进来而有些发凉的手掌。

他手掌的凉意反衬出她额头的滚热，她觉得额上好像贴着一片软绵的树叶，想甩却甩不开，滚烫的额头好像还很贪恋这股凉意，挣扎了几下，更加昏沉的脑袋竟然叛变而忘记了躲开。

他用一只手掌贴着她的额头，另一只手揽住她纤细得不堪一握的腰肢，剑眉皱得更紧："你在发高烧？我送你上医院，马上走！"

"不要！"她还在嘴硬，身子软得没有一丝气力，连脚底都要冒出热气来，但她的腰肢直向后和他的大手作坚决的抵抗，使了劲不肯跟随他出门去。

"我……我有……退烧药……不去……医院……死也不去……打针好痛……"她喃喃地说着话，再也支撑不住，软绵绵地靠在了他的身上。他像一座大山，轻而易举

地就接住了她。

昏沉中觉察到他将她拦腰抱起走到床边，轻轻将她放到了床上，然后他直起身来像在窸窸窣窣找着什么，接着便有一只手伸来解她睡衣的衣襟。

即使在昏迷中她也猛地一哆嗦，伸出手在空中乱抓乱挥，不让那只手更近一步贴近她的肌肤。但那只手视她的抵抗如无物，很快有一个冰凉的小玻璃棒从她敞开的领口塞进了她的腋下，是温度计。

接着，一杯热水也递到了她的嘴边。“张嘴……”他冷漠但带了几分温情的声音在她耳边响起。迷迷糊糊的她张开嘴，温热的水顺着她的喉咙汩汩而下，有效地缓解了她的饥渴和干热，接着他喂她吃了退烧药，又将她放回到了枕头上。她的意识渐渐迷糊，头一挨到枕头，很快就昏睡了过去。

他凝视着她烧得酡红一片的脸蛋和细长的脖颈，无懈可击的冷漠和淡定的表情终于有了一丝裂缝，露出了焦急之色。他低头看了看手表，心想吃了药在半个小时之内若她还没好转的话，他就带她上医院去挂点滴退烧，免得被高温烧坏了脑子。

看着她肌肤涨红几乎要冒火的难受劲儿，他想了想，站起身来，脱去了束缚的外套，随意就往床头的铁杆上一搭，上身只穿着一件剪裁质地良好的白衬衫。他卷起袖子，在屋子里寻找到一个洗脸盆，然后出去找到公用水房，接了盆清水回到屋里。

屋里的她依旧昏沉熟睡着，他从床架上抽下一条洁白的毛巾来，浸泡在清水中，拧干，叠成条状，走到床边弯下腰去，将毛巾轻轻覆盖在了她的额头上。

她烧得实在厉害，就在睡梦中发出了满足的叹息声，头也动了一下。他的动作停顿了片刻，停留在她额头上的手没有抽开，而是迟疑着顺着她汗湿的鬓边徐徐滑落，最后停在了她姣好的脸颊上。

她脸上的肌肤依旧滑腻，只是滚烫得惊人。他浸过水的手掌给了她惬意的凉爽，她不由自主地追随着他宽大的手掌，像只烧红的小猫一样，用光滑细腻的脸颊不时磨蹭着他的大手心，弄得他的手痒痒的。这种触感丝丝滑滑的，带了一股高温的酥麻感，犹如被雷电劈中一样，连全身都有点儿战栗了。

这种销魂的摩擦滋味让人不由自主地想入非非，却让他像被烫着了一般，猛地将手抽离了她的脸庞，然后转开头，平复着自己有些纷乱的情绪。

他坐在床沿，静静守候着高烧中的她。半晌之后，他从她的腋下轻轻抽出了温度计，对着地下室里昏暗的灯光仔细一看：39 度 2。

看来真的是发高烧了，而且烧得还不轻。他盯着温度计又转头看着床上的她，心头一贯的镇静被打破了，取而代之的，是不安的焦躁。

他想了想，用有力的胳膊抱起了软得犹如一团棉花的她，一只手端着水杯不停喂她温开水，大半个小时后退烧药起了作用，她开始发汗了。出汗的滋味很难受，她的头在枕头上辗转着，想从蒸笼一般的被窝里钻出来，她汗出如浆，浸透了里外三层衣服。

但他坐在床沿，手臂犹如铁钳紧紧夹住她，不让她乱动。既然出汗了那就要出到底，体温才能降下来。不一会儿，她的全身都被汗水湿透了，头发也纠结成一绺一绺，湿漉漉的。

他看着犹如刚从水里捞出来的她，心知出汗多的话要及时擦干身子并及时更换衣物，否则很容易着凉感冒。于是他放开了她，站起身来到她的小衣服箱子里找到了一套家居便服。她的睡衣款式相对比较保守。

但箱子里还有几套干净而素洁的内衣内裤却吸引住了他的目光，昏暗的灯光下，他那张英俊的脸好像微微红了红，不过他的神情一贯清朗无波，并不太容易让人注意到他情绪的变化。他神情还算自若地拿着那套里里外外的内衣走到床前，弯下身去，轻轻拉开了她的被窝。被子里顿时冒出一股热气，躺在被窝里的她就像一条刚蒸熟的清蒸武昌鱼一样，全身热腾腾的带着水汽。

他加快了手上的更换动作，唯恐她再次受凉。多年已经养成警觉习惯的她即使在昏沉中也还是感觉到了不妥，她感觉到胸口一松，便如受惊一般乱抓，这次她抓住了他的手臂。迷糊中感觉出他的手掌准备挣脱出她手的束缚，有再次活动的趋向，她连忙用力拖住他的手臂，将他的手掌重重地压在自己的胸口上，不让他的手再在她身上乱动。

她不知道这一招简直弄巧成拙。他的大手覆盖在她已经半褪去内衣的胸脯上，有血液从他的脚底直直升起涌到了他的脑海中，他的俊脸猛地便红了起来。“放手，晓鸥，我给你换衣服呢，松手……”他低下头对昏沉中的她说道，但她只是牢牢抱紧了他的胳膊，怎么也不肯让他再动。

他一时间抽不出手，又怕大半身都光裸着的她会再次着凉感冒，迫不得已他只好倾身向前，想用身体护住她免得被地下室屋子里微微的寒风吹到，却没料到她却不安地动了一下身子，他的手臂一歪，整个上半身失去平衡，扑在了她的身上。

他连忙要从那柔软温热的身躯上支撑起身，可是在他抬起头的时候刚好她转过头来，她的嘴唇贴着他的下巴，她因为高烧而变得异常殷红的嘴唇微微翕动，他听到她在迷迷糊糊地呓语：“聂……大哥……别……丢下……我……”昏沉中她好像很伤心，一行行的眼泪不停顺着她的眼角流下，他看着无助的她，不由用力抱紧了她，想

给神志不清的她在梦中一点儿安慰。

她光裸的手臂松开了他的手，摸索着环绕上了他的脖颈，迷糊中她将还有点儿余烧火热的脸贴上了他的脸颊。她嘴里的气息就在咫尺，绵软的身体在他身下起伏颤抖。他是个正常的男人，加上此刻心头突然涌起的怜惜与渴望，让他不由自主放下了所有的城府和顾忌，他微微闭上了眼，感受着这种亲密和暧昧的接触。

两张脸亲近地互相摩挲，两张唇好像也在需求着慰藉，他先找到了她的嘴唇，先是蜻蜓点水般轻触，她在昏沉中觉察到了那种熟悉安定的气息，她搂住他的脖子不放，一张红唇迷乱地追随着他温热的嘴唇，想要索取更多。

他终于无法自控，他低下头来，用力堵住了她启开的红唇，两张火热的唇犹如磁石一般，贴在一起难舍难分，舌尖不住在彼此的口中翻搅纠缠，几乎融化在了一起……

她觉得自己犹如在不能脚踏实地的云端飘浮，本来已经退去高烧的身体好像再一次烧热了起来，她不安地扭动着身体，两只手无力地推着胸口那颗将她弄得很痒很酥麻的头颅，“不要……”她脑袋里依旧混沌一片，但是神智依稀回来了一些。

“唔……别……别碰我了……好热……累……”她弓起身子，高烧才退的身子虚软，瘫软得像一摊流水一般，再也收拾不起来。

她的声音虽轻，但足以让向来对自己严苛自律的他稍微清醒过来，他犹如被火烫到一般从床上跃起，床铺太矮，他的头还磕到了头顶的铁架，发出了咣啷的巨响，使得他倒抽一口气。

他独自坐在床边，感到了羞愧。身体的欲望还难消散，带着一股强憋住的胀痛。但他却不敢再对她有任何的非礼行为。她还在昏迷中，他却趁人之危，简直不是人，和畜牲有什么两样?！他为自己的失控行为而感到深深懊恼，虽然很多年前他也曾这样亲吻过她。

他稍稍喘息了片刻，想起她还光裸着，连忙先拉过被他们踢到床下的被子将她裹住，掩去了让人心神荡漾的所有春色，急剧跳动的心这才稍稍平静了下来。

幸好她还没有醒，他差点儿破了多年前对自己定下的戒律。他有些懊恼地用手掌揉揉脸，等自己激狂的冲动过后，才重新替她将身体擦干后穿上了衣服，又将被子替她盖好，方才重重吁了一口气。是她发高烧出汗，他却好像也感冒发热一般，出了一身的热汗。

……

她终于从混沌的意识中完全清醒过来时，已经是清晨时分。黝黑的屋子里透露出淡淡的亮光，她翻转了一下身子，觉得全身乏力，但脑子里却没有那种难受的闷沉感觉，烧已经退了。她蜷缩在被子里，慵懒地团成一团。她还想眯缝起眼睛睡一觉，却猛地想起了什么，连忙从床上勉强支撑起身子，惊见对面空荡荡的光床板上好像横卧着一条人影。

她裹着被子蓦地坐起身来，虚软的身体却一歪，又躺了下去。她发出的动静惊动了对面床上的人影，他的声音猝不及防地在昏暗中响起："你醒了？"

听见了他的声音，她紧绷的神经才稍稍放松了下来，但她依旧没有放松警惕，靠在床头紧紧盯着对面床。她恍惚中看到他站起身来，摸索着开了灯，他身上的衣服虽然皱巴巴的但还算整齐，昨夜他和衣而卧。她连忙用手挡住刺眼的灯光，眯缝着眼一声不吭。

他的身影晃到了她跟前，接着他的大手覆盖在她的额头上，试探了一下温度说："你退烧了——"他的声音低沉，带着一夜未眠造成的暗哑。

她怔怔半天，才迟疑着开口："你……你昨晚……没走？"

他说："能走得成吗？我若是不在，今早晨警察该破门而入了！"说着收回了手，坐在她的床边，头发有些蓬乱，沉默着不说话，神情好像有些不太自然。

她没注意到他微异的表情，她虽然对他还心存不甘，但见他昨夜照顾了自己一整晚，心头还是有些感激。她悄悄叹口气，低着头拉着被子，但动作却在看到自己身上穿着的睡衣时猛地停住了。

"你……你帮我换……换的衣服吗？"她有些口吃地问着他，吃惊地抬起眼看他。她清楚地看到他的脸上浮起可疑的红，少了平时当她上司时所表现出来的敏锐和冷静，接着她听到他有些急促的解释："昨晚……呃……你流了太多汗，不换的话又会着凉，所以我……我就自作主张替你换了……"

"你……"范晓鸥一时间不知道该说什么好，责怪他好像不近人情，毕竟他是在帮她，可是总也不能露出高兴的微笑表示荣幸之至吧，她还是个未婚的大姑娘，而且全身，全身都被他看完了！想到这里她涨红了脸裹紧了被子无言以对，空气中顿时弥漫着一种无形的尴尬和不自在。

"你饿吗？我出去买点儿粥。"他局促地说道，然后也不等她回答就起身走到门边开了门，快步走了出去，好像害怕她会继续追究他的罪行一样，先行逃避而去。

她咬着唇盯着他的背影，看着门在他身后缓缓关上，她搂着被子费劲地坐起身来，其实昨夜的事她大多记不起来了，但是有些片段依稀还有点儿模糊的印象。

这些可疑的印象让她脸色开始不自然地红了起来，她咬着唇思忖了片刻，刚刚发烧过的脑袋经不起太多的思考，又开始疼了起来。她只好不再去想，只是靠在床头发愣。

他买了粥回来，他离开的时候太匆忙，就穿着白衬衫出去了，连外套都没穿。她听到他回来的动静也没有睁开眼，但逐渐涨红的脸说明了她全身的不自在。其实彼此心里都亮堂得犹如镜子一般，只是心照不宣。

“喝粥吧！”他倒了粥给她，她见他向她倾身，不由微颤了一下然后向后缩了缩。他就把粥给她搁在床头的几案上，然后倒了开水，把药放在旁边。他观察了一下，又继续弯下身，端起藏在桌子下的脸盆，那里面盛着昨晚她换下来的脏衣服。

她看到了他的动作，意识到他想做什么的时候，连忙从床上坐起身来，发急道：“你、你放下，等我好了……我自己来……”

但他像没听见一样，端着脸盆再在墙角拿了一包洗衣粉就出去了，出门之前他背对着她说：“不想死就快把粥喝了，再把药吃了！”说着便走了出去。

公共水房里，个头高挑帅气逼人的他自然遭到了一堆早起的租客的围观，尤其是那些老少中青年妇女，悄悄地打量着他，不时窃笑，估计在心里揣测他是哪家新搬来的地下室住户，不仅外表出众，而且还很贤能，竟然帮他老婆洗内衣和内裤。

他的脸色也有些不自在，他从来没替女人洗过衣服，更何况是私隐的内衣。但他还是靠着自己严谨认真的个性，将她换下来的睡衣和内裤清洗干净，漂洗过后再拧干。然后才慢吞吞地端回屋去，留下身后一堆窥探的眼睛。

他进屋的时候，第一眼就看到了桌子上的粥和药都没动，他微微蹙眉，说：“怎么不吃啊？还想继续烧着吗？”她一声不吭，脸上的红晕还在，微微闭着眼，好像睡着了。

“赶紧吃药了再睡，”他才不会被她蒙混过去，说：“昨晚你烧到39度2呢，你说你的脑袋这么二，为什么连发烧的体温都带了2呢？”

她果然没睡着，听见他的调侃，她猛地睁开眼，朝着他反击道：“你才二呢！你全家都很二！”她的声音有点儿哽咽。他说得也没错，极其自卑的她这么多年一直在北京的夹缝中生存，连高烧都不敢烧高了，只能二着，因为孤零零的一个人，她怕没人给她收尸。

可是还未说完的话在看清他手中拿的是什么东西的时候便哑了。

她的那条棉质小内裤正在他的大手中握着，被拧成了麻花条状，在欢快地滤着水呢！

“有力气骂人那就是没事了。”他倒是不介意被她骂，见她精神抖擞地反击他，心中的石头总算放下了。他站在门边，把她的内衣和内裤用夹子挂好。地下室里找不到晾晒的地方，大家在冬天里都是把衣服挂在门后边。

他一通忙碌，没留意她的脸红得像红布一般，她实在是没脸见人了，竟然让一个大男人替她洗内衣和内裤，她觉得身上好像有火，羞得连后背都火辣辣的。好像再次高烧到 39 度 2。

唉，他说得没错，丫的，人头猪脑的她真是太“二”了！

其实她本可以不用这么“二”，可是不知道为什么无论她如何努力地想证明自己已经长大，在他面前，她永远都是那个还未成年的女孩。在他眼里，她永远都是那么“二”，那么傻冒。其实她已经是个二十二三岁、大学已毕业的女孩儿了。

当年她为了一枚邮票千里迢迢追踪到北京，或许从来也没有想过，她的人生会和这个替她洗内裤的男人联系在一起。有很长的一段时间里，她生命中唯一的信念就是要找到那枚邮票，顺道将那个叫“欧阳明远”的男人碎尸万段。

她努力朝着自己的目标前进，走的本来是一条直来直往的羊肠小道，谁知道在命运的拐角处，竟然偏离了原来的方向，从此踏上的便是一条剪不断理还乱的不归路。

对于她来说，命运就是个九连环，刚费劲解开了一个环，谁知道还套着另外一个环。

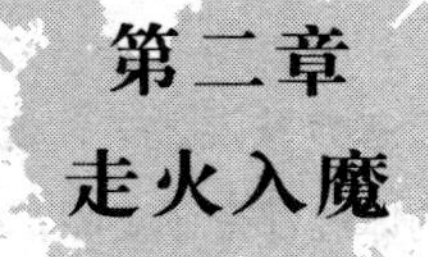

第二章 走火入魔

2002 年。那个季节还没下火爆的“2002 年的第一场雪”。夏天，七月流火。

炎热的午后，知了在榕树的高枝上卖力地叫个不停，让人听着犹如背后着了火。天气预报说今年夏季气温高达 39 度以上，因为高温，一切都仿佛堆挤在一起发酵，连血液都涌到皮肤表面在散热。不过部队大院里栽种了不少绿荫茂密的白桦树，所以

躲在枝繁叶茂的树下，倒很阴凉舒爽，并不燥热。

聂梓涵满身淋漓的汗，腋下夹着一个篮球，单手扶着自行车把，却自如地控制着自行车风驰电掣地冲进大院，门口就有一棵银杏树，树冠庞大，迎面就是翠绿颜色，他眼前强烈的光线顿时一暗，燥热的身躯立刻感觉到了树荫的阴凉。

“聂梓涵，聂梓涵!”他微微舒口气，突然听到门口的警卫员在叫他。他连忙捏住刹车，两条长腿拖着地，警觉地四下张望了一番，然后才下车，来到门口警务室。

警卫员把一个大包裹从窗口里递给他，他微怔，站在窗边说了一声：“又这么多?”

警卫员是个圆脸的小伙子，并不回答聂梓涵，只是眯眯笑。聂梓涵不再理会他，伸手接过大包裹，沉甸甸的，看样子里面装得很满。

“我舅舅送来的?”聂梓涵问了一句。警卫员点点头。

“他留什么话了没有?”十九岁少年穿着打球的白色背心，一条洗得泛白的绿色军裤，短短的板寸头，清瘦身板已经开始挺拔舒展开来，棱角分明的嘴唇上方有着毛绒绒的胡子，黑亮的眼睛因为强烈的太阳光而眯缝起来，额上淌着密集的汗珠，面貌尚留稚嫩但却语气老练地问着警卫员。

警卫员有些踌躇，估计犹豫要不要原话转达。聂梓涵抬眼，狭长的俊秀眼眸微微上挑，瞳孔里有着少年鲁莽的焦躁。警卫员连忙对他说：“欧阳同志说——这是最后一次替你转交了！哦，还有——”后面半句又停顿住了。

“还说什么?”聂梓涵不耐烦地问。

“他说，你这个臭小子，再敢假冒我的名义去征婚，毁我英名，小心我把这事给抖出来，让你吃不了兜着走!”这次圆脸的警卫员一口气将原话转告完，然后就不吭气了。

聂梓涵愣了愣，故意忽视小警卫员脸上强憋的笑意，只是从鼻孔里低哼了一声，用手提着那个包裹，扔在自行车后座上夹住，然后用原先的潇洒姿势抬长腿上车，飞速朝着自己的住处骑去。

聂梓涵和爷爷聂道宁还有父母住在一起，军区大院33号独院。还没到吃饭的时间，父母和爷爷都在各自的房间里，聂梓涵一进门，先把球放在客厅里的角落里，然后提着那沉甸甸的包裹悄无声息地就上了二楼自己的房间。

在宽大的书桌旁，他拆开包裹，从里面倒出了将近一两百封信件来。信封有白色的、蓝色的、牛皮纸的，形状大小都不一样，但他没心思细看信件的内容，而是心急地一封封看着信封上的邮票，想找出几张具有收藏价值的来。

信件铺开来太多了，桌子上摞得高高的，散开得全都是。聂梓涵在一堆信封中埋头苦找，半晌，他的动作停住了，总算找到了一封他一直期盼着的信件。

他看着上面娟秀拘谨的字体，深吸口气，小心翼翼地将信封拆开来。果然不出所料，他在信封里的信纸夹页中看到了一枚蓝色的邮票。

蓝军邮！他屏住呼吸，从书桌上的集邮册盒子里拿出一把镊子，然后动作谨慎地从信封里将那枚蓝色的军邮夹到了集邮册里。那里已经有两枚黄色和紫色的军邮，加上这张蓝色的，他就凑齐了一套三张军邮，还是新的，品相很好。

黄色和紫色的军邮是他从爷爷那里得来的，爷爷起初死活都不愿意给他，后来经不住他的软磨硬泡，于是便落到了他的手上。只是爷爷说："这套邮票少了蓝军邮，就凑不齐一套了……"从那以后他就想尽办法凑齐这套军邮。

少年的心脏因为这个意外所得而不住怦怦乱跳，犹如看到了梦中情人一般无法自控。兴奋与喜悦的心情让他大发好心地顺带看了看信笺，来信的主人他并不陌生，他猜她只是个十三四岁的小女生。

和一般的征婚回执不同，这位小女生却是交笔友来的，看来现实中她应该没几个朋友。为了这三枚一套的邮票，他曾和她通过几封信，信笺上满纸都是小女生的憧憬和幻想，他本来不屑和这种不成熟的小女孩多聊，但看在她随信寄过来的邮票分上，就勉强敷衍了她几句。

这小女生却当真了，把他当做倾诉对象，锲而不舍。他摇摇头，顺手拿起信封看了看，"范晓鸥"三个字映入眼帘，名字签得有些局促，都挤在一起，犹如她的性情一样，拘谨且小家子气。聂梓涵兴致乏乏地将信封扔到一边，然后继续挑有价值的信件来寻宝。

征婚的回信很多，大多数的人都附带了回邮信封，看来他发布的征婚启事有点儿效果。这则杂志中缝的征婚启事花了他150元零花钱，让他有点儿心疼。他本来的零用钱就不多，150元可以买好几张新出的生肖邮票了。若不是最近这段时间他集邮有些走火入魔，大学同班有男生这么试过并收获不浅，他也不会想起来用征婚这招来集邮。

聂梓涵又挑了几张有价值的邮票，然后用剪子把邮票连同背面粘住的信封纸一齐剪下，拿了个牙缸将邮票浸泡在水中使胶水溶化，这样邮票就会与信封分开。平时有些急躁的他专注地进行着这些烦琐的工序，很有耐心，好像在绣花一样，一点儿都不

急躁。

午后的阳光照射在小楼的房间里，给他饱满的额头投下了光晕的阴影，他挺直的鼻上有细细的汗冒出，他却维持一个姿势不动。终于将邮票泡到了适宜的程度，他轻轻洗掉残余胶水，把邮票放在玻璃下压平晾干，一件精美的战利品就这样诞生了。

聂梓涵小心翼翼地又将战利品夹进了宝贝集邮册里，嘴角这才露出了满意的笑。

第三章
有一本煽情的杂志叫《知心》

这世上有些人对你好，是因为你对他好；而有些人对你好，是因为懂得你的好。

那年范晓鸥十五岁。觉得自己挺幸运的，世界上千千万万个人，唯一谈得上话的人就懂得自己的好。她所居住的地方是南方一个不知名的古镇，交通比较闭塞。小镇的发展慢，那时网络伊妹儿还没有完全进入小镇，获知外界的信息一般靠写信和打电话。

当时她最宝贝的消遣物什就是一本已经掉页看不出期刊号的《知心》杂志，多年后当从电视上看到网络红人凤姐郑重其事地宣布她研读的人文社科类书籍是《故事》和《知心》时，范晓鸥心里顿时有如遇知音的感觉。

不过相对于凤姐急于表现有思想内涵的招摇，范晓鸥则相对要低调一点儿，因为她知道思想这东西就像内裤，人人都要有，但不能逢人就证明你有。

那期《知心》很陈旧，却一直被范晓鸥珍藏着，都快翻烂了，范晓鸥感兴趣的却不是书里的情感故事，而是另有乾坤。

书中间夹页的地方已经脱线，而少女的秘密就藏在那本杂志的中缝里。那里有很多则征婚交友启事，其中有一条的内容范晓鸥早就滚瓜烂熟，甚至倒背如流。

“欧阳明远，男，祖籍北京，二十三岁，英俊潇洒，大学毕业，喜爱集邮和诗歌，现觅与我有相同爱好之性情温婉女文学青年，一同风花雪月，互相交流人生感悟，有意者请来信，地址：北京市海淀区白桦路 36 号，邮票用完，来信请附回执邮票。勿访。”

范晓鸥也是无意中看到这则征婚交友启事的，顿时如获至宝，觉得自己花了一根冰棍的钱从胡同孩童手里骗来的这本沾了烧饼油渍和煤灰的杂志简直物超所值。

首都北京，一直是她心目中的天朝圣地。由于是在南方长大的孩子，她对北方的风土人情很是向往，父母以前经常跑长途运输，总是对她说起北京美好的风光，冬日里白雪皑皑，秋天满山红叶，夏天清荷池塘，春天翠柳飘扬，那些梦幻般的描述都给范晓鸥留下了深刻的印象。

于是当欧阳明远的征婚启事在过期的《知心》杂志上被她发现之后，她那颗少女的心顿时怦然萌动了。确切地说，也并不是春心大动，而是出于对神秘北京的向往而引发出的少女倾慕之心。算得上是早熟少女的她壮着胆子给欧阳明远发去了一封请求交友的信，信中夹贴了一张她从爷爷集邮册上扯下来的邮票以示交好，但信寄出去却犹如石沉大海，一点儿水花都没溅起。

范晓鸥心里有些失望，不久后便将这件事淡忘了。可是没想到，不久后的一天，她却突然收到了欧阳明远给她写来的回信。他的字隽秀跛扈，很漂亮，有几个字还划破了信笺，力透纸背。他的回信也只是寥寥数语，大意是感谢范晓鸥的应征，不过因为她的年纪尚小，他希望能和范晓鸥做朋友。范晓鸥自然高兴地应允了。

两人从此就开始了鸿雁往来，相比较于范晓鸥的多话，欧阳明远的来信却如第一封信那般言简意赅，寥寥几行字，一点儿废话都不多写。不过即使这样，范晓鸥也很欣慰。她是第一次交笔友，这成了她的一个小秘密。她在信中向他倾诉她内心的忧愁与心事，好像写日记一样，源源不断地发泄着情绪。因为有了这种情感的宣泄渠道，原本内向忧郁的她竟然渐渐变得开朗起来。

范晓鸥将自己的这种转变归功于欧阳明远，她对他产生了一种朦胧的情愫，等他的信成了她灰暗生活中唯一的希冀。

她在信中听说他喜欢集邮，集邮册里还空了一大块，于是她翻箱倒柜地找到了爷爷的集邮册，从里面悄悄地抽出了几张她认为比较好看的邮票来，夹在信纸中给欧阳明远分几次寄去。果然，欧阳明远收到邮票后，来信中的语气也变得亲密起来。

范晓鸥简直受宠若惊，于是越发对欧阳明远掏心掏肺，她特意再次找到了爷爷锁起来的一本小小邮票册，那本邮票册里三张一套的邮票已经被她监守自盗，只剩下一

张蓝色的邮票，她想了想，便将最后的那张蓝色的邮票也一并寄给了欧阳明远。

这下，他该对她更热情了吧，会不会来信邀请她去北京观光旅行？见面了会不会拉着她的手嘘寒问暖？会不会用一双多情的眼睛望着她？假如可以，那是多么浪漫的一件事呀，她怀着一颗憧憬的少女之心思忖着，脸红红的，简直寝食难安了。

她和他的“月朦胧鸟朦胧”的爱情，假如也能写上《知心》杂志，也许就该套用那篇《一颗心与一头牛：美国穷妈妈本色的爱》的标题，也写一个《一张邮票和一个少年：花季少女纯洁的梦》的故事，该有多轰动和热烈啊！

俗话说人类一思考，上帝就发笑。思考中的范晓鸥浑然不晓得自己被上帝嘲笑。

很多年以后，她才发觉当时的自己明显是中了《知心》的毒。后来者谁都比她聪明，人家管这种煽情夸张的絮叨，叫“冷艳优雅”的知音体。

第四章
玩物丧志

聂梓涵喜欢独处，不太喜欢热闹。集邮是他简单的爱好之一，却又无比执著。

蓝军邮的意外所得让他有些喜出望外，没事他就会拿出集邮册来观看，那股热乎劲儿不亚于高尔基说过的“犹如饥饿的人扑在面包上”。

午后，他正热切地扑在集邮册上，肩头上突然被拍了一下：“梓涵，爷爷看你来了！”

听到突然响起的声音，聂梓涵条件反射地就从桌边立刻跳起来，跳得太猛，膝盖磕在了椅角上，他顾不得疼痛，连忙站直了身体，对着那个人影响亮地开口叫道：“爷爷——”

耳边传来了爽朗的笑声，聂梓涵定睛一看，立刻松了口气：“小舅舅，是你？你不知道人吓人会吓死人啊！”话说完，他抹了一把脸上淌下来的汗，俊朗的脸抽搐了一下，转身就要把集邮册合上。

来人身材不高，但面容清雅，表情温和，他笑着说：“怎么，不欢迎我?”这位就是聂梓涵认为人神共愤的舅舅欧阳明远了。这舅舅和外甥因为年纪相差不了几岁，玩地好像可以穿同一条裤子。欧阳明远是有名的花花公子，上大学的时候就无心学业，腾出来了时间和精力专门用来泡妞。直到大学毕业后还有女生跟在他后头寻死觅活的。因此欧阳明远对杂志上那则土得掉渣的征婚启事非常不以为然，认为是有损他泡妞高手的威名，若不是看在聂梓涵的分上，他才不会丢份儿到这种程度。

但聂梓涵却不买他的账，在学校，聂梓涵也是个风头甚劲的人物，因为他有一张令人着迷的脸，如古希腊雕塑般轮廓分明。班上的女生说聂梓涵的眼睛里常含“离忧之思”，既深沉又迷茫，犹如深潭使人痛惜惹人怜爱让人想入非非继而不能自拔云云。只有欧阳明远知道聂梓涵的“离忧之思”代表着什么，那就是：小爷没钱用了。

聂梓涵对欧阳明远的聒噪装没听见，依旧摆弄着手里的集邮册。因为刚获得宝贝，所以眼睛里的“离忧”暂时告老隐退去了。欧阳明远却眼尖，立刻发现了那套醒目的三枚邮票，见过世面的他，也不由为这三枚邮票惊叹：“啊，小子，真有你的，竟然被你搜刮到了这么珍贵的邮票！说，哪来的邮票?!”

聂梓涵聪明地不回答。

但欧阳明远在看到那堆被聂梓涵翻得七零八落的信件后，不由后悔不迭地说：“是从信里掰出来的吧？早说这样，我刚就不把信转给你，留着自己独享了！”收到包裹后，他本来是想亲自开车送过来的，但临时先送第六任女朋友回去，所以就把包裹寄存在门卫处，让正在本城上大二不住校的聂梓涵回家后自己去拿，没想到就这么错过了绝世珍稀。

“这是我的，别的还有，你自己找吧。”聂梓涵把集邮册紧紧攥在手里，用下巴努努那些被他蹂躏过的信封对欧阳明远说。

“你也太小家子气了吧？那些破烂我还看不上眼，我啥也不要，你把那张蓝军邮让给我，怎么样?”欧阳明远对聂梓涵说道。

假如他没看错的话，这套以八一军徽为主图案的邮票是珍稀的第一套“军用”邮票，全套3枚，底纹分橘红、紫、蓝3种颜色，行家称之为“黄军邮”“紫军邮”和“蓝军邮”。因为发行量很少，算是珍品。如今市面上一枚都很少见，聂梓涵即使是集邮世家出身，但能从这堆征婚回邮里淘到这套完整的宝贝，也真称得上是一个奇迹了。

“不给！”聂梓涵直截了当地拒绝了。

“喂，怎么说我也是你舅舅，你还是冒用我的名义征婚的，现在过河拆桥，转眼就不认人啦？”欧阳明远半真半假地说道。

聂梓涵用手指隔着薄膜抚摩着那套邮票，嘴角挂着一丝幸灾乐祸的微笑，说：“谁让你不亲自出马拆信件？说好帮我的，可哪次看到你动手啦？你不是还没结婚吗？我妈和外婆都快急死了，邮票你就甭想了，应征的人正好有现成的，你可以随便挑！”

说到结婚欧阳明远嘴角就抽筋，他才不上聂梓涵的当，他是自由身，哪那么容易被人套住。正准备再言入正题，拿到那套珍稀邮票，眼角瞥到一抹威风凛凛的身影，脸色顿时变了。

然后聂梓涵听到欧阳明远在低声地告诫他：“聂梓涵，你爷爷来了——”

之前被欧阳明远虚吓过一次，这次聂梓涵才不肯相信，他根本不放在心上，挥舞着手中的集邮册，嘲笑着说：“小舅舅，你是想要诡计弄走我的集邮册吧，你尽管吓我，我才不怕我爷爷来呢！”

说话间，聂梓涵的手里一轻，手中的集邮册被一只大手夺过，同时一个洪钟般的声音响起：“到底是什么东西让这两个小子这么喧哗?!”

聂梓涵听到那个熟悉的声音全身被震慑得一颤，面色也微微有些发白，他连忙回身，看到后面站着的是他的爷爷聂道宁，而父亲聂志远则对他投来不赞同的目光。

聂梓涵从小就怕聂道宁，参加过抗美援朝的功臣老聂是个老共产党员，比焦裕禄还廉洁，连一根钉子都没有贪污过。在聂梓涵看来，如果有一天敌人把他爷爷抓起来，向他索要地下党的名单，那敌人肯定是要“碰壁”的，比中国足球队拿世界杯冠军更加希望渺茫。

老聂不仅严格要求自己，也以同样标准严格要求下一代革命子孙。从小就有意识地培养聂梓涵成为小共产党员，要求比“小萝卜头”顽强，比“王二小”机灵，比“红孩子”更红。要是早几十年，估计老聂非得把聂梓涵赶出去拉一支队伍搞儿童团不可。

因此聂梓涵见到老聂就犹如老鼠见了猫一般，他条件反射地连忙站好，双腿并拢，挺直身板，犹如等待阅兵的士兵等着爷爷发话。可一双眼睛则直盯着爷爷聂道宁手中的集邮册，想拿回来又不敢伸手要。

欧阳明远连忙和聂道宁打招呼：“首长亲家好，姐夫好！”心里有鬼的他笑得有点儿谄媚。

聂道宁总是一脸严肃的表情，不太爱打招呼，只是漠然地点点头。而聂志远则颔首看了一眼自己眉开眼笑没个正形的小舅子，眉头不易察觉地蹙了蹙。这个小舅子是妻子欧阳明华最小的弟弟，岳母岳父老年才得子，因此明远与聂梓涵年龄相仿。平时这舅舅外甥总是混在一起胡闹，惹出的乱子不算少了，聂志远只要看到欧阳明远嬉皮笑脸，凭借多年的侦察兵经验就判断出他肯定没干啥好事，今天不知道又在玩什么把戏。

聂道宁从军装的口袋里拿出老花镜，先看了看满桌子狼藉的信封和信纸，然后把从聂梓涵手里夺来的集邮册打开，顿时花花绿绿的邮票映入了他的眼帘。

看着上面还印着各个地方邮戳的邮票，起了疑心的聂道宁重新将视线移回到了桌子上，然后问聂梓涵："这些邮票是哪里来的?"

聂梓涵心里一紧，不敢吭声。聂道宁看向他，说："我刚才在门口，听到什么征婚启事，谁征婚了?"

气氛顿时紧张起来，欧阳明远连忙把责任揽在自己身上，赔笑道："是我征婚了，首长，是我发了征婚启事，收到了很多信件，我看这些邮票有些可惜，所以就带过来给梓涵玩。"

"真的吗？你不是刚大学毕业吗？年纪不大啊，没事发什么征婚启事？你找不到老婆吗，又没缺胳膊少腿的，赶哪门子时髦？再说不是你征婚吗，为什么信件都在梓涵这里?"聂道宁嘴上问着欧阳明远，却怀疑地看着聂梓涵。

欧阳明远连连搔头，说："我、我只是好玩，不关梓涵的事——"

"现在我没问你，问的是聂梓涵！"聂道宁却不那么好糊弄，一双虽然已经衰老但不减精明的眼眸只是盯着聂梓涵。聂梓涵低着头，不敢答话。聂家是军人出身，都有一种骨子里的血性，从小聂梓涵受到的家规，就是无论什么事，绝对不能撒谎。

眼下这件事，他若是说出真相，绝对会换来惩罚，但是不说，他又无法面对爷爷的疑问而撒谎。"梓涵，爷爷问你话呢！"聂志远见聂梓涵不答，连忙提醒他。

聂梓涵迟疑着，低着头支吾了半天就是不敢接茬。见聂梓涵不吭声，聂道宁仔细看了看手中的集邮册，蓦地竟发现了那枚蓝军邮，他的脸色猛地一变，对聂梓涵说道："蓝军邮?！你从哪里得来的邮票?！"因为情绪有些激动，向来说话低沉的聂道宁竟异常大声，让欧阳明远和聂志远面面相觑，也让聂梓涵抬起头来。

见到爷爷正盯着那套邮票看，聂梓涵心里也紧张起来，他咽下喉头的口水，费劲地开口："这是、这是从这些信件里拆下来的。"

"哪封信件?!"聂道宁连忙追问。

聂梓涵又不肯说话了。"快说啊，是哪封信?"

欧阳明远望去，看到聂道宁拿着集邮册的手青筋暴突，竟有些颤抖，他的心里有些讶异，但面上却不敢显露出来。

"你们快给我从实招来，到底这些邮票是怎么回事!"聂道宁翻遍了满桌子的信件，却无从下手，见怎么也无法从孙子嘴里挖出点儿东西来，不由震怒吼道。

欧阳明远见战火开始蔓延，于是朝姐夫聂志远看了眼准备脚底抹油悄悄溜走，但刚走到门边，却被聂道宁叫住："明远，你也别跑，快给我把事情交代清楚!"欧阳明远只得在门边定住。

纸总归是包不住火，当聂道宁知道聂梓涵冒充欧阳明远的名义发出征婚启事，欧阳明远助纣为虐就是为了得到这些邮票，不由气得胡子乱颤，他用手指着这两个罪魁祸首大骂道："你们这是、这是——玩物丧志啊！玩人丧德，玩物丧志，你们这群为了利益出卖灵魂的东西，迟早崩盘！看来今天不家法伺候，你们是不会学乖了!"

欧阳明远和聂梓涵垂着头，不敢吭声。欧阳明远是亲家那边的人可以免去惩罚，而聂梓涵知晓今日难逃惩戒，于是自觉地站着，等着父亲去拿家法来。

"你说，这套军邮是怎么来的？和你通信的人是谁？信件这么多，恐怕写的也是些淫词艳语，这么小的孩子就早恋啦，竟然还敢偷邮票给你，说，是哪封信?!我非得查个水落石出不可！让她学校的老师处罚她!"聂道宁再次问着聂梓涵，聂梓涵弯着腰，不知怎的就想起了那三个娟秀柔弱的字体，他咬紧了牙，只是不吭声。

当军用皮带抽在他的腿上和手臂上时，他没敢躲，爷爷年纪虽大，手劲儿却孔武有力。

有几下失手打重了，皮带夹着风声狠狠抽在了聂梓涵的脊背上，钻心的火辣辣的疼痛让他终于"嗷"的一声叫出来，声音里带了少年青春期变声的粗哑，听起来有点儿刺耳。

第五章
东窗事发

欧阳明远突然就消失了！

范晓鸥左等右等都等不来欧阳明远的信件，蓝色邮票寄出之后，他和她就这样停止了联系，她再怎么寄信给他，都得不到任何的回音。

范晓鸥心里好像坠入了冰窖一样。每天都在自我反省，到底哪一点做错了，让欧阳明远不再理她？这件事给她的打击相当大，原本才红润开心起来的小脸又恢复到原本的清冷和忧郁之中。

还是姑姑范紫觉察到了范晓鸥的变化，她从淘米水中拔出手，用凉乎乎的手探过范晓鸥的额头确定范晓鸥没生病后，就开始追问范晓鸥茶饭不思的原因。范晓鸥素来有点儿怕这个伶牙利齿的姑姑，姑姑一双敏锐的眼睛总是像探照灯一样，可惜范晓鸥家不挖煤，否则下到煤矿井里可以照亮几百米。

平时有男同学到她家里来，姑姑总是要先行盘问，盘问出来人姓名年龄前来目的之后，甚至还要追溯到人家的祖宗十八代是做官的还是卖豆腐的。范晓鸥有时候想姑姑 30 多岁了还嫁不出去可能和姑姑的这个性格有点儿关系。

偷邮票送朋友，还是男性朋友这件事，可不能让姑姑知道。范晓鸥坚决闭紧了嘴。任由范紫怎么问她就是咬紧牙关不说话。范紫调查无果之后，便把这种情况如实汇报给了父亲范立辙。

老范家没有多少人，范立辙的妻子在“文革”中去世，儿子和儿媳妇也就是范晓鸥的父母在五年前的车祸中离开，家里人丁单薄，只剩下范立辙、范紫和范晓鸥三个人。

范立辙向来最心疼范晓鸥这个小孙女，小时候范晓鸥什么话都跟他说，和他最亲，可自从儿子和儿媳走后，她就变得不太爱说话了。眼下小女孩渐渐长大了，很多

心事他也无法探询到，听了范紫这么一汇报，范立辙也连忙询问原因，但范晓鸥哪里肯透露半点儿心事？

范立辙问不出个子丑寅卯就没辙了。自从妻子、儿子和媳妇早逝之后，除了范紫这个姑娘外，他唯一寄托希望的就是这个宝贝孙女了，怎么能让这个心肝宝贝受委屈？

见开导劝说不管用，最后，老范为了讨孙女开心，特意拿出自己最钟爱的集邮册来。漂泊大半辈子，他也只有这个宝贝稀奇的东西了，想挑张好的邮票给范晓鸥，讨好这位小姑奶奶。

可摸出小集邮册，再哆嗦打开封皮，这一翻开，老范可傻眼了，不仅一些珍贵的邮票没有了，甚至连他最珍爱的一枚蓝军邮也不见了！

这可比挖了老范的眼珠子还要让他崩溃，他几乎没晕死过去，颤抖着手到处翻找了半天，连床角旮旯都找遍了也无果，最后手捂着胸口，翻了翻白眼，一头栽倒在陈旧的藤椅上面。

老范气急得连心脏病都犯了。幸好范紫端着参茶来父亲房间及时发现，老范这才逃过命中一劫。

几枚不起眼的邮票竟让爷爷的心脏病突发，范晓鸥这才知道事情闹大了。在听范紫姑姑絮叨地再三强调邮票对爷爷的重要性后，她扭着纠结的手指，在爷爷的病床前承认了错误，不过没说邮票是被征婚用去了，只说是玩着弄丢了。期期艾艾说完之后，她就呜呜哭起来。

换作是别人干的这件事，老范非打断他的狗腿不可，但犯错的是宝贝孙女，老范叹口气，反过来安慰着宝贝孙女："丢了就丢了吧，这些邮票本来就是准备给你当嫁妆用的。现在倒好，你把你的嫁妆都丢光了。"

范晓鸥擦擦眼泪说："我不要嫁妆，我不要结婚，我要一辈子和爷爷姑姑在一起。"

老范摇摇头，正色地说："男大当婚女大当嫁，你可别学你姑姑，一辈子当老姑娘。你若这样，我以后怎么去见你九泉下的爹娘？"

老范不说还好，一说起已经逝去的父母，范晓鸥的哭声更响了。这下换作老范不住安慰她，说："算了算了，你别哭了，看到你哭我的心里更不是滋味了。"

范晓鸥抹着眼泪，心里对老范的愧疚，加上因为欧阳明远的冷淡和疏远让她敏感的自尊心遭受到了刺激，因此哭得更加厉害。范紫过来劝，范晓鸥也不听，直到范紫说这样会影响到老爷子病情范晓鸥这才跟着范紫走出房间。

“你最近到底怎么了？老实和我说，爷爷的邮票不见了和你有关系吗？”范紫用一双清澈却带了追究的眼神看着范晓鸥，范晓鸥避开范紫询问的眼神，低着头不开口。

范紫最不喜欢的就是范晓鸥一副木头疙瘩死不开窍的样子，不耐烦地说：“为什么你有事总不说出来，要放在心里呢？难道你以为憋着就能把胸部撑大吗？”

说着就瞥了一眼范晓鸥微微隆起的胸脯，又看看自己扁平的胸，连忙挺直了身子，好让娇小的胸部更加突出。

范晓鸥泛红了脸继续沉默。

范紫等待半晌见问不出什么来，就叹口气，说：“你呀，遗传谁的毛病不好，偏偏遗传了我爸的，都是倔牛一个。好了好了，别再哭了，我爸脾气不好，你别再惹他伤心了啊！邮票没了就没了，等你长大后买来还给他就行了。”

范晓鸥用袖管抹了一把眼泪点点头，转身回到了病房里陪爷爷去了。范紫看着范晓鸥开始犹如柳树抽条般开始发育的苗条身影，心里便浮现出了已经故去嫂子的背影，鼻头微酸，不由重重叹了口气。

邮票惹出的风波暂时平息了，范家又恢复了平静。

日子还是这样一天天过下去，不过范晓鸥对于欧阳明远已经不抱任何希望了，在过去的几年中，她陆续给他寄过几次信，但他从来没有再回过信。

范家依旧住在老街的房子里，青石板的小路，高高的堂屋，院子里的两丛竹子长得青翠茂密。范晓鸥的姑姑范紫仍然没嫁出去。范晓鸥也在等待和自怨自艾中逐渐长成一个纤弱敏感的十七岁少女。

这年夏天范晓鸥差了两分没考上大学。

知道高考成绩的时候范晓鸥有些失落，但还是能平静接受，她也知道自己这些年是怎么读书的，高一的时候她本来是老师眼中的好学生，品学兼优，是棵好苗子。但是因为欧阳明远这件事，她的心思全不在课本上，学习一落千丈，所以考不上大学也在她预料之中。

老范虽然失望，但看到范晓鸥郁郁寡欢的样子，也不便说她，只是叹口气说：“没事，接着复读吧。”

但是范晓鸥却不想复读。高考后的这个暑假她过得有些难受。小城的夏季闷热而潮湿，范家又没有空调，范晓鸥觉得每天身上都是黏乎乎的。她不喜欢夏天，可也并不喜欢小城的冬天，阴冷阴冷的，又没有暖气，尤其遇到下雨天，那股冷飕飕的寒意

会透过毛衣直钻到骨头里去，让人寒颤不断，无心度日。

姑姑对范晓鸥的埋怨不以为然，说小丫头片子，整天想这个那个的，好好过日子就是了，南方天气犯着你了吗？有本事你不住这镇上，以后嫁个北方佬到北方住去。

范紫原只是随口说说，范晓鸥却上了心思。

第六章
青春期骚动

老范最近经常腿疼，那是他抗美援朝住坑道时落下的病根子，愈老愈疼得厉害。暑假里范晓鸥经常陪姑姑去市场买菜，回来和姑姑一起做饭，下午的时候会陪着老范去老年活动室喝茶打牌。

老范下午带她去喝茶打牌的时候，会讲范晓鸥爸爸小时候上学的事情，讲她爸爸学习优秀，喜欢追漂亮的女生，讲她爸爸和妈妈结婚后跑长途的辛苦；也会讲他和奶奶的恋爱故事，讲他怎样把年龄改小，瞒了奶奶四岁，终于娶了小他六岁的漂亮媳妇。范晓鸥听得津津有味，老范的有趣讲演让她暂时忘记了父母早逝的哀伤，还有考不上大学的沮丧。

只有一次老范说漏了嘴。在棋牌室里经不起那些大爷大妈们的拾掇，老范也不知道怎么了，突然讲起了当年他抗美援朝时的人和事儿，这些事平时他都没和范晓鸥讲过。

老范突发兴致地讲他和最好的战友怎么躲炮弹，一下子窜出一米多高的围墙，炮停了又怎么也越不过去的糗事儿。讲着讲着，越讲越激动的老范忘记了范晓鸥还在旁边，叹息着说：“抗美援朝胜利之后，我被分到 G 军区警备司令部通信处，专门分管邮票的。可惜——我——”

“G 军区警备司令部？那可不是谁想进都能进的，老范你真的在那里待过？”有大爷应声，狐疑地瞥了一眼老范。

“怎么，你不相信吗？我是和那个最好的战友一起进去的，他还给了我一枚珍贵的军邮，唉，不过从此改变了我这一辈子的命运，不提也罢。”

有老太太接着问老范：“那邮票呢，能给我们看看那宝贝吗？”

“丢了，”老范的神色黯然，“找不着了，丢了它，等于丢了我这一辈子啊。”

有不少大妈大爷哄地一声笑道：“找不着？是没有吧！得了老范，别是吹牛皮来让我们寻开心的，哈哈……”

范晓鸥站在门框边隔着一堆花白的脑袋看到爷爷在人群中尴尬的神情，她的心一抖，原来嘴角挂的浅笑也渐渐收敛了，她远远瞧见爷爷深刻的皱纹和苍老的面容，还有他脸上明显的惆怅和惋惜，什么话也没说，转身就出了棋牌室。

老范兴致所至的演讲在众人的质疑和挤眉弄眼的笑容中继续不下去了，他站起身来，拄着拐杖要回家了，但却找不到范晓鸥。

有老太说：“您的宝贝孙女刚才出去了，可能是给你打开水泡茶去了。”接着又称赞道，“老范你说话虽然不靠谱，但你的孙女却还是很孝顺的。”

“谁说我爷爷说话不靠谱的？”范晓鸥不知道从哪里冒了出来，一手搀扶着范立辙，一边涨红了脸要和那大妈理论，“我爷爷确实有那枚邮票的，只不过被我弄丢了，等我找回来一定给你们看一下！”平时如乖乖女的范晓鸥此刻红着眼睛，兔子逼急了眼也会咬人的。

老范连忙拉住范晓鸥，好声劝导：“丫头，着什么急呢，人家王妈也是开玩笑。走啦，走啦，回去了，王妈您可别和我这个不懂事的丫头计较。”

回家的路上，范晓鸥嘴巴翘得很高，眼皮却耷拉着，老范知道范晓鸥是不高兴了。他逗着宝贝孙女说：“干吗低着头啊，地上有钱捡吗？找到钱记得别给警察叔叔，给我买盒烟去。”

范晓鸥却一声不吭，半晌，老范才听到范晓鸥说：“爷爷，原来您一直是舍不得那蓝军邮的。我、我还以为你都忘了这事呢。”

“唉，我早就忘了，你可别当真，那邮票丢的时候我早就不想了，你也别再提了。”老范赶紧声明。

“爷爷，您放心，那邮票我会想办法找到的。”范晓鸥抬起头对老范保证道，“等我拿到邮票第一件事就是要给那些大妈大爷们看看，看看你没有说谎。”

老范有刹那的静默，半天他才摸摸范晓鸥的头，叹了一声说：“丫头，别管那些人说啥了，找不回来咱就不要，那邮票留着也是个祸害，我早就该扔了，所以就随它

去吧。”

范晓鸥却低着头慢腾腾地走路也不反驳，老范的话她根本没听进去。

当范晓鸥郑重其事地说她不再考大学了，要上北京去找同学的时候，范紫张大了嘴半天都合不拢。

“不行！”范紫郑重地告诫范晓鸥，“给我好好考大学！你喜欢北方可以考到北方的大学，到时候你要走，我肯定不拦你，现在走的话我就告诉你爷爷去，看他怎么教训你！”

在范紫的眼中，范晓鸥单纯且脆弱如一枚剥了壳的鸡蛋，成长的历程应该由花朵变大树，由大树变栋梁，一步一个脚印踏踏实实成为一个品学兼优彬彬有礼热爱劳动乐于助人的四有新人。结果越是老实的孩子越是给人当头一棒喝！

“姑姑！”范晓鸥有些发急，“我再复读一年要多少钱？靠你打零工和爷爷的劳保补助，能负担得起吗？这还不算以后上大学的费用！再说，我对学习也没什么兴趣，我十八岁了，已经成年了，你和爷爷过得那么辛苦，我可以去打工赚钱让你们过得好一点儿，这样也不行吗？”

“不行！”范紫虽然精打细算过日子，但对于孩子学习她和老范一样，是不会计较太多的，只要孩子肯念，她做牛做马都要给范晓鸥赚出学费来，“你能考多高，我就供你多高！大不了我一辈子不结婚了！”范紫加大了声音，严厉地说道。

“姑姑，你小声点儿，免得惊动了爷爷。”范晓鸥压低了嗓子对姑姑说道：“我可不想被爷爷发现。”

“哦，你也顾全你爷爷啊？”范紫没声好气，但声音还是压低了一些，“那你就别成天想七想八地刺激他呀。他病刚好点儿，再经不起折腾。”

“就是这样，所以我，我才想着早点儿找回邮票来……”范晓鸥想了想，终于下狠心对范紫说道。既然开了个头，就干脆竹筒倒豆子把那枚邮票失踪的事来龙去脉交代了一清二楚。说完之后范晓鸥低着头，等候范紫的发落，不过在范紫还没发飙之前她连忙说了一句：“我要去北京就是要把邮票找回来的。等找到邮票我就回来。”

范紫有很长时间的沉默，蓦地她猛地揪住了范晓鸥的肩头，将范晓鸥晃得眼冒金星，然后小声骂道：“你这个死丫头，你知道那套邮票的价值吗！随随便便你就倒贴给臭男人啦？”

范晓鸥自知理亏，一声不吭。

“知道那男人的地址吗？”范紫比范晓鸥还着急，“过了这么多年才想着找，找得回来嘛！什么臭男人，逮住的话我非扒了他的皮不可！”

“不知道，我尽量吧，应该能找到，我有他的地址。所以我才想着暂时先不复读了，去北京找回邮票。”范晓鸥吞吞吐吐地说。

“我同意你去找回邮票！”范紫想了想，还是作了最终的让步。

范晓鸥眼睛一亮，高兴地对范紫说：“谢谢，姑姑！”

“我话还没说完呢！去可以，不过不许放弃复读！给你一个暑假的时间，实在找不到就回来，赶紧复读去，听见没有？”范紫咬牙切齿地说。

范晓鸥连忙点点头，说：“我听见了，姑姑。”

放出去的小鸟指的是什么？指的就是范晓鸥。

青春期谁都会有骚动，话说人一生中至少要有两次冲动，一次为奋不顾身的爱情，一次为说走就走的旅行。范晓鸥觉得她也有必要冲动一次，不骚动就不叫青春期了。

清晨6点，她就收拾好一个小行李箱，在爷爷的房门口站了一会儿，然后悄无声息地出了门。去北京这件事她还是打算瞒着爷爷老范，因为老范绝对不会同意她只身一个人出门的。思前想后，她只好先斩后奏。希望她走后姑姑能帮她说点儿好话。

客运站外有条环城小溪，水却很脏且不怎么流动，候车室里铺了大理石的地板看上去尘土飞扬，小偷和一群急着回家的人在上面踩来踩去，外面汽车喇叭高声鸣叫，让人心烦意乱。范晓鸥却没觉得不习惯，她就像一只出笼的小鸟呼吸着自由的空气，看什么都是新鲜的。

她买了去省会的汽车票，然后再坐火车到北京去。她联系了以前高中同桌的女同学尚丽，尚丽上高中的时候和范晓鸥很要好，尚丽住校，范晓鸥是寄午生，经常带家里的好吃的和尚丽分享，因此两人的感情算是很融洽的。可惜尚丽因为家里条件不好，在高一年下半学期的时候就辍学到北京打工去了，听说混得还不错。

在电话里听说范晓鸥要去北京，尚丽很热情地说：“来嘛，来嘛，你买好票告诉我到站时间，我去北京站接你，你来了就和我挤一张床。”范晓鸥的心本来是提着的，听尚丽这么说，这才从不着边际的悬空状态落在了实地上。

小城里的客车人满为患，范晓鸥坐在靠窗的位置，车子很快就挤满了人，车子里的空气混浊，车载电视放着老旧的成龙武打片，片子上成龙失忆了，你是谁我是谁都分辨不清楚，但进城打工的农民朋友们都咧开嘴看得津津有味。

脸红的范晓鸥刚把视线从前车椅背套上“看男科到江边医院，地球人都知道”那几行醒目的红字广告上移开，等待发车的刹那，突然就发现了车站口好象有两个她所熟悉的身影互相搀扶着在四下找人。范晓鸥很快就认出了那是她的爷爷和姑姑。

他们竟然追来了！可能是爷爷看到了她留在他老花眼镜下的字条了，范晓鸥动作很快，赶快矮下身子，像只小泥鳅一样钻在了座位底下，引得旁边同座的大嫂用警惕的眼神看她，同时用力抱紧了放在粗壮大腿上的装得鼓囊囊的大编织袋。

车子缓缓发动了，一直蹲在车座底下的范晓鸥直到车子开出了车站拐上大马路，才从座位下钻出来，她悄悄地贴着车窗往外看去，远远地，爷爷和姑姑的身影依旧站在客运站门口，在人群中孤零零的像两尊雕像，虽然看不清他们脸上的表情，但范晓鸥还是能想象得到他们焦急地张望的表情，范晓鸥觉得鼻子酸得都透到喉咙里了。但她张不了口，一张口，那枚邮票就再也拿不回来了，她一辈子都会良心不安的。

吸吸鼻子，泪眼朦胧中，她对自己暗暗发誓，不拿回那枚蓝军邮她就坚决不回来！

第七章
生人勿近

火车缓缓进站，终于到了伟大的首都北京了。火车还没完全停稳，但范晓鸥难以抑制内心的激动之情，很兴奋趴着窗户看外头。这一看她大失所望，什么嘛，外头也很荒凉啊，到处都是胶带广告，比起她住的小城也豪华不到哪里去嘛。

不过还没顾得上仔细欣赏北京站的景色，范晓鸥先睁大了眼睛在站台上搜索尚丽的身影。要是尚丽不来接她可怎么办，她现在可是一个人背井离乡。她的心里忐忑，但面上还是没有表露出来。既然有勇气出远门，不管什么事都要自己扛着。

脑袋还是晕乎乎的，头发乱蓬蓬的，坐了三天两夜火车硬座、肚子里装满了方便面和榨菜的范晓鸥下了火车，这才发觉自己的腿都坐肿了，胖乎乎的脚板走起路来被鞋帮硌得都生疼。

范晓鸥在人潮汹涌的站台上真的没看到尚丽，她的心开始如小鼓一样咚咚响了起来，上火车之前她有和尚丽说过具体的车次和车厢的，难道她忘记了吗？可是不容她多想，因为北京站的人实在是太多了，范晓鸥有好几次差点儿被拖曳着大包行李的人群卷跑。

范晓鸥一手拖着行李，一手紧紧捂住自己的内里的裤子口袋，她怕自己的重要钱物被人扒走，她有听说过一些旅客因为警惕性不强，在车站就被人偷了个精光，不得已重新坐上火车回家去的凄惨故事，所以临行前虽然没有夸张地把重要物件缝在裤衩和内衣里，但她也非常的谨慎小心，即使人群再拥挤，她捂着口袋的手是怎么也不肯松开的。

渐渐地，站台上的人慢慢都往出口处涌去，范晓鸥被人流簇拥着身不由己地朝着站台的出口走去。什么叫做汹涌的人潮大军，范晓鸥这才算是第一次深深领悟到。她有些瘦弱的身躯在无边无际的人海中就像沧海一粟般渺小。

就在即将被后面的人群推挤出查票口的时候，范晓鸥总算听见了熟悉的声音在喊她："晓鸥，晓鸥！"范晓鸥转过头去，那股惊喜不亚于旧社会苦大仇深的喜儿终于与失散了多年的亲人重逢，范晓鸥连忙挥手大喊："尚丽，尚丽！"

两年不见的好朋友手拉着手，高兴得不得了。尚丽说本想进站台来接的，不过看人潮那么拥挤，所以就在站台外面等。尚丽身边还站了一个瘦高个的男子，大约二十四五岁，长得有点儿像现代群雕刻画的长工，穿着一件夹克，直直地看着范晓鸥。范晓鸥不习惯被人这样直勾勾地盯着，礼貌地点点头后便把头调开。

尚丽有些不好意思地为范晓鸥介绍："这是我朋友毕林峰，今天我特意让他一起来接你的，怕你行李太多。"说着有点儿害羞地看了毕林峰一眼。

范晓鸥一手拎着不是太沉的行李箱，一边朝着毕林峰说："真是麻烦你了。"

毕林峰伸过手来，接过范晓鸥的行李，说："不客气，不客气，来者都是客，尚丽的朋友就是我的朋友，欢迎你来北京。"嘴里说着，还伸出手要和范晓鸥握手，尚丽白了他一眼，拍开他的手说："这下接到人了，我们回去吧。"说着亲热地挎起了范晓鸥的胳膊。

三个人和一个大皮箱浩浩荡荡挤上了火车站的地铁，正巧是上下班高峰的时候，地铁那叫一个挤。毕林峰说："幸好拿的是行李箱，这要是带着饼干上车，准得拿着面粉出来。"

范晓鸥听了抿着嘴笑，她的笑容引得毕林峰定定地看，他动了动，想紧挨着她站

着，范晓鸥觉察出了他的意图不自在地想要挪开，幸好尚丽转了个身，挡在他们中间，这才免去了和毕林峰面对面贴着的尴尬。

坐了地铁还要倒公交车，范晓鸥从车窗里新奇地看着陌生的城市陌生的风景。8月的北京气候干燥，还带着夏日的余威，外头的太阳明晃晃的，让人睁不开眼。车子经过了繁华路段，渐渐往偏僻的郊区驶去。范晓鸥凝神，想到欧阳明远也许就潜伏在这个城市的某个角落，胸腔里渐渐有一种软软酸酸的痛。虽然他害她不浅，但在心里，那种牵肠挂肚的依恋依旧还在，胸口还在为他而起波澜。

她应该会找到他吧？坐了大半个小时的公交车还未到达目的地，范晓鸥盯着窗外掠过的建筑物，耳朵里听着陌生的带卷舌的京腔不时报站音，秀气的眉毛无法舒展开，这北京城实在太大了，看来去找欧阳明远也不是容易的事。

直到一个多小时之后她们才到达尚丽住的平房。这时候已经到了海淀的远郊，尚丽和毕林峰住在同一个大杂院里，是邻居。毕林峰帮着送行李到尚丽屋子后便急着上班去了。听尚丽说，毕林峰是搞销售的，业务能力很强。范晓鸥不由得对毕林峰肃然起敬。

范晓鸥进了尚丽租住的房间里，发觉屋子里非常狭小闷热局促，摆了一张床和一个桌子就没剩下多少空间。当范晓鸥听尚丽说这间只有十几平方米的房子每个月租金就要600元的时候不由吐吐舌头，这样的价格在她们老家都可以租上很不错的一套房了。

尚丽让范晓鸥先休息一会儿，范晓鸥没顾得上歇口气就拿出在火车上买的北京地图来看，尚丽诧异地问："怎么了？屁股还没坐热就要出去旅游？想去哪，天安门、故宫还是香山？我到北京这么久，已经陪同去过了10次天安门，9次故宫，还有8次圆明园。啥地方都可以，长城就不去了，我已经当了6次"好汉"，实在吃不消了。"

"不是。"范晓鸥不好意思地笑笑，说"我、我想去找人。"

"咦，你在北京还有亲戚吗?"尚丽给范晓鸥倒了一杯凉开水说道。

"没有，找一个以前的笔友，也很久没联系了。"范晓鸥想了想如实回答着尚丽。

尚丽也没多问，就提醒她："北京很大，你不熟悉路况别瞎跑，小心迷路了。"

"嗯，我知道，多谢你了尚丽，我原来还担心来北京没地方落脚，你在这里我才有胆子来的。"虽然分开了两年，但并没有减少范晓鸥对尚丽的亲切感。

尚丽挤在范晓鸥身边坐下，向后仰靠在被褥上，长长地伸了个懒腰，说："我正愁没个伴，你来了可好呢，你知道吗，我这两年可孤独了。"

范晓鸥也向后靠着，说："尚丽，其实你到北京来，我一个人也很闷呢，没什么朋友，所以就交了个笔友，结果……"

"结果被骗了是不是？"尚丽瞥了一眼范晓鸥，轻描淡写地说道。

"你怎么知道？"范晓鸥有些脸红。

"晓鸥，你太单纯了。"尚丽仰头笑，"我还记得上学那会儿，班上的男生管你叫瓷娃娃，你一说话就开始脸红，不过他们还都挺喜欢你的。你太善良了，随便一个人都能把你骗倒。所以你被骗我一点儿都不奇怪。"

范晓鸥闻言白皙的脸上浮起一层红晕，她的肌肤很细腻，好像要从里面透出光来一样，上学的时候就让尚丽嫉妒不已。

尚丽看看范晓鸥，突然郑重地说："不过晓鸥，以后你要在北京混，一定要抛弃你容易心软的毛病，北京人多复杂，能出来混的都不是省油的灯。你要是在这里吃亏上当，是没有人同情你的，你也只能咬碎牙根往肚子里咽！"

范晓鸥一愣，说："我没打算待多久，我找到人之后过些日子就走的。"

尚丽却用不相信的眼神看了一眼范晓鸥，说："是吗？据我所知，谁都说来北京只是看看，但真出来之后，没几个人会想着回去的。"

"真的吗？"范晓鸥将信将疑。

尚丽却说："难道你不想混出个人样回去扬眉吐气吗？"

"这个……我还没想过。"范晓鸥迟疑地说。也是，当下她的首要任务就是找到那枚邮票，至于其他的她真没想那么多。

"以后你自然而然就会想啦。"尚丽不以为然地瞥了一眼范晓鸥，接着转移话题说，"你饿了吗？还没到午饭的时间，我先带你去吃碗豆腐脑吧？"

范晓鸥在火车上早就饿了，听到豆腐脑首先想到的是家乡那甜滋滋的嫩豆花，白玉般的豆花加上红糖、油酥花生、糖桂花和蜂蜜，滑嫩、微甜、爽滑，入口即化，又饥又渴的她顾不得矜持，连忙点头说："好。"

在胡同口就有卖豆腐脑的，尚丽带着范晓鸥出来很熟练地和老板要了两碗，两年的漂泊生涯让她应对北方的生活熟练自如。尚丽把一碗豆腐脑放在范晓鸥面前，一股浓稠且偏油腻的味道直往范晓鸥的鼻子里钻。

范晓鸥看着碗里深色暗稠且漂浮着几只虾皮的东西有些愣神，说："这……这是什么？"

"北方豆腐脑啊。"尚丽往自己的碗里加了好几勺的辣椒油，然后倒了老陈醋，开

始美美地吃起来，一边还招呼范晓鸥，“快吃啊，香得很呢！”

范晓鸥从小吃惯了豆花加糖，第一次看到在豆腐脑里加诸如葱、姜、蒜、酱、紫菜和虾米等的作料，有些震惊。她晓得入乡随俗的道理，于是用勺子舀起一口，放在嘴里，哎哟，真是咸得咸死个人，同时一股强烈的香菜味道袭来，让她不由蹙紧了眉头。

范晓鸥以前没吃过香菜，方才看到那个绿绿的东西以为是芹菜，夹了香菜放到嘴里，一股刺激的味道立刻在口腔中荡漾开来。

看着范晓鸥苦着脸，尚丽哈哈大笑，说：“你不习惯吃香菜吧?”范晓鸥没说话，嘴里含着那口奇怪味道的豆腐脑想吐出来又不好意思吐。尚丽拿过一个肉夹馍递给范晓鸥说：“拿这个配，这个好吃，又香又脆。”

范晓鸥迟疑拿过肉夹馍，咬了一口，馍很脆，确实很香，但肉馅里也加了香菜，让肉夹馍的味道大打了折扣。尚丽看到范晓鸥扭扭捏捏吃东西的样子，拧着眉说：“瞧你那娇贵样儿，香菜很有营养价值的，你要是想适应北京首先就要学会吃香菜。入乡随俗你懂不懂?”

范晓鸥说：“我懂。”努力地吞下豆腐脑和肉夹馍，却只觉得全身不舒服，喉咙也堵得慌。

尚丽却吃得满头大汗，一边还很艳羡地说：“做买卖看来还是做豆腐最安全！做硬了是豆腐干，做稀了是豆腐脑，做薄了是豆腐皮，做没了是豆浆，放臭了是臭豆腐！稳赚不亏呀！”

范晓鸥说：“你也要开店吗?”

尚丽嘴里吃着馍，含糊地说：“那是以后的事，现在正攒钱呢，你以为北京的钱那么好赚的啊？一看就知道没吃过苦的。”

范晓鸥忍住了嘴边即将说出的话：“可我也没享过福啊。”她知道尚丽因为家境困难辍了学，所以在尚丽看来，只要能上得起学的孩子都是有钱人家的孩子。不过初来乍到，范晓鸥并不想和尚丽争辩，说什么就是什么吧。

好不容易艰难地吃下豆腐脑和肉夹馍，满口的香菜味挥之不去，范晓鸥回到屋子里一直喝水。尚丽又提出要带范晓鸥去洗澡。风尘仆仆坐了那么久火车的范晓鸥自然是同意的。

胡同的大杂院里没有浴室，要洗澡得到胡同外的公共澡堂里去洗。

澡堂分男女部，尚丽和范晓鸥交了钱，进了女宾部。浴室分两个部分，外面是一长排柜子，里面水汽氤氲看不清，只听到哗哗的水流声。

尚丽替范晓鸥选了个看上去比较干净的柜子，然后交给她一把套着橡皮圈的钥匙，让她脱下衣服把柜子锁好。范晓鸥接了，却四下张望，她有点不习惯当着那个坐在门边虎视眈眈的大妈脱衣服。

第八章
融入

“快脱呀！”尚丽已经把外衫脱掉，只剩三角裤和胸罩，露出略显丰腴的身体，一边回头大咧咧地对范晓鸥说道。旁边还站着几个洗好澡裹着浴巾出来的妇女，一双双带了奚落的眼睛盯着这两个黄毛丫头。

范晓鸥红着脸不敢看尚丽，解着纽扣的纤细手指微微有些发抖，她从来没有见过这种洗澡的架势，在家里洗澡她和姑姑都是各人洗各人的，即使是亲人，洗澡的时候卫生间还是要关好门的。现在突然要她在这么多人面前赤身裸体，她怎能装作若无其事？

想逃嘛又怕被人笑话，范晓鸥觉得自己的脊背火辣辣的。

尚丽受不了被人看怪物一样盯着，索性扔下忸怩放不开的范晓鸥，自己先走进浴室里去冲澡了。只剩下孤零零的范晓鸥站在一群围观的妇女中间，头都抬不起来。

好不容易忍着不适脱去了外衣，范晓鸥穿着内衣内裤就要进里间的浴室，却被门口的大妈叫住了：“哎，你！脱光了再进去！”范晓鸥回过头看那大妈，迟疑着说：“脱……脱光了才能进去吗？”

“是呀，谁都脱光了，就你穿着衣服还怎么洗？”犹如孙二娘一般粗壮的大妈不耐烦地说着，一边不屑地居高临下看着手足无措的范晓鸥。范晓鸥的脸涨得通红，她站在里屋的玻璃门外，果真看到里面都是一团团白花花的肉体在朦胧的水汽中移动。

她只得退回去，重新脱掉了所有的遮蔽物，光着脚穿着拖鞋，在大妈满意的哼哼声中，用手遮遮掩掩地护住自己身体的敏感部位进了里间的浴室。

尚丽在其中的一个花洒下冲洗着身子，看到范晓鸥招呼着她过去，一边顺道瞄了瞄范晓鸥发育完全的胴体，嘴里叹道："范晓鸥，你是要把整个浴室里的女人都反衬得暗淡无光吗？"范晓鸥什么话也不答，只是勾着头冲洗，更没好意思偷看尚丽的身体。

但她拘谨的样子却惹来尚丽的嘲笑："哎呀，你别遮掩啦，我又不是男人。不过我要是男人啊，非得把你啃得连骨头都不剩下！"

尚丽没有言过其实，范晓鸥身材虽然纤细，但发育良好，骨肉均匀，皮光肉滑。双臂如剥去皮的莲藕，光滑又柔若无骨，双腿笔直纤长，亭亭玉立，黑色如漆的头发衬得白皙的肌肤更加柔细，将浴室里一众黄白的躯体衬得一点儿光彩都没有了。

因为水雾氤氲，尚丽看到范晓鸥低着头，眼角却有些发红，便说："你怎么啦？水太烫了吗？"范晓鸥没有抬头，只是无声地点点头。

两人默默地冲澡，左右两旁身材变形的大妈不时高声谈笑，一边拿眼溜范晓鸥和尚丽，尚丽也不羞怯任由人看，范晓鸥却面朝里，尽量缩起身子想尽快洗完。

当披散着湿漉漉的头发从公共澡堂里出来，范晓鸥觉得自己算是经历了在北京的第一场洗礼，不说脱胎换骨，至少也是扒皮去骨，因为她小小的保守天地就这样开始被颠覆了。

与尚丽挤在一张床上的夜晚，范晓鸥没有睡着。初来北京的陌生和焦虑让她难以沉沉睡去，她睁着眼看着窗外投射进来的月光，头一次那么想家，想爷爷和姑姑。他们现在进入梦乡了吗？她任性离家之后，爷爷承受得住打击吗？而姑姑还会急脾气扔筷子吗？

范晓鸥的鼻子一阵泛酸，看着睡熟中轻轻打着鼾的尚丽，她连忙忍住了自己泛滥的情绪。

范晓鸥心想无论如何，她必须要尽快找到欧阳明远，讨回那张邮票。她必须早点儿回家。

第二天一早，尚丽要赶着上班，她一边在脸上涂抹化妆品，一边问范晓鸥："你确定不要我陪同吗？"

"不用，反正我也没什么事，慢慢去找。你快上班去吧，不能耽误你工作。"范晓鸥低着头在看地图，长及肩头的黑发梳起扎成马尾，看起来比实际年龄更小。

以前在学校里范晓鸥处处比尚丽更显出色，长得也比她好看，说老实话尚丽心里挺不平衡的。可昨天有意无意折腾了一下范晓鸥，看到范晓鸥适应能力还不如她，在新环境里被打击得如同蔫坏的茄子，心里总算稍稍平衡了些。

不过此刻看到范晓鸥独自坐在床边显得有些孤寂可怜的样子，尚丽觉得心里微微有些歉疚。终究还是同学一场，也不要太过了。

“真的不用我帮忙吗?”尚丽拎着包出门的时候再问了一句。范晓鸥回她一个微笑，说：“放心，我不仅识字，而且也不是哑巴。”尚丽说：“我不是担心你找不到人，是担心你回不来，找不到路。”这胡同很是偏僻，不留心点儿一般人都找不到地方，更何况是初来乍到的范晓鸥了。

但范晓鸥摇摇头说：“不用担心，尚丽，我会在你下班之前赶回来的。”

“那好吧，我走了。你要是真找不到回来的路记得打110报警。”尚丽再叮嘱了一句然后才步履匆忙地去上班了。她在一家酒店当服务员领班，考勤很严，不容许迟到，昨天去接范晓鸥正好赶上她轮休，今天上班她又要像上紧的发条一样忙得脚不沾地。

尚丽走后没多久，范晓鸥拿着做了记号的地图，背上包，锁好门，出发了。

走了很长很长的路才走出了胡同所在的那片住宅，这一路上都找不到公交车站。上午的阳光依旧强烈，晒得范晓鸥睁不开眼来。迎面的风带着干燥的气息，吹得她有些口干舌燥，她仰起头，看着蔚蓝的天空，她总算发现了北方一个让她欣喜的地方，那就是天特别高、特别蓝，几乎没有云彩，这与家乡小镇经常阴云密布的天空不同，是那种神清气爽，心都要高飞的广阔。在这样的天空下，人总是会有一种想飞起来的欲望。

总算找到了公交车站，范晓鸥昨晚早询问过尚丽，到海淀区白桦路要坐哪趟车，然后再倒哪路车，尚丽说她们就住在海淀区，那么这里离欧阳明远给的地址应该也很近。想到可能今天就会和欧阳明远见面，范晓鸥心里怦怦乱跳起来。

公交车来了，人很多。范晓鸥几乎是悬浮在人群中，脚都没地方搁，也看不到车窗外面的站名。幸好她留神听着汽车广播，总算听到地图上看到过的站名，费了九牛二虎的力气才从人群中挤出来。

她觉得除了之前坐地铁的时候毕林峰说过的话，还可以用另外一句“胖子上去，瘦子下来”来可以形容北京公交车的拥挤。她从公交车上下来的时候，差点儿被人撸去了一层皮。下了车才发觉鞋子和裤管被踩了好几个脚印，头发也散了，乱蓬蓬地披在脑门上，她连忙随意重新扎了起来。

“海淀区白桦路36号，嗯，没错，应该就是这里了!”折腾了一个上午，经过不停地询问，不停地走路，在胡同里拐了几个弯才看到两扇气派的朱红色木门。她站在

这个位于胡同北侧的正四合院前，紧张地拿出包里的信封，陈旧的信封上还是欧阳明远隽永的字体，她仔细核对再核对了门牌上的号码，最终才确认就是这里。

范晓鸥的脸颊被太阳晒得发红，冒着汗的脑门和大门新上的油漆一样光可鉴人。

四合院呈东西走向，院门面南临街，门开在南墙东边，门口有两只憨态可掬的石狮子，一看就知道屋子主人的身份非富即贵。门上一对静止的门环仿佛在告诫着人们不可擅自闯入，不知道里面是怎样一番天地。

范晓鸥没来北京之前，天天想着念叨着要来见欧阳明远，总在见到他是撕破脸大骂他一通，还是握手言和让他交出邮票的臆想中举棋不定。但此时真的站在欧阳明远的家门前，范晓鸥却开始有些退缩了。

深深的庭院里，会有风流倜傥的男子，还是秃头谢顶的老头？范晓鸥的心跳得非常快。

第九章 泼出去的水，我连盆都不要

纤细的手指扣住门环，带了小心翼翼的“笃笃”叩门声在狭长的胡同内响起，范晓鸥的心脏也随着叩门的声音一起一伏。但是半天却没有人出来应门。范晓鸥仔细查看了那红色的木门，才发现原来木门的左侧上方有个很隐蔽的门铃，她伸出手轻轻按了那个门铃，听见门内响起了悦耳的鸟鸣声。

不多时，就有窸窸窣窣的脚步声从紧闭的大门里渐渐迫近，范晓鸥紧张地吸气，然后整了整自己的衣服，撩撩头发，等待门里的人来开门。

门开了，探出一个年约50岁的妇女的头来，看样子像是保姆，她上下打量着范晓鸥，用疑惑的语气问道：“你找谁？”

“呃，我……请问欧阳明远住在这里吗？”范晓鸥轻声有礼地问道。

那老妇人听了欧阳明远的名字，又拿眼打量了一遍范晓鸥，才开口说：“他不在。”说着就要把门关上。

范晓鸥连忙拦住了老妇人，说：“阿姨，我是特意从很远的地方来的，找欧阳明远有事，您能给我他的联系方式吗？”她边说边从包里拿出了那封陈旧的信件给那老妇人看。

那老妇人瞥了一眼信封，说：“这个……我不知道，你赶紧走吧，这里没欧阳明远这个人。”嘴上说着，手上加快了动作，沉重的朱红色大门就这么“咣当”一声给合上了。

“阿姨，阿姨——”范晓鸥连连再敲门，但门里却没有人应她。窸窸窣窣的脚步声渐渐远去，范晓鸥泄气地一跺脚，却也无可奈何。

范晓鸥不晓得欧阳明远生性倜傥，招惹的狂花烂蝶不少，经常有女人争风吃醋追上门去吵闹。欧阳明远不厌其烦，女人对他来说犹如脱下来的衣服，除非特别，否则绝没有再穿第二次的道理。而爱情对于他来说，也等同于泼出去的水，既然泼出去了他连盆都不要了，休想让他捡回来。

鉴于上门来寻夫的孟姜女太多，欧阳明远早和家里交代过，有陌生女人找来一律说不在，再纠缠就说没这个人，好让这些怨妇痴女们死心。所以家里的保姆下人一看到是女的前来，推个一干二净再说。

抱着希望而来，此刻的心里却像被泼了凉水一般，范晓鸥站在门口愣怔了一会儿，却是不肯相信欧阳明远不住这里。那个保姆第一次不是说他不在吗，后来又怎么说没这个人了呢？范晓鸥觉得有蹊跷，于是站在门边想再等等一探究竟。她不肯就这么死心回去了，不找到欧阳明远就找不到邮票，找不到邮票她就没脸回去见爷爷。

范晓鸥从下午一直站到了傍晚，那两扇朱红色的大门却只开过两次，一次是一个伙夫模样的中年男人出来，接过一筐的菜进门去，进去的时候还好奇地看了一眼范晓鸥，范晓鸥刚凑上去要说话，那伙夫却“咣”地一声关上了门。

第二次还是那个保姆柳妈出来，看到范晓鸥还在原地站着，微微一怔，说：“姑娘，你怎么还不走？都说了没这个人啦！”

范晓鸥喃喃地说：“我是从很远的地方来的，找了他很多年……”

保姆柳妈心想：明远这孩子太花心了，怎么连这么小的姑娘也要招惹。看着也挺可怜的，离乡背井来找负了心的男人。不过虽然有恻隐之心，但保姆柳妈还是知道这种麻烦少沾惹为好，免得帮错人惹来主人家的骂，吃力不讨好。于是对范晓鸥说：“你也别等了，反正那个谁肯定不住在这里。”说着又把门关上了，只是这次的动作轻了些。

天色渐渐晚了，下起了零星小雨，雨帘逐渐密了起来。范晓鸥呆呆站了一个下午，浑然不觉得饿和疲惫，心里只觉得空荡荡的。这种感觉就像在沙漠里艰苦跋涉了很长时间的旅行者，一心要找到一潭清水一样，结果历经了千山万水，到了水潭跟前却发现原来自己看到的只是海市蜃楼。

雨越来越密，范晓鸥身上的衣服已经被雨水浸透，她环顾着空荡荡的令她心底渐渐萌生寒意的胡同，缓慢地挪动着脚步，想要离开这里。

就在这时，胡同口突然出现了两束刺眼的光芒，有一辆轿车悄无声息地在胡同口缓缓停下，接着有一条黑色的人影开了车门，下了车，朝着胡同里走来。

范晓鸥往外走，那个黑色人影摇摇晃晃地往里走，踉踉跄跄似乎喝多了。胡同口的汽车见人进了胡同，也缓缓开走了。原来被车灯照亮的胡同顿时重新陷入了一片黑暗之中。范晓鸥警惕地盯着那条黑色的人影，迟疑着放缓了脚步慢慢走着。

黑色人影个头比范晓鸥要高不少，还没走近，范晓鸥的鼻子里就闻到了一股隐约的酒精味道。她不由放缓了脚步，她对醉鬼生来就有一种畏惧的感觉，知道酒鬼是惹不起的。

就在距离酒鬼还有一米多远的时候，范晓鸥停住了脚步想侧身让那人先过，可那条黑色人影却站住了。天比较黑，又下着雨，长长的胡同里只有他们两个人。酒精的气味更加浓重，那黑色人影停住脚步像要确定什么，竟然探过身向范晓鸥倾斜过来，把范晓鸥吓得几乎要尖叫出声，她举起胳膊肘，捏着手掌交叉挡在胸前，咬住唇不出声，努力让自己不要惊慌。

她听姑姑说过，不怀好意的歹徒最喜欢找那种软弱的毫无意志力的弱者下手，要是遇到危险的情况一定不要惊慌，你一慌就更会引来歹徒的杀心，所以范晓鸥即使惊骇得头发都要竖起来，也忍着不敢轻举妄动。

一般这胡同里很少出现生人的，欧阳明远睁着醉意朦胧的眼睛看着前方黑乎乎的影子。今天去姐姐那里吃饭，顺道和聂梓涵胡说海侃了一通，他的酒量不好，晚饭多喝了几杯洋酒，就开始晃悠起来，还得让姐夫派车送他回来。

借着微弱的灯光，他迷糊中感觉出这是个女孩，而且清丽娟秀。下午的时候欧阳明远就接到过柳妈的电话，说是又有一个女孩来找他，他正聊到兴头上，被柳妈这么一打扰，他不耐烦地说快让这个女人走，看来风流债欠太多也不成。不知道是否就是眼前的这个女孩。

咦，他什么时候惹了这么个女孩？看起来很乖巧很温顺的模样。欧阳明远呆呆地看着雨中面目有些模糊的范晓鸥，酒精虫子爬上脑，他情不自禁地伸出手去，就要去抚摸范晓鸥的脸，他想抬起她的下巴看清楚她的脸。但欧阳明远的这个动作却让神经紧绷得犹如满弓的范晓鸥吓得尖叫一声，她猛地甩开他伸过来的手掌，避开他的靠近就要冲出胡同口。

天不遂人愿，范晓鸥用力过猛，脚下踩了块碎石，一个趔趄，整个人就向胡同的墙上栽去。欧阳明远醉醺醺地站立不稳，向后靠在墙上，范晓鸥这么一冲，正好和他撞了个正着，被欧阳明远抱在了怀中。

感觉到散发着热气和酒气的胸膛近在咫尺，范晓鸥惊惧得连声音都发不出来，她用手拼命抵挡推拒着欧阳明远的靠近。欧阳明远却想借着范晓鸥来平衡自己，两人扭抱在一起，一时无法分开。

漆黑的雨夜，恐怖的胡同，醉酒的男人，满脑子都是要被人侵犯的恐怖思想让范晓鸥全身发抖，她的腿软得像棉花，瞬间全身都没有气力了，被欧阳明远抱在怀中，她甚至能感觉到眼前这个满嘴都是酒气的陌生男人在用一双冰凉的手在她身上摸索。

"不行，不能让这个流氓得逞！"也不知道哪里来的勇气，范晓鸥大叫一声，喊着："救命！救命！流氓！非礼啊——"她凄厉的声音让欧阳明远浑噩的脑袋更加昏沉，他有点儿反应不过来地盯着范晓鸥，结果却让范晓鸥更加惊恐。

她趁着他的愣神空当，颤抖着用力推开了欧阳明远，然后犹如受惊过度的麋鹿一般，发狂地一路逃出了幽深的胡同，连头都不敢回。

直到冲出了黑乎乎的胡同，范晓鸥还是没有停下脚步，她一直疯狂地跑出了将近半里地，身处于灯光明亮、人声鼎沸的夜市，这才放慢了脚步，全身还在犹如筛糠般发抖，方才所受的惊吓让她差点儿丢了三魂七魄，想起来都后怕。

她大口喘息着，胸腔里还有跑得太快太急而缺氧的疼痛，休息了好一会儿缓过神来，她才开始沿着灯火通明的街道步履蹒跚地慢慢走着，后脑勺高高扎起的马尾辫散落了，被雨水濡湿的头发凌乱披散在肩头，漆黑的发丝衬得她那张娟秀的脸庞苍白得如蜡像，她却没有什么心情去整理。

她的脑海里依旧有那个可怕的黑色人影不时在晃动，右眼皮也不自然地惊跳着。早知道寻找欧阳明远的过程肯定不会太顺利，却也没想到会如此惊心动魄。

陌生的街头都是陌生人，范晓鸥却顾不得人在他乡的孤独与忧虑，眼里渐渐弥漫了水雾，点点滴滴都是对欧阳明远的憎恨与愤慨。若不是这个人，爷爷也不会病倒；若不是这个人，她不会背负着沉重的亲情枷锁；若不是他，她也不会背井离乡到这里

差点儿被人污辱。

所有的委屈都凝结在眼眶里，她却哭不出来。

陌生的环境以及刚才的惊吓让范晓鸥自动生成了一种对抗外界的敏锐与刚强，她害怕自己一软弱又会被某些隐藏在暗处的歹徒给盯上，所以脚步不自觉地加快了。雨还在下着，大半夜的，浑身湿透的范晓鸥以为自己这下怎么也找不到回去的路了，结果凭着还剩下的三魂七魄的碎片，让她摸回了尚丽所住的胡同里。

她在黑漆漆的胡同口张望了一会儿，还是丧失了摸黑儿进去的勇气。没办法，她硬着头皮在附近的夜间小卖部给尚丽打了个电话，让尚丽出胡同口来接她。

尚丽下了夜班才回来，困得迷迷糊糊，接到电话后趿拉着拖鞋撑着雨伞跑出来，看到范晓鸥就在胡同口，张嘴就说她："你故意逗我的是不？我困得直想躺下，不过你没回来我哪敢睡啊！你倒好，回来了还戏弄我！"

范晓鸥却一声不吭，尚丽这才发现了范晓鸥不对劲儿。

尚丽看着范晓鸥苍白如鬼的脸，心里咯噔了一下，问："出什么事了？"

范晓鸥木木地回答："路上遇见了个流氓。"

"啊！"尚丽惊叫一声，连忙问，"你没事吧？"

"我还好，就是吓得不行。"范晓鸥用手捂住胸口，有气无力地说，"尚丽，我想回去躺会儿。""行啊，赶紧回屋里去吧。"尚丽连忙过来搀扶范晓鸥。

回到了狭窄的屋子里，范晓鸥窝在小床上，手里捧着尚丽给她倒的热茶，苍白的脸色这才有所缓和。尚丽被范晓鸥这么一吓，睡意全无。她盯着范晓鸥问："怎么回事？"

范晓鸥把刚才遇到的惊险大致说了一下，尚丽这才稍稍放下心来。她又问范晓鸥："对了，这么折腾来折腾去的，你要找的人到底找到了没有？"

范晓鸥摇摇头，说："没有找到，他原来都是在骗我的，那个地址是假的。"

"唉，这也不奇怪，这些男人要不骗女人才叫奇迹呢！"尚丽干的是服务业工作，什么三教九流的人没见过，尤其是男人。因此自然就对范晓鸥被骗了那么多年后才翻然醒悟的幼稚和天真感到好笑了。

范晓鸥一声不吭，半晌才缓缓地说："那……既然找不到人，我想回老家了。"

"啊？你真要回去啊？北京你甚至都没逛过呢！"尚丽一听之下，连忙挽留着范晓鸥，"别那么着急着回去啊，你看我这里也住得下，是不是？"

"谢谢你尚丽，不过我放不下我爷爷和姑姑。"范晓鸥承认自己小家子气，而且不识抬举，有违尚丽的好意。

"唉，谁能放得下自己的亲人出来混？"尚丽接过范晓鸥手中的水杯，察颜观色了一会儿，才说："不过你想啊，你回去了对你家里的生活也起不了什么作用，没考上大学你还能干什么？除了继续复读，还有就是上班。既然上班了那还不如就在北京呢，至少这里人多，机会也多。等你赚了很多钱再回去，不是比现在要值当吗？"

尚丽的话虽然世俗直白，但说得句句在理。范晓鸥被尚丽说得不吭声了，心里也微微有些动摇。

尚丽继续说："你那男笔友到底骗走你什么东西了？是钱，是感情，还是——"她瞥了一眼范晓鸥，挤挤眼说："你还是原装的吧？"

范晓鸥一怔，随后才反应过来，红了脸说："尚丽，别胡开玩笑，我和他就是交笔友，什么也没有发生过。"

"那不就结了吗？他不骗你钱，不骗你感情，到底骗了你什么？"

"他骗走了我爷爷的一枚邮票。"范晓鸥端着水杯也喝不下了，沮丧地说道："不过，也不能全怪他，是我自己要给他的。"

"唉，你怎么傻成这样呢？"尚丽摇头叹息，"不过邮票丢了又怎样，你可以自己买一套一模一样的邮票，然后再神不知鬼不觉地放回去给你爷爷不就结了嘛！你还真是一根筋到底的笨蛋！"

范晓鸥一愣，过了好一会儿才嗫嚅着说："尚丽，我怎么没想到啊，你的提议很对——"

"很对个啥啊，连傻瓜都懂，就你傻！赶紧睡觉！熄灯！"尚丽对范晓鸥笨拙的奉承不屑一顾。

第十章
惊险的初遇

可事实证明，尚丽的理论是成立的，却经不起现实的残酷。

上午10点，北京最大的马甸邮币卡市场已经人声鼎沸，车来人往。马甸邮币卡市场分为古玩、钱币和邮币卡等几大区域，上千个摊位同时开门纳客，全天候开放经营，熙熙攘攘，人头攒动，场面很壮观。

范晓鸥挤在密不透风的公交车里，像只窒息的鱼一样，不时用手扇着风。从车窗外已经可以看到邮币卡市场就在眼前，公交车在拐弯准备靠站，车上的乘客都被集邮市场的热闹所吸引，范晓鸥却觉得自己背上的背包好像动了一下。

时刻提高警惕的她立刻觉出了异样，她猛地转过身去，发现自己的背后站着一个大约十四五岁的穿着有些邋遢，有卷卷头发的小男孩。看到范晓鸥转过身，那男孩连忙将视线调开，装作若无其事地望向窗外。范晓鸥疑惑地看了看那陌生男孩，再低头看着自己的背包，发现不知道什么时候她的包拉链被拉开了，犹如黑洞洞的嘴，大剌剌敞开着！

"扒手！"范晓鸥心里一咯噔，瞪圆了眼睛注视着面前这个明显是小偷的男孩，想给他一个震慑的压力。谁知道那小偷比范晓鸥还要嚣张，见范晓鸥瞧他，便皱眉头白了她一眼，恶狠狠地威胁说："你看什么看?!"

嘿，这年头小偷比好人都要嚣张，范晓鸥气不打一处来，提高了声音怒斥道："看你又怎么了，你偷人家的东西做错事为什么别人不能指责你?!"

公交车上的人听见两人争执，都转过头来看他们，开始窃窃私语起来，不过并没有谁站出来和范晓鸥一起谴责那小偷。那小偷见骚动引起了众人注意，心里却不害怕，他转身从容地便要下车，范晓鸥连忙拽住了他的袖子，说："你不能走！"说着快速地翻看自己的背包里到底有没有丢失东西。

小偷不想和范晓鸥拖延太久，便一把摔开她的手，狠狠地说："小丫头片子，你存心找死啊！放手！否则等会儿让你好看！"

不知道世间险恶的范晓鸥还死死拽住小偷的袖口，没想到公交车门这时却开了，车上的乘客犹如倾泻而出的沙丁鱼涌向车后门，一个接着一个下了车，小偷也乘机甩开了范晓鸥的手，混在人群中很快就不见人影了。

公交车很快就空了，剩下范晓鸥提着自己的背包站在车门边，前半车厢的司机从后视镜里看了看范晓鸥，好心地提醒她："小姑娘，下车小心点儿。刚才那是邮币卡市场的惯偷，好几个人呢，都是一伙的，你一会儿下去要注意。"

范晓鸥不可思议地问："难道没有人管吗？我不怕他们！"

"谁管得了啊？那些惯偷总派出未成年的孩子，被抓住后也是进局子里去没多久就被放了出来，警察拿他们也没辙呀，只能自己多小心啦。"司机自言自语摇摇头，像是在回应范晓鸥的天真一样。

范晓鸥不吭声了，但还是谢过了司机下了车。她四下观望了一会儿，把包紧紧抱在胸前如临大敌，犹如董存瑞要炸敌人的碉堡一样，神色严峻。她所有的家当可全都在背包里面，这包要是丢了她连回家的路费都没有。

但站了半天却没看到司机危言耸听的小偷团伙。范晓鸥稳定了一下情绪，然后朝着邮币卡市场的门口走去。车站到邮币卡市场还有一段距离，必须穿过一条宽巷。人群都聚集在市场那里，宽巷倒变得有些僻静了。

范晓鸥刚开始还保持了警戒之心，但走着走着便被远处热闹的人群以及满目新鲜的玩意儿吸引住了，紧紧抱着的背包也换成了用一只手来提。

就在她注意力松懈、脚步放缓了的时候，身边突然快速闪过一条黑影，接着有一股大力将她手里的背包猛地扯走！范晓鸥下意识地便伸出手去抓，但那人影却拿着包撒腿狂奔起来。

范晓鸥愣了一下，随之便飞快地追了上去，嘴里大喊着："抢钱了！坏人抢我包了！抓小偷！快帮我抓小偷！"

她已经从那背影认出那个人就是在公交车上偷她钱包未遂的小偷！

那小偷跑得飞快，范晓鸥一边在后面穷追不舍，一边大喊抓小偷，她看到逃跑的小偷手里还握着一把长20厘米左右、没来得及打开的折叠刀，心不由提到了嗓子眼儿，可是愤怒压倒了害怕和顾忌，她犹如发狂的母狮子一样狂追着那个小偷。

小偷拿着背包一会儿窜过店铺，一会儿跑进小巷，来逃避范晓鸥的追赶。范晓鸥用尽了全身的气力奔跑，一心只想拿回背包的她什么也顾不得想，只是拼命地向前伸出手去抓那小偷，她甚至听见自己紧张的喘息。

范晓鸥穿着的是旅游鞋，跑起来速度也快，她犹如小偷的影子一样紧贴在他后头，跟着他追过了一条街。小偷也没想到范晓鸥竟然会这么锲而不舍，有几次范晓鸥的手几乎已经触碰到了小偷的后背，但每次都只差那么一点儿。

她咬着牙忍着愤怒，憋着一口气猛追了两分多钟，那小偷一看无法甩开意志力顽强的范晓鸥，便吹了声口哨，立刻有个三十多岁的男人骑着一辆自行车冲过来接应，原来那是小偷的同伙。小偷把背包远远抛给了骑自行车的男人，然后两人分开跑向两个不一样的方向。

范晓鸥急得要哭，她的额头上全是汗，心里充满了对小偷明目张胆恶行的无力感。怎么也不能让背包就这么被抢走了啊，范晓鸥咬着牙，拖着已经疲惫到极点的身

体继续追赶那个骑自行车的男人。

她边跑边恳求周围的人群："帮……帮帮我……小偷……抢、抢我包了……"可是路人都是驻足观望，没几个人理会。眼看着骑自行车的小偷越骑越远，拉开的距离也越来越大，范晓鸥心里沮丧和绝望的情绪也越来越深。

就在这时，街对面有一辆墨绿色的北京吉普蓦地停下，驾驶座的车门被推开了，一个颀长的身影下了车，那是个很年轻的男子，眉宇俊朗，气度疏朗而清淡。他穿着宽松的套头T恤衫和休闲裤，挺拔的身形看上去并不是非常的魁梧，但全身上下却有一种不可忽视的慑人气场。

他听到了范晓鸥的叫喊循声望向这边，正好看到那个抢包的歹徒向着他这个方向奔来。

那男子看到有人抢钱却也不急，就站在原地一动不动地看着。

范晓鸥远远地喊："抓小偷啊——"但她的喉咙因为紧张和疲倦而沙哑，叫出来也只是有气无力的喃喃声。她眼睁睁地看着那小偷骑到了那个男子的身边，看来那小偷对地形很是熟悉，只要越过了那男子，就可以逃之夭夭了，因为那辆吉普车后面就是一片形似迷宫的巷子的入口，钻进去估计就很难再寻觅影踪。

范晓鸥已经不抱任何希望了，她气急败坏地远远看着那个小偷，嘴里不由哭骂着："坏蛋，死小偷，坏蛋！"就在这时，一件意想不到的事情发生了！

范晓鸥看到当那小偷骑着自行车和站在路边的那个男子即将相遇的一刹那，那个一声不吭的男子竟然毫无征兆地抬起长腿，"咣"地一脚就准确无误地踹在了那小偷自行车座下的支撑杆上！

顿时"哗啦"一声，那小偷和自行车一起应声倒地，小偷手中偷来的背包在空中划出一个漂亮的抛物线飞了出去，正好滚落到了那个男子的脚前。

那男子捡起了背包，范晓鸥也气喘吁吁地跑到了跟前，那男子仔细看了看手里的背包，然后低下头看着范晓鸥说："你的背包？"他的个子很高，看着范晓鸥的时候需要略微低着头，正好看到了范晓鸥跑得满是大汗的前额。

"是的。"范晓鸥对这男子感激涕零，差点没当众跪谢，她连忙用力点点头，失而复得的喜悦让她激动得说不出话来。

那男子也没再问，就把背包递给范晓鸥说："收好。"范晓鸥激动地接过来，正要说声谢谢，一抬眼却看到了那男子的眼睛。他的眼睛很黑很亮，也许是因为已近正午，阳光太明媚耀眼，她竟然好像看到了阳光反射在了他的眼里，就像星星闪烁一样，非常亮。她好像被这种亮光灼了一下，全身竟轻微地颤动了片刻，犹如触电般有种麻感。

那男子却没留意范晓鸥的小动作，他将失物还给范晓鸥之后，转身便走向跌倒在地上的小偷，那小偷一屁股瘫坐在地上，看来摔得不轻，看到那男子走近，小偷连忙朝着那男子迎面挥出一拳，挣扎着从地上爬起还要再逃。

那男子却不慌不忙地闪开去，随后他弯下身来，一手看似随意地按住了那小偷的肩头，只听“咔嚓”一声脆响，那小偷半边胳膊立刻耷拉了下来。那小偷的胳膊被拧脱臼了，痛得龇牙咧嘴，但还是死命挣扎着站了起来。

可还没等穷途末路的小偷拔腿再逃，那男子伸出一条长腿去，犹如秋风扫落叶一般，动作漂亮地再次把那小偷绊倒在地上，这下小偷再也爬不起来，只是躺在地上哼哼唧唧。

围观的人群此刻一拥而上就要痛打小偷，却被那男子拦住了。那男子等集邮卡市场的巡警闻讯出来才把那小偷交接给警察。他简要地向巡警说明了一下情况，在事情处理完之后便要转身离开。

早在一旁激动不已的范晓鸥却拦住了他：“多谢你啦，这位先生，真不知道怎么答谢你才好……”她怎么也要记下恩人的姓名，人要懂得知恩图报。

“别谢，正好赶上了，随手的事儿。”那男子开口说话了，声音很醇厚富有磁性，犹如有魔力一般钻进了范晓鸥的耳膜，让她的心在瞬间加速了跳动。

“您、您贵姓啊?”范晓鸥结结巴巴地问道。

“我姓聂。”那男子迟疑了一下，却还是言简意赅地回答了范晓鸥。

“哦，聂大哥……真的感谢您，我……”范晓鸥搜肠刮肚想表达自己的谢意，不知道用什么方式才能感谢这位见义勇为的英雄。她掂量着背包里的钱包，心想够不够请人家吃顿饭，背包里是否还有什么可以拿得出手谢谢人家的东西。

钱包里的钱是要派别的用场的，她要购买那枚蓝军邮。可她的背包里除了钱包、一串钥匙、一把梳子、一个日记本和一支签字笔，再有就是作为女人居家旅行必备的一包卫生巾了。

她想了想，从背包里掏出那个日记本，然后拿着签字笔说：“您，您能告诉我您的联系方式吗？等以后我好好谢谢您……”

“不用了，甭那么客气。”姓聂的男子淡然地说，字正腔圆的京腔很好听。

“应该的，应该的，多亏你帮我，请告诉我你的电话……”范晓鸥拿着笔期盼着望着那男子等着记录号码。只可惜她不会法术，否则就化身田螺姑娘前去报恩了。

见范晓鸥这么执著，姓聂的男子有点儿失笑，他再次摆摆手，说："别纠结这事儿了，小丫头，该干什么就干什么去吧。我也忙去了。再见。"说着转身朝他的车走去。

"聂大哥，请等一下……"范晓鸥还跟在那男子后面喊，但那人却没再回头，他坐进了驾驶座，然后关上车门，将车径直开进了邮币卡市场指定停放的车位。

第十一章 不可告人的隐疾

聂梓涵停好车，从车上下来，依旧气定神闲。每周他都会来邮币卡市场逛逛，可也并不只逛马甸这个市场。集邮是他的爱好，但这几年从事了这个行业之后，兴趣好像也不那么浓厚了。不过即使着迷劲儿没有过去那么强烈，他还是没有改掉经常逛邮币卡市场的习惯。

他沿着路边慢慢走着，细碎的阳光洒在他的身上，他眯缝起眼睛，觉得神清气爽。逛街是次要的，想晒晒太阳倒是真的。自从大学毕业后和舅舅欧阳明远开了个文化公司，一起做些艺术品拍卖的活儿，他几乎就很少像前几年那样天天在阳光下打篮球了，不过他古铜色的肌肤并未因此而白点儿，还是偏暗色。他不是奶油小生，可女人好像也喜欢男人健康的肤色，他无形中竟然赶上了一把时尚。

他虽然不像小舅舅那样风流，但异性桃花缘却和小舅舅一样，总是连绵不断。他个人对女色没有太热衷的乐趣。他觉得自己比小舅舅聪明的一点，就是明白女人都是难缠的动物。既然想有所得必须有所失，他不愿用自由去换取那些廉价的一夜情和烂桃花。

对此，小舅舅欧阳明远嘲笑他说他是苦行僧，有着男人最致命的不可告人的隐疾，甚至要介绍全国有名的男科专家给他，被他臭骂一通驳回去了。

其实，他只是有着轻微的情感洁癖罢了，欧阳明远这个花花公子是不会理解的。

说起来他坚定的意志力恐怕要归功于爷爷聂道宁和父亲聂志远严谨而刻板的教育吧。聂梓涵的嘴角有一抹似有似无的微笑，但这抹笑容却在看到地上自己的人影时微微凝滞了一下。

地上除了他的影子，还跟着一条小小的影子，悄无声息的，却紧跟在他身后。

他不动声色地向前继续走，那影子还是紧跟着他，他走快两步，那小影子也紧走两步。

他快走了几步之后，猛然站住了。那条小影子却收势不及，猛地一下撞上了他宽厚的脊背，他听到背后传来了一声细嫩的"哎哟"，这才转过身去，脸上却没有了刚才和悦的笑意。

"你跟着我干吗?"他不客气地问着后面鼻子被撞得有些发红的人。

"没……没什么……"被聂梓涵抓了个正着的范晓鸥的脸比她的鼻子还要红，"我……我就是想……想谢谢你……"

"都说了，不用谢!"聂梓涵向来对牛皮糖的女人没好感，即使面前是个未发育完全的小女生，还算不上女人也不例外。

"哦，我知道，那……我，我也是去逛市场的……"范晓鸥见聂梓涵的态度不像她想象中那么和善，心里先开始怯了。

"你是学生吗？一个人逛这个市场?"聂梓涵问范晓鸥，明亮的眼里有着质疑。

范晓鸥涨红了脸，小声地说："我、我是来北京串亲戚的，刚高中毕业，大学……没考上。只是来这里看看……你放心，我不会、不会跟着你了。"

聂梓涵居高临下看着范晓鸥，他的身形犹如一座山挡住了炎热的太阳光，范晓鸥突然觉得聂梓涵就像棵大树，虽然他在凶她，但她还是自然而然地信赖着他。

"那你记住了，该干吗干吗去，总之别跟着我就成。"聂梓涵盯着范晓鸥看了半天，终于确认范晓鸥不是他所见过的那种花痴女，心里这才一松，说话的口气也温和了许多。一般来说，只要不触及他的底线，他的为人还算得上是和善温柔的。

"嗯。"范晓鸥难为情地应了，站在原地不敢动，聂梓涵也不多废话转身便走了。范晓鸥头顶的那片阴凉重新落入了午后强烈的阳光照射中。她虽然没有再跟上前去，但视线却一直没有离开过聂梓涵的背影。

她发现聂梓涵的肩膀很宽，双腿修长而结实，走路的背影看来相当帅气，很有阳刚味，她的脸上不禁泛起红晕，强迫自己不再多看他。怎么搞的，他是她的恩人，她怎能对他胡思乱想。

聂梓涵到马甸也只逛那几家固定的店，这里有摊位的商家货都是有保证的，顶多是态度有时不够热情。当然，出价要公道，那种妄图用白菜价捡漏的念头在此行不通。聂梓涵也没打算能捡到什么漏，因为喜爱邮票，所以哪怕不买，看看也是好的。

说到集邮，就不得不提几年前他冒充舅舅刊登了征婚广告而得来的那枚蓝军邮，可以说那是他集邮生涯里捡到的最大的一个漏。可随着年纪渐长，那份得意渐渐演化成他内心深处的心虚和歉疚。他也有想过回信给那个叫范晓鸥的小女孩，跟她真诚道歉，但那次爷爷发火后，盛怒之下，命令他把所有来信都给烧了，他迫于爷爷的威慑力也没敢再从堆积如山的信件中临时找出范晓鸥的地址，于是从此和她就断了联系。

聂梓涵想，其实小舅舅说得也没有错，他确实是有着不可告人的隐疾，那就是做了亏心事的负疚与不安。

聂梓涵叹口气，放缓了脚步，他从一家店的玻璃门上又看到了远远跟在他身后的范晓鸥，他的浓眉蹙起，这个小丫头是牛皮糖吗？跟着他做什么？他只不过做了一件该做的事，她实在是没有必要这么在意。难道是想跟他回家吗？他对小女孩没兴趣，更不想摧残祖国的花朵。但她看起来一副无辜的样子，却让他突然间就想到那个范晓鸥，心里的某个角落被触动了，他的嘴角勾起一抹无奈的笑，没有再去驱逐眼前的范晓鸥，然后推开店门走了进去。

这是一家专门卖外邮的店，店主和聂梓涵相熟，两人点头打过招呼之后，店主特意拿出了新近来的苏邮给聂梓涵看。除了苏邮，店主还出售英、法、德、日、摩纳哥等国的经典票，聂梓涵是店里的常客，近几年他的兴趣渐渐从国邮转移到了外邮。

聂梓涵低着头翻看了一会儿，眼角的余光扫到店门口的人影，接着那条人影畏畏缩缩地也推门进来，聂梓涵头却没有抬一下，只是依旧冷静地看着他的邮票。

过了半晌，只听见有个怯生生的声音问店主："请问……你们的店卖……蓝军邮吗？"

店主一怔，随之哈哈笑，说："小姑娘，你走错店了，我这里不卖国邮。不过你说的邮票，就和'祖国山河一片红'一样，都是只闻其声，不见其影，号称售价在30万元以上，但没有人能拿出现货。就算有大家也会压箱底，不会轻易拿出来卖。"

"什么……什么？3……30万！"头顶好像有一道惊雷劈过，范晓鸥完全被震惊了。

"30万还只是保守的估计，实际上应该还不止这个价。"店主因为没什么生意，所以对范晓鸥还比较和颜悦色。聂梓涵听到"蓝军邮"却抬起头来，盯着范晓鸥。

范晓鸥被这个天文数字所吓倒，她怔在那里，觉得所有的希望都破灭掉了，来市场之前鼓鼓的勇气就像扎破的气球一样，全都漏光了。

“你要蓝军邮做什么？”聂梓涵出声了。

“我、我有用。”范晓鸥闻声望向聂梓涵，心里充满了沮丧。虽然聂梓涵帮她夺回了钱包，但她的钱包里只有可怜的一千多块钱，那还是她平时积攒的零用钱，加上临走的时候姑姑塞给她的，可是这些钱连“蓝军邮”的影子都买不到。

她不想再对聂梓涵诉说这件悲惨事情的来龙去脉了，她觉得自己已经像祥林嫂一样叨叨过太多次，而且她下意识地也不想让聂梓涵知道她曾经做过的糗事。

“可是蓝军邮现在市面上买不到，你也甭想了。”聂梓涵盯着范晓鸥，黑亮的眼眸里闪过一丝疑惑，他说：“你说蓝军邮对你有用？能说说对你会起什么作用吗？”一说到蓝军邮，聂梓涵的神色便有些异样，声音也低沉了下来。

他深邃的眼神没有放过范晓鸥任何一个细微的表情。

范晓鸥感觉到血管里的血不停往自己的脸上涌去，火辣辣的，她慌乱搪塞：“我、我只是替人问问的，对蓝军邮很好奇……所以想看看是什么样……”

聂梓涵听到范晓鸥这么说，眼底里的疑虑这才渐渐淡去，他和店主互相对视了一眼，都觉得有些失笑。

“其实就是一张邮票而已。”聂梓涵说：“物以稀为贵，因为数量少所以才稀罕，若是存世数量多，恐怕就没有这么多人趋之若鹜了。”

聂梓涵说的是事实，新中国第一套军邮在1953年发行，后因质量和使用问题停止使用并销毁。当年的军邮票是由军委通信部负责发行的，回收销毁也由通信部负责。相对于“黄军邮”“紫军邮”来说，“蓝军邮”由于是最晚印制，还没来得及投入流通，只在部队留有存档，因此价格最高。

爷爷聂道宁曾经说过，收藏和吸毒差不多，都易上瘾难戒，都烧钱！只不过收藏是烧钱养性还可以保值增值，吸毒是烧钱败家玩命。所以当年聂梓涵假冒征婚，一贯严厉的聂道宁才对聂梓涵这种玩物丧志的恶行勉强不再追究的。

范晓鸥却没有心思听聂梓涵说的哲理，她的内心全部都被那30万元的天文数字所塞满，整整30万，即使把她卖了也不够啊！因为灰心，她连礼貌的回话都顾不上，只是怔怔的发愣。她当年送给聂梓涵的，竟然是超过30万价值的邮票！难怪爷爷要病倒在床了。

但同一时刻，范晓鸥深深感觉到爷爷对她的爱，丢失了这么珍贵的邮票，爷爷却一直告诉她说没关系，她为自己的不孝而感到汗颜与痛苦，更为自己无能而感到羞

愧。她捏紧了背包的带子，为可怜干瘪的钱包而忧郁。

“你怎么了?”聂梓涵觉察出了范晓鸥情绪的低落，就问她。

“没什么。”范晓鸥突然感觉到有点儿呼吸困难，店主和店员们对她投过来的带着好笑的眼神，还有聂梓涵的好奇神情，都让她觉得自己的渺小和可悲。

她垂下头去，轻轻地说了一声：“谢谢你了，我……我再去别处逛逛……”说着转过身去，慢慢走出了这家店。但她哪里都没去逛，只是脚步沉重地往回去的车站走去。她的心里百味交杂，无能为力的情绪拥堵上心头，让她突然有种想哭的冲动。

她正拖着脚步走着，背后却传来了那个磁性浑厚的声音：“你——”是聂梓涵的声音。

范晓鸥站住了，她转过头来看他，却见聂梓涵站在她身后，跟着她已经有一段路了。

“你需要帮助吗?”聂梓涵尽管知道自己不要多管闲事，但还是被范晓鸥忧郁的表情所震动，竟鬼使神差地跟出来，一路跟着她。

“不需要了。”范晓鸥站住，仰起头看着聂梓涵，他很高，她必须要仰视才能看清他那张俊朗而温情的脸，还有那双黑亮的眼睛。

“多谢你。”范晓鸥对聂梓涵说道。他帮不了她的，连她自己都无能为力，更何况一个陌生人呢，但她为他的关心而感动，他的外表看起来很冷酷，其实却是个很温情的人。她感觉到自己的心弦好像被什么拨动了一下，但微澜的心湖也只是荡漾了刹那，便被残酷的现实和可贵的自知之明所冲淡了。

“那好，”聂梓涵觉得自己有些婆婆妈妈了，他朝着范晓鸥颔首，说：“那再见了。”

“再见。”范晓鸥轻轻回答着聂梓涵，心底里掠过一丝惆怅，但她还是睁大眼睛看着聂梓涵转身迈着长腿走向停车场，她定定盯着他宽厚的背影，但他一直没有回头。

那种渴望和失落的心情好像一杯温水被挤进了过量的柠檬，微酸的滋味扩散开来，渐渐发酵，成了浓重的苦涩蔓延在整个胸腔。她想大声喊他，请他留步，但她胆怯得张不开口。

她看了很久，直到那辆墨绿色的北京吉普渐渐消失在她的眼帘里，她才缓缓地离开。

第十二章
有了快感你就喊啊!

“呐，你看着我怎么做，然后有了冲动的快感就要喊啊!”范晓鸥坐在院子里的破旧板凳上，等待着毕林峰给她讲解业务员推销的技巧和注意事项，一旁不停嗑瓜子的尚丽不时用膜拜的眼神看着毕林峰，脸上挂着期待的笑容。

“你得说，各位先生女士们，请看看这袜子！这是采用最新高科技研制而成的!”毕林峰背着一个大的旅行包，然后从背包里拿出一双袜子来。他国字脸上带着浅浅的笑，并不见他怎样张嘴，却句句都能让人听得真切。

他的语调不轻不重、不快不慢，略带北方口音的普通话听起来确实也满有风味的，他的体质、容貌也已经基本脱离了猿人的原始特征，但范晓鸥就是觉得毕林峰有一种油头粉面的嫌疑。凭着他看她的飘忽不定的眼神还有那种无处不在的猥琐话语。

那天从邮币卡市场回来后，范晓鸥着实像秋天的柿子一样，彻底蔫了。灰心失落的她准备回家去，但尚丽却死活不让。尚丽想拉个人一起租房子，这样可以省去一半的房租，所以不停游说范晓鸥留下来，而且还说肯定帮她给找工作让她赚上钱。

范晓鸥想想，觉得离复读开学还有一段时间，虽然她买不起邮票，但她可以赚点儿路费再回去，顺道给爷爷和姑姑带件礼物，于是便同意了。可她没料到，尚丽说的找工作机会就是让她跟着毕林峰去搞推销。

范晓鸥还没来得及表示意向，毕林峰从尚丽口里得知这个消息却异常兴奋，连忙就要拉着范晓鸥进行销售前的培训。范晓鸥对毕林峰这个人本持保留态度，但抹不开尚丽的殷殷期待，便只好同意了。

毕林峰因为美女当前，非常激动。他一直认为自己是一个有理想的人，从小到大，他大大小小有几百个理想，真正实现了的委实不多，而且大都是“肉包子吃个够”之类的，意思不大。但其中有一个理想却亘古不变，那就是要找一个漂亮的老

婆带回家去显摆显摆。

他家在偏远的乡下，因为长久的穷加懒，除了他爸娶上老婆外，两个叔叔还有他的两个哥哥都没找到老婆，总被村子里的人嘲笑。有机会出了远门的毕林峰就对自己发誓，他一定要找个最漂亮的女人带回家去让村里那些人眼馋死，这么多年来，他一直混迹在北京，就是伺机寻找猎物。

尚丽对他表示过好感，但他嫌尚丽不够漂亮，拿不出手，直至遇见了范晓鸥，他觉得范晓鸥的外形还是符合他的要求的，但就是态度对他不冷不热。他不信邪，女人都是嘴上一套，背地里一套，等他和她套近乎了，然后再来个生米做成熟饭，让她乖乖认命，他以后就不必天天找自家的“五姑娘”了。

心里有了这个宏远的目标，毕林峰就更加卖力和起劲儿地教着范晓鸥，他决定拿出看家绝活来。他平时的工作就是在车站和北京偏远山区卖保健袜子和家用小玩意儿，嘴皮子早磨出来了。

“你面对顾客的时候，要面带笑容，接着学着我介绍哈。”毕林峰咳嗽了两声，突然大声叫起来，“瞧一瞧、看一看啰，我给大家介绍一种高科技产品，‘绝不臭’保健袜！采用世界上最先进的立体式网状螺旋纹编织法，结实耐用，美观大方，冬暖夏凉。不跳丝不跳线，袜子里面装风扇；不起球不起毛，袜子里面装空调！”

毕林峰边说边将一根亮闪闪的大头针穿透袜中，针头在袜面上自由穿梭，结果那袜子还真的不抽丝。见范晓鸥瞪大眼睛，他进一步卖力气，让尚丽出列，帮着他用力把一双黑袜子抻开一尺多长，用钢丝刷了几下，奇怪了，那袜子还真长脸，确实不变形不起绒。

尚丽也啧啧称奇，问毕林峰：“这袜子质量真的这么好啊？”

毕林峰见院子里无旁人，都是自己人，方才压低了嗓子说：“其实这些袜子全部都是化纤材料织成的。大头针钩不破，是你的眼睛在撒谎。其实我移动的时候，大头针一直在袜子下面，停下来的时候才把针头穿过袜子。”毕林峰说这个实验的诀窍就是手快。

“用钢刷刷后不断线、不起绒的道理更简单。这个实验的要领是袜子一定要拉紧，无论什么袜子拉紧后都不易断线。”毕林峰倾心传授着自己的看家本事。

“这……这不是骗人的吗？”范晓鸥迟疑地说。

“唉，这算什么骗人的啊？商店里的一双袜子就要卖十几块钱呢，而这三双袜子才十块钱，就是质量一般了点儿，不过即使人家发觉也不会在乎这俩小钱！”毕林峰不以为然，因为范晓鸥的质疑而不悦，膨胀的情绪稍微受到了挤压。

尚丽见毕林峰不高兴，连忙鼓动范晓鸥："对啊，毕林峰说得对，晓鸥你别死心眼儿了，这可是赚钱的好机会，这袜子成本多低呀，卖出去就是稳赚！去吧，去吧，你不去我都要去了，你肯定能行！"

就这样，第二天，范晓鸥同学就在毕林峰的带领下，肩背旅行包，脚踏旅游鞋，风尘仆仆地深入北京的偏远山区村庄，展开三寸不烂之舌，向村里的大妈大爷们兜售着效果奇特的保健袜子。

"如果给我一个机会，我不仅会让这袜子卖出北京，冲出亚洲，走向世界，甚至可以奔向太空，让宇航员穿上这种袜子。"外星球来客毕林峰在狭小拥挤的郊区公交车上还不忘给范晓鸥传送他的宏远理想。

"你这样卖袜子多久了？"范晓鸥瞥开脸，避开毕林峰唾沫星子四溅的念念叨叨。

"六年了。"毕林峰深有感慨，"我一来北京就干这个，在这行，我已经算是龙头老大了。"

范晓鸥保持沉默。也许吧，她确实不晓得毕林峰的名气已经响彻北京郊县的荒山野岭。

可惜这龙头老大没威风几天，就遭遇到了村里大爷大妈们的绝地反击。

也不知道毕林峰是不是因为美女当前，忘记了警惕，竟然带着范晓鸥回到他以前卖过袜子的村落里去。一般来说他卖袜子都是打一枪换一个地方，走到哪算哪，不会在同一个村庄卖两次的。所以在北京他所销售的区域越来越窄，他也想过去河北发展。

村里闲着没事的大妈们围过来，好像看杂戏一样，观看毕林峰的表演，可还没人提出要买。毕林峰见没啥宣传效果，又掏出一把铁刷子："看到没，这是菜市场刷鱼鳞的铁刷子，我要用它来刷袜子。"说着让范晓鸥拉住袜子，然后用刷子在拉展的袜子上"嚓啦嚓啦"地反复刷了几下，他口里念叨着："我横着刷竖着刷，上刷刷下刷刷左刷刷右刷刷，刷刷刷，嘻刷刷，嘻刷刷……"身子还合着节奏扭动着，把大妈们逗得花枝乱颤。

范晓鸥却面无表情地看着毕林峰的表演，她觉得毕林峰不去当演员实在是亏了。她有痛苦的冲动，但没大喊的快感。才三天不到，她已经随着毕林峰走遍了北京郊野的大半村庄，差点儿都走到了河北去。

她的脚底磨出了水泡，水泡破了，脚疼得几乎走不动道。嘴唇也因为干渴而龟裂，发色在毒辣的太阳光下几乎都晒浅了。她由衷佩服毕林峰能长期坚持下来，她几

乎想打退堂鼓了。毕林峰觉察出了范晓鸥的退意，连忙向她说明推销这袜子的利润，原来别看袜子便宜，其实卖出一双竟有将近双倍的获利。

但是跟毕林峰一起卖力推销了三天，范晓鸥却一分钱也没拿到。毕林峰不管吃不管水喝，甚至还让范晓鸥自己分摊买公交车票的钱，美其名曰谢师费。范晓鸥想自己初来乍到北京，人生地不熟，不能第一份工作就当了逃兵，她不想让毕林峰说她吃不得苦，便咬牙忍下来。

但是很快，这家村庄有人认出了毕林峰，一声大喊："这不是前阵子来我们这里卖假货的贩子吗？丫的，我花十块钱买了三双袜子，结果脚一伸进去，脚趾头就从袜子里跑出来。三双六个大洞，这不是坑人嘛！"

"对啊，我记起来了，他还卖过黑胆石手链，说是西藏奇石，有保健磁疗的效果，我买了回家一看，原来是他娘的破鹅卵石！"

"害人精，欺负我们这些老头老太太，虽然是小钱，也不能耍我们玩儿啊！"不知是哪个大爷吼了一声，立刻围上来一群老头老太太揪着毕林峰就要找他算账，毕林峰吓得连刚才的刷子和袜子也不敢收，慌忙背着他的大包挤出人群逃之夭夭，也顾不上范晓鸥还落在后头。

幸好范晓鸥腿长，人也不算迟钝，连忙跟在毕林峰后面没命地逃出这个小村庄，跑得上气不接下气，小脸吓得煞白。

这天晚上，范晓鸥明确向毕林峰提出辞职不干了。毕林峰脸上挂不住，就冲着尚丽发牢骚，尚丽自然是护着毕林峰的，便说了范晓鸥："晓鸥，你说你的学历也就高中，而且才来北京，能找到什么样的好工作？跟着你毕哥干去，早晚会有出息的！"

但范晓鸥却只是沉默，她明白自己条件的局限，但跟着去坑人的买卖她决计不会再做了。于是任由尚丽怎么说她，她也只是无言以对，心里的主意却很坚定。

合作不成，范晓鸥立刻感受到了毕林峰对她的不善，只要她在他面前出现，毕林峰总是用朝天的鼻孔看她，然后发出了不屑的哼哼声。

范晓鸥明白不要和他计较，但心里却是有些怏怏的。尚丽不站在她这边，一直在旁边为毕林峰敲边鼓，也让范晓鸥感觉到了略微的不快。她想，要么立刻回家，要么就自己找份工作去。

这天在车站等车的时候范晓鸥买了份杂志，发现杂志上有个信息说有家插座公司要招前台秘书，之前她怕重蹈以前的覆辙，于是打了电话去求证，尽量落落大方地把自己的情况说了一遍，人家那边听她声音甜美，态度温和，便建议让她去面试看看。

范晓鸥细心地收拾了一下自己前去应征，结果那家公司看她人长得漂亮，性情也挺温婉，便将她留了下来。可不，人家原来就是打算招个前台花瓶，放在那里好看的，让客人们赏心悦目。

但对于范晓鸥来说，被录取的这件事却是非常振奋她斗志的人生转折点。生平头一次，她靠自己的努力争取到了工作的机会，她在心里暗下决心，一定要好好工作，好多赚点儿钱让爷爷和姑姑过上好日子。

尤其是爷爷，她对不起他太多了，只能将来好好补偿他老人家，而这些都是必须要有物质基础才能做得到的。

范晓鸥被正规公司录取为前台的消息被尚丽知道后，尚丽除了艳羡之外，还多了一份嫉妒，不过虽然如此，但因为范晓鸥比她料想的有价值，她也希望将来能互相仰仗，所以她对范晓鸥的态度还是明显好了起来。

范晓鸥这才明白，原来要想获得别人的尊重，自己本身必须要独立、要上进，只有一点点改掉怯弱和害怕，变得自信，才会慢慢强大起来。

第十三章 迷失

范晓鸥很珍惜自己的第一份工作，每天几乎都是最早来最晚走的一个。虽然说前台秘书只要足够“花瓶”便能轻松胜任，但范晓鸥还是认真对待。每天收发信件、购买办公用品、替人打字复印、接听电话、端茶倒水……在公司的8个小时，她随时都需要将微笑挂在嘴边，遇到客户责怪，她也必须含笑化解。所以一天下来，她的脸都笑僵了。

而且因为没有工作经验，她的工资是公司里最低的，加上公司不管午饭，要自己吃。所以微薄的工资除开交房租和吃饭车费外，几乎根本剩不下钱来。就这样下去，如何才能攒到钱呢，范晓鸥嘴上不说，但心里却还是有些着急的。

正巧尚丽在酒店当领班和经理争执，一气之下不干服务员了，她的一个朋友介绍

尚丽去 KTV 当“包厢公主”。“公主”的主要工作就是陪客人喝酒，陪客人唱歌，给客人倒酒，给客人点烟。大概来说就是“小陪”，卖艺不卖身。

尚丽去了几天就得到了不菲的小费，把她乐得喜出望外。于是回来后极力怂恿范晓鸥也跟着她去赚外快。范晓鸥一听“KTV 包厢公主”这几个字，就联想到不太好的，连忙说不去。

可她保守的态度却惹来尚丽的奚落：“你以为这年头清高能当饭吃吗？再说，又不是介绍你去杀人犯法做下流事，只是去 KTV 里当公主而已！公主你晓得不，就是不能让人碰的！你想到哪里去啦！在那里干一个月挣的钱比你在那插座公司里干一年还要多！”

范晓鸥被尚丽数落得脸红，她刚给爷爷和姑姑打过电话，听姑姑说爷爷的身体好像更不好了，需要住院疗养一段时间，范晓鸥知晓家里的情况，姑姑一定为了爷爷的医药费在发愁，而自己又没有能力帮姑姑分担，范晓鸥的情绪也很低落。

此刻再听着尚丽的鼓动，范晓鸥的心开始有点儿松动了。尚丽当服务员也有些日子，善于察言观色，见范晓鸥有点儿动摇，就连忙继续加把劲儿怂恿她：“你跟我去怕什么？我们只做包厢公主，涉及其他方面的我们绝不干！即使只做公主，赚到小费也很可观呢！你先试试，若是真的不习惯的话，到时候我们就一起撤，怎么样?!”

范晓鸥见尚丽既然都这么说，加上自己又急需用钱，想了想就咬着牙同意了。

尚丽带范晓鸥去的这家 KTV 算是比较正规的娱乐场所，也有一定的规模。所以尚丽对范晓鸥说的倒没有错，这里的 KTV 公主一般不随客人出场，公主其实就是包房服务员，负责点歌拿东西点烟之类的，最辛苦的是在倒酒的时候要跪在垫子上，说穿了，就是 KTV 包厢里的“丫鬟”。也有“公主”受不了这份伺候人的苦，便渐渐沦落了。

因为 KTV 包厢里的客人通常都是鱼龙混杂，有钱的客人高兴了会给点儿小费，但是不会那么好心，一回二回的，给得多了，这些“公主”自然就抵制不住了，所以 KTV 公主沦落成失足妇女也比比皆是。不过要是能抵制诱惑，工资还行，而且是日结。

范晓鸥上的是夜班，白天她还在插座公司当文秘，晚上就赶过来上夜班，从晚上 8 点上到夜里 2 点。外表看“公主”们都是打扮得花枝招展，个个都性感漂亮，只要替客人点歌倒酒就成了，但实际上工作并不那么简单。

从点歌到倒酒，不是一般饭店服务员能干得了的。通常有客人喝多吐了，还要清扫厕所，那种混杂着酒气和酸味的呛人味道差点儿把范晓鸥熏晕。包厢里的环境又吵，不是每个男客人的歌声都像王力宏，女客人都像张惠妹，忍受一晚上麦霸的鬼哭狼嚎还要保持礼貌的笑容也不是很容易的一件事。所以说其实KTV公主也是很辛苦的。

在KTV里面上班一定要有良好的心理素质，不容易被诱惑才行，假若吃不了苦，慢慢也会彻底沉沦下去的。

尚丽做过酒店的服务，所以对KTV包厢公主的工作如鱼得水，经常因为能喝酒，敢和客人打情骂俏，也愿意给客人揩揩油，所以每晚收到的小费很可观。相反范晓鸥因为只顾着埋头干活，根本不爱和客人搭腔，也不太愿意表现自己，所以一般客人给的小费也少。

尚丽和范晓鸥固定在“山清水秀”包厢里服务，包厢里的场景一般都是像尚丽这样的公主围绕在客人身边和客人调笑嬉闹，而范晓鸥则双膝跪在地上默默地收拾啤酒瓶和瓜果皮壳，顺道还为客人跑腿去买烟。

不过范晓鸥却已经很满意了，因为即使只当KTV包厢里的清扫工，收入也远比在插座公司要高出很多。短短十几天，范晓鸥就往家里汇去了一点儿钱，虽然数目不多，但应该也能为姑姑解点儿忧。

只是因为白天上班，晚上还要兼职，在极度缺眠的情况下，范晓鸥的眼睑下出现了淡淡的黑眼圈。

身体上的累倒还好说，让范晓鸥觉得有些不快的是，这家KTV为了招揽生意，需要她们冒充附近大学的女大学生，对外宣传说的就是内有女大学生勤工俭学，清纯美丽，很有可观性。这样的宣传一来可以提高KTV的服务档次；二来也可以满足客人的猎奇之心。

可能KTV公主里确实有真正女大学生在此打工，但对于不是女大学生的范晓鸥来说，犹如是根针，时时刺痛她高考落榜的那颗敏感的心。不过心里不痛快又能怎样，独自一人漂泊在北京，想要赚钱谋生就必须咬紧牙关，忍辱负重。

有句话说得是，既然不能改变环境，那就尽量去适应环境。

不过事情都有两面性，因为冲着女大学生的名头，大多数的客人对这里的KTV公主还都是挺客气的，虽然不可避免有些客人在喝多了之后有些不轨的动作，但范晓鸥还暂时没遇到过，也许在客人的眼中她还算未成年的少女，再加上公主中美女如云，足以让客人眼花缭乱，所以她的服务员生涯还算暂时平静。

但这种平静总有被打破的一天。这晚尚丽因为临时有事所以没来上班，包厢里固

定的服务员就剩下范晓鸥。晚上接近11点的时候，听说要来一拨重要客人。领班特意提前跑来对她说要小心伺候，因为客人来头不小，听说很有身份和地位，一定要伺候好了。

见范晓鸥有些局促，领班又补充了一句："你不用担心，反正就是保持好包厢的整洁，至于点歌以及陪客人的活儿我会再安排公主过来。"言下之意就是范晓鸥收拾妥当卫生就好，其他就不用管了。

范晓鸥自然答应，在临走的时候，领班看了看她，说："你要是愿意的话我也可以安排你正式陪客人。"在KTV，公主分为出台和不出台两种，小费拿的自然也不同。范晓鸥属于最低等级的服务员，待遇不可同日而语。

范晓鸥一听连忙摆手，说："不用了，多谢芳姐啦，我、我愿意打杂，别的我不会。"

领班芳姐见范晓鸥这么固执，也没说什么就出去了。范晓鸥工作这些日子，一直任劳任怨，手脚勤快，所以领班比较喜欢这个外地来的小女孩，也不大勉强她。其实之前也有客人问能不能让范晓鸥陪客，都是芳姐给挡回去了。

范晓鸥连忙把包厢重新收拾了一遍，就等着尊贵的客人来。接近夜里12点的时候，果然包厢外来了五六个男人，气质不同寻常，看架势都是有来头的，没带女伴。等客人一落座，范晓鸥连忙先递上酒单，然后开始为客人斟茶送水。

她跪在毡子上低着头服务，没有注意其中有个客人从一进门就盯着她看。那人有一双黑亮的眼睛，看到范晓鸥的瞬间微微有些愣神儿，但随后便恢复了正常。

芳姐这时候已经带了一拨年轻貌美的公主过来，于是在这几个大男人面前，一字排开地站着近十个靓丽妖艳的女子，都是KTV里最漂亮的红牌公主。

"聂先生，您看您的朋友喜欢哪个？我们这里的公主都是女大学生，个顶个的漂亮，而且善解人意，肯定让你们满意！"芳姐笑意盈盈地对其中的一名男子说道。

"都是女大学生？"那个男子的语气有些异样，稍作停顿后朝着那排妖娆女子淡然地望了一眼，便对自己带来的朋友说："喜欢哪个大学生就尽管挑吧，今天我请客。"

那带了磁性而低沉的声音骤然穿破人声和缭绕的烟雾，一下子击中了范晓鸥！

她端着茶水的手顿时痉挛了一下，滚烫的茶水溅泼在了手上。她忍住心慌意乱，抬起眼来，有一双她所熟悉的俊秀眼睛带了些许嘲弄，视线若有若无地掠过她的脸，转而盯在那些妖娆的美女身上。

范晓鸥觉得手上火辣辣的，估计是被茶水烫伤了，她顾不得处理手，那种火辣辣的痛感传递到了她神经的末梢，让她整个人都有些微微发颤。她突然间觉得很痛，仿佛有人在用鞭子抽打着她的脸，火辣辣的痛楚让她再无法抬头看他。

包厢里灯光柔和，却依旧能看出范晓鸥涨红得不能再红的脸。刚进包厢的时候她低着头没发现他，但聂梓涵却是一眼就认出了范晓鸥。

与那天在邮币卡市场见的时候不同，今晚范晓鸥的马尾放下了，及肩的黑发随意散落着，脸上也化了点儿淡妆，因为她一直跪着，乍一看与他平时见的KTV服务员没什么不同。但他锐利的眼神还是在她专注而职业化地递酒单和倒茶的过程中，清楚地看到了一头乌发下那双黑白分明的大眼睛，依旧带着点儿天真倔犟的味道。

耳边是KTV莺莺燕燕的娇声细语，还有待请客人暧昧的嬉笑声，再看着范晓鸥跪在他面前为众人服务，聂梓涵不知为什么，心头掠过的是些许不耐与厌烦。

“难得今天聂少请客，来来，各位赶紧挑个会喝酒的，今晚来个狂欢怎么样？”说话的是聂梓涵的一个哥们儿小廖。聂梓涵的文化公司最近接到一个大单子，就是小廖给牵的线。

小廖的父亲是某军区政委，小廖从小书就念不好，现在某机关当普通科员。不过他很早就出来在社会上混，门路也广。为了答谢小廖的人情，聂梓涵特意把小廖和客户还有几个朋友一起请出来吃饭。酒足饭饱之后，小廖提议到KTV消遣，众人都没异议。

很快的，在小廖和芳姐的鼓动下，包厢里的几个男人都叫到了貌美的公主陪酒，只有聂梓涵没有吭声。小廖搂着心仪的美女笑着对聂梓涵戏谑地叫道：“怎么，聂少，没有一个看得上眼的吗？”

芳姐一听，连忙堆笑着说：“是啊，聂先生，您要是不喜欢，我再叫一批来。”

“不用了，今晚我想静静。”聂梓涵谢了芳姐的好意，然后对小廖说：“你们尽兴就成，我得送你们这堆醉鬼回去，还是清醒点儿好。”

“你这小子是怕跌进温柔乡爬不出来吧？”小廖嗤笑，然后对芳姐说：“你别管这大少了，他的标准很高，不是普通女人能对付得了的。他要吃素，你就让他当唐僧吧。”说着便让芳姐把那些挑剩下的公主都带出去。

芳姐见聂梓涵落单，而他又是一众男人中最出色的，有不少公主都用殷切的目光盯着聂梓涵，想得到他的青睐，于是继续努力想替公主们推销：“聂先生，我们这里的公主都是大学生，清纯又体贴，保证会让你们玩得更开心的，您真不挑一个吗？”

聂梓涵抬起头来，看了看芳姐，嘴角突然勾起一抹笑，说：“连这个服务员也是

大学生吗?”他的手指的是范晓鸥，俊秀脸上的笑容有点儿坏，却更让在场女人的心神为之荡漾。

芳姐一愣，没料到聂梓涵会突然拿范晓鸥说事儿，不过不愧是练出来的高手，她连忙堆笑着说：“当然啦，这个大学生本来也是公主，只不过缺人手，所以先当了服务员。”

“哎，小聂，你不会吧？口味独特啊！这么多漂亮妹妹不挑，挑个打扫的服务员?”小廖远远地嘲笑着聂梓涵，身旁的几个朋友也哄然大笑。

范晓鸥低垂着头，手里还端着茶壶，听到众人的嘲弄声，她的头也不敢抬一下，拿着茶壶的手微微颤抖着，她勉强控制住自己，才能不当场丢下茶具半途而逃。

但聂梓涵却并没打算放过范晓鸥，他朝她俯过身去，凑近了对范晓鸥说：“妈咪说你是如假包换的大学生，你告诉我，你是吗?”

范晓鸥咬着嘴唇，脸红得几乎要滴出血来。她一声不吭，却让聂梓涵更加不悦：“说啊，你是不是真的大学生?”他生平最恨人撒谎，今晚不知怎的，怒气更甚。

芳姐一看聂梓涵这么较真儿，怕范晓鸥不好应付下去，连忙打圆场，说：“哎呀，聂先生，你别这样，小玫才上班没几天，你这样会吓着她的。”

“是啊，小聂，你怜香惜玉点儿，别这么凶。”小廖远远说了，又摇摇头，觉得聂梓涵小题大做了，虽然不经常看到聂家少爷出来玩，但在欢场上没必要较真儿，人家说大学生就当大学生好了，大家都是出来玩的，真亦假，假亦真，难得糊涂，不是挺好的吗?

“小玫?”谁知道聂梓涵听到范晓鸥的名字，更盯紧了范晓鸥，嘴角挂起一抹嘲讽和不屑的笑意，用手指在玻璃茶几上敲了敲，说：“女大学生，这个是你的名字吗?”

范晓鸥见躲不过去了，她咬着唇抬起头来，看着聂梓涵，声音沙哑地应他：“是。”

因为心虚和羞愧，范晓鸥的语调里带了颤音，在 KTV 昏暗的灯光下她的眉眼竟是分外的清晰，茶几上的玻璃杯折射出璀璨的亮光，隐隐可以照见她眼眸中细碎的水光，看起来竟有几分凄惶与可怜。

聂梓涵的心微微一动，不再言语，今晚只不过在吃饭的时候有些稍微喝多，他就完全失常了，这让他有点儿困惑。他不再质问范晓鸥，整个人向后靠去，一边用手揉揉眉心，让自个儿彻底放松下来，最近忙公司的事情，有些累了。

范晓鸥见聂梓涵总算不再逼迫她，便勉强继续开始自己的工作。她替众人斟好茶，然后替他们点歌。拿酒、倒酒、点烟、递小吃都很细致，动作麻利而娴熟。她穿着样式最保守的KTV公主制服，但严实的衣着却掩盖不住曼妙和苗条的曲线。

尤其是范晓鸥站起身来为客人们点歌的时候，微微露出的优美颈背和手臂细腻的肌肤竟让所有的男客都看怔了眼。

有时候女人穿得暴露不代表性感，若隐若现才是最诱惑人的。尤其是天真的样貌附带上完美的挺拔曲线，更让人无法释怀。

小廖早在看清楚范晓鸥的相貌之后，就后悔了很久，他远远地朝着聂梓涵竖起了大拇指，用口型说聂梓涵你丫的眼光太毒，一挑就知道挑个好的，范晓鸥眼下犹如明珠拂去尘埃，如此耀目。

聂梓涵却当做没看到小廖艳羡的目光，他拿着一杯酒靠在沙发上，看着范晓鸥在他面前晃动。她细碎无声的走动带来了一股清新的香气，不同于包厢里女人的香水味和酒味，而是一种自然的香气，干干净净有股子洗发水的味道。

聂梓涵微微蹙了眉，看着范晓鸥，眼眸里闪烁着谁也不看不清的复杂光芒。

当范晓鸥忙妥当之后，重新跪在茶几面前为客人服务的时候，聂梓涵突然对范晓鸥说："给我点支烟。"范晓鸥连忙抬起头来，从桌子上拿起聂梓涵之前放在茶几上的香烟，从里面拿出一根双手递给聂梓涵，聂梓涵抬眼看了她一眼，接过烟然后把烟叼在嘴角，等着她过来点烟。和上次给她的英勇正直的印象不同，此刻他的神态痞痞的，让范晓鸥看了有些慌乱。

给别人点烟的时候范晓鸥态度坦然，但面对聂梓涵的时候她就是无法自如，她用颤抖的纤细手指急切地按压着打火机，但那打火机好像在与她作对，怎么也打不着火。

她在聂梓涵冷淡眼神的注视下，哆哆嗦嗦地好不容易才将打火机点燃。她倾身点烟的动作让她和聂梓涵靠得很近，她的鼻腔充溢着的都是他身上的男性气息，他近距离敏锐的审视眼神更让她犹如被困在笼里的小白鼠一般，无处可逃。

范晓鸥只能硬着头皮，将手中的打火机凑上前去。离他很近，她看到聂梓涵润薄但线条完美的嘴唇，把他倨傲尊贵的气质，表现得淋漓尽致。她的脸腾地红了，连忙略微瞥开眼，不敢多看。

聂梓涵就着范晓鸥的手点燃了香烟，他温热的鼻息喷在她颤抖的手背上，她的手一哆嗦，他却微微自得地笑了。然后在她松开手的同时，他深吸一口烟，然后缓缓喷出来，吐出了一个个完满的烟圈，烟雾顿时弥漫了范晓鸥的眼睛和脸庞，她被呛得轻

轻咳嗽了几声，连忙用手捂住嘴，转开脸去。

明知道聂梓涵是在调戏她，范晓鸥却一点儿办法都没有，她咳嗽着，眼角渐渐红了起来。

但聂梓涵却拍拍身旁的座位，对她说：“坐过来。”

范晓鸥一愣，慌忙掩住嘴抬起头看着聂梓涵，KTV里有个不成文的规矩，坐到客人身边就等于要陪酒了，而范晓鸥一直习惯做清扫和纯服务的工作，从来没陪过酒。

她嗫嚅了一会儿，才清清嗓子小声地说：“不……不了……我就跪着好了……”

聂梓涵听了范晓鸥的回答几乎要失笑，哪有KTV公主这么回答客人的要求，也太纯情了些吧。他盯着她，缓缓地说：“叫你上来坐就上来坐。”声音里带了不容推辞的威慑力。

范晓鸥不敢反驳聂梓涵，但跪着的身子却是不肯移动半分的。

第十四章
青涩的初吻

聂梓涵和范晓鸥的细微举动让对面沙发上抱着公主的小廖哈哈大笑，看戏看得津津有味。

其实今晚他们这些男人在用晚餐的时候都有些喝高了，此刻进了包厢再一闹腾，酒精虫子上脑，就更加乐于借逗弄美人而发泄情绪。

聂梓涵和范晓鸥正在僵持着，谁也不肯退让。没料到今晚聂梓涵要请的客户因为身边的女伴出去上厕所，身边缺人，正好看到茶几旁跪式服务的范晓鸥，早就对娇美的范晓鸥心痒痒的客户醉醺醺地站起身来，朝着范晓鸥便倾身过去。

范晓鸥正和聂梓涵赌气，低着头没看人，没留神那客户的胳膊已经伸到了她跟前。

那客户倒也不客气，连征求的意思也没有，庞大的手掌就握住了范晓鸥的肩头，范晓鸥穿的是七分袖宽领口的制服，被客户一拉，香肩微露，那大片滑腻的肌肤触感让客户心头一荡，欲罢不能，色心大起，于是一把就将懵懂的范晓鸥猛力拉起，按坐在了他身边空出来的位置上。

范晓鸥吓得花容失色，直接站起来就想往外面跑。结果刚站起来就被客户一把又拉了回去，整个人就跌坐在了沙发上。客户的酒意上来，在众男人的哄笑声中，手开始不规矩起来，一手按住范晓鸥，另一只手就往她制服里面伸。

范晓鸥用两只手护住自己拼命反抗并且喊着别这样，她惊吓得都快哭了，无助得像个可怜的孩子。过度惊骇和万般无奈之下，她用泪汪汪的求助眼神看着聂梓涵，泪眼朦胧间只看到聂梓涵快速地站起身来，放下了酒杯，走到客户身旁弯身对客户说了几句什么话，那客户一愣，随后便怏怏地放开了拼命挣扎中的范晓鸥。

聂梓涵对那客户说的是："不好意思，沈总，这是我先看上的女人，要带出场的。今晚我再给您挑个好的，所有的花销都记兄弟账上，您看成吗?"

见那客户松开范晓鸥后面色不爽，聂梓涵压低了嗓子对那客户说："为了表示兄弟我的谢意，您那好处费我再加百分之十给您。"那客户一听，绷紧的脸这才舒展开来。

其实他也不敢怎么开罪聂梓涵，谁都知道聂梓涵虽然年轻，但身家背景都是有来头的。这次有幸和聂梓涵做成生意，若是攀上良好关系以后也有了靠山，更不用提聂梓涵给的好处费比别家的都丰厚了。尽管得不到那个小美人的伺候，但从一开始进包厢聂梓涵只喜欢这个女孩儿倒是谁都看到的，众目睽睽之下强夺过去好像也挺不仗义，于是便哈哈笑着以掩饰自己酒后乱性的窘态。

聂梓涵按铃让 KTV 的妈咪芳姐进来，把那个借口上厕所其实是偷溜出去赶场的公主退掉，亲自给客户重新找了一个肉弹型的性感美女，又嗲又会劝酒，客户这才满意得眉开眼笑，皆大欢喜。

总算没她什么事的范晓鸥昏沉中从沙发上站起身，步履蹒跚地经过聂梓涵身旁时，腰肢却被一支有力的胳膊揽住。她惊慌之下连忙想推开那支如铁箍般的胳膊，但聂梓涵已揽过她的腰，迅捷得就像他没有一丝迟疑，甚至她看到他嘴唇微动了一下，像在安抚她什么。

这样可怕的温情，却让范晓鸥心里惊乱，双脚微微一软，整个人身不由己地跌坐在聂梓涵的膝盖上。

"乖乖坐着，再不老实听话，该出乱子了。"聂梓涵在范晓鸥的耳边低声说道，

热热的鼻息穿过她的长发，拂起的发丝弄得她的脸侧麻麻痒痒的，范晓鸥一动都不敢动。

“刚才没事吧，是不是吓到你了？”聂梓涵的声音依旧好听。范晓鸥没回答他，就低着头。他也没多说什么，范晓鸥就这么一直坐在他腿上，他也不乱碰她，只是用手环绕着她。

可范晓鸥的脸和脖子像是被火燎着，滚烫的红晕一直烧到了后脊背。她不敢乱动，僵直着身子，背后就是聂梓涵散发着热气的胸膛，鼻翼里呼吸的都是他带着酒气的男人气息，从来没有和一个男人这么亲密过，连心脏都漏跳了半拍。

聂梓涵却神色自若地空出一只手抽烟，然后端着一杯酒，在她耳边问她：“要喝酒吗？”范晓鸥慌忙摇摇头，聂梓涵不说什么，自顾自地喝了一杯，将酒杯放下，而后突然凑近了范晓鸥的肩侧。范晓鸥以为他要吻她，受惊一般就要闪躲，可是她的右肩一沉，聂梓涵并没吻她，而是将他那张脸贴在她的脸侧，然后把下巴支在她的肩头。

他灼热的鼻息吐在范晓鸥的脖颈间，带来了些微微的痒，范晓鸥不由脸红过耳，全身的肌肉都僵硬了。聂梓涵却以这个暧昧而亲密的姿势搂着她听包厢里的人唱歌。

小廖竟然会唱浪漫的温柔情歌，包厢里的各色男女都沉浸在酒醉金迷的氛围之中，在昏暗灯光的掩盖下，几对男女都随着音乐或跳舞或拥抱或抚摸，没有人注意到聂梓涵和范晓鸥之前的暗流涌动。

“为什么到这里来做事？”聂梓涵有些醉意迷蒙地低声问范晓鸥，棱角分明的下巴动了动，嘴唇也有意无意地擦过范晓鸥脖颈的娇嫩肌肤，他明显感觉到范晓鸥的身体哆嗦了一下。

“是缺钱用吗？”他继续问她。

范晓鸥不吭声，聂梓涵等不到范晓鸥的回应，便将酒后困乏慵懒的身躯向后靠向松软的沙发。范晓鸥本坐在他的腿上，被他搂着，随着他的动作身不由己地也向后倒去，正好仰靠在他的胸膛上，和他贴得更紧了。

范晓鸥觉得心都要从胸腔里跳出来，她用手推拒着聂梓涵坚实的胸膛，红着脸要起身，但聂梓涵却用力扣住她的腰肢不放，他抱着她，贴着她的头发低哑地说：“要赚钱也容易啊，好好陪着我，不会亏待你的。”

在昏暗灯光下，聂梓涵黑亮的眼眸里清楚写着男人的欲望，但范晓鸥却从那双她熟悉的眼睛里读出了隐藏的不屑和嘲弄。在今晚之前，范晓鸥是想过很多次和聂梓涵的再度重逢，却没想到是在如此情况下。

没来由的，有一股心酸和羞惭涌上心头，让她抬不起头来，眼睛里不知道是不是被包厢里浑浊的烟雾所呛到，已经通红一片。

“又不说话了？”聂梓涵见范晓鸥虽然被他抱在怀里，但却还是一副拒人千里的模样，不由挑起嘴角冷笑了一下，她还是在装吗？那天在邮币卡市场，她可不是这副冰清玉洁的德行，那时他就该看出来这个小女孩不简单，不是一直缠着他吗，现在总归是真相大白。心中这么想了，嘴上的冷笑加深。

“晚上跟我走吧？”聂梓涵半真半假地对范晓鸥说，灼热危险的男性气息喷吐在她娇嫩的耳边，让她忍不住再次轻颤。聂梓涵握在她纤细腰肢上的手紧了紧，决定也不再客气了，扳过范晓鸥的脸来，不顾她的惊慌失措和扭动挣扎，一张散发着滚烫热度的男人嘴唇就这样印了上去。

她的唇很软，带了一股淡淡的奶香，身体也很柔软，柔若无骨，他觉察到范晓鸥整个人都在他的手掌中颤抖，抖得犹如刚出窝的全身还湿漉漉的小鸡仔，是怕冷的那种瑟瑟发抖。

范晓鸥的手撑在聂梓涵坚硬的胸膛前，求饶地挣扎扭动，徒劳无功地想要推开他。但她越是退缩，越是增加了聂梓涵骨子里男性本能的掠夺性。

昏暗的灯光下，聂梓涵抱着她在角落里激吻，吻得激烈又霸道，他灵巧滑溜的舌顽固地一遍遍轻扣她的红唇要求让他进入，男性的身躯更是恶意地紧压着她，握住她纤腰的手也不安分地移到她胸口下方内衣边缘的位置来回摸索。

范晓鸥全身都软了，她尽了全力推拒着聂梓涵，但身体犹如棉花一样找不到着力点，迷蒙中她的抵抗的双手被聂梓涵一手有力地抓住，反扣在她身后，然后他捏住她的下巴，带了烟草和红酒气息的嘴唇将她娇嫩颤抖的红唇结结实实地蹂躏了个遍。

两人纠缠在角落里难解难分，直到整个包厢静止了下来，然后耳边传来的是起哄的叫好声和笑闹声，聂梓涵才松开了范晓鸥。

聂梓涵的嘴角还挂着一抹自得的微笑，他搂着软得像团棉花糖的范晓鸥，从桌子上拿起酒杯朝着那群正看表演的狐朋狗友们致意，高调张扬地宣布范晓鸥今晚的所有权归属于他。

范晓鸥被聂梓涵抱在怀中，眼前的喧闹，耳边的起哄，还有聂梓涵的轻笑声，仿佛都离她很远。猝不及防地被吻了去，她还未从震惊中缓过神来。

她从未想过聂梓涵会吻她，在她的印象中，聂梓涵还是那个在邮币卡市场为了她

和歹徒搏斗的英雄，在他把钱包从小偷那里夺回交到她的手中时，无法用言语来表达她内心中对他的信赖与感激，她觉得他就是正义的化身，他不会知道，他在她的心里有多么高大与重要。

可眼下，这尊英雄的雕像轰然在她心中倒塌。从他进包厢的时候她认出他开始，她就如鸵鸟一样不敢与他直视，不敢和他多说话，直到此刻，她才不得不正视一点，那就是尽管她尽力躲藏，终究还是难以逃脱被他轻视的事实。这种认知让她痛苦、羞愧、后悔与自怨，也让她灰心至极。失去初吻的难过远远抵不上被她所敬重的男人占去便宜的失落与痛苦。

原来他也只是一个普通的男人，和她见过的那些满怀色心的男人没有什么不同。

范晓鸥动作缓慢地坐起身来，却没有哭，在众人的哄笑声里，还有各个男人暧昧的眼神中，离开了聂梓涵的怀抱，然后重新跪到了茶几前，低着头收拾用过的玻璃茶杯。

她的沉默让还处于酒后亢奋的聂梓涵诧异地盯了她一眼，却只看到范晓鸥低垂的脑袋还有那头柔顺的黑发。范晓鸥迟缓地慢慢收着杯子，好像众人看好戏的眼光都不曾投射在她身上一样，看似平静，但收拾玻璃杯时微微颤抖的手却出卖了她内心的波动。

总算收拾好一盘用过的杯子，范晓鸥站起身来，听见聂梓涵在问她：“你——要去哪？”

范晓鸥尽力用平静的语气回答他：“杯子……不够用了……我去换一批来……”其实包厢里的电视柜下就有多余的杯子，但范晓鸥怕自己挂不住勉强维持的面具，会当场崩溃，她需要出去透口气。回答聂梓涵问话的同时，范晓鸥不争气的眼泪已经在眼眶里打转了。

聂梓涵没说什么，范晓鸥端着满满的一盘玻璃杯子出了包厢的门，站在门口，她返身要关门，远远地，还能看到聂梓涵深邃的眼神一直在追随着她，她连忙把门关上了。

走在长廊里，四周都是紧闭着门的KTV包厢，有无数醉生梦死寻欢的人闷在里面声嘶力竭地吼叫，这个世界太烦躁，活着太累人，谁都需要发泄。范晓鸥也一样，她也需要发泄。她慢慢地走过长廊，嘴角尝到了咸咸的滋味，那是她不停涌出滴落的泪水，她在压抑着即将脱口而出的呜咽，那是夹杂了青春少女自尊心受损和失落的伤心。

范晓鸥站在长廊尽头卫生间拐角的一个角落里，把手里的茶盘找了一个地方放下，然后她站在僻静角落，面朝着半掩的窗户，朝外望着漆黑的夜空，开始悄声哭泣。年少无知所犯下的错误已经让她背负了情感的罪责，今晚难堪的遭遇加上背井离乡的无奈，还有想念亲人的伤感一起涌上心头，让还只是个大孩子的她终于无法自控地放纵眼泪在脸上奔流。

她无声地抽泣着，却听到身后突然传来了一个熟悉的声音："躲这来哭了？"她猛地一震，回过头去，却见长廊边靠着一条颀长的人影，聂梓涵手里拿支烟，靠墙的姿势依旧吊儿郎当慵懒散漫，黑黝黝的眼睛却紧紧盯着她。

范晓鸥的脸刷地红了，她连忙胡乱擦去脸上的泪水，重新端起那盘茶杯就要从他身边经过，却被聂梓涵拦住了，他盯着她脸上的泪痕瞧了半天，然后才开口："对不起，我喝多了，所以——"聂梓涵没有说错，今晚他确实喝多了，方才在包厢里激吻范晓鸥是他酒后兴致所至。在范晓鸥负气出了包厢的时候，他放下酒杯想了想，也摇摇晃晃地跟了出来。

走廊是通风的，被凌晨清凉的风一吹，聂梓涵浑噩的脑壳里开始清醒。酒后容易冲动不假，但他对范晓鸥的确是过分了些。不管心里再怎么不痛快，也不能拿一个相对还单纯的小姑娘撒火啊。

聂梓涵先到卫生间外开了水龙头掬水洗了把脸，抬起头的时候，从玻璃镜子中看到了走廊的拐角，好像有一抹熟悉的衣角。他抹了一把脸上的水珠信步走上前去探看，果然是躲起来在哭泣的范晓鸥。

第十五章
温柔的疼痛

"今儿多灌了点了，所以就发晕了。我做的混账事说的混账话，你别往心里去啊。"聂梓涵迟疑了一下，继续道歉，透亮的黑眸看向范晓鸥红润的嘴唇，俊朗的脸上也有一丝尴尬。没事他有病啊，竟去招惹一个本还认识的小姑娘。不过亲她的滋味

他并不是太讨厌，相反的还有点儿享受。他厌烦自己此刻的本能反应，很快就转开了视线，也盯着黑黝黝的夜空，然后深深吐出口气。

范晓鸥没料到聂梓涵会这么快就向自己道歉，慌乱之下她不知道该对他做出什么样的回应，毕竟他刚才对她做过的事让她很是害羞。从来没有一个男人像他那么霸道，说亲就亲了，差点儿让她一口气上不来，就那么晕倒。虽然他今晚对她做的事情不算君子所为，但怎么说他也是她的救命恩人。

范晓鸥胡乱擦了擦脸上的泪痕，用依旧带了哽咽的声音对聂梓涵说："算了……以后注意点儿……我要洗杯子去了……"说着端着茶盘就走。

聂梓涵盯着她匆忙间又要逃离的背影，突然说："你为什么会在这里上班？没有别的工作可做吗？"

范晓鸥站住了，她静默了一会儿，回答："这样赚钱比较快点儿。我的学历不高，找不到好工作。"她为今晚冒充大学生而感到羞愧，边说边低下头。

"学历不高就再去学习，在这个大染缸里混，迟早都要被染色。"聂梓涵掐灭了烟头，走过来站在了范晓鸥的面前。和他魁梧的身材相比，范晓鸥就像弱小的小柳树一样，不及他的肩头。

"我考不上大学，想再学习就要回家复读。"鼻头酸涩得难受，范晓鸥说着，声调里有些异样。

"现在不是有成人自考吗？再不济也有很多成人教育和学习班，也不一定去复读。你可以再去学点儿东西，现在这么早就出来混，对你也没什么好处。"聂梓涵是真心的，他不希望看到范晓鸥过些日子被污染从而沉沦下去。

"有这样的学习班吗？"范晓鸥总算抬起眼看着聂梓涵，眼睛红红的，还有隐约的泪水，不过两人视线一交接，分别都撇开了眼。在包厢里胡闹不觉得，亲了也就亲了，但眼下在正常的灯光和环境下，两人都有点儿尴尬和不自在。

"有。现在的正规大学应该都有举办这样的学习班，你可以试试。"聂梓涵说着，手伸进裤兜里拿出黑色钱包来，他眯缝起眼，从中抽出一叠钱给范晓鸥，"给你点儿钱吧，拿去交学费。"

"我不要！"范晓鸥好像被火燎了一下，连忙向后退了一步，手上茶盘的杯子叮叮当当发出了碰撞声。她又是难堪又是困窘地摇摇头说："学费……我、我自己会赚。我不要你的钱，你快收起来。"

看着范晓鸥咬着唇又要哭出来的样子，聂梓涵摇摇头，说："你脸皮这么薄，怎么在外头混呢？"范晓鸥不说话，但脸上都是坚决不要小费的倔犟。聂梓涵只得将钱收了起来。

两人一时无话。半晌聂梓涵问范晓鸥："你就住附近？"

范晓鸥警觉地向后退了一步，瞪着惊慌的大眼说："干、干吗？"

聂梓涵说："这附近就有大学，你可以去报名。"说着他看了一眼满脸都是警惕的范晓鸥，忽然笑道："怎么了这么紧张？怕我吃了你吗？你放心，今晚我实在是喝多了，否则也不会——"言下之意若换平时他是不会碰她这种小嫩草的。

范晓鸥脸红得不能再红，他的话又一次深深打击了她，她什么也不说，转头就要走。

"哎，又耍小性子了！"聂梓涵摇摇头，心想女人真是难缠，连这么小的女孩儿都有这么多脾气，果然不好养。

范晓鸥本来要走，但被聂梓涵这么一说，却又赌气站住了。

"我才没耍小性子呢。"她不自觉地撅起嘴说。聂梓涵绕到她的正面，看到她又羞又恼的模样，心里一动，还想要说，却看到小廖在走廊那头朝他招手，估计是客户要走了。

作为东道主的聂梓涵自然要埋单去，匆忙间对范晓鸥说道："反正你还是多去学点儿东西吧，这么年轻，以后的路还长着呢。"说着转身朝着小廖招手的地方走去，刚走两步，听到范晓鸥在他身后叫他："聂……聂大哥……"

聂梓涵转过身来，看到范晓鸥微红着脸，有点儿忸怩地问他："你能告诉我，你的全名吗？"

聂梓涵有瞬间的迟疑，欢场上好像没有问客人真实姓名的规矩，就像范晓鸥可以有花名，他也可以随便胡编一个名字，但他却鬼使神差地回答着范晓鸥："聂梓涵。"

"聂梓涵，"范晓鸥一字一字地将他的名字重复了一遍，随后终于绽开了今晚的第一个笑容，"我记住了。"

聂梓涵话出口本来有点儿后悔自己嘴快，但看到范晓鸥如花般绽放的笑容，娇艳的花朵上面还挂着几滴晶莹的泪珠儿，他的心一动，突然觉得放松戒备、对她坦诚相待也没什么。

聂梓涵笑笑，转身便走了。

范晓鸥久久望着聂梓涵的背影，半晌才微微叹口气，却在这时她猛地想起，聂梓涵的那间包厢是她负责的，他们要走人她必须替他们拿单子。她的脸一白，连忙将盘子往长廊边的桌子上一堆，就要追上去。

抬脚的瞬间，她眼尖看到地上有片白色的物件，迟疑了一下，却在看清纸片上的

内容时，动作迅速地蹲下身去捡起来。拿在手上才发现是一张简单朴素的银白色名片，上面就写了聂梓涵三个字，然后是电话号码。

这应该是聂梓涵的名片，估计是他刚才拿钱包的时候无意间从口袋里带出来的。

薄薄的一片纸，却足以让范晓鸥失落的心欢欣雀跃起来。她连忙把那张名片揣起来，心里怦怦跳，幸好四下无人，她才微微舒了口气。

等范晓鸥紧追慢赶跑到包厢里时，客人们都已经走了。芳姐看到她进来，微微蹙眉，说："小玫，你到哪里去了？这个包厢的单子还是聂先生自己去埋的。"

"不好意思啊芳姐，对不起，我刚才……呃……"范晓鸥诚惶诚恐地，不晓得怎么替自己开脱，但芳姐"扑哧"一声笑了，边笑边打量着范晓鸥，嘴里说："你挺可以的啊，小姑娘。聂先生好像今晚对你情有独钟。不仅亲自去埋单，还给你留了小费呢。"

芳姐说着，拿出了一叠厚厚的钞票递给范晓鸥，说："别的姐妹都是500元，而你却有5000元。你悄悄告诉芳姐，你替他提供特殊服务了吗？"

"特殊服务？"范晓鸥想起刚才聂梓涵炽热狂野的亲吻，脸红耳热。她还没开口说话，旁边的公主已经七嘴八舌地对芳姐说："呀，芳姐，刚才的好戏您没看见，那个像冰山一样的聂先生竟然抱住小玫又亲又啃的，把我们都看愣了。没看出来吧，小玫外表清纯，其实还是很招男人的。"

芳姐笑而不语，视线却把范晓鸥整个人上上下下打量了好几遍，她早就发现范晓鸥是个可塑之材，事实证明她没看走眼，范晓鸥果真是个尤物。

"晓鸥，我觉得你可以……"芳姐正在寻思怎么把范晓鸥重新好好包装成红牌公主时，范晓鸥却迟疑着，像在下决心般缓缓开口了，她的声音虽小，但足以把所有的人都震住："芳姐，不好意思，我、我想辞职不干了。"

……

"范晓鸥，你赶紧给我起来！"范晓鸥躲在被窝里，却被从外面回来的尚丽一把拽出了被子，迷糊中的范晓鸥睁开了眼，发觉天色已大亮，她拽住被子用还没完全清醒的声音问尚丽："你干什么呀尚丽？"

"我干吗？范晓鸥，说！你为什么不干KTV工作了？"尚丽气得用手指点着范晓鸥还浑浑噩噩的脑袋，"我听说昨晚刚有男客人给你5000元小费，芳姐还想培养培养你呢，你倒好，立刻不干了，你是不是中邪了?!"

范晓鸥昨晚也是一夜未眠，刚到天亮的时候才睡着，此刻被尚丽折腾得不能睡，干脆起来穿衣服准备去插座公司上班。

“喂，你说话呀，到底是哪根筋不对啦？你知道你现在可是KTV的红人啦，哪个服务员有你拿的小费多？甚至红牌公主都没你多呢！有这么好的主顾你不珍惜，一下子就把工作辞了，你昏头啦？听说那位姓聂的先生来头不小，背景雄厚，别人想高攀人家他都不正眼看呢！”尚丽又羡又妒，一会儿恨铁不成钢，一会儿又恨自己不是范晓鸥，气得不住数落着范晓鸥。

范晓鸥起身穿好衣服，一边梳头一边对尚丽说：“尚丽，你怎么和我姑姑一样，她最喜欢唠叨了。”尚丽是知道范紫的，听见范晓鸥拿她和范紫比，一时气结，指着范晓鸥不知道骂什么才解气。

但是范晓鸥却一脸正色地对她说：“尚丽，我想清楚了，我要在北京上学，不去KTV上班了。”

“你撞见鬼啦？大白天的说胡话，北京哪有什么学可上？”尚丽没好气地说。

“我听说有成人大学，所以我想在北京上学，不回去复读了。”范晓鸥说着，动作麻利地梳好了头，然后破天荒地照了照小小圆镜中的自己，平时她连镜子都不用，通常都是洗脸刷牙梳完头就走。

镜子里映出的人虽然脸上有着掩饰不住的夜生活痕迹，但除了淡淡的黑眼圈之外，年轻的肌肤依旧光滑白皙，就像水晶一般透亮。尤其是一双水汪汪的眼睛里，除了些许的忧郁之外，更多了一种异样的神采。那是一种少女对生活充满憧憬的光芒，更是情窦初开的希翼与向往。

尚丽摇摇头，难以理解范晓鸥与常人不同的思维，她坐在床沿上，叹口气说：“读去吧读去吧，看你读到最后会不会读成木头疙瘩！”

范晓鸥难得的也说了一句俏皮话：“成了木头疙瘩就当柴禾劈了烧啰！”

范晓鸥的话虽然说得轻松，但实际上，边工作边上学的压力显而易见。她真的听从了聂梓涵那晚对她的告诫，去附近的大学报了大学夜校考前班。

每天忙碌的工作之后，已经是筋疲力尽，再去上夜校就需要打起十二分的精神了。

而且学费也不低，范晓鸥幸好有了聂梓涵给她的5000元钱暂时可以缓和捉襟见肘的窘境。她本不想拿那小费，她知道那肯定是聂梓涵故意留给她的学费。可是现实却让她不得不接受他的好意。虽然那天他在KTV里的所作所为让她有些微愠，但心里却还是因为他的善解人意而感动。他总是在她最需要的时候给予她最宝贵的帮助。

瑕不掩瑜。这是范晓鸥对聂梓涵下的定论。

她把聂梓涵的名片小心翼翼地夹在自己的花布钱包里，随身携带。这样，心里就好像踏实了一些。每天她都要打开好几次钱包：上车买票，下班买菜，回家开门……每次打开钱包，聂梓涵这三个字就在她的眼前，朴实无华，却让她觉得心里有温柔的东西渐渐地膨胀了，当然，还伴随着些许若有若无的疼痛。

她本来对这个城市是没有什么强烈观感的，但是因为有了某个人，以及某个几乎不可能实现的期许，她留下了。

多年后，范晓鸥才深深懂得：一个城市留住了你，可能只是因为有你爱的人在这里，即使你无法喜欢你所在的城市，你仍然无法拒绝那种发自骨子里的眷恋。

不是因为这个城市，而是因为某个人。

39度2，轻微撒点野

02

让你在记忆里绊一跤

第十六章
没有根的浮萍

范晓鸥觉得自己高考都没有现在积极过。为了能在十月份考上大学的成教部，她铆足了劲儿拼命复习，学习班上的同学都称她为“拼命三娘”。

范晓鸥的目标是B大学的成教部，她想报考市场营销专业，听说搞市场的比较活络，她也希望将来能借此改掉她不善辞令的缺点。

因为白天上班，只有晚上才有时间学习，因此范晓鸥通常都要学习到很晚才睡。尚丽若是去上夜班还好说，若是休假在家就会表示强烈不满，说是范晓鸥影响她睡美容觉。

尚丽的不痛快是有原因的，最近尚丽在和毕林峰谈恋爱，谈恋爱的女人自然希望天天以最饱满的精神来迎接爱人倾慕的目光，虽然毕林峰有点儿斜视加散光。范晓鸥天天这么晚才睡，自然会影响到尚丽的美貌。

范晓鸥没有办法，只得改变作息时间。晚上稍早睡，第二天一大早起来背书，有时候天刚蒙蒙亮，光线暗淡得连书本上的小字都看不清，范晓鸥只能凭借记忆默读。面对尚丽经常有意无意的冷嘲热讽，范晓鸥虽然不吭声，但心里明白尚丽还是对毕林峰以前对自己太过殷勤而心存芥蒂。

范晓鸥不希望尚丽因为交了男朋友而将她们的这份友情看轻，她也不希望重色轻友这句话在尚丽身上应验成真，因而尚丽说什么她就尽量改正。就是有一点她不习惯，就是她有好几次都撞见尚丽和毕林峰在屋里亲热，床铺混乱不堪，屋子里充溢着令人脸红的暧昧气息，但她脸红归脸红，还是没发什么微词。

在范晓鸥看来，既然好朋友住一起，有些事情总是要互相忍耐的。

北京进入了金秋十月，清晨寒气甚重。这天清晨，范晓鸥怀抱着一瓶用玻璃杯泡的热茶，裹着一件大衣坐在门口的板凳上呵着气专注地看书，突然肩头上搭上一只热烘烘的手来，范晓鸥以为是尚丽起床了，正想回头说今天怎么这么早，结果冷不丁地，她的肩头却被一双手臂给抱住，有粗重的喘息在她耳边回响，一股男人的浓重气味袭来。

范晓鸥吓得尖叫一声，连忙回过头去，看到毕林峰那张黑黄的脸距离她的脸不到两寸，可能是距离太近了，她还看到了毕林峰那双牛一样鼓鼓的眼睛里布满了血丝，显得异常猥琐好色。受到惊吓的范晓鸥来不及思考，情急之下就把手中敞盖玻璃瓶的热茶猛地迎头泼了过去，毕林峰始料未及范晓鸥会泼他，“啊”地一声大叫，松开了紧抱着范晓鸥的粗壮胳膊，在原地乱抖乱跳。

幸好玻璃瓶中的茶水已经不烫了，但被淋了一身湿淋淋的滋味也不会很好受。毕林峰抹了一把脸上的茶叶沫子和茶水，看着范晓鸥咬牙切齿地说道：“臭娘们儿，算你狠！下手这么重！”因为怕被尚丽发现，毕林峰是压低了嗓门说的。

范晓鸥被毕林峰血红的眼睛瞪得心里有些发虚，直觉面对这个人很危险，她站起身来准备进屋，却被毕林峰拦住，“哎，站住，咱们说说话，听尚丽说最近你是攀上高枝了，遇到有钱的金主，难怪不爱理人了。人家包你一晚多少钱啊，告诉哥，让我参考参考，赶明儿我赚了钱也让你伺候一下！”

范晓鸥气得全身发抖，她回过头来，只对毕林峰说了一个字：“滚！”

毕林峰却涎着脸，盯住范晓鸥白里透红的脸说：“装什么装啊，你不是原装货了吧？还拿着端着的，也不看看哥喜欢你是看得起你……”

毕林峰的话还没说完，里屋的帘子一翻，尚丽穿着睡衣走了出来，睡眼惺忪地说：“大早晨的，你们吵什么吵啊，害得我睡不着！”眼角瞥到一身狼狈的毕林峰，说：“你这是怎么啦？大早晨下雨了？”

毕林峰连忙收敛了刚才那副土痞嘴脸，赔着笑脸对尚丽说：“姑奶奶，我这不是想你了吗，所以过来看看，范晓鸥倒好，愣是泼了我一脸的茶！”

“她泼你茶啦？那她真可以叫泼妇了！你也真是，想我想得睡不着，所以大早晨就来闹啦？”尚丽瞥了一眼毕林峰，又看了看沉默中的范晓鸥，似笑非笑地说。

“是啊，人家是一日不见如隔三秋，我这是一会儿不见就想得慌。”毕林峰涎着脸对尚丽说道。

“得了，你是上了虚火呢，大清早的淋了一身湿，估计也能去去火。”尚丽却不那么好糊弄，瞥着毕林峰的眼带了几分心知肚明的不爽。她用手掌轻轻扇了毕林峰一个耳光，却不痛，嘴角噙着笑说：“算了，看在你还痴心的分上，就饶过你吧……”

毕林峰这才稍稍松了口气，立刻又贴上去献殷勤。尚丽哼了一声，又瞄了眼范晓鸥，却什么也没说，撩开布帘扭着腰肢就回屋去了，毕林峰赶紧跟了进去，不一会儿屋子里就传出了咯咯的娇嗔和调笑声。

屋外的范晓鸥手里还拿着倒空的玻璃瓶，愣了半天，却又不好进屋去，只得站在屋子外头，感觉像个局外人。

自那以后，范晓鸥感觉到尚丽和她疏远了不少，这种情况到了毕林峰的一个远房表弟来北京后更加明显。毕林峰的远房表弟是带着媳妇来的，大院子没有房间出租，为了省钱，那表弟和表弟媳妇就和毕林峰挤一间屋子，时间长了，也不是个事儿。

毕林峰便把主意打到了尚丽这边来，意思想让表弟媳妇和尚丽还有范晓鸥住一起，却被尚丽骂了回去。本来这个屋子就小，两个人住已经挤不开身了，再来一个人，岂不是三个人叠罗汉表演马戏了?!

范晓鸥无暇分身去了解毕林峰和尚丽两人商量的结果，她埋头忙着准备进行成人教育入学考试。辛苦学习了这么长时间，很快就要见分晓了，她心里既激动又忧愁，一颗心总是悬在半空中。

考试就像卫生巾，明明是个护垫大小的考试量，却有一段量多日用型的考试范围，需要学生夜用加长型的复习！但即使这样，还是会侧漏。

范晓鸥希望自己能心无旁骛地使用好“考试”这个卫生巾，尽量做到不侧漏不开天窗，自然也希望周围的人和事不会在这节骨眼上拖她后腿。

可是怕什么，什么就来。尚丽正式找范晓鸥谈话了。

“晓鸥，你告诉我，你现在有男朋友了吗?”尚丽倒是和颜悦色的。

范晓鸥脸色青黄地从书本中抬起头来，书中浩瀚的考题就像修炼千年的妖精一般，差点儿把她的精气给榨光。她有气无力地摇摇头，心不在焉地还想到书中寻找姓颜的如玉姑娘，却又被尚丽这个得道高僧给截住：“喂，你先别读了，小心读出精神病来!”尚丽终于忍不住吼道，“和你说正经事呢!”

范晓鸥这才将注意力转到了尚丽的身上，她看着尚丽说：“尚丽，你说吧，我听着呢。”

“嗯，晓鸥，你也知道最近毕林峰的表弟和表弟媳妇来了，呃，我和毕林峰商量过了——”一向爽快的尚丽却有些犹豫地说：“有个事要征询你同意。”

范晓鸥以为是说毕林峰的表弟媳妇要搬进来和她们同住的事情，就对尚丽说：“你有什么计划或者打算我都听你的，不过尚丽你也知道，这间屋子实在是太小了……”

“所以我才问你有没有男朋友呢！”尚丽说。

范晓鸥有点儿一头雾水，说：“我有没有男朋友和房间的大小有关系吗？”

“不是啊，我是说，假如你有男朋友的话，那我就不用担心了。你搬出去和你男朋友一起住，毕林峰的表弟和表弟媳妇一间房，而毕林峰说了要和我一起住……这样不是很好吗？”尚丽的脸红了一下，有点忸怩，但还是把内心的安排计划告知范晓鸥。

范晓鸥有些发懵，她看着尚丽说：“可是，尚丽，你也知道我没有男朋友……”

“没有男朋友就赶紧找一个吧。上次给你小费的男人不是很不错吗，听芳姐说他很有背景，而且人也不花心，是个很不错的男人……”尚丽笑眯眯地说。

范晓鸥原本扑在课本上的心被尚丽这么一弄，所有的学习兴致都没了。她看着尚丽，苦笑了一下，说：“不说那些有的没的，既然他的条件那么好，那你说他能看上我吗？”

尚丽却特意盯着范晓鸥看了看，说：“我觉得你挺好的啊，晓鸥，反正不管三七二十一，先把他抓住了再说。若是你怕他们家背景太雄厚撑不住的话，你也可以退而求其次，你这么年轻漂亮，当他的情人就好了嘛。反正男人的心和人都是你的，你怕什么？！”

范晓鸥见尚丽越说越远，提到的竟然是她心中一直压抑着不去想的聂梓涵，她的心更是乱成一团，她连忙阻止了尚丽，说：“尚丽，你也看见了，我这几天忙着考试，你等我考试完了再说这个事好吗？”

“不行啊，”尚丽做为难状，“毕林峰说他表弟催得急，希望你早点儿搬走。”

范晓鸥莫名其妙，“我又不是和他同住，他着的什么急啊！”

“嗯……晓鸥，你心里也明白，你来北京时是我收留你，我也不求你回报。如今我找了男朋友，三人一起总有不便的时候，所以请你给我们俩腾出空间，你再找别地儿住去吧，成吗？”尚丽虽然神情为难，但语气却暗藏坚决。

范晓鸥愣怔了一会儿，说：“连你也这么着急我搬走吗？那等我考完试，考完后我立刻搬走可以吗？”见尚丽心心念念的全都是毕林峰，丝毫不念及两人的同窗情谊，范晓鸥觉得情绪一下子低落了下来。

她有些赌气地不看尚丽，眼睛紧紧盯着课本，但书也没心情看了，情绪烦躁起来，心里却充满了无助感，好像被人遗弃了的小猫小狗，说驱逐就驱逐了。

范晓鸥突然觉得自己的鼻子有点儿发酸，连忙忍住不让自己的真实情绪在尚丽面前显露出来。

尚丽却未察觉范晓鸥的抗拒和不满，还在解释道：“毕林峰本来希望你明天就搬

走的，是我说给你两天时间找房子的，你要是没和男朋友同居，那就趁早找间房子。已经入冬了，再冷就更不好找房子了。”

范晓鸥依旧不吭声，尚丽觉察出了范晓鸥的不高兴，本想安慰范晓鸥两句，又怕套了近乎，范晓鸥更不愿搬走，于是待了会儿便讪讪地出去找毕林峰了。

范晓鸥听到隔壁屋子里传来了亲热的招呼声，伴随着阵阵饭菜的香气以及叮呤当啷的摆碗筷、拉桌子椅子的声音，她知道那一家子围着圆桌开始一起吃饭了。也许用的就是毕林峰推销剩下的锅碗瓢盆做的饭菜。

但是，有什么关系呢？有家的感觉真好。虽然那家人不待见她，范晓鸥也并不待见他们，但那种其乐融融的团圆滋味却让范晓鸥很是羡慕。她环顾安静的屋子，狭窄屋子的白墙从四面八方向她压来，她突然觉得自己异常孤单，就犹如浮萍一样，漂泊得连一点点的根都没有。

一颗眼泪猝不及防地跌出范晓鸥的眼眶，掉在了膝盖上摊开的书页里，扩大晕开，很快便濡湿了白色的纸张，渐渐渗透到了纸肌里。

天有些冷了，范晓鸥在冰冷的屋子里小心翼翼地蜷缩成一团。

第十七章
寂寞的深秋

范晓鸥一连两天参加了成人高考，也接连找了两天的房子。高考成绩暂时还不知道结果，但匆忙间没找到合适的出租房却是铁定的事实。

这段时间睡不好吃不好加上最近担忧失眠，她本来就瘦削的鹅蛋脸瘦得变成了瓜子脸。终于考完最后一个科目，范晓鸥松了口气，反正已经考完了，结果如何她无暇再去关心，眼下最重要的事情就是要找到房子。因为毕林峰已经迫不及待地把他的零碎东西都搬到尚丽的屋子里了，并喧宾夺主下了通牒，范晓鸥在考完试之后必须立刻搬走。

看着尚丽默许，而毕林峰洋洋自得的讨厌模样，范晓鸥的心里充满了伤心、愤怒与不屑，怎么会有男人龌龊猥琐到如此地步呢，居然还有女人喜欢他。

范晓鸥本还存了与尚丽商量提高房租再凑合住一段时间的想法，眼下便把这个念头自动打消了。无奈之下范晓鸥被迫也开始整理自己的行李。除了工作和学习之外，她忙着四处奔波找房子，可是一来对北京还是不太熟，另外她现在所租住地方的周边因为临近冬天，早都租出去了，要到春节前后学生和农民工回家的时候才会有空余，所以范晓鸥匆忙间还是没找到合适的出租房。

考试的最后一天，她刚考完最后一门科目，就心急火燎地继续找房子，十月下旬的北京已经是深秋，一场大雨过后气温骤降，干燥的空气中充斥着干冷的气息，气温很低，耳朵有点儿冻。范晓鸥连饭都顾不上吃，就急急奔波在路上。

可是一连到了晚上九点多，精疲力竭的范晓鸥还是一无所获。

她拖着疲倦的脚步缓缓走进院子，心想等明天再继续找房子，希望尚丽能多通融她几天。反正她一定是会搬走的。可是刚走到门口却发觉屋子里黑灯瞎火的，她微微一愣，以为尚丽和毕林峰出去了，她转头望向隔壁邻居，发觉也是漆黑一片。

难道这些人集体都出去了吗？范晓鸥向前两步想掏出钥匙开门，但刚抬腿，却绊到了脚边一个沉重的大物件，借着院子里昏暗的光线，范晓鸥看到这是个有些眼熟的箱子。她心里一动，猫着腰仔细看了看，发觉这个箱子就是自己带来北京的行李箱。

行李箱里鼓囊囊的，之前她就收拾了大部分的东西在箱子里，现在看样子又被塞了东西进去，箱子饱胀得形状都变了。看着孤零零被抛弃在门边的行李箱，再看着有些过早就熄灭灯火的屋子，范晓鸥站在门口，拿着钥匙的手有些哆嗦，从心底里喷发出来的一股热血顿时全涌到了脸上。

她想用力拍门，让尚丽和毕林峰开门，凭什么他们要这么对她，她的房租还没到期，凭什么要半夜赶她走？她也想和尚丽对质，为什么同窗好友一场，交情竟然如此不堪，为了一个那么差劲儿的男人竟然说翻脸就翻脸，至于吗，至于吗?!

范晓鸥突然很想哭，但被深深伤害的残余的自尊挽救了她，她没有号啕大哭，也没有愤怒叫门，而是从手中的钥匙串中拿下了这间屋子的钥匙，然后上前去，敲了敲门，对着屋里说："尚丽，我把钥匙留在窗台上了。"说着把钥匙轻轻放在了窗户的边缘。

月光将范晓鸥消瘦的身影投映在窗户上，相信屋子内的人也看到了，范晓鸥听见屋子里有一阵骚动，像在低声争论着什么，过了挺长的时间，才听见尚丽在屋子里含糊地应了一声。

听见尚丽应声，范晓鸥隐忍已久的眼泪这才流了下来，她尽力忍着自己不呜咽出声，只是用力咬着下唇。她不想让屋内的毕林峰和尚丽听见她软弱的哭泣，毕林峰只会在心里得意窃笑，终于如他所愿将她赶走了。

十八岁的她还达不到虚怀若谷的境界，反正在这一刻，她深深唾弃这个令人厌恶的男人。

夜晚的寒风吹得范晓鸥的全身冰凉，连头发丝都是冰冷的，心底里的冷更是一阵阵冒上来，起了阵阵鸡皮疙瘩。范晓鸥没再出声，她弯下腰，找到行李箱的把手，想提起来，但一用力发觉行李箱很沉，差点儿提不动。

前几个月来北京的时候还什么都没有，现在竟然多了那么多的杂物。范晓鸥放下箱子，拉出行李箱的拖杆，然后拉着行李箱慢慢地走出了这个小院。

深夜十点多，开始入冬的夜晚一片寂静。国产旧型号的行李箱脚轮“咕噜噜”的拖地声在深夜寂静的胡同里发出了很大的动静，听起来好像有千军万马在涌动厮杀，实际上，却只有形影单只的一个人独自在路上。

伴随着轰隆隆的巨响声，范晓鸥走出狭长的胡同，却发觉胡同外的夜更黑，才一会儿工夫，刚才回来时候路边商铺和小店还亮着的灯光俱已熄灭，白天的喧嚣也都平静下来。四周寂无人声，唯有浓重的夜色犹如化不开的浓墨一般，被寒冷的风吹散，蔓延过来，将彷徨不知何去何从的范晓鸥一点点吞噬。

范晓鸥怕黑，此刻才觉得自己有些冲动了。

寂静的夜，远处胡同传来隐约的几声狗叫，清冷的空气中范晓鸥微微佝偻着身子，有点儿后悔太快就从院子里出来，应该和他们理论一番明早再走。这么晚了，路上没有灯，这一带的治安又不好，一时间她不知道该拖着沉重的行李到哪里去。

虽然心里害怕，但仔细想想也没什么好后悔的。说起来也是年轻好胜，不想留在院子里被人看笑话，所以才负气出来。眼里的眼泪百转千回，眼眶干了又湿，就是不肯再掉下泪来。对友情的极度失望及愤怒，还有对前方黑暗的害怕让她暂时忘记了悲伤。

心里的情绪奔涌，只是想找一个突破口。不管怎样，今夜总不能都一直站在郊野的街头到天亮吧。范晓鸥拽紧了行李箱的拉杆，一咬牙，决定大步往前走。

但走出了一段路，前方的路还是漆黑一片，而背后则依稀传来了有人走路的声音。

范晓鸥立刻戒备地加快了脚步，后面的脚步比较拖沓杂乱，看来不止一个人。范晓鸥想起了尚丽曾经说过这附近的治安很乱，半夜经常会遇到小混混流氓什么的，想到这里范晓鸥连忙加快了脚步，将那破旧行李箱拉得震山响，沿着街边轰隆隆而去，就像有炸雷滚过。

漆黑的街道上远远地竟还亮着灯光，听着后面越来越近的脚步声，范晓鸥慌忙三步并作两步朝着那灯光跑去，跑近了才看到原来是个很小的小卖部，里面卖矿泉水、面包、香烟等简易的食品，麻雀虽小，五脏俱全，竟然还有公用电话！

范晓鸥拖着笨重的行李箱站在小卖部门口，这才有胆量回头望，只见后面果然跟了几个穿着有些流气的男子，见她停下，他们也毫无忌惮地走到她身边将她围住。其中有人买烟，其他的人也不离开，就在小卖部外头等着，还不时拿眼斜斜地瞥她。

范晓鸥心里发虚，她壮着胆子，也装作若无其事地买了一瓶矿泉水，而后固执地站在小卖部门口不肯再走。她特意转头看了看正前方，这条小道夜晚人迹罕至，只有这个小卖部有点儿灯光，再往前又是一条黑暗的路，而且要走很远才能走到外面的大马路上。

她知晓后面这几个男人肯定是居心叵测的，自己绝对不能再往前走了，否则就是死路一条。

她盯着那个公用电话，脑海里快速闪过可以寻求帮助的人，但搜寻了几遍，却发觉找不到一个可以来救她的朋友。心中忐忑，她既害怕又惆怅地低垂下眼帘，却看到了手中的钱包。她用有些微颤的手翻开钱包，聂梓涵的名片还在钱包里静静躺着。

她想了想，拿起公用电话，想拨电话但犹犹豫豫地又放下了。有几次，号码全部摁了，就差最后一个号码，但她又停下了。这电话是打还是不打，竟然如此煎熬！

就在这时小卖部的阿姨瞧了瞧范晓鸥，终于按捺不住，出声了："姑娘，你还打电话吗？不打的话我要关门了，天太晚了。"

"我……我打，我打个电话！阿姨请您稍等！"范晓鸥一听阿姨要关店，又觉察出后面的几个小混混还没离开，她心里发急，再也顾不得许多了，直接就拨了聂梓涵的电话，紧攥电话的手心里都是汗。

很快电话就通了。对方"喂……"的一声，那穿过浓重黑夜而来的声音，她知道是他。

范晓鸥沉默着，心脏狂跳，好像要蹦出胸腔，颤抖的嘴唇很费劲儿地分开，终于嘣出："聂……聂大哥……"

电话那头沉默了一会儿，才传出有些不确定的声音："你——"

"我……我是上次你在KTV遇到的小、小玫……"她嗫嚅着，不敢确信他是不是

还记得她。

“小玫?”他的声音在电话里更显磁性，他没有说不记得，只是问她，“你怎么知道我的电话?”他的声音里有几分警惕。

“你……丢了一张名片，被我捡到了……”范晓鸥有些脸红。

“哦，你打电话给我有事吗?”聂梓涵问。

范晓鸥听见聂梓涵有些冷淡的声音更加惶惑，她本想挂了电话不求他，但是转眼又看见小流氓们在她身边转悠，她只好硬着头皮说：“聂大哥……我在搬家，带着行李，不过前后都叫不到车，我……我找不到人帮忙，你……你能帮帮我吗?”

她说这话的时候心里是忐忑的，唯恐遭到聂梓涵的嘲笑和拒绝。因此当电话那头聂梓涵又没了声音的时候，她有些失望地说：“呃……若是不方便就算了……”说着强打起精神想把电话挂断，却听见聂梓涵在问她：“你现在哪里？我开车过去。”

“啊……我……”范晓鸥没料到聂梓涵二话不说会帮她，一时间惊喜得不知道怎么回答。

“我在海淀区……这里……”她还是在好心的店老板娘的帮助下，才把这个偏僻的地址给说全了。

聂梓涵听明白后，说：“这么晚了，就你一个人在那儿?”

“嗯，就我一人。”范晓鸥应了，直到这时语气中才不自觉带了委屈的哽咽。

“你在原地等我，我马上过去。守着电话，免得我找不到你。”聂梓涵说完便挂了电话。

第十八章
所有的深爱都是秘密

等待聂梓涵的时间变得很长，范晓鸥站在小卖部的门口，看不到聂梓涵的身影她的心里还是不踏实。也说不上来是一种什么感觉，就是焦虑、担心又有些激动和期待，什么滋味都有，让她焦躁得有些不安，勉强地在小卖部前守着电话，却已经开始魂不守舍了。

小卖部的老板娘是北京本地人，所以这些地痞小混混们也不敢怎么招惹她，只等着老板娘关了店门再行动。不过这老板娘是个和善的人，看到范晓鸥身边围绕着的小流氓虽然不多说什么，但还是好心地陪着范晓鸥一起等电话，让范晓鸥心中充满了感激。

等了又有一些时候，聂梓涵还是没有来，范晓鸥看着身边开始露出凶相和无赖相的流氓，心里害怕得有点儿发颤，但她勉强控制住自己，不让面上露出半点儿怯色。老板娘也看气氛不对，悄声对范晓鸥说："小姑娘，你那朋友还来吗？不来的话我建议你报警，这些人不好惹。"

范晓鸥心中焦急得一塌糊涂，但还是宽慰着老板娘说："不怕的，我那朋……朋友应该会来的。"说这话的时候她其实心里也没底，她真心希望聂梓涵能来帮她，但她又不能肯定他真的会在意一个陌生人的求助。

于是当僻静的小路上亮起了耀眼的车灯，汽车发动机的轰鸣声由远及近，并慢慢朝着小卖铺开过来的时候，范晓鸥犹如被压迫的农奴终于见到解放区晴朗的天一般，惊喜得竟连眼角都开始悄悄地湿润了。

吉普车停下了，聂梓涵打开车门，从高高的驾驶座上跳下车，迈着大步走到了范晓鸥的面前。

"大晚上的搬什么家啊？"他一口纯正的京片子，锐利的眼神已经将小卖铺的情形扫了个遍。那些小混混看到身材颀长的聂梓涵从吉普车下来，向他们走来的时候气质内敛但眼神却带了一股戾气，心下倒有几分寒意。再听见聂梓涵开口说话，是正宗的北京爷们儿，便知道今晚讨不了便宜去，于是倒还识趣，三两人逐渐退散去了。

"我……我没地方可去。"范晓鸥两只手交叉捏着，看到聂梓涵心里又感动又不好意思，"同屋的人找到合租的，就让我走人了。"

"谁这么晚敢让你一个人搬家的？出了事负责得起吗？"聂梓涵蹙着剑眉盯着委屈得红了眼眶不吭气的范晓鸥，没好气地说道。夜晚的气温很低，他只穿着一条休闲裤，上面是一件随意的薄薄T恤衫，脚上没穿袜子，光脚单穿了一双布鞋。

今天聂梓涵也搬家，总算从军区大院里搬出来，没有了爷爷和父母的监控，他终于有自己独立的空间了。下班的时候才把东西全部运到新房子里，还没来得及喘口气，就接到了范晓鸥的求救电话。向来见不得别人落难的聂梓涵自然选择了前去救人。

范晓鸥的担心是多余的，聂梓涵不仅记得她，而且对她印象深刻。他记得每次他们相遇，她都是一副被人欺负得死死的模样。要命的是，他就是那个一见面就想狠狠欺负她的人。

聂梓涵站在范晓鸥的面前，俊朗的脸上依旧是一副嫌弃的表情，但范晓鸥此刻却并不被聂梓涵的表面所迷惑住。她知道他面冷心善，嘴上说得再难听，其实心却是软的、热的。

尤其当看到聂梓涵在小卖铺里买了一箱他根本不吃的八宝粥和一箱矿泉水，还买了不少香烟，并不要老板娘找钱的时候，范晓鸥知道聂梓涵这么做，是为了偿还小卖铺的老板娘特意陪着范晓鸥等着他过来的谢意。看着老板娘满意的笑眯眯的模样，再看着灯光下聂梓涵英俊的侧脸，范晓鸥的心脏好像被什么击中了一般，酸酸涨涨的，柔软得不可思议。

"走吧，上车!"小卖铺的灯灭了，店铺也关了，聂梓涵把矿泉水和八宝粥扛到车上，然后拎起范晓鸥的行李箱准备放到后备箱。行李箱的重量出乎他的意料，他问范晓鸥："里面装的什么东西?"

"装的是书。"范晓鸥突然忸怩地说："我、我去报考成人大专了……"

聂梓涵把行李放到后备箱中，正要关上车后盖，听到范晓鸥这么说，他波澜不惊的眼睛里抹过一丝讶异，他的动作顿了顿，关上了车门才说："是吗？那得好好学。"

"嗯，我会好好学的，就是不知道能不能考得上。"范晓鸥满口答应，没有了初次见面时候的矜持。不知道为什么，只要看到聂梓涵她就有一种天塌下来都不怕的感觉，她和他的对话就好像和自己亲人对答一样亲切。

"你报考什么学校了?"聂梓涵随口问道。

"我报考了 B 大学。"范晓鸥说着，想起了什么，声音低了下去，"聂大哥……你给我的五千元钱，等我过些日子还给你。"

聂梓涵听了范晓鸥的话，有些心不在焉懒散地回答说："那是给你的小费，你要是觉得有还的必要，那等你赚了钱再说吧。"说着开了车门对范晓鸥说，"快点儿，上车!"

范晓鸥顺从地坐上了车，等待着聂梓涵从另外一边的驾驶座上车。聂梓涵动作敏捷，浑身带着一股寒气进了车子，坐在范晓鸥的身边。见范晓鸥瑟缩了一下，聂梓涵转头问她："你冷吗？后排座位上有我外套，先披着，我再开车里的暖气。"

"不用了。"范晓鸥连忙阻止了聂梓涵。两个人挤在车里，空间突然变得局促起来，她有些不太敢直视聂梓涵，只是摇摇头说："我……我不冷……"

聂梓涵看着范晓鸥刚才在寒风中冻得鼻涕横流还没缓过来的狼狈模样，也不和范晓鸥废话，他的手长，探身从后座上拿到他的外衣，一把扔给了范晓鸥，说："披上！"

范晓鸥只得披上了聂梓涵的外套，鼻翼中顿时闻到一股夹杂着烟草和肥皂香气的男性气息，那是聂梓涵身上专属的味道。那种说不清道不明的暧昧气息犹如他霸道而温柔的拥抱，不经意间就将她重重包裹住。

范晓鸥白皙美丽的脸，在黑暗中悄悄地红透了。

"想去哪？"聂梓涵开了一段路才想起来问范晓鸥，她得告诉他想去的地方啊，可范晓鸥却一声不吭。

范晓鸥身上盖着聂梓涵的外套，宽大的外套一直盖到她的鼻子下端，掩去她的大半张脸，挡住了聂梓涵所有试图窥探的视线。

聂梓涵的视线掠过对范晓鸥来说简直可以当被子的大外套，突然好奇地想看看范晓鸥脸上的表情，可范晓鸥大半边的脸被浓密的黑发遮住，什么也看不见。

随着汽车的轻微颠簸，范晓鸥的脑袋也跟着节奏在玻璃窗上轻撞，东摇西倒的，犹如一个圆圆的西瓜找不到托盘可搁置，到处乱滚，很是滑稽，而她居然还不睁眼。

半晌之后聂梓涵恍然失笑，这才确定原来范晓鸥不知道什么时候已经睡着了。

好几天的失眠加上紧张后的突然放松，范晓鸥难解困意，随着汽车的行进，轻微的颠簸让她好像在摇篮里一样，绷紧的神经逐渐放松了下来，她也跟着节奏慢慢睡着了，所以聂梓涵的问话她是一句也没听到。

正做着美梦呢，迷迷蒙蒙中，范晓鸥依稀感觉到有一只手在轻轻在挪动她的头部，接着她的头从坚硬的玻璃被转到了柔软的靠枕上，很舒服啊，她满足地叹口气，嘴角含着笑容继续香甜地睡着。

等范晓鸥特别惬意地小睡了片刻，然后从香甜的梦乡中慢慢清醒过来时，哎，这一觉睡得那叫一个香，她真不愿醒来。这么久了应该到了目的地了吧？不过，咦，她好像没说过要去哪啊，那么聂梓涵会带她去什么地方？

不管怎样，女孩子都不能这样放松了警惕性啊，范晓鸥心里一慌，连忙睁开还眷恋在一起的沉重眼皮，这一睁眼，顿时把她惊吓住了：此刻的她竟已经不在颠簸的车上，而是在一间宽敞的房间里！

范晓鸥不可置信地缓缓坐起身来，生怕自己是在梦游，便掐了掐手背，龇牙咧嘴地疼得抽气，这才确定自己不是在做梦。

这房间很大，墙面装修过了，不过整间屋子里空荡荡的，铺了厚厚的地毯，却没有什么家具，唯一的家具就是她现在身下所躺的床垫，还有上面的一床鸭绒被子。被子和床垫很柔软，睡在上面就像睡在云朵上面一样，既暖和又轻柔。

可是现在不是研究床垫是不是太空棉的质地的时候，而是聂梓涵将她送到了什么地方，这陌生的屋子看来是一套高级套房，外面的是客厅，她所处的房间是卧室。

聂梓涵会不会趁着她熟睡直接将她给卖了啊？范晓鸥心里一咯噔，连忙从床垫上起身，踩着松软的地毯走到了房间的门边，悄悄地将门打开一条缝隙，屏住呼吸往外看。

这一看之下她更加发懵了，外面屋子里比这房间更加杂乱无章，所有的家具和东西都胡乱堆放在地上，有些家具甚至都没打开包装，堆放的行李物品也是杂乱无章，看上去颇有地震后逃荒的阵容。

在这一片杂乱的荒芜中，有一个身材健美的男人全身赤裸，背对着她，下半身只裹着一条白色浴巾在那堆杂物中翻找着东西，他背部的肌肉很结实，全身线条堪称完美，两条腿也很修长。但是范晓鸥却无心欣赏，她现在是惊弓之鸟，看到陌生男人只想尖叫。

但还没等她尖叫出声，那个健美先生已经闻声转过身来，竟然是光着身子的聂梓涵。

聂梓涵回过头时，正好和范晓鸥打了个照面，四目相对，范晓鸥愣生生地把那声尖叫给咽了回去。

“聂……聂大哥……这、这是哪里……你……”范晓鸥惶惑地开口，同时娇嫩的脸刷地一下子红了。

聂梓涵没料到范晓鸥这么快就清醒过来，他手里拿了一个电脑文件包，是刚从一堆废墟里扒拉出来的。他看了看范晓鸥说：“这是我家，今天也才刚搬进来，所以乱糟糟的。等明天再收拾，先将就着过一晚。”

“我怎么会在这里？”范晓鸥脸上的红晕未褪，说话很轻，带着少女的羞涩。

“你刚才睡着了，我没空找地方把你撂下，所以就直接带我家来了。你继续睡会儿吧，明天我再替你找个地方住下，现在我要加会儿班。”聂梓涵说着神色泰然地把手中的包打开，拿出里面的电脑和文件，找到一个空的硬纸箱当桌子，再把电脑放上去，随后拖过一个布靠垫，盘腿在地毯上坐下，开始在乱糟糟的客厅里工作，并没觉得他这副衣不蔽体的短打扮有什么不妥。

本来也是，在这里他是主人，而她是客人，所以客随主便。

范晓鸥还是有些拘谨局促，聂梓涵埋头工作了一会儿，突然想起来，对范晓鸥说："浴室里有热水，你可以洗个澡，促进血液循环就不会怕冷了。"

范晓鸥红着脸"嗯"了一声，聂梓涵点点头，继续头也不抬地说："卫生间架子上有干净的浴巾和毛巾，是我刚拿出来的，你可以用我的。"他一向大咧咧习惯了，没留意范晓鸥因为他这有点儿暧昧的话语脸上红霞更深。

不过奔波了一天，流了汗流了眼泪，全身僵硬的范晓鸥难以抵御热水澡的诱惑，虽然女孩子家还是矜持，但最后强烈的需求还是战胜了拘谨，她认命地收拾了自己的衣服还有毛巾到浴室里去冲澡。

为了怕打扰到聂梓涵，范晓鸥光着脚小心翼翼地走过正低着头工作的聂梓涵身边。虽然她走起路来没有声音，但在走过聂梓涵身边的时候，聂梓涵眼角的余光还是看到了一双白嫩娇美的光脚丫子在他的视野里一闪而过。

聂梓涵微微抬起了头，深邃的眼睛盯着范晓鸥婀娜的后背，目送着她进了他家的浴室，他如雕刻的脸庞上有一抹若有所思的神色。

带点儿烫的热水滑过身体的每寸肌肤，好像要把所有的寒气都逼出来一样，范晓鸥微微仰头，闭着眼睛，接受水温最体贴的抚慰，当热水如丝滑过身体的每寸肌肤，她在舒畅中像只满足的小猫一样轻轻地呼气。

今晚的惊险遭遇还让她心有余悸，若不是遇见了聂梓涵，她不知道自己现在会怎样，说来他已经救了她两次了。是不是前世和他有缘，所以今生才会有这么多次的相见，范晓鸥冲着澡，脸色绯红，不知道是水太烫，还是她内心澎湃给惹的。

客厅里虽然杂乱不堪，但是浴室里的东西却一应俱全。因为之前聂梓涵刚洗过澡，浴室中随意开着瓶口的洗发水和沐浴露，还有用过的毛巾，湿漉漉的大理石地板，无一不散发着他身上独有的男性气息，甚至连空气里留下的都是他的味道。

范晓鸥的脸更加的红，尤其是看到洗漱台上还放着聂梓涵用过的剃须刀和泡沫膏，这让她有种窥视聂梓涵隐私的感觉。

浴室里有洁白而宽大的浴缸，看样子还是带按摩的，范晓鸥极力想避开泡澡的诱惑，只用了淋浴。她加快了速度想尽快洗完免除这种无形的尴尬，好让自己不要那么不自在。

当她从热气腾腾的浴室里出来的时候，还在客厅里干活的聂梓涵听到动静抬起头来，挑了眉说："这么快就洗好了？"

"嗯。"范晓鸥红着脸说，不敢抬头，她心知自己的模样肯定很狼狈，头发湿漉

漉地混乱披散着，还一直往下滴水，穿的是自己样式保守的陈旧家常便服，根本不好见人，于是只是垂着头，手足无措的样子。

“洗好了就先睡吧。”聂梓涵盯着电脑随口说着，手上没放缓速度，他在加紧赶一个策划方案出来。

“嗯。”范晓鸥点点头，转身要回房。聂梓涵却停下工作站了起来。“你等等。”他对她说道。范晓鸥停住了脚步，抬眼不解地看着聂梓涵，只见他俯身在一堆杂物中寻找摸索着，找到了一个电吹风，然后递给她，“把头发吹干了再睡吧，这屋子的空调还没装好，免得着凉了。”他的眼睛在她身上快速扫视了一遍，最后落在她光着的脚丫上。她的脚趾头白嫩可爱，粉红色的脚趾甲晶莹剔透。

“嗯。”范晓鸥没有留意聂梓涵的视线，她接过电吹风，心里暖暖的。她怕吵着聂梓涵，准备拿着电吹风回房去吹，却听到聂梓涵在她身后又看似无意地说了一声：“晚上房间的门不要锁，我也进去睡。”

“啊?”范晓鸥在领会了聂梓涵的意思之后，当即愣住了，“可……可是……屋子里只有一张……一张床……”她的脸红得不能再红，满脸都是窘迫。

“只有一床被子和一个床垫，我明天还要出差，不休息不行。”聂梓涵却面色平静地低着头，看着相对他而显得矮小的范晓鸥说，“大半夜的，我也懒得整理家具，先对付着住一晚。你先睡吧，我尽量不会吵着你的。”

他一向是个计划性很强的人，无法容忍有人破坏他既定的计划，平时里就是说一不二的。

也许看到聂梓涵的神色太过正常，弄得范晓鸥觉得自己不正常起来。本来这屋子就是聂梓涵的，她知道他有决策权和主动权，可是他说要和她挤一张床啊，这个、这个也太超乎她能承受的范围了吧?!

范晓鸥涨红着脸盯着聂梓涵，想从他脸上看出点儿他的意图来，可是他和她说完话，就低着头坐回到了电脑前继续干活，没再朝着她看上一眼。范晓鸥窘在那里半晌，想了想，还是慢腾腾地回了屋，她需要一个人静静，想清楚这件事。

电吹风低低在轰鸣，湿漉漉的头发也渐渐吹干了，范晓鸥还是没能理出个头绪来。她从来没有和一个男人有过亲密关系，聂梓涵那次酒后吻她算是她和男人最亲密的程度了。可是今晚聂梓涵竟然大胆地说他要和她一起睡，想到这里，她的心都有点儿发颤。

他和她是真的只是一起睡觉，还是另外一种意义上的“睡——觉”?

范晓鸥坐在空荡荡的床垫上，百思不得其解。这个床垫倒是很大，睡下两个人不成问题。她盯着宽大的床垫，脸上直发烧，真想跳起来跑出去，离开这里。但她却清楚自己是不会走的。历经了那么多的惊险，她也知道半夜从这里离开之后，她根本无处可去。

唉，她有些烦恼地摘下电吹风放在一边，然后向后仰靠在墙壁上，腿伸长了窝在床垫上，睁着眼睛望着高高的天花板。其实——聂梓涵这个男人也不错，每次她有危急的时候，他总是犹如英雄一般出现在她面前解救她。除去有些冷酷之外，他是她见过的最顺眼最不可抗拒的男人，甚至可以说，她是有点儿喜欢他，甚至无条件地信赖他。

假如他，他今晚真的和她在一起，她不知道自己能不能抵挡得住他。范晓鸥边想边觉得脸上几乎要被羞涩和窘迫的红晕给烧着了。

“哎呀，不要再想了！”范晓鸥觉得头都要想炸了，她将被子拉过头顶，蒙住自己不让自己再胡思乱想。半晌，处于冥思苦想中的她都保持着这个古怪的姿势一动不动，可是就这样窝在暗无天日的被窝里，她竟渐渐睡着了。

半夜的时候，范晓鸥睡得迷糊中感觉床垫的一侧好像沉了下去，接着依稀有个人上了床，将她盖着的被子掀起，而后钻了进来。

那人带进被窝来的清凉空气让范晓鸥所有的睡意顿消，连头发丝都敏感地竖起来。她敏锐地感觉到那人贴着她躺着，呼吸均匀。她悄悄地等待了半晌，然后压抑不住心脏的狂跳，偷偷地将眼睛睁开了一条缝，正好看到聂梓涵光着上身躺在她身边，正从被窝里将原来下身裹着的白色浴巾抽出，随手扔到了地板上。

范晓鸥被眼前的一幕刺激惊吓到，觉得全身的肌肉紧张得都僵硬了起来。

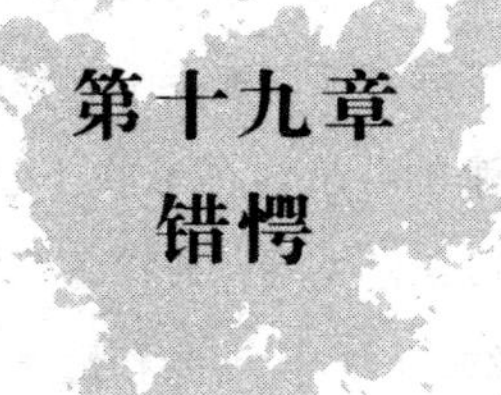

第十九章 错愕

聂梓涵习惯裸睡。所以当他抽去碍事的浴巾之后，他抬起手来，伸出手关掉了电

灯，屋子里顿时陷入了一片黑暗之中。范晓鸥害怕担忧得心都快要从喉咙里跳出来。

她紧张地用眼角的余光看了下聂梓涵，黑暗中，隐隐可以看到他英挺的脸部轮廓，好看的眉峰，挺直的鼻梁，微翘的薄唇，被子盖不住的结实胸膛，全身上下都散发着热力，让她觉得被窝里的温度迅速高涨，她脸上由此熏染了娇艳的红晕。

范晓鸥收回眼光不敢再看，极力屏住呼吸，不让聂梓涵发现她已经醒了。

然而少女矜持的本能和对异性的排斥让她身不由己地想逃开聂梓涵，她在床垫上以缓慢的速度不易察觉地往床垫边缘移动，由于全身肌肉都是绷紧的，没移动多长的距离她就已经乏力得不行，绷直的身体开始酸痛了。

却在这时，她听见聂梓涵的声音突然在黑暗中响起："你别挪了，再挪就要跌下去了。"

范晓鸥的身体立刻在床沿边僵住，随后火辣辣的热感袭上她的脸颊，她羞惭得无法吱声，只得定定地躺在原处，一动也不敢动。

"快点儿睡吧，天都快亮了，我明早九点的飞机。"聂梓涵嘟囔了一句，朝着范晓鸥相反的方向转了个身，顺道从她身上拉卷走了一些被子，床垫随着他转身的动作震颤了几下，而后就没发出什么声音。很快，她听到聂梓涵呼吸渐渐沉下去，看来他已经渐渐入睡了。

聂梓涵的睡相很老实，半天都没有动过姿势。其实生活中，聂梓涵很随和朴素，并不像舅舅欧阳明远那么讲究生活质量，吃要精致住要舒服，连他的床伴都要百里挑一的美女。

聂梓涵一贯地不挑吃不挑住，有大鱼大肉就吃，没有大鱼大肉，青菜豆腐也可以吃得倍儿香。至于住就更不挑了，不管到了什么地方基本上都能做到倒头便睡，从来不挑床，哪怕是打地铺都行，甚至捞个硬纸片往屋角一铺，躺上一会儿就能打起呼噜。

聂梓涵所以能有如此道行，不仅是因为天性简约爽快，能够做到随遇而安，更主要还是经过爷爷聂道宁和父亲聂志远那种准军事化管理的锻炼和磨砺。

范晓鸥在忐忑中又等待了半晌，见聂梓涵一动不动，看样子真的熟睡了，悬着的一颗心这才稍稍放下来。看来聂梓涵真的是个君子，说睡觉就真的是"睡觉"，不掺杂那些暧昧的情色。范晓鸥在黑暗中睁大了眼睛，胸口不住起伏着，胸腔中因为紧张而憋着的一口气，分了好几次才悄无声息地吐完。

真是她神经太敏感了，她松了口气，终于还是听从了聂梓涵的话，悄悄地往床垫中央挪了挪，将已经快要掉出床沿的屁股给偷偷挪回了床垫内。

头一次和男人同床共枕，虽然聂梓涵不具备攻击性，但范晓鸥还是紧张得睡不着。心中各种滋味混杂，让她睁大了眼睛心脏跳得厉害。不成不成，赶紧睡吧，她劝导着自己，开始紧张地数着绵羊，但从第一只数到几千，还是一点儿睡意也没有。直到很久很久之后，范晓鸥的意识才在半清醒和睡梦中来回徘徊，好像睡着了，又好像没睡着，漂浮在浅层睡眠中。

四周一片静谧，但空旷的屋子里突然响起了嘹亮的军队起床小号声："滴达滴——滴达滴——"吹得还是《义勇军进行曲》。因为小号声太嘹亮了，在寂静的屋子里分外刺耳，甚至称得上凄厉。

范晓鸥迷迷瞪瞪地被猛地惊醒，连忙睁开惺忪的眼睛，正在朦胧中，却看到身旁躺着的聂梓涵听到那军营的起床号声，立刻"忽"的一声从床上蹦了起来。

"嗯……怎……么了？"范晓鸥一头雾水，连忙也跟着紧张地爬了起来，和聂梓涵面面相觑。

她狐疑地望望卧室外面的天空，天还没亮，还黑着呢。这时是黎明前的黑暗时段，逐渐隐约可见微微的晨曦透过窗帘照在屋子里，将半靠在床上的聂梓涵照得犹如一尊立体的雕像。

聂梓涵用手揉揉眉心，那嘹亮的军号声还在不停地响。他抬眼看到范晓鸥一脸紧张的模样，不由勾起线条明晰的嘴角笑了："别紧张，那是我设定的闹钟的铃声。"

说起这个起床小号，他从小到大已经听习惯了。小时候非常讨厌起床号，小号一开始吹，他就要开始一天准军事化的生活，吃饭睡觉学习都是有严格时间控制的，超过一分钟也不行，晚了就要挨揍。不过自从大学毕业后他忙于工作很少回军区大院，听不到各种号声反而经常睡过头，于是他弄了个起床军号的闹铃声，算是个异类。

若换爷爷聂道宁的话说，就是有点儿犯贱了。

"可是……可是……天还没亮呢……"范晓鸥被这么一闹，睡意消减了大半。

"是，现在才早晨5点半。"聂梓涵还是气定神闲地说道。

"你的飞机……不是九点吗？这么早起来干什么？"范晓鸥拉过被子裹紧了自己，入冬的早晨寒气逼人，她整个人都蜷缩在被子里。

聂梓涵却没有回答她，他微微欠起身，把床头吵闹个不休的闹钟按掉，随意搁在地板上。由于被子被范晓鸥卷走了一大半，她离得他又远，于是聂梓涵起身放闹钟的时候，被子拉得很下，露出了他平坦的小腹，还有挺翘结实的臀部。

范晓鸥自然也瞥见了聂梓涵在被子下的大好春光，她顿时瞪大了眼睛，闹钟虽然关掉了，但她耳边仿佛还响荡着嘹亮的军号声，本就迟钝的脑袋雪上加霜，好像被什么敲中一样，嗡嗡嗡地在发着警报音："聂、聂梓涵他、他没穿衣服，是光着的！"

聂梓涵将闹钟搁放在地上，然后才回过身来，对范晓鸥说："我八点去机场也来得及。提早设定闹钟是——"他停顿了一下，然后望住范晓鸥，缓缓地说，"在5点半到8点之间，我想和你亲热。"

聂梓涵很直率，也很有时间概念。什么时间该做什么事，他都设定好了。

没有特殊情况，一般是不会更改的。

"亲、亲热！……5点半到8点，这么说他要和她亲热2个半小时！"范晓鸥瞪大了眼看着聂梓涵，眼中有惊恐，一度以为自己听错了。清晨的微曦中，映衬出范晓鸥清澈单纯的瞳孔，长长的睫毛像两只蝴蝶一般微微颤动着，白皙无瑕的皮肤因为羞窘而透出淡淡的粉色，胭红的双唇犹如玫瑰花瓣娇嫩欲滴，娇弱的身体不住轻颤着。

聂梓涵心里一动，范晓鸥比他第一次看到的时候漂亮了，范晓鸥不算顶顶漂亮的女人，但却有一种与众不同的清纯味道。

聂梓涵对女人有洁癖，所以看上的女人不多，范晓鸥算是个例外，她甚至还称不上是个成熟的女人，只能算是个青涩的女孩儿。

若换作第一次见范晓鸥，他对她不会起什么心思。可是一而再，再而三地遇见她，她也一次比一次更入他的眼。聂梓涵并不想玩弄范晓鸥，但也不会刻意控制住自己的欲望。

昨夜范晓鸥肯和他睡在一张床上，说明她对他并不抗拒。而他不是圣人而是男人，自然也不想放过柔顺的小羔羊。

夜里2点上床，睡到5点，是他养精蓄锐的时段，而5点半到8点这段时间，足够和她缠绵一番再去飞机场。

他计划得很有条理，一般也不会出错。这个出差的早晨在这种旖旎暧昧的气氛中开始，也是身为男人的一种享受。

昨夜带范晓鸥回来的时候，聂梓涵对她的欲望还不十分强烈，但清晨本是男人最容易冲动的时刻，他也不例外。因为想要和她亲热，所以加剧了他身体的变化。此刻他的全身好像有火，想要将燃烧的范围扩大。

聂梓涵直直地瞧着范晓鸥那张因为害羞惊慌而染红的双颊，突然间伸过手去，将范晓鸥连着被子抱在了怀中。她的身体很软，那次在KTV包厢里他就已经知道了，眼下更是柔若无骨地蜷缩在他的怀抱中，即使隔着被子他也能感觉到她身体的灼热与颤抖。

她的发丝有着好闻的香气，和他平时用的一样，让聂梓涵有股熟悉的感觉。他忍不住轻抚她的脸，当他修长的手指轻滑过她羞红的脸庞，那种细腻如丝绸的触感，让他体内的火在一点一点燃烧起来。

聂梓涵低头，目光定定地看着范晓鸥，那张薄唇凑近她的耳边，低声说："我想要你，小玫。"

范晓鸥猝不及防地被聂梓涵抱着，挣扎不动分毫。她用残余的理智用胳膊抵在聂梓涵健壮的胸膛上，整个人向后倒退，想要避开他撩人的气息，可聂梓涵用大手抓住她不住反抗的手，另一只手抵住她后脑，将她的脸向他托近。

范晓鸥的眼前一黑，聂梓涵的薄唇覆上了她丰润的唇！他的大手坚定地托着她的后脑，灵活的舌头在她唇内恣意地攻城掠地，他的吻霸道中带着一丝温柔。范晓鸥依旧睁大着眼睛，全身的力量被抽空了，僵直得一动不动，半晌她听见聂梓涵沙哑地对她说："闭上眼睛。"

她方才傻傻地合上了眼眸，但是长长的眼睫毛却不停地颤动着，就像蝴蝶采集花粉一般，不停扑簌着翅膀。

这个几乎掠夺去她全部呼吸的吻持续了很长的时间，直到聂梓涵觉得够了，才缓缓松开了嘴，他喘着气，看着同样气息紊乱的范晓鸥，将抱在怀中的她放回枕上，顺势将手支在她头的两侧，伏在她身上，静静地俯瞰着她。

范晓鸥整个身躯虚软得像滩水，流淌在松软的床垫上，她缺氧般大口吸着气，脸上还有未褪尽的红晕。总算这个吻告一段落了，刚才她差点儿窒息在他怀抱中，她可以感觉到他舌头的强大力量，在她嘴内肆虐的是混杂着入侵和温柔的奇异感觉。

聂梓涵盯着范晓鸥美眸半睁半闭的朦胧及她粉颊上的潮红，此刻的她异常娇媚，让他几乎把持不住，一向傲人的自制，碰到这可口好吃的小菜，全都荡然无存。

不知道有没有人因接吻过久、过热烈而闹出人命的？若不是刚才她发出要窒息的咕哝声，看起来快虚脱了，他是舍不得放开她的。其实严格来说，这还称不上一个火辣的热吻，虽然他大胆狂猛地亲吻她，但她的反应是那样的生涩、羞怯，而他却轻易被挑起了欲望。

这彷佛是一场身体和心灵的探险之旅，他碰触了她的舌头，抚摸着她的身体，这么做的同时竟也勾动了自己的心弦，他喘息着稍稍将身体退后了一下，被内心的激荡震撼得不能自已。

范晓鸥脸上的红晕一直蔓延到耳根，她蜷缩着身子，不敢抬头看聂梓涵。她知道他在巡视着她身体的每一处线条，她原本一张羞红的脸庞此刻更是从耳根子一路红透到脚趾头。可不可以不要再这么看了，她真的好羞。

她用手环抱住自己的胳膊，同时尽量蜷缩起腿，想遮掩住自己，但她的手却被聂

梓涵拉下，扣在床垫上，他的手代替了她，在她身上缓慢地爱抚、徘徊。

他指尖滑过的肌肤柔滑得犹如一匹绸缎，面前并不十分丰满的胴体实在很美，他的气息有些凌乱，呼吸加重，抱范晓鸥的手紧了紧，终于忍耐不住，想要进入主题。

"小玫……放轻松点儿……"聂梓涵沙哑地在范晓鸥的耳边说道，他说这话的时候，其实有些不确定，但从她生涩的反应来看，之前她应该是没有过男人的。

"别……别叫我……小……小玫……"范晓鸥紧闭着双眼，全身抖得犹如即将上刑场，她不想将自己献给聂梓涵的第一次，他叫的是她的假名。

"那……该叫你什么?"聂梓涵的唇紧紧贴着范晓鸥的红唇，用几乎听不见的低语问她。

"我……我叫……晓……晓鸥……"范晓鸥困难地避开聂梓涵散发着热气的唇，努力认真地把自己的名字说给聂梓涵听。

"嗯，晓鸥……"聂梓涵轻啄着范晓鸥颤抖的红唇，沙哑地应声，"我知道了……"这个名字有点儿熟悉，在重复的过程中，聂梓涵的记忆阀门不自觉地打开了，好像很多年以前，他也认识一个叫晓鸥的女孩。因为是深藏在心底的秘密，还带了愧疚，所以他对这个名字印象深刻。

同名的女孩儿多了，聂梓涵亲吻着范晓鸥的脸，一双手在她娇嫩的肌肤上游走，健壮的胸膛感受着范晓鸥的柔软，有一点儿走神儿。

他用舌头一遍遍描绘着范晓鸥的红唇，逗引她伸出舌头与他纠缠，完全是无意识地问她："那你真名的姓是什么?"

"我……我姓范，叫范……范晓鸥……"范晓鸥娇喘着，在聂梓涵狂热而猛烈地进攻中，费劲地回答他。

第二十章
微光中的迷失

"范晓鸥……范、晓、鸥!"当记忆中的名字和现实相呼应，当曾经假想中的身影开始逐渐跟眼前全身光裸躺在他怀中的小女人重叠，聂梓涵的俊颜上露出一抹难以置信的表情。有一瞬间他甚至以为自己是在梦游。

命运有时候真是一切人间戏剧最成熟、最独具匠心的设计师，否则怎么会这么巧，这么离奇？

所有的激烈动作逐渐缓慢下来，聂梓涵紧紧盯着范晓鸥，深深的眸底闪过一丝复杂，他停止了和她的激吻，突然微微抬起身，离开了她柔软的身体，然后轻咳一声，低声问她："那——你，你几岁了？"

"我……十八岁……"已经做好了献身准备的范晓鸥见聂梓涵停了下来，只是用一双俊秀的眸子深深望着她，像要看到她心底去，她睁着含羞的眼睛悄悄回望聂梓涵，长长的睫毛紧张得不住颤动着。

她稚嫩的心理素质丝毫不能抵抗聂梓涵深邃眼眸的注视，只要他这么看她，她的身体好像就开始发热滚烫，热流不停向上蔓延，让她的脸不由得好像发烧一般，火红得滚烫滚烫的。

"十八岁，对的，年纪是对了，那么——"聂梓涵在心里思忖了一下，用手将范晓鸥脸上的乱发拂开，抱了一丝侥幸的心理问她，"你从哪里来的？"

"我……我是南方人，到北京找一个朋……朋友……"范晓鸥结巴地回答着聂梓涵，他抚摸她的动作很轻柔，完全不同于刚才狂风骤雨般的狂野，却更让她心颤。

"找什么朋友？"他继续问她，好听的磁性声音在她耳边回荡。

她有些迷蒙地回答他："一个笔友……可是……我找不到他了……"

范晓鸥的声音很轻，却犹如一声响雷在聂梓涵的脑海中轰鸣。

聂梓涵深吸一口气，十九岁那年所犯下的轻狂错误，似乎已经把他的记忆填满。当真相即将显现，他脑海的记忆急剧翻动，从见到范晓鸥的那会儿开始，再往后她的各种表现，在他的脑子里一一出现，而且不停地晃着，让他怎么也不能安宁下来。

他彻底松开了范晓鸥，从地上捞起羊绒被子盖在了她的身上，而后颓然地翻身躺倒在她的身边，沉默着不说话。

聂梓涵异常的反应让范晓鸥有些不知所措。她看了他一会儿，才小心翼翼地问他："你……你……怎么了？"

聂梓涵没有回答范晓鸥，他沉默了良久之后，突然转身再次抱住了范晓鸥，这次只是轻轻揽抱着她，并不再像之前那般迫不及待、热力汹涌。他伸出手去抚摸着范晓鸥的脸，修长的手指触碰到她娇嫩的脸庞，少女的肌肤有种丝滑的感觉，让他的指腹流连忘返，恍然中他似乎触到记忆的温度。

躺在他身下的范晓鸥有着微微向上翘起的眼角，在被窗帘缝隙散射过来的晨光浸得更显红润的脸庞上，羞涩地在诠释着女性的妩媚。她娇羞青涩的样子唤起他懵懂少年时期对女性温暖而疏远的记忆。

他记起当信件被爷爷聂道宁勒令烧掉之后，他在没人的午后有些后悔地机械地在纸张上面写着范晓鸥的名字，努力却徒劳地回忆她的住址，同时在想象她在他记忆深处的模样。

但一开始就没有用心记的地址，如何能够完整地拼凑出来？最后还是以失败告终。

那是属于他的青涩的少年时光，他以为那些往事会随着时间的流逝而慢慢远去，直至在他的记忆中消失。因为在商场上开始打拼了的他，渐渐明白这个世界上有些人总是要欠别人的，就如某些人活该要被欠一样。他侥幸地想，范晓鸥就是那个活该被欠的人。

可是，天网恢恢，疏而不漏，欠下的债，他总是要还的。

看样子他终究是逃不掉了。

火热激烈的亲吻和爱抚骤然终止，而聂梓涵变得有些阴郁的神情让范晓鸥以为是自己的态度让他不高兴，她躺在他的怀抱中乖顺地一动不动，少女敏锐的心却感觉到了聂梓涵那种抗拒别人接近的疏离。

他好像突然间变得忧郁了呢，范晓鸥突然有些心疼起聂梓涵来。

于是在聂梓涵隔着被子抱住她的时候，她迟疑了一下，也伸出手怯怯地回抱住了他的肩膀。他的肩膀很宽厚，她一双细瘦的手根本揽不过来，只能松松地搭在他的肩头。

聂梓涵全身一僵，有些不太肯定地看着范晓鸥，他没想到她会主动抱住他，他的眼眸里瞬间闪过无数复杂的情绪，终于，在困难挣扎了片刻之后，他起身上来，再次重重压住了她。他的欲望还未消，而她又是该死的美好，那么就这样要了她吧，聂梓涵对自己说道，将额头贴着范晓鸥的额头，鼻尖对着她的鼻尖，不时磨蹭着她。

就在她口干舌燥，羞怯地做好准备不再抵抗他热情的入侵之后，她的身上却蓦地一轻，带着火热体温的聂梓涵再次松开了她，他默默地盯着她看了一会儿，起身从地上捡起浴巾，而后重新围住了下身。

他坐在床沿，从床头的地毯上拿起烟盒，从里面抽出一支压瘪的香烟来，点燃之后深深吸了一口烟，然后重重吐出烟圈来。

范晓鸥有些惶惑地看着聂梓涵的一举一动，见他起身，她也拉起被子裹住了自己光裸的身体，然后用一双迷惑的眼睛继续看着聂梓涵。

聂梓涵光着膀子沉闷地抽着烟，上身的肌肉健美而结实，小腹六块肌肉整齐排列着，坐在床垫那头像尊沉默的塑像，在清晨的微光中定格。

“你……”范晓鸥终于出声了，她不知道是不是自己哪里做得不好，让聂梓涵瞬间没有了兴致，不由得有些羞惭。

聂梓涵这才逐渐回过神儿来，他若有所思地看着娇羞的范晓鸥，半晌才声音沙哑地说：“你再睡会儿吧，天还没亮呢。”

第二十一章
天亮前说晚安

是的，天还没亮，晨曦还半包裹在浓郁的云翳中，夜色已由深变浅。天边泛起的鱼肚白曙光，似隐似现。周围是静静的，白昼中的喧嚣与混乱还没有开始，人们都还在熟睡中，除了屋子里心事重重的两个人。

聂梓涵在跟她说晚安，但是范晓鸥却已经无法入睡了。她孤零零地躺在床垫上，而聂梓涵坐在床垫边缘抽了一根又一根的烟，最后才掐灭烟，站了起来。

范晓鸥裹在被子里，闭着眼装睡，也不好意思叫住他，只能在聂梓涵转过身去的时候悄悄将眼睛睁开一条缝，看着聂梓涵颀长的人影走出了卧室，随后她听见卫生间里传来了哗哗的水流声，聂梓涵好像在洗澡。

她窝在被窝里，洁白的牙齿咬住了下唇，本来捍卫住了自己的贞洁是件值得庆幸的事，但是此刻她的心里却有一种说不清道不明的挫败感。聂梓涵可以悬崖勒马，说明她的吸引力还不够，她有些烦恼地扯开被子，嫌弃地看了看被子里面自己光裸着的身体。

她不喜欢自己的身体，因为太扁平了没有看头，所以才入不了聂梓涵的眼吧？她猛地坐起身来，在地毯上摸索到了自己被扯去的睡衣，然后快速地穿上，系扣子的时

候她的手在微微发颤，扁了扁嘴，突然很想哭，慌忙又忍住。

她坐在床垫上发了一会儿愣，依稀听见外面的浴室门打开的声音，她心里一惊，连忙拉开被子重新又钻了进去，将自己遮盖得严严实实。她等了半晌，却没有等到聂梓涵再进房间里来。她在忐忑不安的等待中渐渐睡着了，当她从睡梦中惊醒过来时，已经天色大亮。

她迷迷糊糊中拖过闹钟看了看，竟然已经快8点了！她一下子从床上蹦了起来，然后紧张得整理好衣服再用手胡乱地理顺一头的乱发，接着跑到门边，轻轻拧开门，果然看到聂梓涵站在客厅中，收拾停当，正准备出门。

因为出差去见客户，聂梓涵不再穿便服，而是穿了一套笔挺的西服。

良好的质地和精致的手工让他看起来像个彬彬有礼的绅士，也更显得优雅而帅气，他虽然还很年轻，但那种超乎年龄的成熟韵味却如影随形，令人很有踏实感。此刻穿了西服的他和平常的吊儿郎当的模样大相径庭。原来他也可以如此正式和认真。

不过不管哪种装束，不能否认的一点，那就是他很帅。

范晓鸥的眼睛一直盯在聂梓涵身上，聂梓涵觉察到了她的视线，抬起头看她，四目相对，空气中顿时流转着带了点儿尴尬的暧昧。聂梓涵看了看还穿着睡衣的范晓鸥，说："你怎么不多睡一会儿？时间还早呢，今天是周日，你可以睡晚一点儿。"他的声音有些沙哑，但听起来语调还算正常。

范晓鸥则涨红了脸，一想起昨夜他们两人在床上纠缠的模样，她的脸就像火烧一样，她困窘得什么话也没回答，但却舍不得进屋去。她站在门边，光着脚丫，红扑扑的脸庞和娇羞的模样让聂梓涵转不开视线，他盯着她看了一会儿，招手让她过去。

范晓鸥却害羞得站在原地一动不动。最后还是聂梓涵走过来，把一串钥匙递给她，说："这是房间的钥匙，我出差三天就回来了。屋里乱糟糟的，等我回来再收拾。你平常吃饭可以在外面吃。"说着又从西服口袋里拿出原本就准备好的一张金卡来，自然而然地说，"你想买什么就刷我的卡。"

"不用了，"范晓鸥向后退，嗫嚅着说，"我自己有钱。"他给卡的时候让她感觉他像包养她的金主一样，虽然这个金主不老也不丑，还很帅。

"你有钱吗？"聂梓涵牵起嘴角笑了笑，深邃的眼眸里潜藏着他一贯的骄傲和坚持，他说，"你赚的钱还不够你交学费的，拿着吧。"

"不要，我……我不想用你的钱……"范晓鸥低着头，他很坚持，她也很倔犟。

见范晓鸥不领情，聂梓涵看了看手表，然后放柔了语气对她说："你拿着卡吧，万一有个什么事呢，我又不在，你也好应应急，对吗？真要这么计较的话，就不把我当你的，呃，当你的朋友了，是吗？”

范晓鸥见聂梓涵的态度是认真的，神色间也没有歧视和施舍，想了想，这才迟疑着接过了那张金卡，说：“谢谢。卡我先留着吧。”

既然他坚持要让她留那就留着吧，用不用以后再说好了。

聂梓涵松口气，说：“谢什么，我和你还要那么客气吗？”他说话的语气让她觉得有点儿暧昧，不由得又脸红过耳。

“我得走了。”聂梓涵对范晓鸥说，他看了看她，动作停顿了一下，然后向她倾身过来。范晓鸥以为聂梓涵又要吻她，紧张得微闭了眼睛，呼吸有些急促，柔软的胸口不住起伏着。

聂梓涵凑近了范晓鸥，离她很近，近得范晓鸥都能觉察到他温热的鼻息喷在她的脸上，但等了很久，他并没有吻她，而是抬起手来，从她的头发上拿下一根细小的羽毛，然后声音低沉地对她说：“照顾好自己。”接着转身拿上简单的行李，出了门。

范晓鸥抬起眼来，怔怔地盯着聂梓涵颀长高大的背影，心里的千头万绪理不顺，乱糟糟的，一时间也忘记和他说再见。

赶在登机的最后几分钟进了安检，聂梓涵坐在飞机的商务舱里，手表的指针指向9点，飞机如他预料的那样，准点飞向了蓝天，分毫不差。他满意地向后靠在椅背上，他向来欣赏准时的人，自然也欣赏驾驶这架飞机的机长。

高空中的漫长飞行让聂梓涵无所事事，只能低头翻看着报纸和杂志，他出色的外表和内敛的气质让他无论何时何地都很引人注目。经常有美貌的空中小姐在他身边频率过高地走动，他却熟视无睹。更确切地说，他连报纸都无心观看，拿在手上的杂志和报纸只是用来掩盖他内心复杂纷乱情绪的道具而已。

半晌之后，聂梓涵放下手中的杂志，抬起头来，视线转到身旁的机舱口，外面云朵飘浮，晴空万里，他的心却轻松不起来。

一向以冷静著称的聂梓涵，竟然也会有放不开的时候。

他盯着狭小的机舱窗口，重重地叹气。

说是出差三天，但聂梓涵一周后才到家。

开了门进屋，他被眼前干净整洁的居室环境给弄得一惊，以为自己走错门了。但随后，范晓鸥听到动静从厨房里跑出来，两只手湿漉漉的，纤细的腰肢上还系着围裙。在看到他的瞬间，她的眼睛顿时亮了起来：“聂……聂大哥……你回来啦？!”

她的脸红扑扑的，眼眸里有着惊喜的亮光，扑上来就要接过他的行李，但聂梓涵

阻止了她，自己提着行李随意搁在客厅的一角，然后站在屋子中央，看着整齐的客厅，对范晓鸥说："你自己一人干的吗？辛苦了啊。"

客厅里该安装的电器都安装好了，家具也独具匠心地摆着，看上去赏心悦目，井井有条。

"嗯，送货的工人们安装的，我只是监工罢了。"范晓鸥点点头，还是害羞，但嘴角挂着对他回来发自内心的喜悦笑容。聂梓涵心中一动，想要说什么，但一时间却又无话可说。半天才憋出了一句："你今天不去上课吗？"

"考试还不知道结果，所以没法上课呀。我今天上班，也才到家的，心想今天你会不会回来，所以我做饭了。"范晓鸥低着头说话，脸上泛红，语速很快，呼吸也有些急促。

面对聂梓涵，不知怎么的，她总是有点儿紧张。

"是吗，那等我过些天带你去看看考试结果怎样了，我认识那里的人。"聂梓涵说着，把身上的黑色西服脱下，露出里面的白衬衫，风尘仆仆的他神色有些倦怠。范晓鸥自然而然地接过他的西服，然后像个贤惠的小媳妇那样帮他把衣服挂好，转过头来细心发觉到聂梓涵脸色不太正常，就问："你不舒服吗？"

"喉咙有点儿疼，估计感冒了。"聂梓涵声音低哑地说道，身体确实不在状态。

他去的是西北干燥地区，这几日一直陪挑剔的客户喝酒，有点儿上火，再加上熬夜又要忙业务做方案，疲倦过度了。

范晓鸥听聂梓涵这么一说，连忙又替他拿过拖鞋来弯下身想替他换上，弄得聂梓涵严重感觉到自己像个大男子主义严重的封建老太爷，连忙阻止了范晓鸥，自己换了拖鞋。

范晓鸥又要搀扶着他，想引着他，让他到餐桌边坐下，说："晚饭很快就好了，你要不要先吃饭然后再休息？"她从古代的丫鬟又化身为殷勤的现代小女仆。

聂梓涵有点儿失笑，他摇摇头，说："没事，你别忙活了，只是小毛病，没那么严重。你饿了先吃，我先洗个澡，等会儿再吃。"范晓鸥这才点点头，径直到厨房里忙活去了。

聂梓涵凝视着范晓鸥的背影，疲惫的俊颜不易察觉地勾起一抹笑，看来范晓鸥比他还适应在这套房里的生活，她比他更像个主人。不过经过那么远的长途跋涉之后，回到家看到有个人等着你，这种窝心的感觉还不错。

聂梓涵一向独立自主惯了，所以第一次感受到出差回来，家里这温暖柔和的灯光，干净整洁的屋子，香气四溢的饭菜，让他在新奇之余，也对这种住家的生活有了新的体验。

他脱了衬衫到浴室里冲澡，出来的时候，范晓鸥已经把饭菜都摆上了。聂梓涵光着膀子穿着一条休闲裤，用干毛巾擦着湿漉漉的头发走到饭桌边，说："你还会做饭吗？"

"怎么不会？"范晓鸥俏皮地笑了一下，害羞地将视线从聂梓涵结实的身体上移开，然后才说，"以前姑姑忙的时候，都是我做饭给爷爷吃的。"

听范晓鸥这么说，聂梓涵蓦地想起范晓鸥在很早的时候曾写信告诉他，她的父母在车祸中去世，只和姑姑和爷爷相依为命，也记起她在信里向他倾诉她忧郁而悲伤的情绪。

那时的她，应该还很稚嫩，心灵受到了严重的创伤，但是现在，她看起来好像若无其事的样子，心里对亲人早逝的痛苦已经愈合了吗？

聂梓涵本来也是微笑着的，此刻逐渐收敛了笑容，视线投注在那个因为他回来而兴高采烈的小女人身上，多了几分复杂的情绪。

"坐啊，尝尝我做的菜。"范晓鸥不知道聂梓涵心里所想，浑然不知真相的她让他坐下，然后替他盛饭盛菜，忙得不亦乐乎。他总算回来了，这一个星期，她过得很寂寞，这么大的空间只有她一个人住着，虽然说她从那个局促的不到十平方米的小屋里搬到这近二百平方米的套房，简直是到了天堂，但太空旷了，她反倒觉得浑身不自在。

有聂梓涵在身边，范晓鸥觉得心里踏实多了。她不住鼓动聂梓涵吃菜，连自己都觉得情绪有些过于激动了，她停下来才看到聂梓涵一直拿黑黝黝的眼眸盯着她，嘴角似笑非笑。他生病了精神头儿有点儿不好，但另有种颓废的男人魅力，看得她心尖儿又要开始麻麻地发颤。

她的脸一红，连忙闭口不说话了，聂梓涵这才开口说道："你也一起吃吧，这么多的菜。"

两人坐在面对面吃饭，气氛虽然有点儿尴尬，但依旧是亲密的。

范晓鸥对聂梓涵自然是信任和亲近的，尤其他又对她那么亲密过，她理所应当地认为聂梓涵算是她的爱人。而对于聂梓涵来说，范晓鸥是他少年时期的旧友，自然和其他刚认识的人不同，年少的情怀最是难忘，因此他和范晓鸥即使不做情侣，和别人的关系也是不一样的。

两人默默吃完饭，聂梓涵觉得有些头疼，就到房里休息去了，卧室里的床也已经安上了，看来他不在家的这些日子，范晓鸥没有闲下来过。

小小的躯体里竟有那么大的能量，他真是小瞧了她。

范晓鸥收拾好碗筷，又在厨房里给聂梓涵烧了开水，准备让他吃点儿消炎的药，

他的喉咙估计发炎得很厉害，晚饭也没吃几口。她之前收拾客厅的时候，有发现聂梓涵备下的急救箱，里面就有各种常备药品。随后她端了一杯水，拿了药进屋，却发觉聂梓涵四肢摊开，随意仰躺在床上，连被子也没盖，眼睛是闭着的，一动不动。

范晓鸥走到聂梓涵身旁，近距离看才发觉他满脸通红，呼吸急促。这下把范晓鸥吓坏了，她连忙放下手中的水杯，坐在床边，低下头去查看聂梓涵的情况。她将手试着按在了聂梓涵的额头上，发觉他额头的温度高得烫人，他发高烧了！

"聂大哥……梓涵……"范晓鸥连忙摇着聂梓涵高大的身体，慌乱得不知所措。

聂梓涵被范晓鸥摇醒，他微微睁开眼，低低地说："怎……么……了？"喉咙沙哑得说不出话来。

"你发烧了，怎么办？"范晓鸥一脸心疼地看着聂梓涵，声音也哽咽了起来。

聂梓涵虽然发着高烧，但神智还是清醒的，看见范晓鸥眼泪汪汪地为他担忧的模样，他原本坚硬的心微微一软，他抬起手来，握住范晓鸥还放在他额头上的手，用力一拉，没提防的范晓鸥整个人就扑到了他的怀抱中。

好像跌进了一个散发着高温的火炉中，范晓鸥还没从聂梓涵散发着热气的胸前挣扎着起来，却听见聂梓涵迷迷糊糊的低哑的声音："你……还关心我吗，晓鸥？"

"当……当然……"整个人趴在聂梓涵的身上，让范晓鸥联想起一个星期前的那个晚上，他和她也曾这样亲密过，她一慌，结结巴巴地回答着聂梓涵，"我、我当然关心你。"

"那么……"聂梓涵全身犹如着火一般，高烧仿佛是老天给他的惩罚，昏沉中他下意识地请求宽恕地问她，"你……你……恨我吗？"

"啊？"范晓鸥觉得不对劲儿，从聂梓涵的胸前抬起头来，不解地望着他。

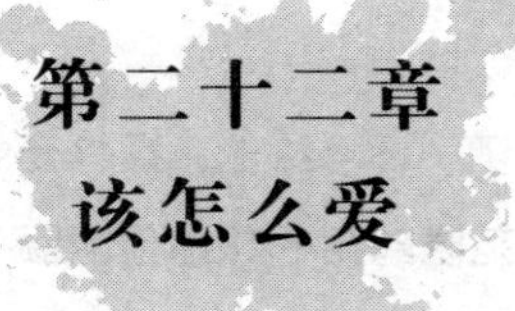

第二十二章 该怎么爱

聂梓涵的眼神里蔓延着疼痛，嘴唇干裂，满脸通红，让范晓鸥的心一下子抽紧了，她以为他是在问她之前冒犯了她的那件事，心中不忍，再也顾不得羞涩，反手抱住了聂梓涵，说："我……我不恨你……是我自己愿意的，永远，永远都不会后悔。"

说完这句话，她将脸贴在聂梓涵的胸口上，哭了。她清凉的眼泪神奇地化解了聂梓涵的燥热，他抱着她不放，混沌间只顾贪婪地汲取她身体的凉意和清香。范晓鸥费了很大的力气才挣脱开聂梓涵的怀抱，然后找出退烧药和消炎药，喂给他吃下，接着又到卫生间里去拧了毛巾来，敷在聂梓涵的额头上。

聂梓涵的高烧来势凶猛，范晓鸥一刻都不敢大意，一直守护在他身旁。他烧得厉害，于是变得絮叨起来，她听见他含含糊糊地嘟囔着什么，凑近了听，才听见他在说："对……不起……对不起……"他到底对不起谁啊，烧成这样还惦记着。

"假如你是对我说对不起，那我会对你说，没关系。即使你无意间伤害了我，我也会说我原谅你。"范晓鸥轻轻地抚摩着聂梓涵的脸，纤细的手指温柔地滑过他出差几天变得有点儿瘦削的脸颊轮廓，生平第一次直观地感受到仅属于男女之间的温存。

或许，她该感谢面前这个让她欢喜让她忧愁的男人，他使她像一个真正的女人那样，拥有了那种诱人的被称做藕断丝连、患得患失的甜蜜心情。

或者，这就是爱情吧，范晓鸥握住聂梓涵的手，将脸伏在他的肩头，等待着他退烧，也等待着他清醒，更等待着他对她的微笑。她不想看见他不快乐，也不想看见他满腹心事。

"我原谅你，聂梓涵，你快点儿醒吧。"范晓鸥低低地对聂梓涵说道，她温柔的声音像一泉清水，有效缓解了聂梓涵的干渴和高烧。半夜的时候，吃过药发了一身汗的聂梓涵终于退烧了，但全身还是没有力气。

他迷瞪中睁开了眼，脑袋还是昏沉，但却感觉到一个柔软的身体伏在自己的肩上，他吃力地转过头一看，竟是和衣睡在他身边的范晓鸥，他动了动胳膊，范晓鸥立刻就清醒了。

她看到他睁着眼睛，慌忙从他的肩头移开身子，对他说："你醒啦？要不要喝水?"

聂梓涵点点头，范晓鸥倒了一杯水给他，聂梓涵就着范晓鸥的手将水咕嘟咕嘟地喝下，然后才乏力地躺回去。范晓鸥用手探探他的额头，发觉他的烧已经退了，顿时露出了喜悦的笑容，说："你退烧啦。"

"嗯。"聂梓涵应了一声，从床上想起身，范晓鸥连忙拿过一个枕头给他，让他靠得更舒服一些。看到他胸膛结实的肌肉上满是晶莹的汗珠，她又拿过毛巾替他擦去身上的汗。方才他生病了不觉得，现在才觉得和他靠得太近，鼻翼里都是他身上的男

人味道，她微羞，不由暗暗红了脸。

聂梓涵一动不动，任由范晓鸥服侍着他。他闭了眼又睁开，觉得整个人好多了，他盯着范晓鸥说："你一直都没睡在照顾我呢？"

"刚、刚才有睡了一小会儿。"范晓鸥不好意思地说，一边收了毛巾，顺手将床铺上揉皱的床单拉好，然后在床边坐下，聂梓涵好了，她又不敢直视他了。

"哦……"聂梓涵点点头，突然想到了什么，问范晓鸥，"我刚才是不是说胡话了？"

"啊？"范晓鸥没留神聂梓涵突然这么问她，想了想，才说，"是啊，你是说了。"

"我说什么了？"难得恬淡的聂梓涵会紧张，他坐起身来，身体倾向她，问她的时候，眼睛盯着她一眨不眨。

"你也没说什么，就是说对不起……"范晓鸥被聂梓涵的激动吓了一跳，连忙宽慰他，"一直在说对不起，再后来你就睡着了。"

"有说对不起谁吗？"聂梓涵依旧没有放松下来。范晓鸥摇摇头，其实她也挺想知道他究竟对不起谁，她对他的隐衷也挺好奇的。

"哦，是吗？"聂梓涵这才明显松口气，他重新靠在了床头上，看着范晓鸥不说话。

范晓鸥被聂梓涵盯着，脸上继续开始发烧，为了掩饰自己的不自在，她站起身说："那……那你休息吧……我、我出去了。"

"这么晚了，你要上哪儿去啊？"聂梓涵病刚好，又恢复了他一向的冷傲和不羁。他记得他只买了这一张床。

"我、我去沙发上睡吧。"范晓鸥的脸腾地红了，不敢回视聂梓涵。

"今晚在这里睡吧。"聂梓涵开口了，"你和我一起睡。"他用习惯性的命令口气说道。

"可是……"范晓鸥还是犹豫。

"我这副样子也碰不了你，你怕什么？再说，我们……也没有必要避讳什么。"聂梓涵看穿了范晓鸥的心事，直接挑明了说，"快点儿上床，把灯熄了，这灯太亮了。"说着闭上了眼睛养神。

范晓鸥没办法，犹豫了半晌，终究还是迟迟疑疑地走过去，把灯熄灭了，屋子里顿时一片漆黑。

聂梓涵靠在床头，听见范晓鸥摸索到床边，窸窸窣窣上了床，像只小猫一样，蜷缩在他的脚尾。他的脚动了动，她触碰到了他的光脚，连忙缩开。

但他已经凭脚感知道她没脱衣服，便说："把衣服脱了睡，硌我脚了。"

不脱衣服硌他脚了？范晓鸥在床的另一头不由在心里嘀咕：怎么可能？我又不是穿着兵马俑的盔甲爬上来睡觉的！但想了想，决定不和一个病人计较，便起身躲躲闪闪地将外套脱去，穿着里面的秋衣秋裤重新钻回了被子里。

范晓鸥以为在黑暗中，聂梓涵看不到她脱衣服的样子，但其实他那双深邃的眼睛在黑暗中一个动作都不漏地看完了她整个的脱衣过程，直到她钻到被窝里，他那双丝毫不受高烧影响的眼睛依旧炯炯有神。

两人无话，一个在床这头，一个在床那头，头虽然离得远，但身体却近在咫尺，彼此都感觉到对方身体散发出来的温度，但谁都不吭声。

好热，范晓鸥觉得被窝就像一个自动加温的蒸笼一样，腾腾地直冒热气，她悄悄地伸出脚丫到被窝外想透透气，但是脚趾头伸出去却又觉得冷。正在进退两难之际，她的脚尖触到了一个温度正适合的位置，比较有弹性而且还很软，她满意地将脚搁在那里，然后在被窝里找到了舒适的姿势开始准备进入梦乡。

可是翻来覆去，就是睡不着，她有些急躁地用光滑的脚背不停磨蹭着脚底那温热的"被子"，想尽快睡着。但还没睡着，她的脚尖好像被一个散发着热度的东西拉住了。

范晓鸥惊得一跳，正要跳起来，却听见床头的聂梓涵嘟囔了一声，对她说："别老拿脚磨蹭我的胳肢窝，我怕痒，你倒也挺会挑地方搁脚的。"

范晓鸥的脸犹如被火燎了一样，红得不像话。她连忙要把闯了祸的脚收回，但她的脚却被聂梓涵握住，并不放开。她蹬了几下依旧甩不开，全身都僵直了。

"你的脚怎么这么凉？"聂梓涵握住范晓鸥的脚说，还顺道攥在手心里揉捏了两下。

"我……我……"范晓鸥羞窘得已经说不出话了，脸热得几乎可以摊鸡蛋，脚被聂梓涵抓在手里，现在好像发高烧的人变成了她，她全身都灼热了起来。

"以后要多补补，增加点儿营养。"聂梓涵突然放低了声音，语气里带了几分怜惜。

范晓鸥的眼睛有些湿润，她咬着下唇，半晌才开口："谢谢……我没事，是从小的毛病了……不好补……"

"听爷爷说，我妈妈生下我的时候早产，我生下来的时候只有4斤多重，所以我的体质从小就很差。"夜深人静，范晓鸥不知道为什么，突然很想对聂梓涵吐露心情，这种感觉好像有些熟悉，很多年以前她怀着这种心情也向一个男孩倾诉过，但到

了最后他欺骗了她。

可是此刻，聂梓涵却是活生生地，就在她身边。窗户外面起了风，刮得呼呼作响，但屋子里却让她感觉很安宁，她清清嗓子，将喉咙酸涩的咽块吞下，然后才接着轻轻地说："当时家境不好，所以我妈妈生下我的时候也没怎么进补，她没有什么奶水，我等于是吃米糊长大的，营养可能跟不上。后来我爸爸妈妈在我六岁的时候开始跑长途运输，家里刚宽裕点儿，他们就拼命给我买好吃的，希望我能长胖点儿。"范晓鸥的声音有些哽咽了。

聂梓涵握住范晓鸥的脚，紧了紧，像在安慰着她。接着她感觉冰凉的脚被放到了一个热热的地方，她连忙要缩回来，她知道那是聂梓涵高烧才退的温热胸膛。

她心中的热流不住上涌，鼻子感动得直发酸。但聂梓涵将她冰凉的脚贴在他的胸口，沙哑着嗓子对她说："你继续说。"

"后来——我刚刚胖起来点儿，在我9岁的时候，爸爸和妈妈在一次出车的时候被一辆酒后驾驶的货车撞上，走了……"范晓鸥的眼角流下了眼泪，她极力忍住自己不抽泣出声，"我那时候还小，天天吵着要爸爸妈妈，晚上闹腾得不睡，一夜之间头发全都花白了的爷爷就背着我满院子走——"

范晓鸥说不下去了，她觉得自己的胸口很痛，这么多年来她一直压抑着自己，不要在爷爷和姑姑面前过多流露对父母的思念以及心里的悲伤，她怕他们也跟着伤心。此时此刻，她终于控制不住，呜咽出声。

床动了动，接着一条人影起身，睡到了这一头，尽情释放了悲伤的范晓鸥被一个温热的怀抱搂住，她反手抱住那个人，将脸埋进他的胸口，开始哭泣。

"别哭了……"聂梓涵叹息一声，抱紧了范晓鸥，她细瘦的身体在他的怀中抽泣得颤抖，他的心好像也被什么牵动了，有点儿发酸。

"我还要……告诉你……一件事……"范晓鸥哭了一会儿，决定把心里埋藏的心事都告诉聂梓涵，她想找个人分担心事，而聂梓涵是她喜欢的男人，深深信赖的男人，她想把什么都告诉他，也不再害怕他笑话。

"什么事?"聂梓涵摸摸范晓鸥柔顺的头发，低声问道。

"我来北京是因为……"范晓鸥刚起了个头，就感觉到聂梓涵的身体有些绷紧，她问他，"你怎么了？是不是身体又不舒服了？那我不说了……"

"没事，我还好，你继续说。"聂梓涵及时调整了自己的情绪，对范晓鸥鼓励地说道。

"我来北京是因为在我十五岁的时候，犯下了一个很大的错误——"虽然年少不更事，但受欺骗这件事却在她的整个青春生涯都留下了难以磨灭的阴影。

范晓鸥蜷伏在聂梓涵的怀抱中，温温的眼泪流到了嘴角，变成了冰凉的液体，她将脸贴在聂梓涵的胸口上，抽抽鼻子说："我那时候喜欢上一个北京的男孩子……"说到这里，范晓鸥觉得心更痛了，但她还是继续说下去，"我和他成了笔友，我心情不好的时候经常写信给他，因为他能带给我安慰……可是后来……"她停住了不说，而聂梓涵也一反常态地没有问她。

范晓鸥停顿了很久才继续说："我送给他一枚邮票，就是上次我去邮币卡市场问的蓝军邮，可是从那以后，他就再没有给我回过信了……"

"那……你现在还怪他吗？"聂梓涵在沉默许久后，问着范晓鸥。

"我恨他！"范晓鸥的一句话让聂梓涵有些迟疑的声音噎住了。

"我不想再见到他，见到他也不会原谅他！"范晓鸥一半是发泄一半是出自内心的感触，她恨自己的少不更事，恨欧阳明远的欺骗，恨自己不能好好孝敬爷爷，反而将他气病，更恨自己不争气考不上大学，但心里头，这些恨都比不上来北京以后发现欧阳明远连给的地址都是虚构时的愤怒与忧伤。

欧阳明远欺骗了她整个青春时期，改变了她的人生轨迹，叫她如何能轻易原谅他?!

范晓鸥发泄了一通心情，半晌之后，才发觉聂梓涵有些异常的沉默，便悄声地说："你……你是不是听厌烦了？"

聂梓涵什么也没说，只是突然用力将范晓鸥抱得更紧，紧得几乎让她喘不过气来。

第二十三章 煎熬

凌晨4点，聂梓涵一夜未眠。不是因为身体高烧，而是心里煎熬。

他怀抱着范晓鸥，睡梦中的小人儿显得极不安稳，纤臂露在羊绒被子外，不时来回乱晃，修长的秀眉紧紧拧在一起，似乎在做着什么噩梦。

“不……别抢我的……”范晓鸥在梦里低低惊叫着，手下意识地朝空中攥去，抓住的却只有空气，她惊恐地翻了翻身子，盖着的被子已经褪下一大截。

聂梓涵叹口气，伸出手握住了范晓鸥的手，她的手犹如她的脚一样冰凉，即使捂了一个晚上也暖和不过来。他让她的头枕在自己手臂上，抱紧她，替她盖好被子。

不用跑到她的梦境中去看，他也知道她做的是噩梦，而且可能是有关以前的噩梦，那也许是她心中永远都摆脱不掉的梦魇。

在这之前，聂梓涵没有想到年少的自己骗取区区一枚邮票竟会有这么大的连锁效应，如今看到范晓鸥这副模样，让他本来就有些愧疚的心更加无法释然。

有些错误一旦犯下，便永远没有更改的机会。这下该怎么办呢？向她道歉？归还邮票？还是请求她的原谅？聂梓涵起身抽烟，看着睡梦中的范晓鸥，第一次和女人上床无关情欲，有的只是歉疚和不安。

可是，她会原谅他吗？他吐出一口烟，英俊的脸上阴郁沉积，方才范晓鸥说过的话还在他的脑海中回荡。若是他向她坦白的话，最严重的后果就是直接造成她和他的决裂。不知道为什么，他真心地不希望有那样的情况出现。

他会好好补偿她的，尽他的所能。聂梓涵在天快亮的时候，抽完了烟盒里的最后一支烟，也作出了他慎重而认真的决定。

也许是压抑已久的积郁得到了释放，重新入睡后的范晓鸥睡得很沉，也很甜。清醒过后的她从床上起来，身上的衣服原封不动，她的心里泛起一股甜蜜。看看外面的日头，已经将近中午，匆忙间穿衣出去，却看到聂梓涵在指挥着明显是家具厂家的工人在搬运家具。

“咦?”蓬头垢面的范晓鸥连忙退回到了卧室内，却有些不解为什么聂梓涵会在另外一间房安置床铺，但想想可能他是想弄一间客房吧。等外面的喧嚣静止了，她才走出去，聂梓涵正好送工人出去，返身关门，看到她，他微微愣了一下，说：“你起来了?”

“嗯，”范晓鸥环顾四周，轻声说，“你买新家具啦?”

聂梓涵点点头，说：“这套房有点儿空了，书房和客房都还没整理，我想布置一下平时也能用用。”范晓鸥点头赞同。

聂梓涵看了看她，说：“你去洗漱吧，对了，等我有空就带你去 B 大学看看。”

“真的吗?”范晓鸥听了眼睛一亮，但随之又黯淡了下来，“还不一定能考上呢。”

“没事，不管能不能考上，我都会让你圆了大学梦。”聂梓涵轻描淡写地说道。随后他像是想起了什么，把手中的一把钥匙递给范晓鸥，说：“这是客房的钥匙，以后你尽管在这里住下，需要添置什么东西你就用我的卡刷。”

范晓鸥有些迟疑地接过钥匙，心想不是已经和他住在一起了吗，那让她搬到客房里是什么意思啊。她在微微发愣，聂梓涵已经转身走到书房里去了。

范晓鸥把客房的钥匙放进了自己兜里，凝视着聂梓涵的身影，她的心里突然泛起了一股难言的滋味，本来听到可以去参观B大校园的雀跃心情因为这个小小的插曲而大打折扣。

聂梓涵没有食言，在忙碌的工作间隙，抽空如约带着范晓鸥去了B大。范晓鸥看到校园内的林荫道上铺满美不胜收的金黄色树叶，她立刻兴奋地踩上去，脚底下的叶子在咯吱吱响着，聂梓涵跟在她身后，两人在铺满红叶和银杏叶的林荫道上漫步。

范晓鸥像个孩子一般高兴，爸爸妈妈曾经跟她描述过的美景之一竟在这里看到了，让她在心里赞叹大自然的奇妙。聂梓涵从小在北方长大，自然对这样的景色视若无睹，并没觉得怎么稀奇，不过他跟在范晓鸥的身后，任由她欢闹。

聂梓涵带着范晓鸥找到了成教部的教导主任，查清了范晓鸥的成绩，知道范晓鸥的成绩已经达标，可以被录取，范晓鸥开心得几乎不知道该用什么言语表达自己的兴奋心情。

其实即使她不被录取，聂梓涵也有本事让她上别的大学，只是他不动声色，她便浑然不知。不过范晓鸥看着高高在上的名校教导主任对聂梓涵毕恭毕敬的态度，突然联想起芳姐曾经说过聂梓涵的背景很雄厚，心里这才有点儿相信这是个事实。

不过他有没有背景对于她来说并不重要，重要的是这一路上一直有他陪伴。

事情办妥后，当他们准备离开校园行走在湖边的时候，意外迎来了那年冬天的第一场雪。漫天飞扬的雪花似花瓣在飘落，雪并不大，轻盈飘洒的雪花，只有薄薄的一层，一会儿就融化了。但是对于从来没有见过雪的人来说，犹如是传来了冬天的福音。

这下范晓鸥彻底放开了，她欢呼雀跃，和B大那些第一次来北方见到雪的南方学生们一起尖叫、转圈、奔跑，甚至互相打起了雪仗，玩得不亦乐乎。

聂梓涵站在疯狂的人群之外，并不参战，只是默默看着范晓鸥，看到她终于露出了和她同龄人一样的灿烂笑容，他的眼底里也有微微的笑意。这样的她，才是健康快乐的她，那些伤痛的往事最好一点儿都不要在她的记忆中出现，包括曾经的他自己。

范晓鸥欢乐地跳跃，脸儿红扑扑的，自从父母离世之后，她第一次感觉到了如此

的幸福，她隔着很远看着高大出色的聂梓涵，他像是一棵挺拔的树，值得她信赖和依靠。范晓鸥明亮的瞳孔像是有热火在燃烧。她突然觉得她是那么的爱他。

她想，她永远都会像现在这样爱着聂梓涵，不惜用整个生命和青春来爱他，直到世界的尽头。这一年，她十八岁。

青春的亮丽的暴走的十八岁。

北京的冬天向来是冷的，但是对于范晓鸥来说，却一点儿都不冷。心里头就像有个温暖的火炭盆一样，暖烘烘的。因为心头有爱，所以她的眼睛都有了光彩，这种光彩让她整个人都亮了起来，从内而外的美丽。

聂梓涵让她辞掉工作专心学习，因为上全日制的学只要 3 年时间，而夜校则要 4 年后才能大专毕业。可是范晓鸥却反对了，没有工作她哪来的经济来源，她还要吃饭交学费呢。

“反正你别想那么多了。”聂梓涵一双黑色的眸子盯着范晓鸥，“跟着我就好了，我养得起你。”他淡然地说着，对于他来说，这些的确也不是什么大事。他的文化公司早已经上了正轨，同样的不靠家里他也已经积攒下成功的资本了。

范晓鸥的脸红了，她的手还攥在聂梓涵温热的大手中，觉得自己的心怦怦乱跳。这个下雪潮湿的天，却让她觉得心里热乎乎的。她悄悄地看着聂梓涵，胸口的情意溢了上来，她猛然间激动得身体有点儿发颤，她突然很想对聂梓涵说：“我喜欢你，聂梓涵。”但是聂梓涵接下来的一句话却犹如一盆凉水浇下来，浇熄了她怯生生的冲动。

聂梓涵说：“以后你就是我妹妹了，只要你有困难，你的事就是我的事。”他一般不轻易承诺，承诺了就必定会做到。也不是随便谁都能当上聂梓涵的妹妹的。

“妹妹?”范晓鸥心里一咯噔，眼睛里原本闪耀的亮光闪现了一下随之熄灭。一股无法言喻的酸涩涌上了心头，将她所有要说的话都哽住。其实从聂梓涵让她搬到客房里开始，她就感觉到了他不易察觉的疏离。为什么呢，难道她有哪些地方做错了，或者说他对她有哪些地方看不惯吗？他可以说出来，她都可以改的。

温暖明亮的炭火被冰凉的雪所覆盖，火苗熄灭了，范晓鸥听见自己没精打采地回答着聂梓涵：“谢谢你，聂大哥。”

“叫我梓涵哥吧，或者叫梓涵。”聂梓涵伸出手亲昵地揉揉范晓鸥的头发，他没有告诉她，从那晚的同床共枕开始，他就作了这个决定。他的情史虽不多，但也明白有时候爱情是靠不住的，唯有亲情才是永恒。他有他的生活圈子，太过复杂的人际和关系网困住了他，注定他不能随心所欲选择更多。范晓鸥对他的情感他没有迟钝得分不出来，可她还太稚嫩，不会接受一个太复杂的男人，他也不想让她深陷进去。

爱情这个东西处理不好，连朋友都做不成，所以还是做亲人吧，这样他可以照顾她很久，哪怕一辈子都行。

只是，一开始就以暧昧上床开始，注定了这个身份的转换过程有点儿尴尬和困难，但也没办法，过程不重要，重要的是结果，不是吗，他也是为了她好。

雪越下越大了，范晓鸥突然觉得有些发冷，她瑟缩地贴近了聂梓涵，想汲取他身上的温度，聂梓涵却拉着她的手，淡淡地说："我们回去吧，这雪也没什么好看的，以后你在北京年年都会看到，总有一天会腻歪的。"

"我不会腻歪的。"范晓鸥在心里强烈反驳聂梓涵，"就像我天天看你，永远也不会厌烦。"但心里头的话，她终究没有说出口，因为喉咙被伤感堵住，发不了声。

十八岁的青春，总是一腔热血地认为自己的情感永远都不会变，而世界将被自己所改变。

很久以后的某一个冬日傍晚，当混迹在喧闹人群中的范晓鸥疲惫地下班后，独自麻木、步履匆匆地从地铁口出来，皱着眉头踩着雪融化后的满地污渍，突然间就想起了十八岁的某一个瞬间，她曾经发过的可笑誓言。

……

范晓鸥坚持在开学的前夕才辞掉了工作，这时已经是第二天的春天。

春寒料峭，聂梓涵用车送她去B大学。范晓鸥坐在车里，依旧沉默。

虽然这些日子和聂梓涵朝夕相处，可范晓鸥却觉得和聂梓涵之间的距离好像越来越远。

两人尽管同住在一起，但他住主卧，她住客房，除了必要的时段会碰面之外，一般他们很少有交集。就连周末，聂梓涵也通常不在家里。在一次他手机关机她用尽办法怎么也联络不上他之后，她才发现她对他根本一无所知，完全不了解他的生活。这点可怜的认知让范晓鸥明白了自己在聂梓涵心中的位置。

但她没有催促他必须给她家里的地址和电话，也没有追问他的家底和背景，有些事他愿意讲她就听，不愿意说她也不强求。其实她真的不应该要求太多，她住他的、吃他的、用他的，她还要怎样？她甚至都想好了有一天聂梓涵和她翻脸时会对她说的话。

那个促膝交谈的夜晚，那深情对望的眼神，那甜蜜辗转的拥吻，还有尽在不言中的会意微笑，好像都是一场轻浮的梦，梦醒后，什么都没有留下。

聂梓涵对范晓鸥的照顾很周到，上学的各种手续都是他在办，直到送她到女生宿

舍，安置好床铺，他才离开。本来就惹人注意的聂梓涵遭到了很多女生的围观，范晓鸥自然也得到了众多女生艳羡目光的包围。

“那个是你男朋友吧？很帅，很有钱啊！”范晓鸥的下铺毛毛同学看到了聂梓涵驾着车离开，兴奋地对范晓鸥说。聂梓涵现在的事业应该做得不错，刚换了一辆新车，奔驰 G 级越野。范晓鸥只是牵起嘴角礼貌地笑笑，并不想讲太多。

一连好几天，聂梓涵都是这些新入学女生的话题对象，范晓鸥也成了众女生集体羡慕的瞩目焦点。但范晓鸥却不想这样的关注，她只想躲起来，将卑微渺小的自己藏起来，躲到一个谁都找不到的地方彻底消失。因为这样，她的心就不会疼，像那种针扎的隐隐刺痛。

此时正是她十九岁那年的春季，整个校园充满了春天的气息，同学们都在肆无忌惮地挥洒着热血的青春。校园里特别流行一句话：“青春就是暴走的情欲”。

青春之所以有如此多的故事，青春之所以有如此多的荒唐，青春之所以为青春，其实都源自洋溢在每个健壮躯体内，无处发泄的蓬勃性欲。所以，勇往直前、肆无忌惮地发泄自己的满腔热血，不用考虑结果，只是狂热固执地坚持“不泄”。

永远坚挺！这就是暴走青春的真谛。

但是范晓鸥却对火热的别样春天没有感觉，她麻木了。

不久之后，她从宿舍的姐妹们嘴里知晓了她所患的症状就叫做：青春期性冷淡。

第二十四章
愤怒的文艺女青年

范晓鸥所在的 505 女生宿舍是个有趣的集体。大家都经历过高考压抑的阶段，可能当乖小孩太久了，生活注定那么波澜不惊，隐藏在骨子里的叛逆又都想拿出来秀一下，于是便有了喧闹的集体宿舍生活。当然，偶尔也有恶作剧，但那都是想得到真诚的对待、不想被别人忽略的表现。

雪化后放晴的天空，干净、明亮。空气很好，依稀混合着泥土的气息，对于大多数大学生来说，呼吸着只属于自己的氧气，就觉得幸福。谁都在这里大声地叫过，大声地笑过，也曾大声地哭过，是如此不顾一切地付出过。

于是在这个肆意的年代，谁也不会嘲笑哪个同学曾经做过的傻事。年轻，谁没发过傻?!

范晓鸥也是这新生中的一员，最初她是不合群的，她拼命地抑制自己的情绪，反而搞得自己情绪烦躁不安。一次宿舍深夜“卧谈会”，当听到宿舍姐妹们畅谈女人的身体语言会给男人带来性暗示时，她终于忍不住出声了：“是不是女人太生涩男人会没兴趣啊?”

范晓鸥的话立即引来了七嘴八舌的热烈讨论，有的说男人喜欢稚嫩的女孩儿，有的又反驳说男人喜欢风骚一点儿的女人，下铺的毛毛突然说：“晓鸥，你谈下你和你男朋友的第一次吧？感觉怎么样?”

毛毛的提议引来大家的一致附和，毕竟聂梓涵的出色形象符合了所有女生梦中情人的要求，于是群众的意愿压倒了一切，大有不问出个结果就集体不睡觉的架势。

范晓鸥也没料到群众的呼声竟然这么强烈，她迟疑了很久，才鼓起勇气小声地说：“我的第一次……没有成功……”

“啊?”范晓鸥的话犹如一记重磅炸弹让整个女生宿舍都骚动了起来，由于声响过大，引来隔壁敲墙表示抗议。半晌大伙儿的情绪总算平静了一点儿，毛毛代表群众问范晓鸥：“这是为什么呢？你男朋友他……呃……他不行吗?”

“这个……”黑暗中范晓鸥的脸红成一片，但她还是老实地回答：“我……我不知道……”

“不太像阳痿的男人啊……”有人不解地冥思苦想，接着突然说：“我知道了，范晓鸥，你们第一次的时候你是不是表现得太抗拒啊，或者穿了大妈款式的内裤？据不完全统计，大约有百分之八十的男人看到那种大妈式的内裤一下子就不行了……”

宿舍里顿时“哄”地一声，女孩儿们吃吃地笑成了一团。

505宿舍的女生很团结，也很同仇敌忾，说做就做，第二天就要拉着范晓鸥去附近的商场挑选情趣内衣。范晓鸥在感受到大伙儿的热情之余，也感到肩头的压力很大。

原来好的一件内衣要那么贵呢，范晓鸥在众姐妹的撺掇下选了一条性感睡裙，付钱的时候很是心疼，但想想要是有效果那还是值得的。钱包里还有聂梓涵给的金卡，她没有用，除了学费之外，她没有向聂梓涵要过钱，也没刷他的卡。在她心里，好像

花了他的钱就意味着和他地位不平等起来，所以她保留了自己对待金钱的底线。

买了睡裙，一众姐妹又在商场里乱转，范晓鸥提着袋子从三楼准备下扶梯的时候，突然发觉二楼的卖场好像有一抹她很熟悉的身影。身旁的毛毛眼尖，也看到了那人，兴奋地低叫："哇，晓鸥，无巧不成书啊，那不是你男朋友吗？"

那的确是聂梓涵的背影，他的样子让人不注意他都难。范晓鸥的心跳加快，连忙站上扶梯匆忙下楼准备近前去和聂梓涵打招呼。二楼专卖世界名牌女装，是她们这群学生妹消费不起的。所以范晓鸥她们根本就没往二楼逛。

但还没等范晓鸥靠近聂梓涵，就见聂梓涵身边一侧的女装名牌店里走出个身材高挑时尚漂亮的女人来，看到聂梓涵立刻亲热地抱住了他的胳膊。聂梓涵好风度地接过女人手中丰厚的战利品，那漂亮女人高兴地踮起脚亲了聂梓涵的嘴角一下，聂梓涵也没有拒绝，任由那女人挽着胳膊，两人一起亲密地下了二楼的扶梯，出了商场。

此时的范晓鸥已经下了三楼，她站在聂梓涵的身后，眼睁睁地看着他揽着那女人下了二楼，近在咫尺的距离，她却没有勇气喊住他。毛毛也跟着下了楼，用同情的目光看了看范晓鸥，想出声痛骂聂梓涵劈腿，但看到范晓鸥苍白而沉默的脸色，连忙识趣地一句话也不敢说。

一众人马尽兴而去，败兴而归。宿舍姐妹集体善意地保持了沉默。只有毛毛怂恿范晓鸥说："你给他打电话，问他在哪里？然后再臭骂他一顿，别以为他做得神不知鬼不觉的，人在做，天在看呢！"

范晓鸥坐在宿舍的上铺，什么话也没有说。她从来没有想过聂梓涵会和别的女人在一起，今天的事情确实刺激到了她，但她的心里还是不肯相信。也许那个女人是他的亲戚吧，他们那么亲密只是朋友关系。可是心里也知道不可能，亲戚怎么可能亲他的嘴呢？越想心里越乱，她想过给聂梓涵打电话质问他为什么，但是临阵她又退缩了。

她凭什么质问他呢？其实细想起来，聂梓涵只是暂时收留了她而已。他不是认她做妹妹吗，他们不是分房而睡吗？他们仅有的一次亲热也没有完成，严格意义上说，聂梓涵根本不算她什么人，所谓的男朋友只是她的一相情愿罢了。

正因为大家都这么说，所以时间久了，她也就相信了。

范晓鸥在难耐的不安中忍到了周末。周六的清早，很冷，天色灰蒙蒙的，看起来要下雨。她搭乘最早的一班车回到了聂梓涵所住的地方。进门的时候，她有些犹豫，拿着钥匙的手也微微有些颤抖。但最后，她心一横，还是开了门进去。

屋子里静悄悄的，看样子聂梓涵还没起床，客厅里充斥着一股刺鼻的酒气，范晓鸥看到茶几上和酒柜前都有空的酒杯，摆放得很乱。她站在原地愣了一下，便走到聂梓涵的卧室前，轻轻敲了敲门，里面没有任何回应。

范晓鸥担心聂梓涵喝多了，便想打开门进去，但是门被反锁了。她的心里一咯噔，却没有勇气拿出钥匙开他的门。她想了想，走到窗户前，把门窗都打开，把刺鼻的酒气散出去，而后到厨房里开始做早饭，如果聂梓涵喝醉，那他醒过来后就可以喝上香糯的糙米粥了，这样对他的胃比较好。

范晓鸥边熬着粥，边出神地想心事。“咔哒”一声轻微的开门声惊醒了她的沉思，她从厨房里探出头去，正好看到聂梓涵从房间里出来，向卫生间的方向走去。

他的样子有些狼狈，上身还穿着衬衫，只是衬衫的纽扣都解开了，袒露出他结实健壮的胸膛，上面依稀有指甲的抓痕；头发乱蓬蓬的，连下身休闲裤上系的皮带也是松垮垮的。乍看到范晓鸥，聂梓涵好像一惊，他蓦地停住了脚，惊讶地说：“你怎么回来了?”

“今天周末，我回来看看。”范晓鸥拿着搅拌的粥勺，站在厨房门口和聂梓涵说话。她的视线从他的胸口一直向下看，最后落在他的脚上，发现他也是光着脚的。她觉得他今天的状态和神色都比较奇怪，也许是酗酒才清醒过后，所以聂梓涵整个人才如此颓废不堪吧。

“哦——”聂梓涵心不在焉地回答着范晓鸥，正在作难怎么继续和范晓鸥说话，两人却同时听到了从卧室里传出来的娇媚但带了几分蛮横的声音：“聂梓涵！你倒给我件睡衣啊，我没穿衣服怎么出去见人呀?!”

范晓鸥听到声音，睁大了惊愕的眼睛盯着聂梓涵看。聂梓涵窘得脸红，一向镇静的他竟也有些慌张。聂梓涵看了一眼范晓鸥，见她一下就变了脸色，困难地想解释道：“这个……我喝多了……所以……”

范晓鸥只是一声不吭，她不是不愿意出声，而是已经被刺激得无法言语了。

卧室里的女声还在叫，聂梓涵突然不耐地朝着卧室的方向喊了一声：“衣服在衣橱里，你自己随便拿一件!”卧室里这才没声响了。

聂梓涵转过头来想对范晓鸥说话，范晓鸥却已经转身走到厨房里，她揭开锅盖，拿着搅拌勺在搅动着那锅粥，粥开始黏稠，散发出麦芽的香气，已经熬好可以盛上来了，但范晓鸥依旧机械地搅拌着，忘记了该去拿碗。

聂梓涵站在厨房的门口，有些狼狈而困扰地挠头发，不知道该怎么说这事。卧室里的丁娜却穿好了聂梓涵的一件睡袍，露出两条雪白性感的大腿跑了出来。

“梓涵，这么香，一大早你就熬粥给我喝呀？太好了!”丁娜兴奋不已，攀住聂

梓涵的肩头便给了他一个深吻，高耸胸口的睡袍没拉严，露出了若隐若现的诱人乳沟。

聂梓涵连忙想推开她，但丁娜整个人却挂在他身上，怎么也不肯松手。这当口，丁娜也看到了厨房里围着围裙的范晓鸥，她先是“啊”地一声尖叫，然后惊讶地对聂梓涵说：“你家怎么有生人的？是小偷吗？她怎么进来的?”

“哎，你说话好听点儿啊，她不是生人，是我妹妹。”聂梓涵面色铁青地拿下丁娜的手，走到厨房里帮呆怔着的范晓鸥关掉炉火，然后将快要烧焦的锅给端到了料理台上。

“妹妹?”丁娜被聂梓涵甩开了手，不过她也不以为意，而是站在门边把范晓鸥从头到尾打量了好几遍，然后嘲笑着聂梓涵，“你少耍我了，我怎么就从来没听你提起过你有妹妹？咱们可是打小玩到大的啊，难道她是我出国这几年你妈妈在家偷生的？也不对啊，她吃什么会长这么快啊?”

聂梓涵听见丁娜胡言乱语就头痛，他走到丁娜身边，将她请出了厨房，“拜托大姐，老实坐那等吃饭！我等会儿再和你说。”说着他进了厨房，把厨房的门关上，然后对范晓鸥解释道：“丁娜也是我发小，刚从美国留学回来，昨晚我们喝多了——然后她……”

“你不用跟我说这些!”范晓鸥的面色苍白得可怕，但态度却很坚决，制止了聂梓涵继续说下去，她表明了自己的立场，“没有必要，聂大哥，这是你的自由，我干涉不了——”

“不是，事情不是你想象的那样。”聂梓涵还要解释，厨房的门却被丁娜在外面捶得震山响：“聂梓涵，你给我滚出来，重色轻友是人干的事情不？躲在里头想干吗啊你们!”

范晓鸥一听丁娜在外头叫嚣，小脸蜡白地，也不知道哪里来的力气拨开聂梓涵高大的身体，开了厨房的门，和丁娜面对面。她看清了丁娜的容貌还有丰满的身材，这才明白原来聂梓涵喜欢的是这种类型的女人。

说不上来心里是自卑、是伤痛、是羞辱还是难过，范晓鸥解下了围裙，对丁娜说：“请让开!”丁娜耸耸肩膀，让开了地方。范晓鸥朝着客厅的大门走去，聂梓涵连忙追了上去，拉住范晓鸥的胳膊，说：“晓鸥，你别任性——”

范晓鸥转头，深深看了聂梓涵一眼，把手里的围裙扔给他，然后猛地打开门，头也不回地奔跑了出去。

无法言喻心里的伤痛，真是太伤心了，太伤心了。范晓鸥出了大楼，被凛冽的北风一吹，才发觉自己连大衣都没穿上，就穿着薄薄的毛衣，但她也不觉得冷，反而觉得被风使劲地凌虐着，脸和身体被刮得刺痛这才得劲，因为这样，她就不会感觉到内心犹如刀扎般的痛楚。

聂梓涵没有追上来，在这个高级小区里住的都是有身份有钱有势力的人，追出来他会丢份儿的。范晓鸥噙着泪冷笑着，疾步奔跑到了公交车站，正好来了一辆公共汽车，她也没看是几路车，便上了车。

车里没有空调，但是有空位，她拖着沉重的腿走到汽车的最后一排，然后将疲惫的身体放置在了冰凉的座位上，才发觉自己的腿很虚软，全身也没有气力。

老爷车在缓慢行驶，车窗外一阵爆炸一样的响雷，灰蒙蒙的天终于下起了雨来。这是今年的第一场春雨，冰凉的雨丝从没关严的窗缝中飘进来，钻进薄毛衣里，更加的寒冷刺骨。

范晓鸥静静地伏在前排的椅背上，低着头看着手臂下肮脏的公交车地板，她一动也不想动，嘴角依旧挂着僵硬了的微笑，却有清凉的液体一滴滴落下来，掉在地板上，还原了地板原来的浅红色纹理。

第二十五章
他不爱我

范晓鸥一整天游荡在北京城，车来车往，她漫无目的地乱转，夜里很晚才像个游魂一样回到了宿舍。宿舍里的女生周末都玩儿去了，只有毛毛一个人猫在寝室里看耽美小说，见范晓鸥煞白着脸，全身湿透像只小鬼一样，吓得连忙跳起来，焦急地对范晓鸥说："怎么样？怎么样？被你当场抓到了吗？"范晓鸥早晨那么早就回去，毛毛一早就猜出范晓鸥想干吗去。

范晓鸥全身湿乎乎的，被雨浇透的毛衣紧贴在身上，冷得几乎没有了知觉。她顾不上回答毛毛，觉得乏力得要倒下。毛毛连忙给她拿毛巾擦脸，一边说："哎呀，真的抓到了就甩了那个人渣，脚踏两只船，小心到时候摔死他，要不就掉沟里！"一边

赶紧给范晓鸥泡姜茶暖身子，毛毛是广东人，很会泡茶。

范晓鸥双手握着热乎乎的姜茶，牙齿都在咯咯地颤抖。她木然地让毛毛帮她脱掉湿透的衣服，换上干净的睡衣，毛毛一边替范晓鸥吹湿漉漉的头发一边嘟囔着说："看来以后找男人别找那么帅那么有钱的，没几个好东西。你那男朋友也真是，吃着碗里的看着锅里的……"

"他不是我男朋友！不是！"范晓鸥突然大声喊了一句，从原来的乖顺娃娃变成了乖戾少女，毛毛吓得停住了手，半天才回神继续给范晓鸥吹头发。范晓鸥怔怔地坐着，让毛毛摆弄着她的头发，她的心里仿佛有块大石头压着，让她喘不过气来。

毛毛不知道她心里的憋屈，就因为聂梓涵不是她男朋友，所以她才因为没有资格没有权力去质问他，去指责他的花心，所以才憋屈到底，心里简直要憋出内伤来了。

但凡聂梓涵说过他爱她，或者承认她是他女朋友，她的心里也不会这么难过，从头到尾，都是她一个人在上演独角戏，今天遇见的意外只是打破她酝酿已久的美梦的利器而已。

可是，人还真是犯贱的动物，即使事情都闹到这个地步了，范晓鸥在吹干头发后，还是犯了浑，抱着最后一丝希望问了毛毛："今天一整天，聂梓涵……他、他有没有打电话来?"

毛毛一愣，说："你傻啦，到现在你还指望他做什么?"但随之又叹口气说，"没有，今天宿舍里一个电话都没有，那些妞们都出去约会了。没人找你，也没人找我。"

姜茶渐渐冷了，范晓鸥一口都没有喝，毛毛的话让她的心彻底凉了。

毛毛看着范晓鸥蔫蔫的样子，想了想，对范晓鸥说："你不喝茶，我有酒，你喝吗？反正今天寝室就咱们两个，要喝酒我陪你喝！"

"喝啊，"范晓鸥睁着红肿的眼睛说，"拿酒来，一醉方休！"

她和毛毛窝在被子里，一个上铺，一个下铺，各自用喝水的玻璃杯子倒了满满的两大杯红葡萄酒，然后有一句没一句地聊着、喝着。范晓鸥在这晚，第一次知道喝醉酒的滋味。以前都不知道喝醉了是什么感觉，现在总算知道了酒真是个好东西。

喝多了的时候有种悬浮半空的感觉，整个人是飘着的，什么烦恼和悲伤全都跑远。而且还能放松紧绷的神经，让闭塞的泪腺开放，眼泪就像开了闸的水龙头一样关都关不住。

范晓鸥哭得不行，吓得毛毛爬到上铺劝解她，唯恐她的眼泪水漫下铺。

"毛毛，我好伤心，我很爱他——"醉了酒的范晓鸥抱着毛毛不停哭诉，眼泪湿透了毛毛的衣领。毛毛同情地拍了拍范晓鸥说："我知道。"

“他应该是知道的，但是他不爱我，他不爱我——”范晓鸥号啕大哭，内心的伤痛涌上来，哭得不能自已。聂梓涵怎么能不爱她，那当初为什么对她那么好，为什么还给她暖脚，为什么要抱她亲吻她，为什么把亲密的事情做尽了最后却当什么事都没有发生过？

她也想当做什么事都没有发生过，但是她做不到。

范晓鸥又哭又笑，折腾了一个晚上才睡着。第二天，聂梓涵的电话打到宿舍里来，但是范晓鸥没有接，她蒙着头，在被窝里用沙哑的嗓子对毛毛说：“说我不在，毛毛。”

“真的不想听电话？”毛毛又问了一句，范晓鸥理也不理。毛毛只好就这样回了聂梓涵。

这个春天的雨季，聂梓涵就没有再打电话过来。因为这阵子他都在军区大院。爷爷聂道宁叫他回家去商量个事儿。所谓商量其实根本就没得商量。聂梓涵也晓得和爷爷对话总是不平等的，但多年养成的习惯让他还是无条件地服从。

话题是和丁娜有关的。那天聂梓涵确实没有欺骗范晓鸥，丁娜的确是聂梓涵和欧阳明远的发小，只不过丁娜很早的时候就被她的上将父亲送到国外去念书，前些日子才回来。因为聂志远和丁娜的父亲交情很好，平时也有走动。看着两个孩子也到了适婚年龄，丁娜的父亲一直看好聂梓涵，一心想把丁娜许给他，便找人来说亲。

聂志远和妻子欧阳明华没说什么，认为这件事要看聂梓涵的意思，因为他们知道聂梓涵从小脾气就倔犟，未必肯顺从。但是聂道宁却喜欢丁娜这孩子，小时候丁娜嘴甜，总是随着聂梓涵爷爷长爷爷短的，哄得聂道宁很开心，所以这门亲事聂道宁自然是同意的。

聂梓涵对于终身大事的态度很犹豫。小舅舅欧阳明远知道了这事，悄悄对聂梓涵说：“你可得小心啊，不是我说丁娜，依照我阅女人无数的经验来看，她估计在美国也是个开放的主，你真要娶她，也要看降不降得住她。不过你娶了她，也有个好处，那就是她的床上功夫肯定不错，看身材就知道了！”

聂梓涵斜睨了一眼一脸坏笑的小舅舅，骂道：“滚你的，我找老婆又不是找暖床的女人。”

“哎，难道你没和丁娜上过床吗？我可听圈子里的人说，丁娜跟他们说她跟你上过床！”欧阳明远振振有词地说道。

“得了，我和她是上过床，但我没碰她。”聂梓涵郑重澄清。那晚丁娜提了洋酒到他家非要跟他拼酒，结果两人都喝多了，丁娜晚上爬到他身上又摸又啃的，他虽然身体没力气，但是他还是有意识，千方百计没让丁娜霸王硬上弓，他有多不容易啊，

这小舅舅懂什么。

“是吗?”欧阳明远还是坏笑，突然问聂梓涵，“看来你小子最近好像为谁守身如玉啊，不过我可警告你啊，你金屋藏娇的那个女大学生玩玩可以，真要娶回家当老婆，就算你同意，你爷爷也不会同意的!”

聂梓涵听到这话，立刻警惕地盯着欧阳明远，缓缓地说：“你又知道什么了，欧阳明远?”

“我啥也不知道啊。”欧阳明远打着哈哈，他明白聂梓涵的脾气，若是被聂梓涵连名带姓地叫，就说明聂梓涵已经被惹毛了。其实他也知道得不太多，只是有耳闻自己的外甥在外头包养了一个女大学生，所以信口说说而已。他这个外甥别的毛病没有，是个正人君子。大好青年、前途无量、光明磊落等形容词用在他身上也不为过，但若是把聂梓涵惹急了发起狠来，连混黑道的大哥都比不上他手段狠。

“你最好什么都不知道。”聂梓涵再次警告欧阳明远，听欧阳明远突然提到了范晓鸥，他的心里不知怎么的，变得焦躁起来。

第二十六章
就让我“二”着吧!

同在一个城市，却不见面，这是怎样的一种煎熬?喜欢着对方，却不能相爱，这样的距离，也许才是最远，咫尺却天涯。

最初的愤恨和坚决不原谅过后，范晓鸥进入了一个颓废的青春期。除了经常和毛毛一起喝红酒买醉之后，她还蹲在厕所里，悄悄抽了生平的第一支烟，明显的就是占着茅坑不拉屎，不过宿舍的姐妹们好像都是这么干的。虽然被呛得眼泪汪汪，但总也算是开了戒。

不仅是这样，她也跟着大伙儿渐渐“油”了起来。505 宿舍有句名言，化悲痛为食欲，视男人为粪土。其实被爱伤过的姐妹也不少，大家经常凑在一起像祥林嫂一样喋喋不休，嬉笑怒骂，看破红尘，倒也不那么寂寞。

大家都很“二”，所以越“二”越厉害的范晓鸥混在里头也还算正常。

用毛毛的话说，这些年轻的女人都有一种稍纵即逝的苍老天真，像被扔在深深海底封在瓶子中的灵魂，找不到宣泄的出口，于是心灵便陷入了困境。

毛毛具有诗人的天性，说的话有时候谁也听不懂，但范晓鸥还是和她很要好，没有了爱情的日子再没了友情，那该怎么活。不过她到最后颓废得连毛毛都看不下去了，毛毛说：“范晓鸥，你要么赶紧休整一段时间，要么就再找个男朋友，否则你会疯掉的。”

范晓鸥伏在寝室的桌子上，慢腾腾地抬起头来，颓废的模样却不能掩盖她天生的妩媚，她懒洋洋地说：“得了毛毛，别劝我，谈什么也别谈恋爱，男人没一个好东西，不想找。”

其实学校里倒是有几个还算出色的男生总喜欢围着范晓鸥转，但她一个也看不顺眼：谁谁倒是高大英俊，无奈成绩三流；谁谁功课不错，口才也甚佳，但外表实在普通；谁谁功课相貌都好，气质却似个莽夫……

范晓鸥平时也很少和男同学说话，在她眼里，他们都幼稚肤浅，一在人前就迫不及待地想把最好的一面表现出来，太着痕迹，失之稳重。

毛毛说：“得了吧，范晓鸥，你根本就是心里还有聂梓涵，所以无论是谁追求你，你第一个就要把人和聂梓涵相比，你想啊，有可比性吗？聂梓涵实在是太优秀了呀，谁能比得上他？我可告诉你啊，如果你不够强，就不要试图去征服比你强的人，结果只是徒添伤心而已。”

也许毛毛说得太深刻了，范晓鸥大致稍稍收敛了嬉皮笑脸，依旧游戏人间的态度，可是消极已经成为她生活的一种惯性，对于每件事，她好像都提不起兴致来。

这段时间范晓鸥没有主动打电话给聂梓涵，聂梓涵在打过几次电话都没有人肯接之后，也没有和她联络，不过她每学期的学费他都定期给她打进来。范晓鸥本想让聂梓涵停止施舍给她，但后来想想，她现在没有能力赚到高昂的学费，这笔钱以后等她毕业后她总是要还给他的，就暂时先欠他一个人情好了。

话虽如此，这件事对于范晓鸥来说，也是增加她烦恼的一个重要因素。她讨厌聂梓涵，怨恨聂梓涵，却总也逃脱不了他对她的好，他对她的施舍，他这样又何必呢，而她又何苦呢。

春天的脚步很是匆忙，转眼又是一年夏来到。这天周末，宿舍的女生照例去逛街，毛毛也谈起了恋爱，只剩下范晓鸥留守。电话响了，埋头听音乐的范晓鸥半天才

听到电话铃声，她不情不愿地放下耳机，不在意地接起来一听，里面传出的竟是她所熟悉的男子声音：“晓鸥……”

范晓鸥下意识地便要撂下电话，但手比脑子的反应更慢一步，依旧舍不得放开。

停顿了很久，她才不甘愿地“嗯”了一声，聂梓涵在电话那头缓缓地说：“都这么长时间了才肯接我电话？消气了吗？”

范晓鸥的眼眸里突然涌上了委屈的泪水，她咬着唇不肯出声，聂梓涵叹了口气，说：“晓鸥，你太激动了，有时候你看到的不一定就是你想象中的那样……”

范晓鸥还是不吭声，聂梓涵见范晓鸥不作回应，知晓她还在生他的气，于是就放柔了声音说：“下来吧，我在你宿舍楼下……我等着你……”说完便把电话挂了。

范晓鸥拿着挂断的电话在心里挣扎了很久，终于还是慢腾腾地下了楼。聂梓涵站在不远处的树下等她，很久不见，聂梓涵倒没什么变化，就是可能太忙了，所以有些消瘦。

聂梓涵看到范晓鸥，朝她招手，范晓鸥还是慢吞吞地走上前去，看到聂梓涵手里拿着一个精致的大盒子递给她，说：“送你的。”

范晓鸥没有去接，聂梓涵讨好地拉过她的手，将礼物盒子放在她的手上，说：“你拿着吧，我很快要出差了，所以过来和你说一声。这次可能去的时间比较久一点儿。”

范晓鸥抱着聂梓涵强行塞给她的礼盒，心里微微有些失望，她还以为聂梓涵是来和她道歉的，没想到他一来就又要走。

“和那个……丁娜什么的一起去吗？”范晓鸥在心里迟疑了半天，才出声问聂梓涵。

她本是带有敌意地随便问问，谁知道聂梓涵的神色有些尴尬，他对她说：“丁娜是跟我去，不过一起去的还有以前一起玩的发小，这次是一群朋友结伴去考察项目想投资……”

“够了！”范晓鸥的脸色铁青，她不想听聂梓涵再说了，真想把手中的礼物扔回去给聂梓涵，一听说丁娜和他在一起，她心里就不舒服，不管是两个人还是一群人，反正他们就是勾搭在一起了。

年轻气盛的她要极力忍着气，才没当场把礼物扔到聂梓涵那张英俊的脸上。

聂梓涵看了看手表，说：“我先走了，等我回来再给你带礼物。再见。”说着朝他的车匆匆走去，他要赶时间去机场。

范晓鸥连再见都不和聂梓涵说，只是冷着脸看着他远去。

回到了宿舍，范晓鸥连礼物的盒子都懒得拆开，还是毛毛约会回来，看到这么精致的礼物盒子，兴奋地替范晓鸥拆开，才发觉原来是一件漂亮的连衣长裙，做工很是精美，淑女款式，还有细致的蕾丝花边。毛毛拿着连衣裙想往范晓鸥的身上比画，但却被范晓鸥一把推开。

“别往我身上比。”因为一种绝望的愤怒和嫉妒，范晓鸥不知道此刻的自己变得尖酸而刻薄，“不知道是不是别的女人不要的，他才给我!”

“不会啊。”毛毛看了看裙子上的标牌，先是被上面的价格吓了一跳，不过她知道那是专做少女服饰的知名品牌，价格非常昂贵，便对范晓鸥说，“你看这个板型和款式，也只有你才能穿得上，这应该是他专门为你定做的。”

范晓鸥冷冷一笑，并不把那件价值不菲的裙子看在眼里。对她来说，没有什么比失落的爱情更加珍贵的东西了，裙子和金钱算什么？不是年少轻狂才如此清高，假如某天她成熟长大了，对待感情她依旧不会把钱和地位什么的东西放在首位。换句话说，哪怕现在聂梓涵一文不名了，她也会爱他。只是她这份心思，他不懂，或者说从来不屑懂。

既然如此，给她丰厚的物质又能怎样呢？一条裙子就能代表被背叛的歉意吗？就能抚平她心头的创伤吗？范晓鸥觉得聂梓涵未免太看轻了他在她心中的分量，也看高了她对金钱和礼物的需求。

不过既然他替她买了裙子，那她就穿上吧，不过不会穿给聂梓涵看。聂梓涵可以带着丁娜去旅行，那么她也可以过自己想要的生活。本来吗，就没有誓言和契约，谁又是谁的谁？

这晚，穿着新裙子的范晓鸥参加了学校的舞会，光彩照人又优雅的她成了所有男同学眼中的焦点，整场舞会下来她没有闲着过，一旁还有无数的人在等着排队邀请她跳舞。学院的这一场舞会让成教部市场营销专业的范晓鸥成了全校有名的风云美女，甚至有人暗自将她评定为心目中的校花。

505宿舍的姐妹们也跟着沾了光，男生们追求范晓鸥所送的礼物几乎堆积成山，她们每天都有新鲜的水果和巧克力吃，幸福的生活快乐得像猪一样。夜晚的时候，经常有男生邀请范晓鸥跳舞泡夜店。范晓鸥只要有空通常都是来者不拒，邀请了就去，不过她有个条件，要带着全体宿舍的姐妹们一起去。

一时间，范晓鸥的风头无二，名气也传了出去，不知道怎地竟也传到了聂梓涵的耳朵里。聂梓涵出差刚回来，他向来在京城的人际关系网庞大，初始听到范晓鸥的名

字还以为听错了，但听了一些好色客户眉飞色舞地说B大有个校花怎么骚，怎么媚，怎么玩得起，他便留了心。

待得将项目的事情处理完毕，他马上驱车到了B大。天色已晚，他以为范晓鸥应该在学校里上晚自习，但她的同学却告诉他，范晓鸥出去玩了。现在证实传闻是真的，聂梓涵眉头一皱，看了看手表，决定等范晓鸥回来。

这一等，几乎就是等了一晚上。半夜两点的时候，范晓鸥带着一众姐妹和男哥们儿才意犹未尽地从夜店杀出，浩浩荡荡地直奔学校。进了宿舍区，宿舍楼的大门早就上了锁。这可难不倒身经百战的他们，各个姐妹和哥们儿身手敏捷地就爬上了宿舍楼的铁门，然后轻巧地跳下，准备各自回屋。

聂梓涵站在树荫的阴影处，看着走在最后的一身惹火装束的范晓鸥，她原来清汤挂面的长发稍稍卷了卷，衬托得那张本来就姣好的脸庞分外娇艳，因为是夏天，她穿着一身很显婀娜身段的短裙，裸露出来的胳膊和腿部肌肤白皙细腻，好像在路灯下都能闪光。尤其是那两条穿了超短裙的长腿，笔直修长，很是诱惑男人的眼球。

若不是那熟悉的天真而懵懂的表情，聂梓涵乍看之下也差点儿认不出那个纤细手指上还拿着一根香烟的叛逆朋克少女就是不久前还很害羞内向的范晓鸥。他看着范晓鸥，没有出声，等着她下一步动作。范晓鸥拒绝了男生的殷勤，她醉眼朦胧地先掂量了一下铁门的高度，然后在男生小声的兴奋口哨声中，抬起腿将脚底翻过来，白皙的长腿晃得人眼晕，她熟练地将手中的烟蒂在鞋底上掐灭，然后摇摇晃晃地准备开始攀爬铁门。

范晓鸥早就习惯了半夜爬铁门，这点儿高度对她来说根本是个小Case。但今晚攀爬好像比以往费力，她爬了半天身体却丝毫没动过。晚上喝了酒的她有些纳闷，向下一看，差点儿尖叫出声，在铁门的底下，有一双男人有力的手紧紧拖住了她的腿，不让她再往上爬。

“喂，混蛋，你放手！”范晓鸥开始踢那男人的手，但那男人的力气很大，很快就将喝多酒、醉醺醺的她一下子拖回了地面上。恼羞成怒的范晓鸥抬起腿，不客气地想踹那男人，却被那男人厉声爆喝制止住了：“范晓鸥，你玩够了没有？”

是聂梓涵的声音！范晓鸥一激灵，酒也吓醒了不少，她连忙站稳脚步，睁大眼眸看着面前的人，果然就是失踪了大半个月的聂梓涵。

“你……你怎么在这里？”范晓鸥摇摇晃晃地看着聂梓涵，聂梓涵青着脸，不理会她的问话，伸出手揽着她的肩头就要把她带走，但聂梓涵目中无人的行为却惹怒了已经翻进铁门内的男同学们，有人想爬出铁门保护范晓鸥。

聂梓涵觉察到那些男生的动静，猛地抬起眼来，冷声喝道：“都给我回宿舍去！没你们什么事！”他的眼神凌厉，全身散发出狠辣的冷意，让那些男同学微微有些胆寒，一时间谁也不敢动。

对峙了半晌，总算有这边女生宿舍的女生叫道：“他是范晓鸥的男朋友，大家都先闪吧——”

“啊——”男生们发出了失望的起哄声，但立马有了下台阶的宝贵机会，立刻集体做鸟兽散，很快铁门内就没人了，只剩下范晓鸥和紧紧箍住她的聂梓涵。

“聂、聂梓涵不是……不是我……男朋友……”范晓鸥晕乎乎地矢口否认，“他是坏人……花心萝卜……骗人……”

聂梓涵冷着一张脸，看着范晓鸥在昏昏沉沉说醉话。他看到她身上别致的连衣裙很眼熟，看清了那条裙子他顿时气不打一处来。

他认得这条裙子，裙子是他特意请品牌店里的人给做的，少女时期的女孩儿都爱打扮，他知道范晓鸥没多少钱买新衣服，想着她可能会需要到，比如说参加学校的正式活动或者舞会，所以才会送衣服给她。

可是现在那条昂贵的华丽裙子，竟被范晓鸥剪掉了蕾丝长下摆，因此她这条裙子的长度仅仅只能包住她娇俏的臀部，将两条修长的大腿显露无遗，往下穿的是一双系带子的凉鞋，带子交叉绑到了白皙的小腿肚上，更是性感魅惑。

闻到她身上的酒气和烟味，聂梓涵冷着脸问她说：“你什么时候学会抽烟喝酒了？”

“你、管、不、着！去管你的……丁娜好了，我……不用你管！”范晓鸥酒壮人胆，还在嘴硬。

“去他的丁娜，我们就事论事行吗？别扯到别人！你说我管不着你，那今天我倒要好好管教你！学校登记档案你的监护人那一栏写的名儿还是我呐！走，你赶紧跟我走！”聂梓涵忍着气，将不停挣扎的范晓鸥捉住，一路将她拽到了他的车前。

他想将范晓鸥塞进车子里，但范晓鸥抓住了车门，死也不肯跟他走。

“范晓鸥！你到底要闹到什么时候？”聂梓涵耐性几乎耗光，低声喝道。

“我……说过了，你管……管不着！”范晓鸥像只发怒的小野猫一样挣开了聂梓涵的桎梏，离开了车门，站立不稳，摇摇晃晃地便要朝宿舍楼走去，聂梓涵伸出手，再次将她拽回来。

“范晓鸥，你怎么堕落成这样了？”聂梓涵头一次感觉到这么痛心，他咬着牙看

着范晓鸥，说：“我送你到这里来上学，是想让你好好成才，不是想让你变成荡妇的！”

“荡妇?!”这两个字刺痛了范晓鸥的心，她一下子甩过头，乱发披在脸上，显得异常愤怒和狂野，她先是狠狠瞪着聂梓涵，而后却又呵呵笑了起来。她用纤细的手指点着聂梓涵，摇摇晃晃地，一字一字地说：“你……说……对了，我……就是……要玩！你能拿、拿我怎么样?”

说着，她的声音哽咽了：“你不要我……我找别人去……”范晓鸥被酒精燃烧着，沸腾的血液在血管里奔涌流淌，全身心闪的都是疯狂的念头。

聂梓涵见范晓鸥摇摇晃晃地还要跑走，他的牙齿咬得咯咯作响，终于再也忍不住吼道：“你丫的，真要找男人去吗?”

“你丫的……我今天就要……失身，你管得着吗!”范晓鸥才不怕他，冲聂梓涵也大声吼道。

“你敢找别的男人试试看！你看我到底管不管得着!”聂梓涵是真的发怒了，他俊秀的眼眸里都是恨铁不成钢的愤怒，眼睛渐渐泛起了寒光。

聂梓涵全身的冷意让范晓鸥昏昏的脑袋也感觉到了有点儿冷，她忍住胆怯，不怕死地挑战他的极限，说：“放……开手，别耽误……我去找男人！今晚我就……献身去……”范晓鸥的话还没说完，就听得她“啊”地一声惊叫，“你、你干吗?”

聂梓涵再无耐性，弯下身，一下子就把范晓鸥扛了起来，大步流星地走到他的车前，然后将活蹦乱跳的范晓鸥一把塞进了车内，范晓鸥想跳出车厢，却被聂梓涵堵住。

他看着她一字一字地说：“既然你今晚这么迫切想找男人，我来奉陪!”说着“砰”地锁上了车门，快速回到了驾驶座，将车子火速开走。

“聂梓涵……你……你这个疯子，快放我下车!”眼看着车子开出了校园，范晓鸥挣扎着从座位上起身，酒也彻底清醒了，她尖叫着不住用力拍打着车门，“我、我不跟你走，就算失身我也找别人，不要和你上床!”

聂梓涵被范晓鸥一闹，失去了平时的冷静，他一边勉强专注开车，一边伸出手将范晓鸥从车窗处拉下吼道：“你今天必须要和我上床，我配不上你吗？你放心好了，我在床上肯定让你满意!”

此话一出，车里顿时一片静默。范晓鸥吃惊地瞪着眼看着聂梓涵，聂梓涵立刻觉察出了自己的不冷静和幼稚。聂梓涵想了想，继续开了口：“……对不起，我昏了头乱说话……你别闹了，好吗，晓鸥?”

范晓鸥转过头去，一声不吭。聂梓涵边开着车，边看着范晓鸥，看到她这副发了狂的模样，心里头不知道为什么，有一种隐约的心疼。他放柔了声音说："我们都有点儿冲动了，晓鸥，我们冷静一些……"

"我们去哪里开房？去哪过夜？"范晓鸥却蓦地转回头，一双依稀还噙着泪花的眼睛注视着聂梓涵，"我不要跟你回家，说好了，我不睡你那张床！"

他那张床不知道多少女人睡过了，邀请她上床她还嫌脏呢！

聂梓涵一怔，被范晓鸥的坚决和疯狂吓到，他盯着范晓鸥，却突然看见一滴眼泪从她那张美丽得让人心折的脸上滑下，他的心一软，想要劝阻宽慰她的话到了嘴边，却完全忘记该怎么说了。

他也昏了头，迟疑着问她："那……你……你想去哪里上床？"

"我要去酒店，要去好点儿的酒店！"范晓鸥凝视着车窗外寂静的夜晚，潮湿的雨夜她的心也是潮湿的，她停顿了一下，头也不回坚决地说。

第二十七章
爱是一场缠绵的毒

红色圆形床，迷离摇曳的灯光，朦胧的珠帘屏风，心形的浴缸，漂浮着的玫瑰花瓣以及暧昧的蓝调音乐，让这家新开张的酒店贵宾个性房更加充满神秘和暧昧。

聂梓涵泡在盛满热水的心形浴缸里，仰靠在浴缸的一头，水很热雾气腾腾的，他眯缝起眼睛，透过一览无余的玻璃望向里间。这种情趣客房的卫生间和卧室是没有遮蔽的，从外面就可以看到浴室里的一切，同样的，从浴室里也能将卧室内看得一清二楚。

聂梓涵不知道今晚自己是怎么了，竟然也跟着范晓鸥发了疯，真的带着她没有回家，而是来了这家据说是亚洲乃至全世界最齐全最尖端的酒店。至于为什么会跟着发疯，这个问题很复杂，他回答不上来，也聪明地避而不答。

这酒店很是红火，经常爆满而一床难求，看来这个世界饥渴的男女数量不在少数。

范晓鸥这一路上却没有再发酒疯，而是乖乖地跟在聂梓涵的身后，看着他、等着他登记开房。这一刻又她从刁钻的野蛮女友暂时还原成了像样的淑女，总算让聂梓涵省心不少。

聂梓涵一般很少和女人在外头胡混，平时的他算是很自律的。不过在登记开房的时候，少年时期的那种原始冲动好像又一次在他身体中苏醒了，那是一种从膨胀的身体中产生的欲望、活力和冲动。

其实他向来不是个会胡思乱想的男人，自从记事开始，在严苛的军事家教培养下，造就了他这颗过于理智、冷静甚至无情的脑袋，少年时期那种懵懂又冲动的急切和不成熟早就离他远去。但这一刻，冲动和渴望却在范晓鸥期待的目光中逐渐复苏了。

由于怕被人认出来，聂梓涵快速地办好入店手续，然后在服务员暧昧的眼神中拉着范晓鸥回房间。匆忙冲进了房间，两人并没有如原先想象的那般，迫不及待地进入主题，主要还是因为彼此都放不开。

范晓鸥的酒意早在路上就醒了大半，失去了酒精的原动力，和聂梓涵逐渐膨胀的欲望不同，她骨子里的保守拘谨的感觉反而开始一点点反噬着酒后的叛逆和放肆。为了不让自己那点儿可怜的勇气化为烟火熄灭，范晓鸥借着残余的酒意大胆地先抱住了聂梓涵的腰，她有点儿眩晕，便将发烫的脸庞埋进他散着热气的结实胸膛里。

感觉得出来范晓鸥在颤抖，聂梓涵微微一怔，随之反手抱住了范晓鸥，他的下巴顶在她的头顶上，嗅闻着从她发丝传来的清香，他的体温急剧升高，呼吸也急促起来。

两人就站在红色的圆形大床边，只要抱在一起倒在床上，旖旎的夜晚就这样宣告开始了。但是好像就是缺少那么点儿源动力，聂梓涵觉得自己心事重重。他身体的原始本能是激动的，但是在内心深处，那种成熟男人可笑的责任感还是不合时宜地漂浮在他脑海，让他无法放开。

他搂抱住范晓鸥，在她耳边低声说："要不……我们……先去洗澡吧？"借着洗澡冷静一下也好，他需要好好想一想。这不是不要她，而是能不能要、该不该要的问题。

浑然不知道聂梓涵心思的范晓鸥没有反对意见，她抬起头看着聂梓涵说："那……你……你先去洗吧？"她的脸红扑扑的，在柔光下很是娇羞可爱，看得聂梓涵的心好像被什么牵动了一下，有点儿酥麻。其实在此刻，不仅是范晓鸥，就连聂梓涵自己都有点儿紧张和局促了，他也不是想象中的那般身经百战、经验老到的。

聂梓涵进了浴室才注意到原来这浴室是透明的，心下这才明白为什么范晓鸥会让他先洗澡，但是人都已经进来了，也只能硬着头皮脱衣服。他往浴缸里放满了热水，然后背对着外面屋内人的视线，脱掉了身上的衣服，他抬腿跨进了浴缸，然后慢慢躺下，让热水徐徐没过他的脖颈，方才惬意地长长舒了口气。

他不知道范晓鸥有没有偷看他，他只知道这是他第一次没有勇气去回望一个女人，即使她的床笫经验远比他少，而今晚的他，竟成了一个纯情少年。

但是因为浴室正对着那张大圆床，即使有些紧张，但该看的还是要看的。聂梓涵隔着透明的玻璃隔断，还是看到了范晓鸥在房间里走动，外面是夏天的燥热夜晚，房间里面的空调开得很足。范晓鸥脱掉了凉鞋，光在脚在厚厚的毛绒地毯上行走，白皙的脚在地毯中若隐若现，就像只悄无声息的猫一样，牵动着聂梓涵所有的视线。

屋子中央有一张红色的圆形大床，他看到范晓鸥像甩一块抹布一般将自己抛进了大床里，然后趴在床头用手指按动了各种按钮，床开始左右乱摆起来的时候，她稀奇地吃吃笑起来。

无法压抑住炽热欲望的聂梓涵从浴缸中起身，随手拽过浴巾包裹住下身，然后随意擦擦湿漉漉的头发，迈着两条长腿出了浴室，朝着范晓鸥走去。范晓鸥依旧在研究着那大床，看来她很欢乐，连聂梓涵无声而危险地向她逼近也浑然不觉。

直到她的面前被一块庞大的阴影所笼罩住，范晓鸥才停下了折腾，睁着懵懂的眼眸看着聂梓涵。这种半睁半闭眼眸的姿态更增加了她的性感指数，看得聂梓涵觉得血液在全身沸腾奔流，直想找一个突破口倾泻。

"你……"她无力地被他拉近，和他滚烫的身体紧紧相贴，他的热度和强悍让她脸红。他居高临下地望着她，她在这种暧昧而亲密的姿势下几乎不能呼吸，她有些后悔来到这情趣酒店了。她实在太稚嫩，亲密的游戏还没开始，她就已经被他的气场所压倒，失去了自主权，此刻她抖得几乎连床也跟着震动了。

范晓鸥的惊慌和颤栗让聂梓涵突然觉得有些失笑，薄唇扬起一抹邪气的笑容，他贴着她的红唇低哑地说："你不会是怕羞吧？不是你要我来这里的吗？"

"谁……谁说我害羞了？我、我才不怕呢……"范晓鸥依旧在嘴硬，太过慌张了，以至没发觉到她全身都在颤栗。

聂梓涵满身都是忍耐的汗水，不知道是自己的定力不够还是范晓鸥太像妖精了，他几乎完全失控了。为了男性的自尊，他尽量不动声色，但涨红了的俊颜还有紧绷的

身体都泄露了他急不可耐的欲望。

聂梓涵觉得今晚他若不是在这场旖旎的战争中活着，就是在范晓鸥的柔情蜜意中死去。

可就在这场灵与肉的战争纠缠得异常激烈，就在聂梓涵即将攻破猎物的堡垒时，情潮炽热的情趣房内却猛然传来了威武震撼的军歌，不过这次不是闹钟，而是轰鸣的手机铃声。

不合时宜的手机铃声将圆形大床上沉迷于身体游戏的两人惊醒，聂梓涵低声诅咒一声，全身一僵，不想去理会那手机铃声。可是那手机铃声一声高过一声，整个屋子里响彻着独特的高亢歌声："革命军人个个要牢记，三大纪律八项注意，第一一切行动听指挥，步调一致才能得胜利……"雄壮威武，气势磅礴。

范晓鸥晕红着脸，虽然对于被打断了甜蜜的氛围感到有些扫兴，但她还是娇喘着，示意聂梓涵去接电话。不过这电话的铃声也太正义了，不入流的情趣酒店在这歌声前也要自动退散，房间内旖旎的气氛顿时犹如秋风扫落叶般，顿然而消。

聂梓涵趴在范晓鸥柔软的身体上一动也不动，他根本就不想离开范晓鸥的身体，他贪恋她身体的芳香和诱人，心头对那手机的恼恨念头超越了人类极限的忍耐。

他固执地拥抱着范晓鸥，静默着听那嘹亮的手机铃声《三大纪律八项注意》从第一条一直唱到了第七条："第七不许调戏妇女们，流氓习气坚决要除掉……"接着马上要唱到第八条"第八不许虐待俘虏兵，不许打骂不许搜腰包……"的时候，他终于放开了范晓鸥，气急败坏地坐起身来。

他起身重新裹上了浴巾，在原来脱下来的衣物中找到了手机，床上的范晓鸥很是好奇谁会是聂梓涵设成这个铃声的主人，却听到聂梓涵接通了电话，对着电话那头回应了一声："喂，爷爷，是我……"

哦，原来是聂梓涵的爷爷啊，范晓鸥有趣地盯着聂梓涵的背影看，他的背影很帅，依然如第一次见他那般挺拔健壮，她想起了自己在邮币卡市场时也曾对这背影垂涎三尺，不由微微红了脸，看来她的本质真是色女一个。

"哦，我……我在外面呢……我暂时没、没什么事……"看样子聂梓涵的爷爷是在问他什么，聂梓涵回答问题的时候有些心不在焉，他边接听电话边朝范晓鸥望去，范晓鸥正红着脸去拉床上的丝被盖在自己身上，聂梓涵觉得自己的灵魂都被她摄去了。

他俊秀的眼眸蓦地眯缝起来，只恨不得爷爷聂道宁赶紧训完话，他好继续和范晓鸥进行未完成的缠绵。

可是聂道宁听聂梓涵的身边没有吵闹的声音，以为他是在住处，所以放心大胆地准备和孙子热聊，难得的一次爷孙交心聊天，可是身在酒店的聂梓涵却叫苦不迭。

他清清嗓子，对爷爷说："爷爷，我手头还有点儿事，等我过两天回家再和你细聊成吗?"说着迫不及待地想收电话，却听见聂道宁的大嗓门在电话里说："喂，你这臭小子，大晚上的在家有什么事啊？爷爷也没别的事，就是想听听你和丁娜的婚事日期到底定下来没有？我要写请帖给我的战友们了！"聂道宁是巴不得聂梓涵早点儿结婚，让这小子收收心，成天不着家地乱跑，连影子都见不到，有个老婆估计也许能定定性。

"哦……爷爷……那个我……我想上厕所……"聂梓涵听到丁娜的名字，单边手抱紧了范晓鸥，破天荒地撒了点儿小谎。却没留意怀抱中的范晓鸥也听到了电话里的声音，柔软的身体有些发僵。

"你尿裤子也要听！"聂道宁不客气地说，"我限定你们今年十一就把证给领了！别拖拖拉拉的，把人家吃干抹净了还跑路不负责任，不是男人干的事！"

第二十八章 决裂

"爷爷……"聂梓涵蹙起眉头回话道，"您别听谁瞎说，我干过的事自己清楚，我和那谁其实什么事也没有，您也别催着我……"说着话还是用眼角瞥了一眼怀抱中的范晓鸥，只见她低垂着头，只是靠在他的胸口，头发散着，他看不到她脸上的表情，于是他搂着她肩头的手紧了紧，像是在安抚着她一样。

可聂道宁听了这话就不高兴了："怎么着，你这臭小子这几年自己在外面折腾，翅膀硬了就不听家里的，是不是啊?"

"爷爷，我不是这个意思。"聂梓涵虽然对爷爷的严厉有些微词，但还是打心眼里尊敬爷爷，爷爷是人人尊敬的首长，参加过抗美援朝战争，大腿还留有两颗子弹没

取出来，虽然脾气不太好，但却是个正直讲仁义的老好人。聂梓涵从小受思想道德的教育特别多，这不孝的罪名太大了，他可承受不起。

“您听我说，爷爷，”聂梓涵终于松开了搂抱着范晓鸥的手，和她黏在一起他无法专心和爷爷对话，他下了床站起身来，走到屋子的另一端讲电话，“这些事等我周末回去跟您再商量一下，成吗？今晚我真的有事，也没心情说这个。不过您相信我，事情绝对不是您以为的那样……”

“真的吗？那我周末等你回来，你这臭小子必须把事情给我交代清楚了！否则让你爸还有我怎么向丁政委交代?!”聂道宁悻悻地挂了电话，留下聂梓涵站在原地长长吐出一口气来。

聂梓涵沉思半晌，这才转过身去回到了床边，他正要上床，却见床上的范晓鸥将被子裹得紧紧的，把头埋在枕头里像只鸵鸟一样，整个人看起来像只捆扎结实的大粽子。聂梓涵趴在枕边，从后面揽住范晓鸥，低柔地问她：“怎么了？睡了吗?”

范晓鸥还是一动不动，聂梓涵用手轻扯她的被子，范晓鸥翻了个身避开了他的触碰。

“怎么了吗，我就接了一个电话而已，你就发脾气啦?”聂梓涵有些无奈地笑，真是个任性的小女孩，他的大手隔着丝被抚摸着范晓鸥柔弱的脊背，她静默着不理他，半晌才轻微地颤动了一下，聂梓涵觉察出有异，伸过手去将范晓鸥的脸扳过来，这才发觉她的眼眸里又含着满汪汪的眼泪。

“干吗又哭啦?”聂梓涵觉得女人的情绪真是不可思议，说晴天就晴天，说阴天就下起雨来了，真是不好伺候。看来他以前对女人敬而远之的决策是明智的。

“乖，别哭了，好吗?”聂梓涵不知道该怎么哄女孩子，他只能硬着头皮安抚着范晓鸥，但是范晓鸥一把甩开他的手，板着脸一声不吭。聂梓涵无奈，只好松了手，不过心里并不以为范晓鸥是真的生气，他想了想，趁着范晓鸥不备，猛然从后面抱住她，想逗逗她。

可是范晓鸥“啊……”地一声扯开喉咙不断地尖叫。聂梓涵的耳膜都快被震破了，他连忙用他那结实沉重的身体压住乱动的范晓鸥，同时用大手捂住她的小嘴。

“不要再叫了，我的耳朵都快被震聋了!”他皱着眉说，慢慢松开了捂住她小嘴的手，思忖了片刻之后才记起其实不用害怕屋里的动静被人听见，在这种情趣酒店里隔音效果都是很好的。

“只是逗你玩的。”他放下平时的冷酷和自傲，对范晓鸥讨好地说道。

但是“逗你玩”这三个字却深深刺痛了范晓鸥的心，她用手猛地一推聂梓涵，将他从她身上推开。聂梓涵没留神，被范晓鸥用尽了全力一推，差点儿跌下床去，觉得有些丢脸的他重新爬上床来，惩罚性地用力抱住了范晓鸥。还很年轻的一对冤家，闹着闹着就要过火了。

范晓鸥连忙挣扎，她反悔了，不想在这种情况下和聂梓涵继续亲热下去，但是她曲线玲珑的身体在他身下不住扭动，他能感觉到她犹如一条游蛇一般在他身下蠕动，那柔滑的皮肤和凹凸起伏的部位让他不起反应都难。

两人肌肤摩挲火热得几乎要擦出火花来，让本就欲望未消的聂梓涵更加冲动。他毫不费力地捉住范晓鸥乱捶乱打他的两只手，然后用一只手握住制于她的头顶上，另一只大掌则急切地扯下范晓鸥身上仅剩的遮蔽物。

"不……"范晓鸥仰着头，她又羞又气，却又无可奈何，她感觉到聂梓涵的大手在抚摸她，范晓鸥全身都痉挛了，她的内心百味杂陈，再也忍不住啜泣出声，"呜……不要、不要，你走开，放开我……"晶莹的眼泪像断了线的珍珠般滚落。

听到范晓鸥的啜泣声，沉浸在火爆情欲中的聂梓涵无奈地叹了口气，他灵活而霸道的唇舌还恋恋不舍地贴靠在她光滑白皙的肌肤上，深深地吸了几口气后，努力压抑着自己强烈的欲望，才缓缓松开了范晓鸥。

他仍旧不死心，一边用手指轻抚着范晓鸥娇嫩幼滑的肩部肌肤，一边低哑地对范晓鸥说："弄疼你了？害怕吗？不怕……不是有我在吗？到底为什么哭啊，你要急死我吗？"

他的神色温柔，眼神炽热，可是范晓鸥却流着眼泪拨开聂梓涵的手，咬住嘴唇，半天才哽咽着说："你……你要和别人结婚了吗？"心底泛上的酸意和难过让她的眼泪已经开始泛滥了，心里有着说不出的疼和酸。

聂梓涵一愣，他盯着范晓鸥看了一会儿，收敛了脸上的笑意，然后慢慢坐起身来。范晓鸥盯着他的背，急切地等待着聂梓涵的回答。

"这个……"聂梓涵不知道该怎么回答范晓鸥的问题，这个也是之前他曾经考虑过无数次的问题，只是因为今晚气氛太魅惑撩人，他被与平时完全不一样的范晓鸥给迷昏了心智，所以才放纵自己沉沦下去。但是结婚这个尖锐的问题却是一直存在的。

丁娜家和聂家是世交，两家的老人都看好这门婚事，而他向来也头脑冷静，需要一个明理而懂事的女人来协助他。这中间难免要牵涉到各种利益关系和冲突，没有一定阅历的女人做不到进退有度，更重要的是，他和丁娜是从小一起长大的，太了解彼此的需求。她需要各方面优秀的男人充当虚荣的门面，而他自己则需要强上加强。

而范晓鸥还太稚嫩，承受不起他个性中那阴暗的一面，他也不想让她看到她喜欢的男人漂在江湖身不由己的无奈，还有不择手段的狠辣和黑暗。

想到这里，聂梓涵所有的激情和欲望迅速在减退，他拉开被子，快速立起身来下了床。

“算了，我们别做了。”他背对着她说，然后开始穿衣服。

“你还没回答我的话呢。”范晓鸥眼泪汪汪地在聂梓涵的背后说。聂梓涵系扣子的动作慢了下来，他本可以一口明确回答范晓鸥，但此刻却磨蹭着不敢直视她这个问题。

“你是不是要和别人结婚了？”范晓鸥锲而不舍地问，声音里带了难过的呜咽。

真是当断不断理还乱。聂梓涵狠狠心，背对着范晓鸥，缓缓地回答：“有可能。”

“那……那我呢？你把我当什么了？”范晓鸥瞬间觉得天都灰暗了下来，她紧闭着双眼，身子怕冷地蜷缩成一团，紧紧地将被子拥在胸前，泪水从眼角悄然滑落，滴落在胸口的被子上。

聂梓涵再次沉默。范晓鸥在他身后再次逼问道：“你说话啊，回答我！”

聂梓涵终于转过身去，看着范晓鸥，沙哑地开了口：“晓鸥你一直都明白的，你是我的妹妹。”

从聂梓涵亲口说出她只是他妹妹的那一刻起，范晓鸥的心已经被他硬生生地捏碎，散落一地，痛得无法呼吸。

“妹妹？”范晓鸥要用力抱着被子才能不虚弱地倒下，她不甘地说：“我……我难道不够好吗？”含着泪的眼眸一刻也不敢移开聂梓涵的眼睛，唯恐他点头说“是”。

“你很好，晓鸥，只是——”聂梓涵看着范晓鸥，困难地不知道该怎么说，眼下的她含着泪水看着他的样子很是可怜和凄惶，让他于心不忍，可是他不想让她深陷感情的泥潭，他给不了她任何的承诺。他叹口气，终于说：“只是我们不适合，晓鸥。”

“不适合？不适合那你今晚为什么要和我在一起？”受到了严重刺激的范晓鸥，眼泪再也忍不住奔涌而出，她提高了声音抽泣地喊着。

“晓鸥……今晚……只是个意外。”聂梓涵虽然负疚，但依旧实事求是地说道。

“去你的意外！你滚！”一种前所未有的羞辱感，让范晓鸥近乎窒息。情急之下她拿起身旁的枕头便向聂梓涵砸去！枕头软软地砸在了聂梓涵的身上，不痛，却让他有些黯然。

聂梓涵弯下腰去捡起枕头，轻轻地放回了床上，然后站在床边，对范晓鸥说：“对不起，晓鸥，你怎么责怪我都成，就是别和自己过不去。”

“你走，我不想再看到你！”范晓鸥泪流满面地叫道，将被子蒙住了自己的头，躲在被子里哭喊着，声音瓮瓮的，带着令人听了心疼的歇斯底里。

聂梓涵定定凝视了窝在被子里哭的范晓鸥一会儿，说：“那好，我不讨你嫌了。”说着收拾了自己的东西，穿上外套，背对着范晓鸥说：“你休息会儿，天亮了再走。我先走了。”

聂梓涵刚走到门边，却没料到床上的范晓鸥却猛地一掀被子，光着脚就飞奔了过来，她也顾不得害羞，就跟一个无家可归的孩子害怕自己的亲人离开一般，紧紧抱住了聂梓涵宽阔的脊背，像只壁虎一样爬在他身上。

“不要走……梓涵……”范晓鸥哭得一塌糊涂，她抱住他后背的手臂在不住颤抖，全身也在颤抖，她使劲地哽咽，肩头抖动着，什么仪态也不剩，就是执著地用力紧紧抱着他，死也不要他离开。她虽然恨他、打他，使劲激怒他，但她还是舍不得他。她知道一放手，从此以后和聂梓涵就再无可能像现在这样在一起了。

“你留下来，我什么都可以给你，不要丢下我——”她像个孩子一样无助而惊惶地哭泣着，身体的颤动传到了聂梓涵身上，他的神色有一丝不忍，微微闭了眼，觉得心口好像也有些发堵。

“不要走，聂大哥……梓涵……”范晓鸥叫着聂梓涵的名字，将泪痕斑斑的脸贴在他具有温度的背上。他依旧是她可以依靠的一座山，她不能失去他。她的声音沙哑而娇弱，听得聂梓涵心里头也凄冷了起来。他回过身去叹息，将范晓鸥重新揽住，一把抱入怀中。

“那你说……我该怎么办呢?”聂梓涵喃喃自语，说给范晓鸥听，也说给自己听。

范晓鸥只是哭，十几岁的女生对于未来完全没有规划，她一向不是精明能干的女人。无能为力的自卑感涌上心间，让她更加自惭形秽，但她固执地抱着聂梓涵就是不松手。

“我不能害了你，晓鸥，我给不了你更多。”聂梓涵再次申明这一点，他记得很早的时候他就这样告诫过她和自己了，可是事情还是演变成今天这副样子，让他也很无奈和头疼。

“今晚的事是个错误，让我们都忘了吧。你若是舍不得我，就还当我是哥哥，我发誓我会一辈子把你当亲妹妹对待的。”聂梓涵郑重地对范晓鸥说道，这是他第一次对女人发誓。

“我不要当你的妹妹。”范晓鸥觉得一辈子的泪水几乎都在今晚哭光了，她的眼泪打湿了聂梓涵胸前的衣服，但是她仍旧感动不了他。

“我爱你，你也爱我好不好?”她伏在他的胸口哽咽着怯怯地问他。

聂梓涵觉得心头好像被什么火焰燎了一下，他有些意外范晓鸥会对他表白，在他

如此明确的拒绝之下。说不清是感动、纠结还是痛楚的滋味涌上心头，让他有瞬间的迷惘。

但最后，他还是收复了被迷惑的心灵阵地，轻轻扶住范晓鸥的头，将她的脸移开自己的心口，他不敢让她多听他的心跳，因为他剧烈的心跳会出卖他心里真正的秘密。

“我不能，晓鸥，我不能爱你。只能像妹妹一般喜欢你。”聂梓涵冷静而残忍地宣判了范晓鸥的爱情死刑。

范晓鸥怔怔地盯了聂梓涵半晌，才缓缓地离开了他的怀抱。

她突然发觉自己太可悲了，如此卑躬屈膝地去乞求一个男人爱她，他却残酷得连最后的一丝机会都不给她。她还能做什么呢，她为此刻的自己感到羞辱和心疼。

“你走吧——”范晓鸥沙哑地说，转过身去不再看聂梓涵，她还在他面前光裸着，只是已经顾不上害羞了。

片刻之后，没发觉聂梓涵有所行动，她再次重申了自己的立场：“不爱我，就走。”

“愿意当我妹妹吗？”聂梓涵站在范晓鸥的身后反问她。

“不，不当！”范晓鸥的眼泪不停地在脸上奔涌，“永远不！”

聂梓涵沉默了很久，最后叹口气，说：“那好，我走了。”范晓鸥一动不动。

听着身后门开了的声音，范晓鸥突然转过身来，呜咽着喊：“等等。”

“怎么了？”聂梓涵停住了，满怀希望地说，“你愿意了？”

“不，我不愿意，可是我要和你一起离开这里。”他都这样离开了，她一个人被孤零零抛弃在情趣酒店里算什么?!

这家酒店估计开业以来还没见过哪对情侣在天没亮的时候就退房的，服务员疑虑的眼神一直在憔悴仍不掩帅气的聂梓涵以及哭肿着眼睛的范晓鸥身上徘徊着，估计在心里暗自揣测这两个人究竟是什么关系。

聂梓涵办好了退房手续，走到一直低垂着头坐在大堂沙发上的范晓鸥身边，说：“我们走吧。”范晓鸥木然地站起身来，跟随着聂梓涵走出了酒店。

天还没大亮，满怀心事的两人穿过酒店布置得充满迷幻的粉色系长廊，走到了外面还黑乎乎的停车场，犹如从梦幻中回到了现实，一切都被打回了原形。

“我送你回学校。”聂梓涵说。

范晓鸥什么也没表示，只是低着头。一路上两人无话，直到车在学校的后门停下。

范晓鸥还是什么话也没说，晨光中她白皙的脸色更加苍白，泪水虽然已经止住，可看起来很是凄楚。聂梓涵看了看范晓鸥，清了清嗓子想抚慰她，谁知道范晓鸥比他还快开了口："以后……别来找我了……"

"嗯?"聂梓涵没听清。

范晓鸥不看他，重复了一遍："我不想再见到你，别和我说你什么时候结婚，也别来找我……我们不要再有牵连了。"

聂梓涵沉默了很久，范晓鸥才听见他说："好。"

范晓鸥再说不出一句话了，她开车门下了车，然后从车窗那边看了聂梓涵一眼，说："走吧，不要再见了。"

聂梓涵苦笑一下，不做声发动了车子，车子缓缓地向前开去，范晓鸥也转过身，努力用自己看起来不失骄傲的姿态往回走，只是不知道什么时候，已经泪流满面。

第二十九章
爱定格在此刻

就这样吧，算了吧，散了吧，可是范晓鸥彻底崩溃了。之后很长一段时间里，她都缓不过来，成天沉陷在失恋的痛苦之中无法自拔。

毛毛知道了事情的来由，在扼腕叹息之后，明智地分析给范晓鸥听："晓鸥，其实你和聂梓涵分开是对的。打一开始人家就没有真正要和你谈恋爱的准备，否则他早就向你表白了。再说，你想想看，同样一个女人，丁娜比你成熟，比你吃得开，加上又是本地人，具备了男人择偶的优越条件，你和她还争什么呀？人家有背景，你有啥？你只有背影！我是男人我也选择她呀!"

"可是……"范晓鸥躺在上铺，听着毛毛在下铺用科学发展观深入浅出地具体分析，她痛苦地扯过被子掩住头说："我感觉……聂梓涵……他……他是喜欢我的……"

"喜欢你又怎么啦?"毛毛对此嗤之以鼻，"喜欢你就必须和你在一起吗？你别傻

啦晓鸥，男人完全可以为了事业放弃爱情的。我看那个聂梓涵也不是什么省油的灯，我敢说娶丁娜一定是他经过深思熟虑的决定，绝对不会因为你而痛苦挣扎的。你没选择他是对的，早点儿忘了他，听见没?”

范晓鸥没有回声，明知道毛毛说的都是事实，可她就是执迷不悟，跟吃了秤砣一样，铁了心地作践自己。太年轻了，失恋就好像代表着不糟蹋自己就对不起感情一样，傻了巴唧地往死里糟蹋自己：抽烟喝酒彻底沉沦，没人管，也没人敢管。

不过，喝进去的是酒，吐出来的是单纯；吸进去的是烟，喷出来的是真诚。从此以后就玩世不恭了。

这年春节寒假的时候，被感情折磨得死去活来的范晓鸥总算有了自救意识，抽空回了趟老家。到北京有一年多了都没回去，姑姑和爷爷看到她惊喜得不行，难得的连姑姑也不骂她了，就是整天围着灶台给她做好吃的。而范晓鸥则和爷爷说说话，爷孙俩很久没见依旧亲近得很。

家里久违的宁静和安详安抚了范晓鸥那颗被深深伤害过的冰凉的心。

看到姑姑消瘦了，而爷爷头发更加花白，好像变得苍老了，范晓鸥觉得心里堵得慌，暗自庆幸自己费了九牛二虎之力终于挤上了人满为患的春运火车，虽然在密不透风的沙丁鱼罐头车厢里憋水憋尿坐了三天硬座，腿都肿得发亮，但能及时赶回来过年也值了。

姑姑见范晓鸥消瘦得厉害，整个人也怏怏不快，敏感地觉察出了什么，却不好当面问范晓鸥，只是旁敲侧击地顺口问问，但范晓鸥口风很紧，范紫根本问不出东西来也只好作罢。

爷爷范立辙则详细地调查询问了范晓鸥同学这两年来的思想动态和实践活动，知道范晓鸥同学在学校里奋发向上尊敬师长团结同学努力为社会的又快又好发展打好新生力量的基础，这才满意地点点头，说：“我孙女就是好样儿的，谁都比不上。”

范晓鸥不敢多吭声，唯恐一不小心就漏了底，会被爷爷劈了当柴禾来烧。

小镇洋溢着过节的热闹气氛。除夕夜，小镇满天都是烟花，到处响着放鞭炮的声音，吃过范紫精心烹制的年夜饭，趁着姑姑和爷爷围在电视前看几十年如一日的春节联欢晚会，范晓鸥急匆匆地跑过长长的青石板路，到巷口阿婆的小杂货店里打长途电话。

她跑得很急，长长的马尾辫乱甩，清冷的风吹过她的脸颊，鼻子里嗅闻到的是烟花炮竹特有的火药味，夜很黑，但她的心却在怦怦跳着，长巷子里响着她微微的喘息。跑过了长长的漆黑的巷子，眼前的灯光终于一亮，阿婆的店竟还开着。

阿婆有点儿耳背，坐在店里也在看春节联欢晚会。所以范晓鸥放心地拨了电话，然后急切地等待电话接通的一刹那。

电话通了，当电话里传出熟悉的聂梓涵的声音时，范晓鸥的鼻子一酸，拿着电话预先想好的话一句也说不出来。聂梓涵在电话里“喂，喂”了好几声，见没有人答话，先前看到的又是外地区号，心里一动，便对着电话说：“是晓鸥吗？”

范晓鸥还是一声不吭，但眼眶却红了起来。

聂梓涵听着电话里依稀的鞭炮声，说：“你回去过年了？”范晓鸥终于忍不住抽泣起来。

“别哭了……大过年的……”聂梓涵的声音在电话里很远又好像很近，“乖，好好过年啊……”

范晓鸥使劲用手捂住自己的嘴，不让哭声传到电话里去。她好想他，想得心都疼了，即使不和他说话，哪怕听到他的声音都是好的。

聂梓涵的身边好像也很吵，范晓鸥不时听到有人在对聂梓涵说：“恭喜恭喜……”她听见聂梓涵也离了手机跟别人说：“谢谢，谢谢赏脸，请往里走……”

范晓鸥的心一下子抽紧了，女孩儿特有的敏感让她终于出声了：“你……你在干吗？”

“我……”聂梓涵正在酒店里忙得不可开交，他刚要回答范晓鸥，肩头被人拍了一下，然后舅舅欧阳明远那张带着醉意的大脸出现在他面前，笑嘻嘻地说：“梓涵，今晚的新娘很漂亮！”

“嗯，还行吧。”聂梓涵下意识地回答了舅舅，然后转头继续接电话，却发觉电话已经挂断了。聂梓涵连忙回拨过去，但电话一直处于无人接听状态。

范晓鸥付了钱，用仅有的一点儿力气支撑着自己走出了小杂货店，刚走出小店，她就靠在墙上呜咽着哭了起来。他结婚了，聂梓涵他结婚了！她的心犹如被烟花炸碎了一般，空得好像没有了知觉。

早知道是这个结果，她宁可今晚没打过电话！她用手使劲捂住自己的嘴，全身都在颤抖着，站立了一会儿，刺骨的风吹得她整个人都麻木了。她想了想，怕被镇上的人看见她哭泣，于是沿着路边一路走到巷子里，她扶着凹凸不平的墙，柔嫩的手划过粗糙的砖块，她没有跑，因为她已经没有气力了。

长巷子里没有人，黑乎乎的，但此刻她却已经忘记了什么叫做害怕。当震耳欲聋

的烟花爆竹声响起，烟花照亮了整条巷子，只见长长的巷子里一个小小的人影在颤抖，应该是在哭泣。

曾以为自己可以很平淡地爱上一个人，然后忘记一个人，再祝福一个人。但范晓鸥没能做到，因为她选择了一个不能给她一生的人。终归是自己伤害了自己，明明知道这样的结局，偏要尝试这一幕稍纵即逝的爱情，所有的伤害源于自己的内心。

不再怪任何人，只能怪自己的执迷不悟。

在家的时间过得很快，范晓鸥在寒假过完后重返北京。虽然心里不想再回到那个伤心的地方，但是在爷爷和姑姑的催促下，范晓鸥还是踏上了回京的征程，度过了在校园里的最后两年。

自从除夕夜那次通话之后，范晓鸥和聂梓涵算是彻底地分开了。也许是各自都难以面对彼此吧，谁也没有再找过谁。范晓鸥谢绝了聂梓涵的学费资助，大学第三年的学费是她自己到处打零工攒下的。因为打工太忙，适当地化解了她失恋的伤感。

即使心底里依旧有个不能愈合的伤疤，午夜想起往事依旧泪流满面，但至少表面上范晓鸥已经渐渐恢复了平静。

很快就到了大三那年的夏天，他们要毕业了。

学校里闹哄哄的，到处是生离死别的场景。在505宿舍，同样也面临着分别和伤感。大家都明白，同学们都来自五湖四海，也许毕业之后，此生再无相见的机会，于是抱在一起痛哭了一场，为了那个想象中虚无的永别。

离校前的晚上，505姐妹们不知道是谁提议的，说是集体上楼层的天台去最后疯狂一下，于是这些放肆的女孩儿们扛了一箱啤酒就浩浩荡荡杀向了女生宿舍楼的天台。因为快毕业了，所以宿管阿姨也睁一只眼闭一只眼，随她们去了。再折腾又能怎么样呢？明天就将离开了，这些像蒲公英的姑娘们。

天台的风从四面八方灌来，吹得这些疯狂的毕业生们更加迷惘和伤感。姐妹们说，谁有伤心的事情可以喊出来，谁有暗恋的人也可以对着夜空大喊。因为注定了不可能，所以就把这些悲伤欠揍的往事从此留在学校的天台上。翻过旧的一页，就是新的开始啦。

很快的，天台上的叫喊声此起彼伏，范晓鸥听到毛毛在她身边对着天空大喊："去你丫的，丫的，丫的——"尖锐的声音回荡在空旷的夜空中，有一种说不出的寂寥和惨烈。

原来，若无其事的表面下，谁都有一箩筐的伤心事。

范晓鸥也开口了，她刚张口喊了一声“聂——”，后面的话却好像哑住了，再也出不来声，久久的，化作了一声无声的号啕，淹没在酸涩的喉咙里。

没说完的名字又咽了回去，将胸腔撑得如同要爆炸一样，五脏都移了位，那是一种深入骨髓的痛，痛得令人寒颤，却又有口难言。

酒瓶甩在墙上爆炸开，里面满满的苍白的爱情在墙上破碎，四溅开来，青春在此定格。

这一年，范晓鸥二十一岁，终于可以毕业了。

39度2，轻微撒点野

03

让她在骚动中抽点儿风

第三十章
羞答答的玫瑰，乱七八糟地开

北京国际展览中心。人才招聘专场里人头攒动，一眼望去黑压压的一片，范晓鸥和毛毛以及几个要好的女同学也成了这浩瀚求职大军中的沧海一粟。

原以为大学毕业了大家即将永别，谁知道竟然没几个同学回老家去，都在北京留着呢。在京城里跑来跑去的总是会遇见这些熟面孔，只是在不同的时间，却在相同的地点出现。人才招聘会仿佛成了她们约会的老地方，不过她们经常花枝招展地乘兴而来，然后蓬头垢面地扫兴而去。

时间久了，彼此看着都腻歪了，开始时还热络地嘘寒问暖，到后来干脆龇牙闪人了事，因为看到对方就好像对着镜子清晰地照见了自己的影子，落魄而可怜，带着几分说不出口的苦处和尴尬。

屡败屡战的范晓鸥和毛毛夹着一叠应聘简历在人群中奋勇地杀进杀出，看到招聘展位，就挤上前去将精心制作、喷墨打印出来的一摞厚厚的简历虔诚地递上，对方一句话就将兴奋的她们打入谷底：“对不起，我们要的是简历，不是日记本！另外，你们是名牌大学毕业的吗？”二人闻言在众目睽睽下灰溜溜地向后退出，后面自然有不怕死的勇士前仆后继。

经过一家招聘档口，毛毛看着觉得条件还算符合人家的招聘条件，兴冲冲地上去递了一份简历。这家是招系统文员的，要求颇高，但说是有机会出国。

毛毛激动地和人聊了几句，结果失望而回。在展馆内转了一圈又回来，毛毛想了想说：“白白浪费了一份简历，一份成本要 5 块钱呢，还是去要回来吧。”说完真上去要了，结果那家招聘方的人从一堆摞得高高的简历中抬起眼来说：“呵，你的简历？哪一份？桌子上若是没有，请到旁边的黑色大塑料袋里找找。”原来当垃圾给扔了。

毛毛不死心，想起这家说可以出国，刚才心急没问清楚，现在心里想是不是“毛里求斯”或者“埃塞俄比亚”，便腆着脸问了，人家不耐烦地回答她：“去的是越南老挝。”

靠，也不是什么好地方！毛毛果断地拉着范晓鸥就走。

就这样一天转了三个馆，到最后累了。而且越到后来越失望，对自己失望，对人家公司失望，对前途也很失望，仿佛自己与这个城市格格不入。

两人垂头丧气地准备出馆，一个匠心独运的招聘展位吸引了范晓鸥的注意力。这个展位把整个展位空间做成了风格鲜明的建筑，上部和墙面是紫色，墙面上装饰的几个白色的圆弧，让整体显出几分活泼，令人耳目一新。而且好像颇有实力的样子，一家就占据了38个标准展位，格调一致，也很有气势，走进其中，就像进入到了一座大规模的城堡。

范晓鸥抬头望着展位上耸立的招聘方的公司名字，公司招牌也很气派，“远涵文化传播有限公司”这几个大字异常醒目，这家文化公司范晓鸥也听说过，很多重要的电视广告以及影视制作好像就出自这家公司的策划，而且这家公司的待遇在业界是出了名的好。

可能因为这样，所以这家文化公司的展位前被挤得水泄不通，其中美女居多，个个光彩夺目，美艳不可方物，都是美貌与智慧兼为一体的。范晓鸥好奇心强，也挤进去看，原来这些招聘职位中，其中有个职位是招聘前台秘书的，难怪都是美女来应征了。

范晓鸥出色的外表和典雅的气质吸引了这家公司招聘人员的视线，有个高挑的美女走上前来笑眯眯地对范晓鸥说：“这位小姐，您的外形和气质比较适合我们公司需要的前台形象，您有兴趣应征吗？”

范晓鸥连忙摇摇头，前台文秘的工作不是她所要考虑的范围，正要推辞的时候，她无意间扫了那些引人注目的招聘展板一眼，一个熟悉而陌生的名字猝不及防地映入了她的眼帘！欧阳明远！

范晓鸥以为自己看错了，连忙眨眨眼，再次看清了那上面的名字，展板上招摇地用风骚的楷书大字写着：远涵文化传播有限公司企业法人欧阳明远携全体员工竭诚欢迎您的加盟。

没错，就是他！欧阳明远，一字不差，姓欧阳的人本就少，叫明远的重名可能性也小。即使将这个名字化成灰她也认得！范晓鸥站在那个展板前，被这个意外的发现

激动得全身颤抖。

这不是喜悦的抖动，而是要将此人斩立决的冲动。

真是踏破铁鞋无觅处，得来全不费工夫。范晓鸥即将脱口而出的“不”字临时改成了“好”，并顺利得到了远涵文化公司的报名登记表。从人才招聘市场回去，她一直躺在上铺想心事。

毕业了，伴随着的是巨大的就业压力。很久以前尚丽说对了，既然出来了，没有几个人会想着要回家去。范晓鸥也不例外。她四处奔波，急于想找个地方安定下来，不说开创自己的一片天地，至少也想在北京站稳脚跟。

她和毛毛两个还和以前一样，住在上下铺，只不过从学校的宿舍转移到了学校附近小区的一个地下室。地下室有很多个小房间，像迷宫一样，第一次下去的时候绕得范晓鸥晕头转向。

不过和别的地下室不同，这里的房间大多都是被学生们租去了。所以身在其中，俨然还在学校的宿舍中，左右能看到熟人。毛毛和范晓鸥就和另外四个相熟的女生一起住在一间地下室里。

一屋子六个人，三张上下铺，床铺全是依墙放着，中间还富余出一块儿空地儿，凌乱地摆放着几把椅子和一张方桌。厕所和自来水是公用的，水池旁边有一个大热水箱，供应开水。

地下室里因为终年见不到阳光，窗户只能透进微弱的光线，总是泛着一股发霉的味道，房间也狭小低矮，但毛毛和范晓鸥却对此并不以为意，出来找工作肯定避免不了吃苦头的，这点她们倒是有心理准备。而且地下室里住的大多是师兄师姐，感觉很亲切，好像还没从学校离开一样，有一种集体归属感。

一直窝在地下室里也不是个事儿，短期内找不到工作情有可原，但是有段时间了还找不到工作，就不免让人有些心急了。毛毛在报纸上看到今年的大学生毕业人数超过去年的多少多少，僧多粥少、杯水车薪，眼看要上升到社会问题如何如何的，只是在下铺不住摇头叹息。

范晓鸥从上铺探下头来，对毛毛说：“你要有信心毛毛，最好的总是等在后头。”

毛毛答应了一声，想到了什么，抬头对范晓鸥说：“你别管我了，问你的话还没回答呢，真的还要去当前台文员吗？”范晓鸥“嗯”了一声，然后望着近在咫尺的天花板发呆。

毛毛说：“你可想清楚了，不是有别的选择吗？而且发展都要比现在你要去的这个好。”范晓鸥在上铺里半晌不吭声，半天毛毛才听见范晓鸥轻轻叹息了一声，说：“毛毛，有些事，你不懂得……”

是的，毛毛不是她，不会懂得她的心事。其实很久以来范晓鸥差点儿都忘记了“欧阳明远”这个人，自从和聂梓涵分开后，虽然身边不乏追求者，可她心里念念不忘的只有聂梓涵，再容不下别人的半点儿影子。

城市的霓虹与繁华正妖娆绽放，别人的故事依旧精彩上演，而自己的故事还来不及拉开序幕，却就此平淡地剧终。青春的伤痛已经随着时光的流逝而渐渐抚平，但却给范晓鸥明净的双眸蒙上了一层淡淡的阴霾。

成长，真的是一种沉重的烦恼及负担，让人变得愈加浮躁。现实的冲击与残酷，让她离单纯愈来愈远。即使现在困惑范晓鸥的，已非爱情。

原来，真的什么都可以过去，悲伤甚至幸福。

可是，就在她已经决意忘记往事的时候，今天突然看到了“欧阳明远”这个熟悉的名字，所有的前尘往事齐齐涌上心头，让她想起了有点儿荒唐和疯狂的过去。因为曾经被聂梓涵伤透了心，所以范晓鸥固执地将所有的不得意和不甘心而产生的气都撒在欧阳明远的身上。

在范晓鸥的心中，冤有头债有主，“欧阳明远”就是带给她一切痛苦根源的罪魁祸首。

不管怎样，她想找到这个欧阳明远，看看他到底是怎样的三头六臂，竟将自己耍得团团转，最好还能给他点儿教训，好让自己有些压抑阴暗的心理能稍稍平衡。

这个世界，虽然处处不公平，但总还有地方可以说理，不是吗？范晓鸥躺在局促的地下室中的狭小床铺上，伸手就可够着低矮的天花板，破天荒地，她没感觉到憋气，相反嘴角挂着一丝清冷的微笑。

……

第二天一早，范晓鸥如约到了“远涵文化传播有限公司”应聘前台秘书。这家文化公司的规模比她想象中还要大。不仅在寸土寸金的 CBD 商圈，而且还占据了整整三层。

范晓鸥吸吸气，镇静了一下自己有些浮躁的情绪，然后轻轻推开了明亮的玻璃门，一股淡雅的百合花的香气袭来，迎面就见一个美丽的小姐朝着她微笑：“您好，远涵公司欢迎您。”

范晓鸥有些愕然，眼前的这个前台秘书漂亮得几乎可以当电影明星，为什么这家

公司还要招人呢，直到这位前台小姐从服务台后站起身想为她服务的时候，她才看到这位小姐微微隆起的腹部，原来是孕妇。

范晓鸥简单说明了来意，便被那个步履蹒跚的前台秘书带到了宽敞气派的会议厅里，那里已经聚集了十几名燕瘦环肥的美貌女子。范晓鸥心想幸好是知道来应聘前台的，若是不知道的，还以为环球小姐在这里总决赛呢。

找个前台就这样兴师动众，专挑美女，看来这个企业法人不是色胚就是心理变态，范晓鸥心里有了想法，于是脸上的笑容变得有些不自然起来。那位前台小姐觉察到范晓鸥的变化，以为她很紧张就微笑着安慰范晓鸥："请不要担心，我们公司的老总们都很和善可亲的。"

"老总们？"范晓鸥微微一愣，心想这贼窝原来不是一个头儿管啊。

十几名美女先集体进行了笔试，这点儿浅显的知识还难不倒刚奋发向上苦学了三年的范晓鸥，她洋洋洒洒地很快就答完了试卷。笔试取前五名选手，范晓鸥也跻身入列，进入最后的面试环节。

"接下来我们公司的欧阳老总会亲自对各位进行面试，希望各位好运。"前台小姐对剩下的五位精英美女笑容可掬地说道。

提起欧阳明远，本来还心不在焉的范晓鸥精神顿时一振，心想总算熬到了这一刻，哼哼，欧阳明远你给我等着，姐姐我立马就来了！

仇人相见，分外眼红。

第三十一章
绅士无非就是狼

绅士无非就是耐心的狼。自诩为绅士的欧阳明远难得会亲自主持招聘工作，原因有三：第一，他很闲，简直闲得骨头都酸痛了；第二，他很无聊，公司的业务都有人打理得很好，他完全不用操心，所以无聊透顶；第三才是最关键的，他想看美女。他已经很久没看过新面孔的美女了。

会选择面试前台秘书小姐，一方面是因为这些来应征的秘书一般都是美女级人物；另外一点他也真想让远涵公司的门面从此不要没落。虽然美貌的原前台小姐已经结婚并准备生孩子去了，但也不能随便招个歪瓜裂枣来啊。尽管他一年到不了公司几次，但他是个完美主义者，接受不了一进门就看到凤姐或者芙蓉在前台搔首弄姿。

范晓鸥进了欧阳明远办公室的时候，欧阳明远正低头看着范晓鸥方才笔试的卷子，听见声响，欧阳明远抬头看了一眼范晓鸥，眼睛顿时一亮，范晓鸥的美丽和气质远出乎他的意料。貌似他已经很久没见过这种让人耳目一新的漂亮美人了。

“请坐吧。”欧阳明远尽量让自己看起来很 Man 很有老板气势地说道。

范晓鸥道了声谢，才动作优雅地在欧阳明远办公桌前面的椅子上坐下。不仅欧阳明远在从上到下打量着她，趁着这会儿工夫，范晓鸥也将欧阳明远看了个一清二楚。

说句实在话，欧阳明远长得符合她少女时所期待的那样英俊潇洒，他有一张轮廓略深的漂亮面孔，多情而温柔的桃花眼，脸颊上还有一个酒窝，笑起来有些孩子气，但却很吸引女人。

范晓鸥念念叨叨了那么多年，终于见到了这个人，却发觉自己并没有太大的情绪波动。

“能做一下自我介绍吗？”欧阳明远思忖了片刻对范晓鸥提出了要求。

范晓鸥微微一怔，说：“简历表上都有。”见欧阳明远不易察觉地挑眉，范晓鸥这才收摄住了自己的心神，不管怎样，这份工作她必须要先争取下来，下一步该怎么做到时候见机行事。不被录取怎么才能展开她的行动？

于是范晓鸥再次启口，尽量用柔美的口音用汉语和英语将自己的简历复述了一遍，这是她最近一直窝在地下室里找毛毛一起练习的，听起来也像模像样。

欧阳明远听了范晓鸥的自我介绍，又问：“你做过什么工作？职务高吗？”

范晓鸥在心里翻白眼，但表面上还是很有哲理性地回答了欧阳明远：“有的，在别的地方勤工俭学打过短工。在我看来，工作不管高级的或者低级的都是一种经历，职务也一样。”

欧阳明远暗自点头，看来这叫范晓鸥的美人也不光是一只赏心悦目的花瓶，还附带了点儿价值，于是又考了一些文秘的专业问题，范晓鸥也都回答上来了。

欧阳明远心里对于前台人选心中早已有了定论，不过还想卖个人情给范晓鸥，说：“你的条件比较符合我们的要求，不过你也知道竞争是很激烈的，我们也比较难选择……”

范晓鸥见欧阳明远一脸深思远虑的模样，心中不由好笑，但脸上还是一副特别虔诚的神情："还请欧阳总经理多提携，您放心，假如我能留下，我一定会好好干的。"

"好吧，既然你这么诚恳，就你了！明天可以过来上班吗？"欧阳明远将胳膊肘撑在办公桌上，那双带笑的眼眸盯着范晓鸥。

范晓鸥接收到欧阳明远的电波微微红了脸，白皙而清丽的脸庞看得欧阳明远有些失神。

范晓鸥避开欧阳明远直勾勾的视线，微笑着点头，感激涕零地说："当然可以，多谢欧阳总经理了。"

欧阳明远招了个可心的人儿也很兴奋，按铃让原前台进来，说："你带这位范小姐去见聂总。"范晓鸥闻言连忙站起身，准备跟随着原前台小姐去见另外的老总，没走两步又被欧阳明远叫住："以后来上班穿得漂亮一点儿，我喜欢公司里生机盎然。"

范晓鸥连忙巧笑嫣然地点头，走出办公室一张脸才沉了下来。

欧阳明远目送着范晓鸥匀称修长的婀娜身姿出去，连忙拨通了内线，电话一通，他就迫不及待地对电话那头的人说："嘿，梓涵，今天我替你招了个绝色美女，以后天天来公司上班，保准你第一眼就会觉得赏心悦目！"

电话那头传来了一个不以为然的声音："小舅舅，你真有空儿，有这闲工夫还不如来帮我点儿忙，最近我都快忙不过来了，你还有心思看美女……"

"哎呀，能者多劳嘛，我不也是在帮你了吗？我的长处就是会挑美女，所以才帮你把关。我让那美女去你办公室了，你等会儿看看合不合你胃口？"欧阳明远依然兴致勃勃。

电话里传来叹气声，半晌才冒出来一句："谢了。"欧阳明远这才满意地挂断了电话。

范晓鸥随着前台秘书走到另外一间办公室的门口，前台秘书回头对她微笑着说："这是我们聂副总的办公室，公司里都是他在主持工作的。"

范晓鸥点点头，心想那个欧阳明远果然是个挂名的，真正挑大梁的另有其人。

前台秘书先进去和聂总汇报了情况，然后返身出来对范晓鸥说："你进去吧，明天就要来上班，总要先见见聂总。"

范晓鸥鼓足勇气，尽量态度大方地走了进去。宽大的办公室里，东、南两壁是镂花窗，房间中央摆放着一张精制的黑漆楠木桌，桌上摆放着大叠的文件和图纸，一个西装革履的男人正低头忙碌地翻看文件，并不时用手中的笔批阅着文件。

由于他低着头看不到他的脸，但可以看到他理得平整的鬓角和雪白的衬衫领口，看起来干净而精神。意识到自己看得有点儿过久，范晓鸥轻咳了两声，才开口说：“您好，聂总，我是新来的前台范……”她的话还没说完，那个忙碌的人影停住了动作，猛地抬起头来。

四目对视之下，都吃了一惊。

“聂……梓涵……”范晓鸥没料到在这里会见到她曾经朝思暮想的人，猝不及防的碰面，让她的心脏猛烈地突突跳着，几乎就要蹦出喉咙来。

“晓鸥？怎么会是你?!”会在自己的办公室里看到范晓鸥，也完全出乎聂梓涵的意料。

两人隔着办公桌对视，彼此都看到了眼里的惊讶和迷惑，房间里空气不再流动，仿佛时间停止了流动一般。这一刻，竟有种恍如隔世的错觉。

第三十二章
有点儿酸，有点儿甜

“你怎么会在这儿?”还是聂梓涵先恢复了神智，他放下手中的文件，站起身来看着范晓鸥，俊秀眼眸里有复杂的光芒一闪而过。

“我……”范晓鸥却不知道该怎么回答聂梓涵，迷惘中她下意识地也问聂梓涵，“可是……你、你怎么也在这?”

“哦，这个公司有我股份，所以我一直在这里上班。”聂梓涵说着绕过办公室，走到了范晓鸥身边，范晓鸥立刻感觉到了一种无形的压力向她袭来，她连忙向后退了两步，这个男人对于她来说，还是有着致命的影响力，她连他的靠近都过敏了。

“我、我是来这里上班的。”范晓鸥半晌才找到了自己的声音，困难地对聂梓涵说道。

“我小舅舅欧阳说的前台美女就是你吗?”聂梓涵的浓眉微蹙，自言自语地说。

“你小舅舅?”范晓鸥迷惑不解。

“就是你说的欧阳总经理。”聂梓涵说道，线条优美的嘴角不由勾起笑了笑。

“他……他是你的小舅舅?”范晓鸥犹如被凉水浇到，良久都发不出声音来。

“是，这个公司是我和他一起开的。”聂梓涵轻描淡写地说道。

“哦，原来是这样。聂总……我……就是你们公司新招的前台。”范晓鸥低着头说。

“你不是大学毕业了吗？前台文秘你做过了，其实可以做别的……”聂梓涵有些狐疑地盯着范晓鸥看。范晓鸥被聂梓涵看得心虚，下意识地不想回答他，她怕露出太多马脚。但心里却有些微喜，他还记得她大学毕业了，原来他没有忘掉她。可是转念一想，那种微酸微甜的喜悦却被更深沉的忧伤所取代，记得又如何，他已经结婚了，是别人的男人了。多想这些做什么，只是徒增烦恼而已。

“我是来向你报到的。”范晓鸥挺直了腰脊，努力让自己看起来更自然，说：“欧阳总经理让我明天来上班。谢谢聂总，以后我会努力做好分内的工作的。”

聂梓涵被范晓鸥突然刻意拉开距离的行为弄得有些错愕，但随后想想便也释然，不管曾经有怎样的纠缠，如今都过去了不是吗？何必再纠结于此呢？因此也笑笑，说：“也好，欢迎你来远涵公司，好好干。”

“嗯，谢谢聂总。”范晓鸥忍住心头的酸楚，强行挤出一抹微笑，然后有礼貌地说：“那不打扰您工作了，我先出去了——”

“好。”聂梓涵颔首，走到了办公桌的后头，重新埋首于那堆文件之中。

范晓鸥则走出聂梓涵的办公室，轻轻地帮他带上门，门在她身后慢慢地关上，办公室内又恢复了安静，只是门内门外两个人此刻的内心深处都好像有波澜在暗涌，久久难以平静。

范晓鸥乘车回去的时候，天开始下雨了，北京的秋天很美，但是很短暂，往往还没尽情欣赏就直接进入到了冬天。一场秋雨一场寒，气温渐渐变低了，冰凉的雨丝从没关严实的车窗喷洒了进来，潮潮凉凉的，带来了丝丝寒意，范晓鸥裹紧了身上单薄的衣衫，只是望着车窗外逐渐降临的夜幕出神。

想起白天和聂梓涵的再次见面，惊喜是有的，只是不知道为什么，心口总是沉甸甸的。原来聂梓涵是那么成功，他远比她想象中的还要优秀，各种气派和奢华，都是她望尘莫及的。

所以她也可以理解当初为何他没有选择她，他们原本就是两个世界的人。说起来也没有什么好感慨的，虽然还微微有些鼻酸。他是她身边一种光鲜的幸福，她除了祝福，别无其他。不羡慕，亦不期望，即便时常觉得孤独和寂寞。

夜色渐渐浓重，雨也下大了，范晓鸥叹口气，决定不再胡思乱想了，要想也要想明天来上班穿什么好，那位欧阳明远先生好像品位要求不低呢。

第二天范晓鸥来远涵上班的时候，在熨烫得笔挺的白衬衫外穿了一身深紫色的马甲裙，配上黑色的中筒靴，显得青春又活泼，坐在前台那里，自然而然地就成了众人瞩目的焦点。当原前台秘书把工作交接给她之后，范晓鸥就正式成了远涵公司的一员。

明眸皓齿，靓丽有气质的范晓鸥一到公司就引起了不小的骚动。到前台来寻求帮忙的人多了起来，有叫寄送邮件有要办公材料的，也不用内线电话，都直接到前台来咨询了。其中不乏有公司的低中层男同事，有事没事就来搭讪几句，范晓鸥只是浅浅地微笑，态度既不暧昧，也不疏远，更让这些男同事们的心里有如猫爪挠一样，轻微的痒痒。

不过谁的殷勤都比不上欧阳明远，一年到不了几次公司的他这两天都会在公司里准时出现，来去的次数频繁得让总经理助理都准备要把欧阳明远有些落灰的办公室给好好整理一番，以便他常驻。不过欧阳明远大多时间都在前台待着耍帅，并不回办公室。

欧阳明远的殷勤范晓鸥自然看在眼里，但只是不动声色。为了慎重起见，她现在还不能完全认定眼前的欧阳明远就是当年害她的罪魁祸首，所以只能和他敷衍了事。不过欧阳明远泡妞的本事还真不是盖的，经常送些别出心裁的小礼物给她，或者说些笑话让范晓鸥和周围的女同事笑得花枝乱颤，心情愉悦。

办公室里提早荡漾开来的春意盎然终于惊动了在埋头工作的聂梓涵，他放下手头的工作走出来，一眼便看到了欧阳明远斜靠在前台的桌子边，意气风发地对范晓鸥指点江山、气势如虹，而范晓鸥则坐着微抬着美丽的侧脸，用崇拜的眼神凝视着欧阳明远，看上去两个人既熟稔又亲近。

不知道为什么，这一幕让聂梓涵觉得有些不太顺眼。他走过去轻轻咳嗽了一声，前台那里停止了喧哗，欧阳明远也看到了他，笑容满面地和他打招呼："聂总，真难得，您老也出来视察啦？"

范晓鸥连忙从座位上站起来，想和聂梓涵点头致意，但聂梓涵那张俊颜却有些冷淡。他没看范晓鸥，只是蹙起眉头对欧阳明远说："小舅舅，姥姥和姥爷刚才打电话找你，叫你赶紧回去——"

"什么事啊？"欧阳明远有些轻微的不耐。

聂梓涵说："说是琴吟……"聂梓涵的话还没说完，就被欧阳明远一下子打断了，"好了好了，我才出来没一会儿嘛，就又要我回去。"说着话还望向范晓鸥，冲她眨眨眼，说："那改天再聊，美女。"

范晓鸥连忙点点头，也陪着笑脸。等欧阳明远急匆匆地离开，她转过头来就看到聂梓涵微拧着眉头对她说："范小姐，请你到我办公室里来一下。"

他的声音依旧如往昔那般低沉有磁性，黑色的眼眸深邃，一眨不眨地盯着她，只是眼神有点儿冷。

第三十三章
树欲静而风不止

聂梓涵说完就回办公室去了，范晓鸥借着整理桌面稍微稳定了一下情绪，这才慢慢地走到了聂梓涵的办公室门口。门是虚掩着的，范晓鸥还没敲门，聂梓涵已经出声了："进来，把门关上。"看样子聂梓涵一直在等她。

范晓鸥依照聂梓涵的话做了，然后有些局促地站在门后，远远地看到聂梓涵正靠在办公桌上，只是拿一双黑眸盯着她，神情有些严肃。范晓鸥心里忐忑，在他严厉目光的紧盯下，她脚下的步伐就慢了。

"过来坐下。"聂梓涵指着他办公桌前面的椅子，让范晓鸥坐下。趁她落座的这会儿工夫，他锐利的眼睛已经将她身上的穿着打量了个遍。范晓鸥的衣着虽然不名贵，但看得出来她很善于打扮自己。紫色的马甲裙将她本来就白皙的气色映衬得更加健康粉嫩，面若桃花，配上黑漆漆的双眸，简直让人不动心都难。

裙子的款式也还过得去，就是裙摆有些短了，在膝盖上头，随着她的走动，不时露出大半截白花花的腿，虽然看起来笔直而修长，很诱人，但看在聂梓涵的眼里，总觉得有点儿刺眼。说到裙摆，总让他想起那年她穿的蕾丝超短裙，然后他们……

停，快就此打住吧！聂梓涵蹙着英挺的眉头，等着范晓鸥在他面前坐下，才徐徐开口："晓鸥……上班的感觉还成吗？"

"还行……嗯，挺好的……"范晓鸥小心翼翼地回答着聂梓涵，她可不认为聂梓涵在上班时间叫她过来谈话的目的就这么简单。

果然，聂梓涵问话之后，沉默了片刻说："我有几个朋友的公司也很有规模，而且急需人才。我想……你要是愿意的话，我介绍你过去他们那边怎么样？"

范晓鸥讶异地抬起头，说："聂大……聂总，我什么地方做得不好了，您要赶我走吗？"

"我不是这个意思。"聂梓涵揉揉疲倦的眉心，说："我是想让你能有更好的发展而已。"

"我在您的公司里也会发展得很好的。"范晓鸥有些发急，她千辛万苦才进来的，在目的未达成之前，她不愿离开这里。虽然整天要面对聂梓涵，对她来说简直是一种痛苦的折磨，但她都能咬牙忍了，还有什么难关不能过的？

"我觉得你不适合这里……"聂梓涵斟酌着用什么语气说才能不伤到范晓鸥。

"为什么你会这么认为呢？"范晓鸥的声音有些微微发颤，明亮的眼眸里渐渐升起了水汽，她在心里暗自控制着不让自己情绪外露，但发颤的声音却出卖了她内心的波动，"是嫌我碍事吗？怕影响了你吗？"

"你说什么？"聂梓涵微微错愕地抬起头，正好看到范晓鸥眼里的泪光。

"怕我影响你的情绪？还是怕我影响你的家庭？"范晓鸥终究是年轻气盛，这么多年来的恨与怨涌上心头，她几乎是无法自控地开口就说，"你放心好了，现在我对你没有兴趣了，聂总！请你不用担心，追我的人多了去了，你也别自以为是！"

聂梓涵有好一阵子沉默不语，范晓鸥说完之后也有些后悔，她总是嘴巴比脑子快，但心头有气，却不肯低头认错。

"晓鸥……你还是那么任性……"聂梓涵半晌才艰涩地开口，"我没有嫌弃你的意思……"

"那你是什么意思吗？"范晓鸥的声音里隐含了呜咽，她的鼻头发酸，开始红了。

"呃……我的意思是我们公司里的光棍多，那个……"聂梓涵支吾了半晌，才说："你一个女孩子家家的，总是不太方便……"

"我没感觉不方便啊，真的会对我有影响吗？还是对他们？"范晓鸥盯着聂梓涵看，聂梓涵迟疑着点了点头，说："主要是怕对你有影响。"

"那我以后和他们保持距离好了。"范晓鸥本来对那些男人就没有兴趣，聂梓涵不喜欢她和他们混在一起，那她就听他的话，免得被扫地出门。

“还有……”聂梓涵顿了顿，“在公司里上班最好不要穿得太花哨，前台代表公司的形象……”

范晓鸥听聂梓涵这么一说，连忙观察了自己周身上下，也没发觉自己的着装有什么失礼的地方，于是小声地辩解说：“是欧阳总经理……让我穿得漂亮点儿，他也说我代表着公司的形象……”

“欧阳说的?”聂梓涵俊秀的脸上有些发黑，沉默了一会儿他才低声地说：“他的品位常人不能比，他从小有一句座右铭：头可断，血可流，发型不可乱；山无陵，天地合，乃敢不英俊！小时候喜欢他的女孩儿可以挤满一个菜市场……”

范晓鸥本来还满肚子怨气，听聂梓涵这么形容欧阳明远，忍不住“扑哧”一声笑了。

聂梓涵说的倒是事实，欧阳明远从小到大就是个情圣，在他手上过的女孩儿可以排成一个加强连了。小学三年级欧阳明远就被他们班上的女生强吻过；初中一年级的时候就有女生为他割手腕，就更别提高中和大学有多少女孩自动跟在欧阳明远的身后了。欧阳明远活脱脱就是一本女性研究大辞典。

跟这样的人一起从小长大感觉很奇妙，说实在的，聂梓涵对欧阳明远甚至都有点儿景仰。如今要对范晓鸥说小舅舅的坏话，聂梓涵也是迫不得已。小舅舅啥都好，就是太好色了，范晓鸥还太嫩，一不小心就被拆分吞下肚去，到时候哭都来不及。本来他不该管这事的，可是如今人就在他的地盘上，他至少要替范晓鸥的安全负责吧。

“这么说，他从小就很骚吗？可是这关我什么事?”范晓鸥抿着嘴笑，眼眸里都是笑意，更显妩媚，完全没有注意到聂梓涵肚子里那些冠冕堂皇的为自己开脱的理由。

“他老少通吃，所以我让你注意一些……”聂梓涵艰难地总算把心里话说了出来，虽然觉得有些对不起小舅舅，但他的确不希望范晓鸥受到伤害。

“你放心好了。”范晓鸥站了起来，对聂梓涵说：“我决定这辈子要当尼姑去了，所以对待男人呢，”范晓鸥弹弹裙子上的灰尘，就像男人是这些低贱的尘埃一般，然后淡然地说，“我会像秋风扫落叶一般将敌人掀翻在地，再狠狠踩上一脚!”

聂梓涵这才说：“行。那就这么办吧。”

范晓鸥可不是原来不知天高地厚的青涩毛丫头了，到底还是懂得到底谁才是她的衣食父母，于是在远涵公司所有的行事标准都乖乖地按照聂梓涵的要求来办。

她温柔的甜笑收敛了，靓丽的头饰和装扮不见了，取而代之的是庄严肃穆的表情和密不透风的全套西服，因为很少穿色调较深的正式套装，范晓鸥还被毛毛嘲笑为“黑乌鸦”。

“黑乌鸦”就黑乌鸦吧。

不过尽管尽力掩藏光彩，依然不减范晓鸥在远涵公司里受欢迎的程度。她身旁围绕的追求者只增不减，甚至连客户都注意到了远涵公司的这朵小花，经常上门来偷瞧范晓鸥，更不用提远涵公司的前台经常会莫名其妙地出现鲜花和约会的卡片。

这热闹的光景被聂梓涵看到了，心情没来由地有点儿郁闷，就好比手中握有一块稀世美玉的地主老财，被人闻知他有这么一块美玉，心里头并不反对炫耀一把，但又怕被别人伺机抢走。

可以说，自从范晓鸥来公司后，聂梓涵平白添了一桩心事。

范晓鸥对身边的喧哗视而不见。被聂梓涵叫去谈话过，让她心中生出了警惕，心想无论如何还是加快对欧阳明远的调查进度，免得在计划未实施之前就被扫地出门。于是开始有意无意地开始向同事打探欧阳明远的情况。

可问来问去，欧阳明远的评语除了“花心萝卜”，就是“花心大萝卜”，没有多少内幕可挖。倒是总冷脸的聂梓涵的风评出乎她的意料，他竟赢得公司上下所有人的尊敬和看重。

“聂总仗义，跟着他尽管放心，踏实着呢……”

“聂总很帅，又很能干，哎哟，简直是远涵之星……”

“是啊，是啊，他算是唯一能符合我们心目中五好男人形象的男人啦……”

“就是有点儿冷，不爱勾搭人，不过这也算他的优点，男人不要太贱啊……”

范晓鸥没想到聂梓涵在群众中间的评价那么高，可是评价越是高越是让她的心里泛酸。反正又不是她的男人，再好也和她无关。她尽量不去听更多聂梓涵的夸赞，而是专注地将注意力放在并不被大家重视的欧阳明远身上。

该怎样才能让欧阳明远把她的邮票自动还回来呢？范晓鸥冥思苦想。虽然还未想出一个周全的办法来，但她明白只有和欧阳明远接近，才能更容易达到她的目标。

若说聂梓涵像一棵参天大树屹立在天际，让人敬畏，他的福泽始终荫庇着远涵公司，那欧阳明远的性情就有点儿像那寄生的菟丝子，从来不愁天不愁地，没心没肺似的。

不过欧阳明远倒是个很有情趣的男人，看人的时候目光温柔而宠溺，绝对是个爱心泛滥的家伙，范晓鸥觉得他比聂梓涵实在是亲切得多了，难怪很得女人缘。若不是因为他骗了她邮票让她心怀芥蒂，说不定她也会折服于他的西装裤之下，可惜她现在

满心都是复仇夺回邮票的念头，没心思儿女情长。

因为心里有计划，所以范晓鸥密切注意欧阳明远的行踪，这天正好总经理助理有事外出，有一份不是很急的文件需要欧阳明远签字，范晓鸥便自作主张拿到欧阳明远的办公室去。

欧阳明远的办公室在聂梓涵的隔壁，范晓鸥怕被聂梓涵看到又有的说，于是尽量小心翼翼地不发出声响。她悄悄地摸到了欧阳明远的办公室前，正好聂梓涵的屋子关着门，她左顾右盼了片刻，伸出手先轻轻扣了欧阳明远的门，一听到里面的允许，就立刻闪进了房间，然后返身把门给关上。

转过身来，却看到欧阳明远的嘴角挂着一抹了悟和自得的微笑，范晓鸥心想欧阳明远这家伙估计是误会了，以为自己也难逃他的魅力自投罗网来了。心中虽有些懊恼，但还是笑容满面地把手中的文件递过去，用职业化温柔的声音说："总经理，这份文件请您过目签署一下。"

"哦，好的。"欧阳明远拿过文件扫了几眼，并不立刻就签。也许是对于范晓鸥自动来找他，心中也有些暗喜吧，他的动作比较缓慢，想和范晓鸥多说几句话。

"谢谢你啦晓鸥。"欧阳明远边看文件边说："你坐下吧，别拘束，也别把你给累着，免得说我们远涵公司往死里使唤新人。"

"我不累，谢谢总经理……"范晓鸥站着不坐，趁着欧阳明远低头看文件的时候，她连忙环顾四周，想借机查看办公室里的摆设，心想欧阳明远会不会把那套邮票藏在这屋子里的哪个地方。

她正想着心事，欧阳明远已经签好字抬起头来，看到范晓鸥眼望旁边有些紧张的模样，不由笑了，"怎么，你对我办公室的墙壁有兴趣吗？"

"喔，我……"范晓鸥连忙回神，不好意思地说："我是想总经理您屋子里的墙壁要是挂点儿工艺品就不会那么空了……"

"我对那些工艺品可没什么兴趣。"欧阳明远耸耸肩头说："我没有专业技能，也不懂艺术品的真假，所以干脆对这些东西敬而远之。不买就不怕被人骗了……"

"是吗？那……总经理对别的收藏感兴趣吗？"范晓鸥察看了一下欧阳明远的脸色，佯装不经意地问道。

"别的收藏？"欧阳明远一愣，随之哈哈大笑起来。

范晓鸥不解地说："我的问题很可笑吗？"

"不是你的问题很可笑。"欧阳明远回忆起很久以前聂梓涵这臭小子为了收藏邮票干过征婚的勾当，情不自禁失笑，"而是我想起了一件很好玩的关于收藏的往事……”

“哦，是什么往事让您这么开心？”范晓鸥紧紧盯着欧阳明远，放在身侧的两只手不由捏紧了。

“我有一阵子迷上了收藏邮票，为了收藏和梓涵两个人简直是废寝忘食，不过这些收藏的激情和冲动都过去了，我现在只对一件东西感兴趣……”欧阳明远说着站起身来，离开了办公桌，走到了范晓鸥的身边，贴近了她说：“你知道是什么吗？”

范晓鸥警惕地向后退了一步，欧阳明远倒也不再贴近她，只是盯着她缓缓地说：“我现在——只对人感兴趣……”他的桃花眼专注看人的时候，简直情意绵绵无绝期，的确能让女人心慌意乱、不知所措。

可范晓鸥却躲闪着从欧阳明远的办公桌上拿过了签好的文件，说：“呃……欧阳总经理，我先出去了，我对收藏这块……究竟是东西还是活人什么的，都不感兴趣。”

第三十四章
怕被伤害，却在受伤的地方等待

欧阳明远在万花丛中打拼了这么多年，还是第一次遇见看到他就要躲的仙人球，当下有点儿愕然地盯着范晓鸥，说：“你就这么走了啊？不听我讲收藏的故事啦？”

范晓鸥站住了脚，停顿了片刻才转过身去，说：“有什么好故事吗？”手心却捏得紧紧的，恨不得当场就给欧阳明远劈头一拳。欧阳明远果然就是那个骗子！骗了她邮票不说，还把这件事当做茶余饭后的笑料！

范晓鸥咬着牙极力地在忍耐着，可惜欧阳明远一心流连于范晓鸥的美貌和独特气质之中，没听见她粗鲁地把牙关咬得咯咯直响。

“当然有了。”欧阳明远摩拳擦掌，正准备开说以前的糗事，桌上的电话却叮铃铃响了起来，打断了他的即兴演说。他只好先返身回去接电话，电话那头是聂梓涵，

“小舅舅，讲什么呢这么高兴？我这边都听到你哈哈的笑声……”

“你能听得到吗？”欧阳明远纳闷地看着被范晓鸥关上的房门，那可是用一等一的隔音材料做成的红木门呢。

“嗯。”聂梓涵应了一声，然后淡然地说：“人资部那边找前台小姐，是不是跑你那去了？赶紧放人哈，注意点儿影响……”

欧阳明远虽然善喜猎艳，但也懂得这么快就吃窝边草的影响确实不好，只好朝范晓鸥挥挥手，说：“你先出去吧，等有空儿我再给你说说……”

“你打算再给她说什么呢？”聂梓涵在电话那头皮笑肉不笑地问着欧阳明远。

“啊，这个……没说啥，没说啥。”欧阳明远连忙打哈哈，赶紧敷衍过去。真是的，臭小子好好地来打什么岔啊，坏他好事！害得他这个风一样的男子，关键时刻被窦娥附体，还要带着大海一样深刻的幽怨。

范晓鸥僵硬地点点头，转身便走了出去。开门的时候，正好看到聂梓涵办公室的门不知道什么时候开了，她这一出去，整个人的身影都落入了聂梓涵如鹰隼一般的眼睛里。

范晓鸥连忙低着头，目不斜视地贴着墙边尽量蹑手蹑脚地龟速前行，就怕体积太大目标太明显而被聂梓涵察觉。可是晚了，她的眼尾已能感觉到聂梓涵的视线一直尾随着她，她忍不住朝他门里望去，正好看到聂梓涵微微上翘着眼角似笑非笑地望着她，嘴角却不笑。

范晓鸥心里一慌，再顾不上暴露目标，连忙顺着墙根一路小跑着回前台去了。

因为满怀愤懑，加上心事重重，这天范晓鸥下班耽搁得很晚。等她从电脑前那个装模作样的打字姿势中放松下来时，这才发现公司里的人都已经下班了，办公室里空无一人。

她颓然地坐在椅子上叹了口气，这才开始慢吞吞地收拾东西。她正低着头，耳边传来了脚步声。“你还没下班吗？”聂梓涵带有磁性的声音在她耳边响起，范晓鸥收拾的动作猛地一顿，停了下来，可她没有抬头，只是“嗯”了一声。

情绪有些低落的她，在没人时不想对聂梓涵讲礼貌。她是下意识的，甚至是故意的。

“还没吃饭吧？一起？”聂梓涵盯着范晓鸥看。

“不用了，您赶紧回家吧，别耽误您了。”范晓鸥说着话加快了手中的动作，已婚的男人她惹不起还躲不起吗？

聂梓涵见范晓鸥态度如此生疏，倒也不好再表示亲近，毕竟两人的关系与以前已有天壤之别，于是说："那我先走了。"说着推开玻璃门走了出去，不再回头。

范晓鸥这才抬起头来，看着聂梓涵挺拔洒脱的背影，她咬着唇半晌都没有收回视线，最后随着她熄灭办公室的灯，她眼底残余的一点儿光彩也渐渐黯淡了下去。

夜晚的风很冷，已经入冬了，范晓鸥随着人群在公交车站等车。翘首以盼公交车却还是不来，听喧闹的候车人群说公交车在前面车站出了小车祸，估计不会这么快来。焦躁地等待了半晌，天空渐渐下起了小雨，雨势越来越密，夹杂着寒风直往单薄的衣衫里灌，范晓鸥弯着腰将下巴藏在衣领里，全身冷得都有点儿微颤。

公交车没有来，一辆黑亮的奔驰越野却径直开到了她面前，停在公交车站的不远处，车玻璃悄无声息地摇下了，探出聂梓涵的脑袋来："晓鸥，上车！"

范晓鸥愣住了，本来想不理会聂梓涵，但经不起公交车站上的众目睽睽，于是便一路小跑到了车前，打开车门上了车。

"系好安全带。"聂梓涵见范晓鸥上车来，出声提醒她。范晓鸥依言系好了安全带，然后抖抖潮湿的头发，只是一言不发。聂梓涵转头看了她一眼，也没有说话，只是顺手开了车里的暖气，而后淡定地开着车。

范晓鸥觉得车子里的气氛有些局促，但又不知道该说什么，就把头转向车窗外，看着夜幕渐渐降临，华灯初上。车子行驶在川流不息的车河里，范晓鸥愣愣地坐了很久的车，才想起来还没和聂梓涵说自己住哪儿。

眼看前面就是一个岔路口，范晓鸥正要出声，却看到聂梓涵轻车熟路地将车子拐了上去，然后直奔她所住的地方。范晓鸥心里一惊，情不自禁地侧头看着聂梓涵，只见他专注地开着车，英俊的侧脸如雕琢斧刻一般，范晓鸥咬了唇，将嘴边要出口的话又咽了回去。

坐公交车要很久，但聂梓涵开着私家车却很快就将范晓鸥送到了她所住的地下室附近。不过还没到地方，范晓鸥终于忍不住问聂梓涵："你……你怎么知道我住这里？"

聂梓涵笑了一下，没有开口。

范晓鸥说："你一直都知道？知道我住地下室？知道我住几号？"两年了，原来她一直在明处，而他却在暗处注视着她，她竟然全都不晓得。

那么她这两年的一举一动，他全都收入眼中了？包括她的狼狈和可怜的窘态？范晓鸥觉得一股羞辱夹杂着愤怒的情绪顿时蔓延到了全身。

聂梓涵沉默了片刻，终于点点头，说：“难道我不该知道吗？我说过了，我会把你当妹妹看待，所以关心你也是我分内的事。”

范晓鸥哑声，半晌突然对聂梓涵说：“停车！”

聂梓涵侧转脸看着她说：“还没到你住的地方呢……”

“不用送了。”范晓鸥生硬地说道。

“你这倔脾气什么时候才能改掉？”聂梓涵挑起浓眉有些不悦地说道。

“我的脾气改不掉，也不想改！你放我下车！”范晓鸥咬着唇，直着脊梁对聂梓涵说道。

聂梓涵瞧了瞧范晓鸥，见她还是那么倔犟，便把车缓缓沿着路边停下。刚一停下，范晓鸥就打开车门下车。外面还下着密集的雨，范晓鸥“嘭”地关上车门转身就走。

“晓鸥……”聂梓涵探出头想叫住她，范晓鸥却蓦地转头对他说：“我说过了，聂梓涵，我不想做你妹妹，所以请你取消对我的注意。我一个人会过得好好的，你不用同情我，不用怜悯我，也不要对我好奇，更不要窥探我的生活，OK?”

聂梓涵沉默了，半晌他缩回了头，车玻璃慢慢地摇上了。范晓鸥转身就走，冰冷的雨滴不时滴落在她的发上、脸上和身上，她却不再有冷的感觉。

卑微的人也会有自尊，他可以眼睁睁看着这两年来她为情所困，为情痴狂，却可以做到隔岸观火，置身事外，那么她也不想要聂梓涵廉价的惦念。

他何必如此假惺惺的呢？拿肉麻当有趣吗？范晓鸥边走边冷笑，雨水迅速打湿了她的头发和衣服，脸上冰凉一片，全身冷得直打颤，眼眶很涩，她却不想再因为这个男人而流泪。

她本是怕被伤害的人，所以全力地付出，不想让爱受到挫折。可是，爱就像是一个周而复始的圆圈，而她却成了绕着这个圈不断爬行的蚂蚁，怕被伤害却一直被伤害。

直到今晚，曾经桀骜不驯的范晓鸥才算真正肯承认，原来青春那场轰轰烈烈的爱情，真的只是自己的一相情愿。

原来，一直都怕被伤害，却又站在受伤的地方固执地等待……是多么可笑的一件事。

第三十五章
狐狸尾巴露出来了

淋着雨冒着寒气跑回了地下室，意志消沉的范晓鸥原想向毛毛汲取点儿身体和心理上的温暖，但没想到却意外得到了一个更不堪的消息：毛毛家里催她回家相亲。而且据说是假如相亲成功就会得到一份很好的工作，还是国企的。

"不要，毛毛，你不要走！"范晓鸥揽住毛毛的肩头，把脸贴在毛毛的肩颈处，觉得自己像个无家可归的孩子一般惶惶然。一直以来，她和毛毛像两个没有依靠的孩子，依偎在一起取暖，心酸而幸福着。她从来没有想过会这么快和毛毛分开，猝不及防地几乎连心都被掏空了。在异乡待久了就能深深明白朋友远比爱人更可贵。

毛毛苦笑着说："晓鸥，我觉得我留在北京还不如回家，毕业后无处可去你也看到了，留这儿吧，没地方要我，咱们那个破专业，哪哪用不上，再说就是能用上，也要想办法努力拼搏着不落伍，生生累死个人……"

毛毛说得也是，当北漂一族如果没有钢铁般的意志和坚强的心，是很难浮得起来的，只能沉底。马路上熙来攘往的人群，有多少是怀揣着梦想来到北京淘金的，其中有多少人会黯然离开，有多少人会历尽艰辛留下来？

范晓鸥尽管知道毛毛回去之后一定会比现在混得强，却还是舍不得她，尤其是听说毛毛要拿婚姻当赌注去换取一份好工作，她的心更痛了。

毛毛倒笑了，说："其实也没什么谁委屈谁，我反正是想开了，这年头，想有所得必有所失，与其混到人老珠黄还没个结果，还不如趁早实际点儿呢。"

范晓鸥听了之后不说话了，只是搂着毛毛发愣。

毛毛轻轻推推她说："晓鸥，我走了以后你可要睁大眼睛，小心再被男人给骗了。我知道你放不开那个姓聂的，可是他都已经结婚了，你不死心也没办法，以后要睁大眼睛再好好找一个。你放心，现在四条腿的蛤蟆不好找，两条腿的男人遍地都是！"

范晓鸥一言不发，此时此刻她的心里只有离情别绪，哪还管得了什么感情和男人。

可是当请了假红着眼睛将毛毛送上回家的火车，范晓鸥独自一个人坐着公交车去上班，路上她终于还是忍不住抽搭着哭了。偌大的北京城，她觉得彷徨无所依。唯一可以依靠的毛毛走了，以后她得靠自己了。没有人再为她出谋划策，没有人再和她相依为命，在这一刻，她也真想像毛毛那样毅然决然地和冰冷的北京说再见，回到姑姑和爷爷身边，家乡的小镇虽然发展不快，但那里的一草一木都是亲切的。

就这样黯然地回了远涵公司，她情绪低落得连往来的同事们都觉察到了，不时有人问她是失恋了吗，甚至还有女同事悄声问她是否大姨妈来了，范晓鸥勉强笑笑，借口做事避开了所有探究的目光。

但前台位置毕竟是众人目光的焦点，范晓鸥细微的情绪波动隐瞒不了远涵公司个个精得像猴的同事和客户。很快前台美女失恋了急需安慰的利好消息就传到了救世主欧阳明远的耳朵里。

欧阳明远向来喜欢怜香惜玉，可又不好大庭广众之下单独慰问范晓鸥，便打了电话过来深情询问，温言抚慰。范晓鸥正低头忙着录入营销部主任刚拿过来的公司往年业绩项目资料，有厚厚的一叠，记录着远涵公司自从成立后所有的业务签约情况。

这本该属于营销部秘书的活，不过看到范晓鸥是新人正好使唤，于是这种杂活就归她做了。范晓鸥对于欧阳明远的殷勤虽然心领，但忙碌中还要听他废话总归有些不耐烦。

她拿着电话想了想，突然鼓足了勇气问欧阳明远："总经理，能问您一件事吗？"她很想对欧阳明远摊牌，希望他能归还当初骗走的那套军邮，这样她就可以功成身退回老家去，不用再费心留在这个令她处处都不爽的地方了。

"什么事，你说。"欧阳明远迟疑了一下，但还是爽快地让范晓鸥开口。女人都是用来宠的，假如需要他的帮助他自然会为美人效劳，这是欧阳明远一贯奉行的绅士风度，他对女人向来大方，所以很多女人在被他飞掉之后对他依旧恋恋不舍，情有独钟。

范晓鸥思忖着该如何开口讨要那套邮票，纤细的手指不时无意识地翻动着那厚厚的一叠资料，从资料上可以发现远涵公司所承揽的业务范围很广，除了一般的广告和传播项目，他们还做艺术藏品拍卖。

"我想问您——您是不是……"范晓鸥正要问欧阳明远"很早的时候收到过一套来自南方的邮票"时，她的视线落在了其中一页资料的一行小字上，那行小字清楚地写着：2007 年秋季艺术品拍卖会，远涵文化公司，一枚 1953 年的蓝军邮，起价 80 万元人民币，成交价 120 万元！

所有的声音都淹没在喉咙里，范晓鸥瞪着那行小字，用颤抖的手拿起那页材料，仔细地再看了一遍，没错，白纸黑字，确确实实写着那套蓝军邮以120万元的天价成交！

电话那头欧阳明远在等着范晓鸥的回话，一连“喂喂”催问了好几声，范晓鸥才从极度的震撼中勉强回神。

“我……我想问您，您是不是很早以前卖过一枚邮票？”范晓鸥小心翼翼地问着欧阳明远，纤细的手指还在数着那数字后面零的位数，手在不住地轻微颤抖。

“哦？你对邮票还真的有兴趣啊？”欧阳明远虽然有些诧异范晓鸥会问这个问题，但还是笑哈哈地说，“是啊，远涵公司就是靠着这一枚邮票让那些收藏家和拍卖行对我们另眼相看，可谓是一枚蓝军邮成就了远涵，从此以后我们公司就在业界一举成名了。”

欧阳明远咂咂嘴，好像还在品味当年那场惊心动魄的精彩一役。说起这个不得不佩服当时还很年轻的聂梓涵的气魄和手腕，当时公司刚刚成立，没有名气也没有资本无法与其他的大公司抗衡，很多大客户无法拉拢。不得已的情况下，聂梓涵想出了这一招，用一枚珍稀的邮票创下了当年邮品拍卖的成交纪录，到现在还被人津津乐道。

这桩邮品拍卖不仅引起了媒介和业界的瞩目而且还展示了远涵公司的雄厚资本，其实当时他们的注册资本只有十万元。从那以后，远涵公司的业务量大增，直至发展到了今天的规模。所以说虽然他是聂梓涵的舅舅，但对于这个有勇有谋的外甥，他还是要先敬重三分，另眼相看的。

“那……这么珍贵的邮票您是怎么找到的呢？”范晓鸥尽量让自己的语气平常自如。

“这个……我也不清楚……”一说到这个，欧阳明远自然不会自曝其丑，不管怎么说，这邮票的来历肯定不怎么光彩。

“反正说有了就有了，收藏物品也和人一样，是需要缘分的。”欧阳明远笑眯眯地说。

欧阳明远在那厢扬扬自得，这边的范晓鸥要使劲捏着电话筒，才不会立刻当场脱口而出：“你丫的，欧阳明远，太过分了，你这个死不悔改的超级大骗子！”

第三十六章 终究还是泡影

“那……这枚邮票您知道是卖给谁了吗？”范晓鸥都想哭了，强忍着内心的悲愤问欧阳明远。

“当时拍卖会上也奇了，在场的竞拍者谁都没拍到，是一个电话竞拍者委托拍卖行拍下买走的，还挺神秘。到现在也没人知晓是谁买下的。”欧阳明远对于当时的情况并不太清楚，他一向是个甩手掌柜，这些费心费力的活儿都归聂梓涵忙乎。

“真的……不知道是谁……买走了吗？”范晓鸥欲哭无泪，她突然间觉得很绝望，微微闭了眼，心灰得很。这么贵卖出去，还不知道卖给谁了，她该如何去找回来啊。

“嗯，恐怕是再也没人知晓那枚邮票的下落了。”欧阳明远也觉得有些遗憾，其实不到万不得已，他也是觉得那么珍稀的邮票不该拿去拍卖。但聂梓涵要背水一战，他也奈何不了。

范晓鸥不知道是怎么挂掉了电话的，她盯着电脑屏幕，眼前却是白蒙蒙一片，这么多年的苦心经营，奋勇挣扎，好像就是为了这一天，却突然“哗啦”一声，什么都成了泡影。她瘫坐在座椅上，腿软嗒嗒地没有了气力，站不起身来。

前两天淋了雨，这几日一直的忧虑，加上这个意外的打击，让她头痛欲裂，太阳穴突突跳着，疼痛从额头蔓延下来，全身都不舒服起来。脑子里嗡嗡作响，范晓鸥用手按着太阳穴，勉强继续录入，但心思完全不在状态，录入的内容错误百出，到了最后连她自己都快坚持不下去了，幸好下班的时间也到了，她如同大赦一般赶紧收拾东西准备回家。

却在这时，看到欧阳明远从办公室里出来，范晓鸥赶紧低下头不去看他，她怕自己见着欧阳明远会有一种要掐死他的冲动。欧阳明远在电话里觉察出了范晓鸥好像有点儿不快，他想了半天不知道自己哪里说错话了，于是出来想找范晓鸥谈谈。

但范晓鸥看到他却好像看到瘟疫一样避之不及，欧阳明远还没靠近她，范晓鸥已经火速地收拾好自己的东西，然后快速地打完卡走出了公司大门。等欧阳明远追出去，范晓鸥已经不见人影了。

欧阳明远冥思苦想，他的能说会道一向是出了名的，怎么换在范晓鸥这里就完全不好使了呢。他摇摇头，心里有了稍许的挫败感，这可是他从来没有过的感觉。

范晓鸥强撑着病快快的身体回家，一路上身子一阵冷一阵热，她知道自己生病了。连忙到附近的药店里买了药，然后又买了一些黄瓜、西红柿和面包，这才慢腾腾地回到地下室。每次生病了她都不去医院，嫌贵，都是自己买点药吃吃就好了。

今天会生病估计是前两天被雨淋湿没能及时保暖造成的。如今毛毛回家了，范晓鸥也不敢对病情大意，因为地下室里另外一起住的同学嫌地下室冬天暖气不好，也早张罗着搬走了，只剩下范晓鸥一个人。范晓鸥担心自己病倒在地下室里也没人知晓，所以预先给自己买了药。

回到地下室里，她连脸都没洗，就赶紧趁着还能坚持连忙烧了一壶热水，啃了半个面包，然后把药给吃了。她拿出手机放在枕边，把门锁好，然后疲惫地爬到床上，拉过被子盖住自己，就孤零零一个人昏昏沉沉地睡过去了。

这一觉睡到了第二天上午，病情不仅没有好转，而且身体还越来越难受。范晓鸥拿出手机向公司请假，人资部主任倒是通情达理让她多注意休息。范晓鸥放下电话，又迷迷糊糊睡了过去，过了很久，她才被嘈杂的手机声吵醒。

她的全身滚烫，头沉重得抬不起来，地下室里白天和黑夜一样黑，她突然间惊醒，不知道今夕何夕，拿过手机勉强睁开厚重的眼皮，才发觉已经是第二天的晚上了。手机的来电显示竟然是欧阳明远的，范晓鸥犹豫了片刻才接了起来。

“喂——”她的声音沙哑得像糙纸。

“晓鸥吗？”欧阳明远的声音好像很近，“你生病了吗？”

“嗯……”范晓鸥勉强回答他，转头昏沉地还想再睡，欧阳明远接下来的话却让她不得不清醒过来：“我在你家门口，你过来开门。”

“啊？”范晓鸥瞪着手机，连忙拿开手机，果然听见自己所住地下室的门传来了敲击声。

“开门，晓鸥，是我，明远……”真是欧阳明远的声音。

但是范晓鸥却有些犹豫了，欧阳明远的花名在外，且不说她现在生病邋里邋遢，更是全身乏力，若是他要对她意图不轨她肯定无力反抗。范晓鸥烧得热烘烘的脑袋竟然还能想到这些，连她自己都开始佩服自己的冷静和智慧了。

但是欧阳明远锲而不舍地敲着门，范晓鸥无奈一咬牙，拉亮了电灯，然后找出一根木棍支在床边，这才摇摇晃晃地前去开门。

门开了，欧阳明远手里捧着一束鲜花站在门边，看到范晓鸥病怏怏的模样首先吓了一跳："哎呀，你病得这么严重啊？走，快，我送你上医院——"说着把手中的鲜花递给了范晓鸥，同时想拉住她的手带她出门去，范晓鸥也不接鲜花，而是用残余的力气推开了欧阳明远靠近的身躯，皱着眉头说："你……你怎么来了？"

范晓鸥犹如看见臭无赖的那副嫌恶神情刺痛了欧阳明远，他张了张嘴想说自己是查了半天她的档案，又问了人资部主任才找到这里来，结果范晓鸥却是如此冷淡的态度，欧阳明远哪受过这种的待遇？一时间不知道是该走还是该留。

"我听说你生病，不放心就过来看看。"欧阳明远还是说出了自己的来意，他为自己这么屈从而感到稀奇和郁闷，却又对自己无可奈何。

"我没事了，谢谢你，请回吧——"范晓鸥一点儿不想和欧阳明远客套。她病得都快死了，没工夫和这个聒噪的乌鸦啰唆，她没一脚把他踢出去就算不错了，假惺惺的臭男人。骗了邮票不够现在还想骗她的心吗？丫的真是想得太美了，去他大爷的！

范晓鸥扶着门想将欧阳明远推出门去，但脚下一个趔趄，差点儿摔倒，欧阳明远连忙闪身进来扶住了范晓鸥，将她搀扶到了床边，让她靠在床头，把鲜花扔在桌边，然后关切地问："你没事吧？"

范晓鸥觉得自己的体温就像烧开的开水一样，热得几乎都要冒泡了，但为了让欧阳明远快点儿离开，她努力振作不让他看出端倪，她冷淡地说："我……没事……你也看过我了，那……就赶紧走吧……"

"可是你这副样子我不太放心……"欧阳明远态度恳切地说道。

若不知道他底细的人肯定会被他迷惑，但范晓鸥却在心里冷笑，现在硬要他出去不可能，那就只好软声细语和他商量，免得他恼羞成怒做出什么事来，于是缓和了语气说："没、没什么……不放心的，我吃了药……睡一觉就没事了……"

欧阳明远却还是踌躇半晌，也不离开。

两人在屋里蹉跎着说话，屋外地下室里狭长而幽暗的长廊里有一条颀长的人影也向着范晓鸥的屋子里快步走来。那男子走近了门边正要敲门却猛然听到了里面有说话声。

他停住了敲门的动作，站在门口，静静听了半晌，不发一言。走廊里的灯光很黑，他的半张脸隐藏在黑暗里，但从他紧皱的眉头看出了他情绪的烦躁。

倾听了一会儿，他悄然地转身出去，从地下室回到了地面上，他站在一处僻静的角落里，思忖了半晌，然后才拿出口袋里的手机拨通了电话，电话响了很久，有个女声接起："喂，你好，哪位？"

"小舅妈……是我，梓涵……"那男子对着电话回答道，沿途不停呼啸而过的汽车灯瞬间照亮了他隐没在黑暗中的那张帅气而冷酷的脸庞。

第三十七章
失控（1）

聂梓涵打过电话之后，不出他所料，没过多久就看到欧阳明远悻悻地从地下室的出口冒出头来，寒风中还瑟缩着肩头，频频回头，一副舍不得走的样子，但原地踌躇了半晌最终还是无可选择地驾车离开。

欧阳明远离开的速度与时间和聂梓涵计算的分毫不差。他甚至还知晓欧阳明远在半个小时之内必须掐着点尽快赶到家，否则后果将会很严重。聂梓涵不动声色地把手里的烟头摁住掐灭，然后掸掸西服下摆的烟灰，重新回到了地下室。

范晓鸥好不容易送走了欧阳明远这个瘟神，心里只是舒了口气。可是头却好像有两个大，沉重得抬不起来，全身的温度也越来越高，让她满脸涨红，疲倦得直想躺在冰凉的地面上。她害怕这种感觉，就像要死了一样。她还没活够不想死，连忙在床头胡乱摸索，想再找点儿退烧药来吃，门却在此时被重新敲响了。

范晓鸥本不想开门，但经不起聂梓涵如催命一般密集的敲门声，无奈之下只好开了门。这门一开，便再无法抵御住如土匪一样的聂梓涵了。

这夜，聂梓涵长驱直入，进了范晓鸥处于地下室的房间。他帮她换衣服，陪她"睡觉"，差点儿擦枪走火不说，甚至还帮她洗了小蕾丝内裤。在他走后，范晓鸥在家里死赖了两天后才敢鼓足勇气去上班。公司里很多同事都对她的病情表示了深切关注和殷勤慰问，她却畏畏缩缩地不敢直面惨淡的前台人生，她害怕见人，尤其是怕见到某个人。

想起那个人为她所做的事情她的脸就烧滚一般红热，她在心里祈祷一天下来能少见他几次。可是最近公司的业务繁忙，她总是能见到聂梓涵忙碌的身影在公司进进出出，两人避免不了要打照面，还是正脸的。

虽然面上若无其事，但范晓鸥每次见到聂梓涵都不由自主地低下头佯装手头在忙碌，等他走过去了才舒口气。她快要被矛盾和挣扎折磨得发疯，她凄惨地发现自己已经无法逃开聂梓涵对她那种无形的存在威胁和影响力了。

但是低着头装无事并不代表着就没事了。百忙中的聂梓涵还是抽空给她打了内线电话，让她下班后去他办公室一趟。范晓鸥放下电话，心虚得怦怦直跳，他……找她做什么？还要在下班之后？可随后又觉得自己有点儿神经过敏，也许他找她有正事要谈。可是会谈什么呢？哎呀，她觉得自己真是方寸大乱。镇定，镇定，不管怎样，前提条件都是不能与已婚男人再度纠缠不清，这是她的底线，虽然每次她想起这就心如刀绞。

总算难耐地捱到了下班，等众人都离开了，范晓鸥才鼓足勇气进了聂梓涵的办公室，他办公室的门是开着的，但范晓鸥还是站在门边轻轻敲了敲门，然后才紫涨着脸皮问道："聂总……您找我?"

聂梓涵从一堆文件中抬起头来，黑亮的眼眸在范晓鸥的脸上停留了片刻，眼神也有点儿游移不定，但很快便恢复了常态招手让她过去。"把门关上。"他交代她。

范晓鸥迟疑了半晌，最后还是听从了聂梓涵的话将门关上，然后慢慢地走近。聂梓涵这才从办公桌的抽屉里拿出一把钥匙递给她，说："这是我替你租的一套住房，在三环边上，离这里上班也近，你这两天收拾一下搬过去住，随便你住到什么时候都成……"

"不用了……"范晓鸥想都没想就拒绝了，"我住地下室已经住习惯了……"

"别住那里了，就你一个女孩儿危险。"聂梓涵站起身来，绕过办公桌走到范晓鸥跟前，把钥匙伸出去给她说，"你等我一会儿，我忙完手头的事情就载你过去看房子，顺道帮你把东西收拾一下。"他站着的身材很高，更形成了俯瞰范晓鸥的压迫感。

"不……"范晓鸥还是往后退，坚决不收他的恩惠，"真的不用了，我住得好好的，不想搬，而且过些时候……"她的声音低了下去，"过些时候我就准备回去了……"

"你要回哪里去？回老家吗?"聂梓涵挑起眉头有些意外地看着范晓鸥，心口好像被什么细微地牵扯了一下。

"嗯……"范晓鸥在心里不易察觉地叹口气，才回答聂梓涵，"我打算多学点儿东西攒点儿钱，然后就回去陪我爷爷和姑姑，回家也开个小店什么的……”她牵起嘴角勉强笑笑。

聂梓涵沉默了良久，手上的钥匙还伸在那里，一个不去接，一个也不收回，半晌之后，才听见聂梓涵的声音响起：“也好，我尊重你的选择。不过……”他停顿了一下，说：“你听我的话先搬到套房里住，我就送你一套礼物……包管你爷爷会喜欢……”

“什么礼物?”范晓鸥向来就不是贪图物质的人，但听说是爷爷会喜欢的礼物，她不由起了好奇之心。

聂梓涵交换似的把套房的钥匙递给她，说：“那你先拿着钥匙……”范晓鸥咬着唇，想了想才红着脸接过了钥匙。

聂梓涵返身走回办公桌后，从抽屉里拿出了一本精致的集邮册来，封面是黑底烫金的，一看就知道价值不菲。他拿着集邮册重新走到范晓鸥的面前递给她，说：“听你说你爷爷是个喜欢集邮的人，那么这件礼物他会喜欢。这些日子看你对以前的事情耿耿于怀。我不希望你过得这么不开心，小姑娘应该喜庆点儿。正好最近参加拍卖会，寻不到那枚蓝军邮，所以我拍下了这版1980年的庚申猴票，你带回去给你爷爷，他应该会喜欢的……”

他尽力了，实在是无法搜寻到那枚蓝军邮的下落，这么多年了，那枚邮票就像从世上消失了一样，再也没有听到任何有关神秘电话竞拍人的消息，哪怕现在他想出更高的价格给拍回来也没有机会了。所以他才出此下策拍了这套1980年的猴票回来，希望能弥补一点他曾犯下的过错。

范晓鸥伸出手接过了集邮册，小心翼翼地翻开，顿时整版全品相的猴票齐刷刷地映入了她的眼帘，满目都是崭新的红色猴票，品相超完美的。范晓鸥虽然对集邮还不算太了解，但到北京这么久，为了寻找到那套蓝军邮，她也恶补了不少集邮知识。

目前这套1980年版金猴的单枚市场售价已经达到一万多元钱了，而这一整版的全品相邮票下来，没有一百多万恐怕是不行，都可以买上一套房子了！范晓鸥从来没有收到过这么贵重的礼物，忙不迭地要递还给聂梓涵。

“太贵重了……我、我不能要……”虽然这邮票很好很贵重，但该拿不该拿的东西范晓鸥还是分得很清楚的。

“你……你不用对我……这么好……”范晓鸥低垂着脑袋，声音有些发堵。

“我只是顺手而已。”聂梓涵没去接，而是放缓了声音，铁硬的表情也有些柔和，“你乖一点儿，拿着，然后好好上班，把过去的事都忘了，成不?”

“不！我放不下！”范晓鸥抬起眼看着聂梓涵，眼眶里有着晶莹的泪花，她的眼睛很亮，里面充满了激动与愤懑，“我为什么要拿你的邮票？有些人欠着我的邮票却可以心安理得，我凭什么让他好过?!”

“你……”聂梓涵被范晓鸥清亮而锐利的目光盯得心里有些发虚，他甚至有点儿嗫嚅地说，“谁欠你了？你……发现了什么?”

“我实话告诉你吧，我已经找到了当年骗我邮票的人，而且这个人和你有关系!”范晓鸥盯着聂梓涵说道。

“那你发现的……到底是谁呢……”聂梓涵的心跳也跟着加快了，他的声音因为紧张而沙哑。

“就是你的舅舅——欧阳明远!”范晓鸥咬着牙一字一字缓缓地说道，“他所欠我的，我会让他一点点还给我!”

聂梓涵怔怔地站在那里一动不动，半晌之后他才叹口气，说：“他……就那么不可原谅吗？也许他也有苦衷或者悔改之意呢?”

“他才没有悔改的意向呢!”范晓鸥对欧阳明远嗤之以鼻，“他的眼睛里只有女人，不仅好色而且花心，不知道伤害了多少女人的心。总有一天我会让他明白女人不是像他想象中那么好骗的，我会让他得到应有的惩罚!”

“你太咄咄逼人了，晓鸥……”聂梓涵困难地说道，“即使你真的惩罚了他，失去的邮票能要得回来吗?”

“我不管能不能要得回来，我必须让他得到惩罚!”范晓鸥的情绪有些激动，她将聂梓涵给她的那本集邮册塞还给他，“我不要你的邮票，我要让欧阳明远把属于我的邮票吐出来!”

“晓鸥……你先别冲动，或者、或者你也有可能误会了……一些事儿……”聂梓涵想要阻止范晓鸥疯狂的念头，还想再劝劝范晓鸥，办公室的门却猛地一下被打开了!

“梓涵……你还没下班呢？你妈让我晚上把你带回……”讨人嫌的欧阳明远嬉皮笑脸地说着话，将那颗脑袋探了进来。他的话只说到一半，这才看到了办公室里除了聂梓涵竟还有范晓鸥。

欧阳明远的脸色也变了变，很是意外看到聂梓涵站在范晓鸥身边，更诡异的是，范晓鸥的脸上依稀还带着泪痕。“你、你们……”欧阳明远挠挠头，敏锐地嗅出了办公室里的气氛不对，“都还没走呢?”一双眼睛只是盯在范晓鸥那张粉脸上。

范晓鸥冷着一张脸，对欧阳明远的问话视而不见，对两个男人谁也没有打招呼，就转身踩着高跟鞋挺直脊背走了出去。

“梓涵……你……不会和她……”欧阳明远看着聂梓涵，先把心里最关切地问题问了出来。

“舅舅，你想到哪里去了？”聂梓涵叹口气，说，“你以为谁都和你一样吗？”

“我咋样了？喂，臭小子，你把话说清楚了！和我一样有什么不好吗？”欧阳明远这下可不干了，嚷嚷着非要聂梓涵把话给说明白。

聂梓涵没心情和小舅舅耍贫嘴，他的心里异常纷乱，他没管理欧阳明远，转身走到办公桌后，把手里的集邮册随意扔进了抽屉里，然后蹙着眉拿起自己的外套，说：“我要下班了，喂，你走不走？”

“走，一起走！你妈让我叫你回家吃饭去！说你爷爷要见你！”欧阳明远连忙跟了上去，正事刚说完，又转到了方才的问题上，“对了，你刚说我怎么了……”

聂梓涵不厌其烦，转过身去，正色地对欧阳明远说道：“小舅舅，不是我说你，你真该收敛一点儿了！”

“啊？”欧阳明远眨巴着眼，一副死猪不怕开水烫的模样。

“你明白我说什么，小舅妈表面不说你什么，不代表女人都是大度的！”聂梓涵郑重地警告着欧阳明远，“还有——别碰不该碰的女人！”他这个小舅舅真不让人省心，前几年的春节除夕，他才替小舅舅当过伴郎，忙得连接电话的工夫都没有。眼下小舅舅就忘本了。

“你吃错药了，梓涵？”欧阳明远真糊涂了，“你到底想说什么啊？”

“你好自为之！”聂梓涵头也不回地回答着一头雾水的欧阳明远。

第三十八章
失控（2）

军区大院33号小楼里难得的热闹。聂梓涵和欧阳明远进屋的时候，全家人都等

着他们，满桌子好酒好菜。欧阳明远先看到了自己的老婆毛琴吟竟然也在帮忙端菜，便有些头大，正想后退开溜，毛琴吟已经看到了他，说："明远，你过来啦？"

欧阳明远停住脚步，用手摸摸鼻子说："嗯，你怎么也到这里了？"

"是姐姐让我来帮忙的。"毛琴吟的个子高挑，虽然不是十分美丽，但气质还是比较出众。前两年花花公子欧阳明远经不起父母和姐姐的再三催促，终究还是在一堆门当户对的大商户千金中随便挑选了一个女人做老婆，算是光荣完成了传宗接代的首要任务。毛琴吟应该是他看得相对比较顺眼的一个，因为她的性情比较温和，而且懂得察言观色。

欧阳明远见避不开了，就干脆大大方方走了进去，想要挨着聂梓涵坐，却被欧阳明华扯到了一边，"你等会儿坐琴吟旁边，这位置有人坐了……"

"哎，姐姐，不会吧，今天又要给梓涵相亲？"欧阳明远压低了嗓子问姐姐。

欧阳明华叹口气，悄声地说："你说呢？要不能这么大阵势啊？"

"是啊，连老爷子都出动了，到底谁啊，这么大的脸面？"欧阳明远疑惑不解。

欧阳明华摇摇头，说："是老爷子亲自要张罗着给梓涵介绍，具体谁我都没见过呢！"

"哇，这么神秘兮兮的——"欧阳明远不以为然，没留神脑袋却挨了姐姐的一个爆栗子，"等会儿别捣乱，听见没？饱汉不知饿汉饥，你总算结婚了，梓涵却连个动静都没有，是不是要人比人气死人啊？"欧阳明华又掐了一下欧阳明远，疼得他倒抽气。

"姐姐，这又关我啥事啦？最近我招谁惹谁了？谁都冲我撒气！"欧阳明远无奈地摇头，"再说，其实单身挺好的，没事结婚干吗？"说着眼角瞥了低着头做事的毛琴吟，心里头没来由地惆怅了起来。

"一边去吧你，少来动摇军心了！"欧阳明华一把将欧阳明远推开，说："你今天的任务是帮忙，不是帮倒忙啊！摆出点儿做舅舅的样子来，别动不动就带着梓涵使坏……"

"哎，姐——你！我……"欧阳明远被噎得说不出话来，却看到毛琴吟在一旁偷笑，他朝着她龇牙，她抿嘴一笑就走开了，剩下欧阳明远气也不是，不气更不是。

聂梓涵进门后看到这架势就知道是干吗了，不过他没动声色，而是先朝着坐在主位上的聂道宁恭敬地打了声招呼："爷爷——"聂道宁头也不抬地"嗯"了一声，然后指着他身旁再过去的位置说："你坐这边来。"

聂梓涵顺从地坐了过去，聂道宁盯着一表人才的孙子说："你小子行啊，我最近从一些老战友嘴里知道你现在的公司闯出点儿名头来了，心里头感到有点儿欣慰……”

聂梓涵连忙低着头说：“爷爷，其实没啥的……”

“你也先别忙着高兴，我话还没完呢……”聂道宁继续语重心长地训诫着聂梓涵，“以前你总是有这个借口那个借口的，你看你现在呢，事业算是有成了吧？那么个人的终身大事该提到日程上来了吧？”

聂梓涵没有应声，拿起桌子上的杯子喝了口茶想打哈哈混过去，聂道宁却不让他得逞，“今天我请了个小朋友来吃饭，你们都见过，尤其是你梓涵……”

“谁啊？”聂梓涵有些愕然地抬起头来。

“是我！”门口响起了清脆的靴子跟儿碰地面的声音，随后一个苗条的人影出现在门口。

“哇！是丁娜啊！”欧阳明远坐在门边，首先看到了笑脸盈盈的丁娜，连忙用同情的目光看向聂梓涵。聂梓涵也很意外再次见到丁娜。两年前他确实听从家里的安排和丁娜做过一段时间的男女朋友，但最后还是不了了之。

聂梓涵生性冷淡，自有主意，和暴躁急切性情的丁娜格格不入，更主要的是他不想让女人管他太多，于是便和丁娜友好协议分手，丁娜再次远赴美国。没想到爷爷竟然再次把丁娜召回来，聂梓涵顿时默然。

“怎么，看到我不高兴吗？”丁娜依旧没有什么改变，只是出落得更加时尚和美丽了。她嘴甜地一一和聂家人打过招呼，然后亲热地依着聂道宁坐下来，和聂梓涵紧紧挨着。聂梓涵压低了嗓子说：“丁娜，你怎么回来了？”

“我回来准备再次擒获你啊！”丁娜倒是大咧咧地跟聂梓涵透了实底。看到笑容在聂梓涵的俊颜上僵住了，丁娜乐得吃吃笑。

欧阳明华见人都到齐了，连忙对聂道宁说道：“爸爸，梓涵他们回来了，是不是可以开饭了？”聂道宁点点头，说：“快开饭吧，别把这些孩子都给饿着了……”

欧阳明华这才对丈夫聂志远使了个眼色。聂志远连忙让警卫员张罗着开席，一时间杯觥交错，倒也很是热闹。一顿饭吃下来宾主尽欢，很快就进入了相亲男女主角独处的环节。各个跑龙套的正准备尿遁，丁娜见聂梓涵始终沉默寡言，就提议说：“梓涵，我们两个出去透透气吧，好久没呼吸到北京冬天的空气了……”

聂梓涵本没有动，看到爷爷聂道宁的眉头开始挑起，他只得站起身来说：“好。”

毛琴吟见聂梓涵始终处于被动状态，就悄声对欧阳明远说：“你的外甥好可怜，看那个丁小姐不是好惹的模样……真是为他担心……”

“你别瞎操心啦，真人不露相，别为那臭小子担忧，他也不是省油的灯，前几年的时候也还包养过女大学生呢……”欧阳明远还在为下班的时候看到聂梓涵和范晓鸥在一起而泛酸，就小声地向毛琴吟掀了聂梓涵的老底。

“啊，不会吧?”毛琴吟吃惊地睁大眼睛，却连忙捂住了嘴，生怕被聂老爷子听到。欧阳明远只是耸耸肩膀，不置可否。

丁娜和聂梓涵一路顺着林荫道走出了军区大院，丁娜长长地呼出一口气，然后停住了脚步，抬头看着聂梓涵，说：“聂梓涵，我专门为你再次从美国千里迢迢赶回来，你有没有被感动?”

聂梓涵走出了大院，也不想再和丁娜客套了，他从兜里掏出烟盒来，拿了根烟，却被丁娜一把夺过，放在自己嘴边，聂梓涵无奈只好再拿了一根，然后替丁娜点上烟。两人默默无言地抽烟。

丁娜一边烦躁地抽着烟，一边用靴子踢了聂梓涵一脚，说：“赶紧回答!”

“丁娜，真挺感谢你的，不过我想和你说一下，以后别听我家老太爷的，他总是心血来潮，我们也都不是小孩子了……”聂梓涵吐出口烟，倚靠在一棵大树下，心事重重地对丁娜说道，“他这么做，总是让我下不来台。”

“他也是为我们俩好。”丁娜走到聂梓涵的身边，靠在他的肩头，说：“你为什么不能听他一回话，真的和我好了呢?”

“我对你没感觉，丁娜，真的。”聂梓涵认真地对丁娜说道：“别为了我耽误你……”

“两年前你丫的就这么对我说的，两年后你还是这句话!”丁娜的脸上终于挂不住了，她愤恨地将手中的烟扔在地上，然后踏上一脚将烟头踩灭。

“别抽烟了，吃颗糖果吧，我请你，美国货!”丁娜想了想，从口袋里掏出一盒罐装的糖果来，从里面挑了一颗红色的自己吃了，然后拿出一颗蓝色的给聂梓涵。

聂梓涵不接，说：“我不爱吃糖。”

“不吃也得吃!你丫的，我为了你从那么远的地方回来，你连我一颗糖都不吃!太不给面子了!”丁娜的声音有些异样。她一把夺下聂梓涵嘴角的烟，然后把糖果塞进他的嘴里，强迫他吞下去。

换做平时聂梓涵岂是那种别人强迫得了的主儿?但对于丁娜，他还是比较纵容的，他们是从小在大院儿一起长大的孩童玩伴，又曾经有过一段交往，于是只好把糖给吃了。

一看到聂梓涵把糖给吃了，丁娜的表情有些诡异，她盯着聂梓涵看了半晌，说：

"糖甜吗？味道还不错吧？"

聂梓涵是囫囵吞枣，哪还管什么好不好吃，见丁娜这么问，下意识地说："糖果不都一样的吗？难道你给我吃的是砒霜？"

"不是砒霜，也差不离啦。"丁娜终于得意地放声大笑，"嘿嘿，聂梓涵，我这次回来就对自己发誓，你若是还想着我念着我也就罢了，你若还是那副棺材板的嘴脸，我一定要好好惩戒你！"

"你给我吃的是什么？"聂梓涵蹙起了浓眉，下意识地想把糖吐出来。可是吞下去的糖，顺着食道进了胃，哪还可能吐得出来？

"是好东西。"丁娜哈哈笑道，"我们在美国酒吧里经常用的，反正吃了以后呢，保管你兴奋得不行，而且还能一夜金枪不倒，你想要什么女人就可以上什么女人……"

"丁娜，你……你这个疯女人……"聂梓涵的俊脸上渐渐浮起了怒色。

"当然了，你今晚要是想要我的话，我可以陪着你……我是现成的，随时供你使唤……"丁娜贴紧了聂梓涵，张开双臂抱住了他，"梓涵，你别那么对我，我一直都在想着你，我从来没有忘记过你……"人高马大的丁娜抱着聂梓涵，也有一种小鸟依人的味道。

第三十九章
失控（3）

聂梓涵深吸一口气，果真觉得身体内部好像有团火开始渐渐烧上来，丫的这丁娜在美国混的学的尽是些什么破玩意儿啊，要是她老子知道了还不知道被气成啥模样呢！聂梓涵尽量忽视身体的异常，他放缓了语气对丁娜说："娜娜，你听我说……"他一边说着，一边不动声色地将丁娜的手拉开，然后有意识地向马路边移动，尽量让自己外表看起来若无其事。

“听你说什么呀？”丁娜犹如牛皮糖一样跟在聂梓涵身后，用丰满的身体磨蹭着他宽厚的脊背，撒娇地问。

“呃……我想说……”聂梓涵重重地吸气，脸上有着不正常的红晕，眼角的余光已经看到一辆闪着空车灯的出租车正在驶近，他转过身去稍微挡住了丁娜的视线，一只手却已经打了停车的手势。

“你快说，今晚我们上哪里去吗？”丁娜含情脉脉地望着聂梓涵。

聂梓涵正要回答，出租车正好在他的身后停下。聂梓涵再顾不得和丁娜敷衍，他蓦地推开了丁娜，转过身去，然后一个箭步窜到车边，拉开了车门然后坐上车后座，系列动作一气呵成，还没等丁娜反应过来再次靠近，他已经将车门重重关上，然后对出租车司机说：“师傅，快开车！”

等丁娜醒悟过来追上去，迎接她的是乌黑呛人的汽车尾气，差点儿熏得她背过气去，她气得跟在车后面连连跺脚。

“小兄弟，您要上哪儿去？”出租车司机问车上的聂梓涵。聂梓涵先喘口气，然后才说：“去……”开口的瞬间，他犹豫住了。丁娜给他吃的鬼东西确实有效，他的全身好像开始有火在烧，而且意识也越来越兴奋，只想找个地方狂砸东西，或者找个女人疯狂发泄。

他的太阳穴突突跳着，一时间不知道该去哪里。家里肯定是不能回了，聂道宁总是对他的婚事耿耿于怀，再说万一丁娜回去乱说话，估计老爷子又要拿出家法伺候了。他有些懊恼地揉着眉心。或者——真的去酒吧或者酒店找女人？

聂梓涵坐在出租车上暗暗咬牙，恨不得将丁娜抓来狠揍一顿，可是所顾虑的这些都还是次要的，眼下最重要的就是怎么解决身体的异常亢奋。照这种情况看，他坚持不了多久就要当众出丑。去医院看病也不太现实，这副狼狈样子他丢不起这个人。

那么去找个小姐泻火？聂梓涵坐在出租车后座上疲倦地闭上眼，又有些不甘心就这样坏了他的原则，心中对爷爷聂道宁便有了埋怨，为什么好端端的总不让他安宁，非要整出点儿事才算老怀安慰吗？

“小伙子哎，去哪里呀？”出租车司机在催了。

“呃……请您稍等一下，”聂梓涵忍着身体的极度不适说道：“我马上就告诉您去哪……”他说着话，手伸到衣服兜里拿出手机，快速地翻看着电话薄，很快就找到了一个熟悉的名字。

按下电话号码的时候他有些迟疑，心想若是她在地下室，手机没信号的话，就当今晚他没打过这个电话。但电话刚响了两声就被接起来了，范晓鸥甜美圆润的声音传了过来：“喂，您好——”

聂梓涵沉默了片刻，然后开口：“晓鸥……是我，梓涵……”

“是你？聂总……”范晓鸥有些意外，她下意识地问他，“你……有事吗？”

“你、你在哪呢，现在？”聂梓涵听着范晓鸥的声音，顿时觉得全身更加骚动不安，他有种气喘不上来的感觉，连声音都隐忍得发颤。

“我还在公司里。”范晓鸥回答说：“我在整理资料，不过很快就整理好了，等会儿我就下班……”

“你……”聂梓涵喘口气，对电话里的范晓鸥说：“你等着我，我……我马上到公司去，我找你……有事……”

浑然不知道聂梓涵此刻状态的范晓鸥虽然有些诧异，但还是下意识地回答道：“那……好吧，我等你过来……”

放下电话，聂梓涵终于忍不住面露痛苦之色，他将头伏在车前座的椅背上，对出租车司机哑声说：“师傅，麻烦您快点儿，送我到远涵文化公司……”

……

范晓鸥本来今天没有这么晚的，不过下班的时候因为被聂梓涵耽搁了一点儿时间，加上中途有同事要拿资料，因为等同事过来又等人离开，所以就耽误到了这么迟。

在聂梓涵打电话的时候她也把手头的事情做完了，然后就收拾好东西，坐在座位上等待聂梓涵过来。他在电话里声音好像很急，难道把东西落在公司里了吗？还是，他想来和她叙旧？他和她还有可能吗？明知道不可能，可还是要这么想一下，心脏竟跟着怦怦乱跳了起来。

范晓鸥想了半天还是猜测不出聂梓涵要过来的原因，干脆就不想了，她站起身，走到前台外面开始伸展四肢，做起了办公室健美操，只要有机会她就趁机锻炼，这样可以让紧张疲惫的身体放松下来。

她正在前台那里压着腿，突然听到走道里响起了急促的脚步声，径直朝着公司这层的玻璃门而来。她连忙放下腿，正要找脱在地上的一只高跟鞋，玻璃门就被推开了，聂梓涵脚步匆匆地走了进来，正好看到她光着一只脚站在地毯上半抬着腿，露着精巧的小腿和脚踝。

“梓……聂总，你来啦？”范晓鸥涨红了脸，缩着白嫩的脚丫尴尬地嗫嚅道。

聂梓涵的欲望本来就犹如一点就燃烧的汽油桶，看到这种情景，再听到范晓鸥娇柔的声音，他难耐地叹息一声，反手便关上了玻璃门，落了锁，而后走上前去，什么话也没说，就一把拽住了范晓鸥的胳膊！

范晓鸥冷不丁被聂梓涵拉住，不由惊叫一声，想要挣脱开他的手臂，近距离她才发现聂梓涵的俊脸通红，额头上还有汗，握住她的手也微微有些颤抖。

难道他今晚要和她说些什么吗？范晓鸥的心脏几乎要蹦跳出胸腔，她甚至都想，要是他现在求她回头，说不定她真的会原谅他，重新回到他的身边。

“你……你怎么了吗？”可是范晓鸥刚来得及说出这句话，手臂就被聂梓涵猛力一拽，随着他大步走动的步伐，她身不由己地跌跌撞撞跟着他前进的方向而去。

“放手啊……”范晓鸥涨红了脸，聂梓涵的大手犹如铁箍，散发出炙人的热气。凭着女性的直觉她本能地感到了危险，于是便抓住沿途的桌子角想要停下脚步，但没有着力点的她无法抵御住聂梓涵男人的强大气力，她就好像被老鹰抓住的小鸡，全身发软，却无法抗拒即将到来的命运。

聂梓涵一声不吭，全身滚烫得几乎要爆炸，他连发丝都亢奋地竖起来，他在急促喘息，连范晓鸥都感觉出了他的暴躁和冲动，他听见她带了哭音在问他：“你……你要干什么……”

她的全身抖得厉害，他知道他把她吓坏了，可是他无法回答她更多，他拿着钥匙几乎对不准办公室的门锁孔，大手因为无法强忍住欲望而在颤抖，他沙哑地重复着一句话：“我……我要你……晓鸥……我想要你……”

办公室的门开了，里面黑洞洞的。聂梓涵不顾范晓鸥惊慌失措的挣扎，便将她整个人连拖带抱地带进了他的办公室，然后重重关上了办公室的门。“你放我出去！快放我出去！”范晓鸥腿软得站不住，脚上唯一的一只高跟鞋也早就不知道飞到哪里去了。“你不能走……晓鸥……”聂梓涵滚烫的身躯覆盖上来，用力抱住了她纤细的腰肢，她听见他沙哑的声音在说：“晓鸥……我……我好想要你……”

接着，聂梓涵火热而滚烫的吻劈头盖脸地落了下来，让范晓鸥根本无法招架。

第四十章
失控（4）

范晓鸥没有忘记聂梓涵是已婚的男人，在今晚之前她纵然对他有满腔的热爱，却还是牢固地遵守了和他保持距离的原则。范晓鸥不想介入别人的感情，更不想去强行掠夺什么。她对聂梓涵的感情是深刻的、孤独的、悲哀和凄清的。但今晚，聂梓涵对她的所作所为已经超乎她的想象，她不知道他为什么会变成这副样子，可是她明白今晚之后，她和他的关系将会完全改变。

其实从内心深处来说，她是多么渴望聂梓涵温暖的怀抱和温柔的爱抚，可是，可是她所要的一切并不是现在这个样子的。

“你爱不爱我，聂大哥？”范晓鸥心乱如麻地承受着聂梓涵狂热的吻，矛盾和羞怯此刻充溢着她的内心。聂梓涵的吻还有熟悉的气息让她逐渐迷失，她发觉自己是如此想念他身上的味道。可是她还是极力保留着最后的防线，她要问清楚他对她是否是真心的。她虽然渺小，但不代表她是随便的女人。

聂梓涵觉得自己就要爆炸崩溃了，但是此刻他却匪夷所思地说出了一句几乎让范晓鸥绝望的话来：“我、我不能保证……我自己也不知道我……我在干什么……晓鸥，要不、要不你别做我妹妹了……”

“啊？”范晓鸥心里又惊又喜，抗拒着聂梓涵的胳膊开始松软了下来。

“我们就当普通的男女朋友，你陪着我，我……我可以养着你……”聂梓涵喘息着说。

“那……我们，我们将来能结婚吗？”范晓鸥将脸贴在聂梓涵的俊脸旁，低声问出了她最关心的问题。

聂梓涵的身体有些发僵，即使在欲望极度膨胀中，他依然保存了最后的理智。

“抱歉……不能……”他说。

黑暗中范晓鸥感觉到羞愧和难堪在她胸口蔓延，呼吸也开始变得疼痛起来，她晶莹的泪水夺眶而出，顺着她的眼角流下，淌在她乌黑的发丝间，很快便不见了。

聂梓涵眼里的欲望之火在一瞬间被浇灭了，范晓鸥的泪水让他的心底一阵抽痛。他暂时克制住自己停止了动作，就在这当口，范晓鸥用尽全身的气力推开了他！

“你走开，我不和只喜欢肉欲的男人有关系！”范晓鸥觉得自己的喉咙酸痛得几乎无法言语。即使在他这么冲动的时候，他还不忘记在心里和她划清界限。

“晓鸥……你……”聂梓涵想拉范晓欧的手，却被她一把甩开。范晓鸥像躲瘟疫一般躲过了他的手，聂梓涵几年如一的态度加剧了她内心的耻辱感，她只想快点儿离开这个充满了龌龊气息的屋子，离开聂梓涵这个龌龊男人。

她在办公室地毯一隅找到了她的一只高跟鞋，拿在手里然后用力打开了办公室的门锁，转身快速奔了出去。逃离的途中，她听见聂梓涵从后面追上来的脚步声，她猛地站住，转身朝着后面黑洞洞的长廊喊道：“聂梓涵，你要是敢追我出来，我一会儿就让全大楼的人都知道你昨晚强奸公司里的女下属！你敢冒险试试！”脚步声停住了，片刻之后，她听到聂梓涵半敞开的办公室门口传来了低沉的叹气声，他的脚步声终究没有敢再跟上来。

凌晨时分，天色未亮，冬日的寒气袭来，吹得范晓鸥本就蓬乱的头发更加散乱。她在路边等了半天的车，见车还没来，她支撑不住酸痛的身体，径直在马路沿边坐下，颤抖着手将高跟鞋套在了冻得青紫的光脚上，然后站起身来用细瘦的胳膊环抱住衣着单薄的自己，想抵御住冬天清晨透骨的寒冷。

此刻她的眼眶红肿，眼睛干涩却再也流不出一滴泪来。鼻子有点儿酸，但嘴角却一直神经质般挂了一缕凄厉的笑。

“他还是不能爱我，我真是自甘堕落……”她突然很想哭又很想笑，“我在难过什么呢？爱不爱其实也没有什么，明天太阳不是照常升起吗？他还是他的总经理，而我呢，还是那只渺小的蚂蚁，其实并没有什么改变，对不对？”

瑟瑟寒风中，范晓鸥蜷缩成一团站在路边等车，微微的晨曦光芒里，衣着凌乱的她像个在夜晚出卖了灵与肉的暗夜流莺，踩着蹩脚的高跟鞋，疲倦的脸上挂着夜生活过度的卑贱神情，这一刻，她觉得自己无比的肮脏，那种不干净的感觉怕是一辈子都洗不掉了。

范晓欧也不知道怎么折腾才回到了地下室，聂梓涵打过电话来，一遍又一遍，范晓鸥就是不接。她对这个男人已经彻底死心了，她在床上躺了一天一夜，不吃不喝。其间有人来敲她的门，但她却犹如死了一般不想动弹。

范晓鸥的怒斥终于让聂梓涵从火热的激狂中稍稍清醒，他到洗手间里用冷水浇醒自己。回过神来的他对自己的失控行为感到汗颜。多少年没有这般狼狈过了，他从口袋里掏出烟盒来，拿出一支烟，焦躁地点燃开始吸起来。

聂梓涵的心里充满了复杂的情绪，冷静的心有点儿乱了，不管怎么说都是他对不起范晓鸥，他知道吓坏了她，可是他当时别无选择。他其实是想好好保护范晓鸥的，却不知道自己的内心深处竟然对她存有那么强烈霸占和窥探的感觉。可是，他不是一直把范晓鸥当成是妹妹吗？聂梓涵觉得自己本来还算明晰的心绪越发混乱了起来。

精明能干的他突然间失去了面对这种现状的勇气，他不知道该如何向范晓鸥道歉。他的内心有些混乱，他边抽着烟，边用手指揉着隐隐作痛的太阳穴，叹了口气。

第二天一早，聂梓涵连公司都没有回去，而是给欧阳明远打了个电话，交代公司最近的工作注意事项，随后收拾了行李到外地出差。

39°2，轻微撒点野

04

让你在激情中撞个腰

第四十一章
面朝墙壁　春暖花开

范晓鸥在被羞辱后的那一天一夜里，她想了很多很多，从记事时起她都没有认真想过太多的事，此刻范晓鸥觉得自己就像个回光返照的死人一样，将所有的往事一幕幕地翻开：父母骤然离去，她追在出殡的棺木后面号啕大哭；爷爷拉着她的小手在深夜里徘徊，喊着父母的名字呼唤他们回来；姑姑抹着眼泪一边点着她的脑袋骂她学习退步，一边却还悄悄塞给她两个煮熟的鸡蛋；爷爷拿着她的三好学生奖状笑得合不拢嘴，背过头去却悄然擦去喜悦的泪花……往事历历在目，范晓鸥边想边泪湿了眼眶。

一天里都没吃过东西也没有入睡，她也不觉得饿和累。第二天起床的时候，她反而神智清明。她想开了，世界上没有什么爱情是牢靠的，但是亲情却是永恒的。她年少痛失双亲所缺失的亲情，有爷爷和姑姑替父母补上。她整天念叨着缺少爱，其实她并不缺爱，只是缺心眼儿。爷爷和姑姑他们全身心照顾她、爱护她，可她却还没有报答他们的恩情，她不能就这么倒下去。

聂梓涵不喜欢她没有关系，不爱她也没有办法，但是她有责任改善爷爷和姑姑目前的生活境况，她要让她最亲的亲人们因她而幸福，而快乐，甚至以她为傲。所以，再不能消沉下去了，范晓鸥对自己发誓。

聂梓涵就像一颗洋葱，范晓鸥一直忍着被呛到的眼泪剥开他身上一层又一层的外皮，在一次次止不住的眼泪之后才剥到了最里层，却赫然发现原来他是没有心的。她在聂梓涵身上几乎消耗了她所有的青春和感情，眼下不能再将宝贵的情感浪费在一个根本就没有心的男人身上。

“这个臭小子竟然又出差了，害得我天天要坐班替他处理紧急事务，这不是坑我吗！”坐在聂梓涵办公室里的欧阳明远摇摇头，随后把准备用来打发时间的报纸扔在了桌子上，却听见办公室外面传来了急促的脚步声。他刚抬起头来，范晓鸥已经出现在门口！

“晓鸥……”欧阳明远抬起眼有些意外地脱口而出。面前的范晓鸥呼吸急促，脸颊还有因为走得太快而泛起的红晕，她柔软的胸口在不住起伏，看样子是走急了路而气喘。

“怎么是你，欧阳总经理？”范晓鸥也有些吃惊。

“是的，聂总出差去了，你有事就找我吧。”欧阳明远对范晓鸥素来是有好感的，见她脸色复杂，便柔声对她说道。

范晓鸥迟疑了一下，还是走上前，掏了张纸出来，放在欧阳明远面前的办公桌上！

“请您帮我签字！”范晓鸥对欧阳明远说道，明亮的眼眸里有着隐藏的愤恨的光芒。

“这是——”欧阳明远拿起桌子上的那张纸说：“啊？你的辞职信？”

“是！我想辞职！”范晓鸥并不回避欧阳明远的眼神，她冷淡且坚定地回答他。

“这……”欧阳明远有些目瞪口呆。无论聂梓涵的态度如何，不知道为什么，见到范晓鸥要走，他却有些舍不得。

“有什么难题可以说说……”欧阳明远说：“你大可不必这么着急要走……”

范晓鸥只是冷冷站着，什么话也不说。

“能告诉我原因吗？”欧阳明远有些坚持，“是远涵公司不适合你吗？”

“这个倒不是，主要是——”范晓鸥情急之下，脱口而出道：“我不想见到聂梓涵了——”

“嗯？看来是聂梓涵得罪了你……”欧阳明远有些吃惊，他思忖了良久，说：“既然你不想再见到他，我也不会勉强你。其实你也不必为了避开聂梓涵而离开公司，是这样的，我们准备在四川成立一个新公司，你要是有意向的话可以考虑到成都去做销售……”

“不去。”范晓鸥冷冷地说完，准备转身。欧阳明远却再次叫住了她：“晓鸥，好好考虑我的建议，要离开公司你可以等你翅膀长硬了再走，你现在到其他公司也是一样。”

范晓鸥原本僵直着身体，她冷淡地看着欧阳明远，还是没有说话，但在心里却思索了一下他的话，现实的考虑浮上心间，眼下她确实需要这份工作，爷爷生病疗养都需要费用，说她没骨气也好，但是她确实缺钱。

其实在这之前她原本是想要离开公司逃离聂梓涵的，但是现在被欧阳明远一说，想想又觉得不甘，凭什么他犯的错，却要她独自承担后果？是聂梓涵先对不起她的，

她不要这么软弱地走开，她不仅要站在他面前，而且还要站得姿势漂亮。

当然其中还有一个很现实的原因，做生不如做熟，凭借着她长久以来为营销部打字复印的资料，她对营销方式和手段也有了初步的了解，而且重要的一点是她知道远涵公司的销售收入比同行业的要高出一大截。

远涵公司的销售不好做，但是一旦做起来就不是一般的小公司收益能够比拟的。范晓鸥看中了这一点，于是她下定决心从花瓶脱身，转行做销售。

范晓鸥思忖了片刻，倒有些嗫嚅了："欧阳总经理……您觉得我能胜任销售的工作吗？"

"怎么不能？"欧阳明远笑吟吟地回答道："我早就看出来了，你做前台太屈才了，也许你真是块做销售的料，所以——好好干吧！"

范晓鸥刚有些感动，欧阳明远下一句的邀请却让她一下子又恢复了原来对他的成见，"既然你要转行，那我们去庆祝一下可以吗？"欧阳明远半开玩笑半认真地说道。见范晓鸥垮着脸，欧阳明远立刻补充道："我请客——"

范晓鸥本想当场拒绝，但转念一想，吃个饭就吃个饭，反正这个花心的家伙她早晚都要收拾的，何不趁此机会和他拉近距离，以后也好看准机会下手。当下换了笑容，"行啊，我听欧总的安排，你可别逗我哟……"说话的语气慢而柔，脸上的表情平静，但眉梢眼角却有着欲语还休的妩媚和妖娆。

欧阳明远的心跳猛然加快，他可没想到范晓鸥竟会爽快地同意他的提议，这下简直就像老鼠掉进了米缸里，猪八戒撞上了蜘蛛精的罗网，竟也有几分被迷惑住了。

"那……我晚上安排，到时候我再约你。"欧阳明远喜上眉梢，范晓鸥抿嘴一笑。

第四十二章
终于可以不爱你

这天晚上，范晓鸥和欧阳明远一起去吃一家有名的日本料理。食物很清淡，范晓鸥吃得并不多，不过倒喝了不少日本的清酒。欧阳明远因为有些小兴奋，加上一直在忙着照顾范晓鸥，所以自己吃得也少。

欧阳明远算是个很会察言观色的男人，见范晓鸥的话不多，只顾着低头喝酒，心知她肯定有心事。女人的心事不外乎两种，一种是为男人，一种是为钱。范晓鸥不像个爱钱的女人，所以十有八九是因为男人。

范晓鸥一杯接一杯喝酒，他在一旁却也不劝酒，只是细心为她服务着，亲密的尺度适可而止，却也让范晓鸥不再反感。两人边聊边吃，一晚上的时间竟也过得很快。

结账的时候，范晓鸥坚持自己到服务台付了账，欧阳明远跟出去后想抢着刷卡，却被范晓鸥推到了一边。因为喝了点儿酒，范晓鸥的脾气有点儿大，她不容分说地付了那张价格不菲的账单，她本是江湖性情中人，失了恋喝了酒，自然将悲愤化为暴力，思维和举动开始有些不羁起来。

出了料理店，范晓鸥也不坐回欧阳明远的车，只是拎着自己的小包，踩着高跟鞋在前方一扭一扭地走着路。她的步履有些蹒跚，欧阳明远跟在她身后没敢多问。他知道范晓鸥今晚估计有些喝高了，看样子心事不少。他想扶住她，但她脾气很倔，根本就拒绝他的搀扶，无奈之下他只得跟在她身后，车也不开了，陪着她走了一段长路。

不过这种冬日的深夜里散散步也不错。路上的行人稀少，空气清冷而干燥，寒风吹过来脸上有丝丝凌厉的微疼，却也不让人难捱。月亮在灰暗的天空中挂着，虽然有一点儿残缺，但却皎洁而明亮，整个地面被照得雪白，像是冬天的夜里下了一层薄薄的雪，有着非常惨淡的美丽，给人以最宁静的错觉。

世界如此安静，范晓鸥醉醺醺地抬头看着月亮，心想也许她的前世就是一只特别小心的猫，注定有一天会从北京这个地面上走过，留下爱情的爪印。只是，她有着全世界最明亮的眼睛，却看不透深奥的爱情，只能形单影只地走过前世的梦想。

吃饭前她不住告诫自己不能因为心情不好喝多了发酒疯，但好像还是不受控制地喝高了。

范晓鸥看过月亮之后，半是懊恼半是沮丧地在前头走着，半天之后突然听到后面的欧阳明远在喊她。她不想等他，心想她已经仁至义尽地请他吃完饭就算完事了，以后他走他的阳光道，她走她的独木桥，最好谁也别答理谁。

但欧阳明远却三两步追上她，然后将一个散发着热气的纸袋塞入她的怀抱中。

范晓鸥站住了，怀中热烫的东西所散发出来的温度驱散了冬日里彻骨的寒气。

“这是什么?”她怔怔地看着欧阳明远，酒后迟钝的脑袋还没反应过来。

“是刚出锅的糖炒栗子!”欧阳明远笑眯眯地说：“我刚在路口转角的地方买的，

那里炒的栗子是全北京最香的。你晚上没吃什么东西，正好带一包回家当点心——"

范晓鸥捧着热气腾腾的栗子没有说话，欧阳明远伸出手去，体贴地替她拎着包，然后对她说："你要不要趁热吃两个？"

范晓鸥不语，也不管她的包了，拿着栗子便往过街天桥的台阶走去，欧阳明远连忙跟上。每天都是泡在酒色里而很少锻炼的他跟在好像打了鸡血一般亢奋的范晓鸥身后有些气喘，范晓鸥动作敏捷地上了高高的台阶，欧阳明远急忙在后面追着喊她："晓鸥，你是不是遇见什么难事了？为什么心情不好呀？告诉哥，我给你报仇去！"

范晓鸥还是没有回答，她走到了过街天桥的桥中央，然后站在栏杆前，将上半身探出去，向下俯瞰着桥下的车水马龙，一阵风吹过，纤细的她好像就要被风刮下去一般摇摇欲坠。

欧阳明远担心范晓鸥会想不开跳桥，于是连忙赶到了她身旁，小心翼翼地问她："你到底怎么了？从吃饭的时候你就不高兴了——是不是我哪个地方做得不好？"

连问了两次没有声音，欧阳明远还不死心，他特意跑到范晓鸥的侧面，想近距离劝解她，却意外地看到范晓鸥此刻已经泪流满面！

"啊——你、你到底怎么了？说话啊！"欧阳明远最害怕女人哭了，心里也叫苦不迭，好不容易约了这个冰山美人出来，她竟然哭给他看。即使是和别的男人失恋了，也不要这样败他的兴致，这都是什么事啊！

范晓鸥翕动着颤抖的嘴唇，晶莹的泪水不住顺着她的眼角流下，半晌，欧阳明远才听见范晓鸥哽咽着对他说："我——我失恋了……"

完全意料之中的事！

欧阳明远顿时松了口气，耸耸肩膀无所谓地说："我一年到头都在失恋……"

"他不爱我——"范晓鸥继续无望地抽泣。

"没事，我也还没人爱呢——"欧阳明远尽量向她靠拢。

范晓鸥睁着醉眼瞪了欧阳明远半晌，突然扑到他的怀里"哇"地一声哭开了。

"别哭，别哭啊——"欧阳明远美人在抱，嘴上表示同情，心里却自然乐开了花，他搂住范晓鸥气愤填膺地说："去他的！这么好的女孩子他不要，真是瞎了眼，你说，他是谁？丫的我扁他！"范晓鸥没答理他，只是继续呜咽。

半晌之后，范晓鸥才呜咽着说："他、他是……聂……聂梓涵……"

"啊？梓涵?!"欧阳明远如遭五雷轰顶，他站在那里几乎无法出声。

很久之后，他才找回了自己的声音："原来很久以前和梓涵在一起的人是你？"他记起曾经听丁娜说过，聂梓涵很早的时候曾经包养过一个女大学生，没想到却是范晓鸥。

看着范晓鸥哭得梨花带雨的模样，欧阳明远心里不忍，伸出手正要替她擦去眼泪，谁知道范晓鸥却抽泣着随手捞起他垂挂在胸前的高级领带给自己擦眼泪，顺道还用领带的下摆最宽处拧了把鼻涕。

欧阳明远眼睁睁看着晓鸥的样子和他平时见的端庄美丽的形象完全不同，不知道为什么他却觉得很欢喜。人和人见面是需要眼缘的，他这是怎么搞的，竟然变得和他外甥的口味一样了，好像真有点儿喜欢上这个神经有点儿粗线条的女人了。

不过他见过的女人太多，他还不晓得自己心里到底是真喜欢范晓鸥，还是因为他发神经病，只是太空虚了。

不过欧阳明远对女人非常有风度。所以他不仅默默贡献出自己的高级领带以供范晓鸥擦眼泪鼻涕，而且很有风度地脱下外套给范晓鸥披上，自己衬衫外面只套着一件薄毛衣冻得牙齿咯咯作响，却不忘把毛衣的下摆再撩起来给范晓鸥擦眼泪，嘴里还关切地说："领带的质地不行，还是毛衣比较吸水，用这个吧——"

范晓鸥的头钻在欧阳明远的怀抱中，把头转动得像拨浪鼓一般，将眼泪和和鼻涕全都赠送给欧阳明远。她纯粹是半醉意半故意的，带了几分把欧阳明远当垃圾桶的意思。

可是在发泄的过程中，范晓鸥却感觉到欧阳明远虽不宽厚的怀抱却真的带给了她一股冬日里的温暖感觉。虽然她用最粗鲁的行为放肆地发泄了自己内心的悲愤和痛苦，但这种孩童般幼稚的行为却反衬出欧阳明远对她的包容和温柔。

范晓鸥将脸贴在欧阳明远的胸膛上，怔怔看着嘴里的热气呼出来在空气中凝结成白汽，她对自己的心思都有些糊涂了。她真的不确定自己还恨不恨这个多年前骗了她邮票且改变了她人生轨迹的男人。她为了欧阳明远来了北京，却爱上了聂梓涵；她憎恨起了聂梓涵，却是欧阳明远来安慰她，这是怎样的一种混乱情感?!

范晓鸥靠在欧阳明远的怀中半晌之后，猛地推开了欧阳明远。欧阳明远蓦地被推开，有些茫然不知所措，范晓鸥扯下肩上的外套扔还给他说："你穿上吧，我们回去!"她的酒醒了，也不想装疯卖傻了。

"咱们——走回去吗?"欧阳明远小心翼翼地问道。

"坐你的车回去!"范晓鸥也不矫情，擦了擦眼角的泪水，手里拿着饱蘸着她泪水和鼻涕的领带，对欧阳明远说："这条领带脏了，我拿回去洗——"

"其实没关系的——呃，既然你坚持，那么下次我们再出来的时候你再还给我好

吗?”欧阳明远试探性地问范晓鸥，以为她会拒绝，因为在公司里她随时都能还给他这条破领带的。谁知道范晓鸥却点点头答应了：“好的，我会注意熨平的，下次出来再还给你!”

“那你，嗯，你这周末能再和我出来吗?”欧阳明远紧追着问道。

“我要去成都了，欧阳总经理，你忘记了吗？还是你推荐我去的——”范晓鸥用手揉揉额头说道。心里的悲戚扩散开来，让她有种想再哭的冲动，她连忙忍住。

“这里没有什么让你留恋的吗?”欧阳明远心里没来由的有些惆怅。

“没有，因为没有人爱我。”范晓鸥哽咽着说。

“假如有人爱你呢?”一阵风吹过，传来了欧阳明远的问话。

“这个城市不会有真爱。”范晓鸥吸吸鼻子，强作笑颜。

“也许你太偏激了，哪里都会有真爱的。聂梓涵他不爱你，会……会有人爱你的……”欧阳明远迟疑地说道，其实连他自己都不知道这世界上有没有真爱，但是他就是不希望范晓鸥就这么去了成都。

“那我等着找到真爱那一天!”范晓鸥摇摇晃晃地向前走去，欧阳明远连忙也跟了上去。

“你会找到真爱的!”欧阳明远异常认真地说道。

于是两人顺着天桥往车子停靠的方向走去，范晓鸥在前头走着，欧阳明远则紧紧地跟在她身后，唯恐慢一拍就被她抛下一样。

范晓鸥没过几天真的独自一人飞往成都，她的离开让公司所有人都很意外，但是又有人很羡慕她，因为外地分公司虽然开创阶段比较艰苦，但是一旦做出成绩了，是很容易升职的。

范晓鸥离开北京的时候，北京下着瓢泼大雨。她犹如雕塑一般从机舱窗户向下久久俯瞰着整个城市，她知道她看不到，人在自然的广阔天地里是那么渺小。曾经，他在云端，她在尘埃里；如今她在云上，却看不到红尘中的他。

也好，慢慢忘却了吧，范晓鸥觉得有些泪湿，她向后靠进了座位里，闭上眼睛假寐。

几天后等到聂梓涵出差回来，已经是人去楼空。

聂梓涵疲倦地靠在办公室里的椅背上，突然间觉得有些焦躁起来，他烦躁地将桌子上的东西推开，觉得自己简直心乱如麻。他的手臂撑在办公桌上，用手挠挠整洁的头发，坐立不安。

在成都的日子范晓鸥都是在繁忙中度过。她实在是太忙了，连吃饭睡觉的时间都没有，更别提有空暇谈情说爱了。不过他们努力的结果是显而易见的。短短半年时间里，成都分公司从一穷二白的零业绩，一直攀升到年底销售总排行榜的第二名，第一名自然是北京总公司了，而成都分公司则缔造了一个神话。

欧阳明远觉得自己有点儿像着魔了。他强迫自己不要三天两头给范晓鸥打电话，免得招她烦。但总是控制不住自己，用电话一慰相思之苦。不过每次范晓鸥只肯和他简短聊几句，就将电话给挂了，让他意犹未尽。所以他就急切盼望着等年底开表彰会的时候范晓鸥能回来。

很奇怪的一种情感滋味，这是他从未有过的坐立不安的感觉。越到年底，他的心潮就越澎湃，有时候在开会也能神游太虚，幸好不至于失态。他在公司办公室里待的时间越来越长，连家都不愿意回了。每次夜幕降临，他总喜欢拿着一杯红酒站在高楼顶上，看着华灯初上的城市，看着车水马龙在霓虹灯闪烁的街道上堵成一团。

每当这时，欧阳明远就会幻想这是2012年，这座城市即将毁灭，而这里的一切将成废墟！在他想象中，那美丽的可人儿范晓鸥被困在城中的废墟里，而他身披未来战士的战袍，骑着一匹骏马，哦，这个就算了，白马王子比较老土了，未来战士应该乘坐宇宙飞船，然后他化身变形金刚，人船合一，从天而降，将处于危难中的落难公主解救出来，英雄救美，从此王子和公主幸福地生活在一起……

每次这么幻想的时候，他心里头对范晓鸥的思念之情便会稍稍得到慰藉。

可是有一天的清晨，当他一边处在幻想中嘿嘿甜蜜傻笑，一边顺手拿过当天的报纸，一则醒目的新闻引起了他的注意，他拿着报纸一目十行地看下去，笑容在脸上凝结住了！

报纸上的重磅新闻，说今天上午10时许，成都周边地区发生5.3级地震，震源深度22公里，成都震感明显。此次地震属于汶川大地震的余震，造成某老旧商厦坍塌，多人被压在楼底，目前伤亡人数未知，消防武警官兵正火速前往救援……

欧阳明远拿着报纸的手不禁颤抖起来，这家商厦的名字他不陌生，就是范晓鸥办公的地点。他记得范晓鸥曾在电话里说过，这家商厦年代比较久远，经常墙面掉皮，刚开始他们想为公司省钱所以暂时租住在那里，等过些时候他们想将办公室搬到好点儿的地方去，因为怕地震。

结果还没等搬呢，这座商厦就出事了！欧阳明远第一时间就急速地开始拨打范晓鸥的手机，但手机无人接听；他不死心，再次拨打着范晓鸥在成都分公司的座机电

话，结果电话却是一片忙音。

重复了十几遍，没有一个电话能打通！欧阳明远的心开始抽紧了，他真的不是故意的，他只是喜欢幻想而已，他喜欢范晓鸥，喜欢到可以为她出生入死，可他并不是真的要诅咒她，却没有想到她真的会身陷废墟里，生死未卜！

第四十三章
我用心底一座城，换你废墟上的爱情（1）

范晓鸥从来也没有想过，自己会遭遇到百年不遇的强大地震。

她刚刚进了楼里的大堂，在瞬间突然感觉到地板在剧烈抖动，她以为自己是因为工作太过劳累出现了幻觉，但随后她便看到整座大楼好像小孩子玩的跷跷板一样，开始剧烈摇晃起来。她还在愣怔，看到有人在四处奔跑逃窜，并在大喊："地震了，地震了！"她才醒悟过来，原来发生地震了！

她随着惊慌失措的人群奔跑，中途又折回去，协助一些行动不便的妇女和孩子离开大楼，场面一片混乱，大楼就像钟摆一样剧烈晃动，她没时间想太多，只是尽量多帮几个人逃出大楼。四周一片惊慌的尖叫声和喊声，杂乱踢踏的脚步声响成一片。

范晓鸥一路让着纷乱的人群，当她尾随着人群即将跑出大楼的瞬间，她突然听见一声巨响，眼前一黑，整座大楼就坍塌了，而她一个趔趄，动作稍微慢了一点儿，便被碎石和建筑碎片所掩盖……

……

聂梓涵同时看到了这则地震消息。他的心剧烈地跳动着，第一时间拨打范晓鸥的电话，电话起先是可以通的，但随后等掏出手机来再次拨打范晓鸥的电话，在响过几声之后，便没有了声响。他不死心一直拨打着，但电话已经变成了嘟嘟的忙音。聂梓涵紧紧盯着手中的电话，泰山压顶也不会眨眼的他眼里开始有了一丝恐惧。他立刻让秘书预定飞往成都的机票。

在北京首都机场，一身黑衣的聂梓涵正在头等舱候机室里焦急地等待去往成都的航班，他几乎什么行李都顾不上带，匆忙间就放下了所有的工作，直奔机场而来。他微闭上眼睛，努力想让自己平静下来，但心脏在胸口怦怦地跳个不停，一想到范晓鸥，他就失去了平时的冷静。

晓鸥，你会没事的，他在心里祈祷。头一次，他是那么害怕这种即将彻底失去的感觉，聂梓涵低着头，拿着手机的手在神经质地颤抖着，晓鸥，我马上就到成都了，求你，不要有事！聂梓涵的心简直沉得看不到底。

他买的是这趟航班最后一张头等舱的机票，谁知道到了机场才得知因为天气原因，首都机场的乘客滞留了好几批，满机场都是人，而这趟飞往成都的航班还不知道什么时候能起飞。聂梓涵坐立难安，焦急地望着候机室的大玻璃窗，停机坪上的飞机此降彼飞，他急躁得几乎想跳窗而出，直接抢它一架飞机直飞成都。

等待的时间无比漫长，每一分每一秒对于聂梓涵来说，都是在煎熬。终于从下午5点，一直等到了次日清晨8点，航班才正式起飞。聂梓涵拎着简单的小包，几乎是冲在最前，头一次因为那么没有风度引起其他旅客的侧目，可他什么也顾不得了，他心乱如麻，方寸大乱。

可是越是焦急，就越是不顺。飞往成都的航班又因为在成都上空遇到大雾，无法降落，飞机在机场上空盘旋了1小时40分钟，才暂时改飞到四川绵阳机场迫降。

机上的乘客怨声载道，聂梓涵看着手上的表，时间一点点过去，他的心情也越来越焦躁，冲动得几乎想要掐死谁，他脸红脖子粗地找到机上的空中小姐，问她们为什么要让他们留在绵阳机场，空中小姐被聂梓涵激动的样子吓得花容失色，只能连连鞠躬道歉，说是不可抗力的自然原因，请原谅。

等聂梓涵好不容易从绵阳包了专车赶到成都的时候，已经是下午四五点的光景了。但是当他赶到地震所在的地方，只看到一片废墟，没有找到范晓鸥。他四处寻找范晓鸥的踪迹，成都分公司职员余悸未消地告诉他，范晓鸥被埋进了楼里，不过已经被人救出去了。

聂梓涵在松了口气的同时，心里却有些不合乎常理的惆怅，他其实很想当解救范晓鸥的第一人的，不过这个机会还是让别人捷足先登了。当知道欧阳明远也在现场和范晓鸥在一起的时候，聂梓涵的神色一下子僵住了，久久不能言语。

第四十四章
我用心底一座城，换你废墟上的爱情（2）

地震发生的时候范晓鸥正好外出回来要上楼，于是得以有时间先逃出大楼，她的身手敏捷，参与了抢救工作，帮助不少人快速下楼进行逃生。为了让大家先有逃生的希望，范晓鸥跟在最后，在逃出大楼的瞬间她被倒泻下来的建筑碎片压住。

一片黑暗中，缓过神来的范晓鸥被压得猫着腰，蜷缩在一个角落里，幸好没有受伤。她摸索到了自己的手机，可是手机已经损坏，根本打不出电话。狭小的空间和窒息的黑暗让她开始感觉到了恐惧，她屏住呼吸，尽力让自己平静下来。

时间一分一秒地过去，她听不到外面的声音，在密闭空间里的窒息感和浑浊感让她感觉到了一种濒临死亡的气息。她喃喃地念着“爷爷、姑姑……”接着一个熟悉的名字猝不及防地从她的嘴里迸出：“聂梓涵……梓涵……”

她在黑暗中终于爆发一样脆弱地哭泣，在这一刻，她才明白自己的心里一直都无法放下聂梓涵，她是多么希望聂梓涵能在这瞬间出现，他就是解救她的白马王子。

“我爱你，梓涵，假如我死去，我也想让你知道我是爱你的，即使你不爱我……”灰土和眼泪混合在一起，让范晓鸥哽咽不成声。“如果我能再见到你，我一定要让你彻彻底底地爱上我，哪怕你不要我，我也要赖着你……”

在一片犹如世界末日的黑暗中，范晓鸥终于盼来了救兵，但却是现场自愿参加救援的人员。她算是命大，压下来的建筑碎片不是水泥定制板，而是分量较轻的灰土板，范晓鸥被埋的位置不算深，因此没过多久她就被解救出来了。

懵懂中就获得了新生的她站在废墟上茫然望着四周，实在无法相信她刚刚从鬼门关走了一趟回来。劫后余生的欣喜和酸楚让她暗暗下了决心，只要聂梓涵接到消息能来找她，那她不管怎样一定要让他爱上她。

可是，她首先看到的男人不是聂梓涵，而是欧阳明远。

欧阳明远开着车比聂梓涵先到了成都。当听说最后一张头等舱的机票已经在五分钟之前被人买走。他急得犹如热锅上的蚂蚁，连忙让秘书再想办法，可是查问之下，才知道不仅是这趟航班，当日以及第二天到成都的所有航班都已客满。

欧阳明远急得如热锅上的蚂蚁，他想了想，粗略收拾了一点儿东西，自己果断地开着越野车，从北京上了京石高速，直奔成都。从北京到成都走高速共有1800多公里，欧阳明远中途不敢多休息，硬是自己独自开了20小时的车赶到了成都。

欧阳明远进城后一口气都没歇着，飞速赶到了范晓鸥所在的商厦，果然只看到了一堆废墟。救护车的灯在不停闪烁，消防车和起重机都在待命，现场人很多，不时有伤员被抬出，当然也有血肉模糊的尸体。

欧阳明远几乎是睚眦迸裂地下了车飞奔过去，失魂落魄地在废墟里到处寻找着范晓鸥的影子，同时徒劳无功地拨打着范晓鸥的电话，但电话却已经处于无法接通的状态。

欧阳明远一边喊着范晓鸥的名字，一边徒手搬运着压在地面的建筑碎块，他听说这座商厦共有10层，但坍塌下来的时候，却变成了扁扁薄薄的一层。旁边也有人在寻找着亲人，当听欧阳明远说范晓鸥在楼层中间的8层时，不少人都摇摇头，说："听说那些挖搬出来的尸体都是中间那几层没逃出来的……"

欧阳明远听了犹如五雷轰顶，他像发了疯一样跑到临时的救护站里搜寻伤员，甚至还到那些成排的尸体前用颤抖着的手掀开蒙着的白布一一看过去，他抖着一颗心，幸好在这些尸体中没有发现那张他熟悉的脸庞。他想假如他真在其中看到了范晓鸥，也许他也会当场倒下。

欧阳明远看完那些惨死的人，脸色也和死人一样煞白，他想了想，觉得范晓鸥应该是还被埋在废墟里，于是再次跟着救援的人群一起挖掘，他奋力地在废墟里搬开石块，不住声地大喊着范晓鸥的名字。

生要见人，死要见尸，欧阳明远满脸都是灰土，头发乱蓬蓬的，身上的衣服脏得看不出颜色，没干过活的手指因为挖土和搬运石块，已经被磨得血迹斑斑。

挖了很久，从上午一直挖到下午，眼看着天渐渐黑了下来，而庞大的救援工程依旧没有任何太快进展的时候，欧阳明远终于崩溃了，连夜开车，加上徒手搬运了一天的疲累，让他疲惫得一点儿气力都使不出来了。他半跪在废墟上，沙哑地喊着范晓鸥的名字，想到范晓鸥恐怕是凶多吉少，从来没有在外人面前哭过的他，竟然无声地哭了。

眼泪顺着欧阳明远布满灰尘的脸颊滑下，将他脸上的泥土冲出了几条痕迹，看起来既可悲又可怖，像个从废墟里爬出来的鬼一样。就在这时，这只"泥猴鬼"的不远处，突然响起了一个诧异的声音："啊？欧阳明远？真是你吗？"

欧阳明远听到那个声音，全身一颤，连忙回过头来，竟然看到范晓鸥站在离他不远的地方，也是一脸灰土，但一双大眼睛却依旧黑白分明，正定定看着他。

欧阳明远看到范晓鸥那样凝神看他，他的脸红了，不过因为面部太脏，所以红脸并不太明显，但他的脊背上有一种羞赧的火辣辣感觉，因为他从来没有在外人面前这么脆弱过，还丫的不害羞地哭鼻子了，结果还被喜欢的女孩儿看到了。

但是那种死里逃生后的重逢喜悦暂时压倒了他的困窘，他难抑激动的心情向前几步，来到范晓鸥的面前，嘶哑地喊了一声："晓鸥……"便不容分说把范晓鸥紧紧抱在了怀里。

"我爱你，晓鸥……别再离开我了，我不能没有你……和我永远在一起好吗，我们不要再分开了……"欧阳明远用范晓鸥才能听得到的声音哽咽地在她耳边倾诉自己的思念和爱意，他的身体因为害怕失去她，仍在发抖。

在得知商厦坍塌的那一刻，他愿意用他所有的一切，来换回她的生命。劫后得以重生，他感谢老天爷，愿意用他心底的整座城市，来换取这份废墟上的爱情。只是，他不知道范晓鸥能不能接受，但无论如何他得让她知晓他对她的爱。

范晓鸥并没有推开欧阳明远，方才他在废墟上惊慌失措喊着她名字，还有发狂一般徒手刨着水泥块的模样，她都看到了。一个人死里逃生后也许对生命会有着更多的领悟，她承认她此刻被欧阳明远的诚意感动了。这辈子，不会有多少人会这般看重爱情，珍惜所爱的人。

她在欧阳明远温暖的怀抱中闭上眼睛，眼眸里也有着软弱的泪水，在欧阳明远热烈而有力的拥抱中，她终于反手回抱住了欧阳明远，她小声但很清晰地回答着欧阳明远："好，我答应你，我愿意和你在一起……"

"真的吗?"欧阳明远以为自己听错了，他看了看低垂着头的范晓鸥，半晌才反应过来，随之欣喜若狂地用力抱住了范晓鸥，几乎要将范晓鸥融进身体一样，久久不肯放手。

十天之后，从成都飞往北京的飞机上，多了几个各怀心事的乘客。

地震过后，聂梓涵在成都亲自安顿好分公司的员工，重新选择了办公地点，而后指派了分公司的临时负责人，而范晓鸥则被欧阳明远要求带回去，聂梓涵对此也没有什么异议，只是从头到尾都没有一丝笑容。

聂梓涵定了头等舱，头等舱一排四个座位，左边两个右边两个。于是欧阳明远当仁不让地便和范晓鸥坐在了左边的两个位置上，而把另外一侧的座位给了聂梓涵。这机上短短的几个小时，却是聂梓涵最难熬的一段时间。

他微微闭上眼睛，极力不去看也不去听欧阳明远和范晓鸥的亲热场景，他努力镇定着，但心里的那股焦躁和烦恼却像海浪一般，不住向上翻涌。从废墟现场到现在，他要用极大的控制力才能不让自己内心的波澜就此溃堤。

只差了一步，他就看着范晓鸥成为了欧阳明远的爱人，无法用言语来形容他当时的感受。他没有祝福他们，但也没有激动地跳上去拆散他们。当时对于他来说，没有什么能比看到范晓鸥还毫发无损地站在那里更值得欣慰的事情。

只是随着时间一天天过去，内心里那种隐隐的刺痛才慢慢浮上心头，并有着与日俱增的趋向。表面上好像没有什么不同，但他内心却感觉到失去了一件异常重要的东西。这种空落落的情感是他从来没有感受过的，尤其到了午夜静谧时分，几乎让他抓狂。

范晓鸥将头靠在左侧的机舱口窗户边，凝望着外面天空的景色，像大海一样的天空湛蓝、高远、洁净，片片白云轻轻飘荡，像大海里浮动的白帆。看着云朵围着机翼在轻轻飘浮，她的心也有些悬浮，轻飘飘的，不着边际。

欧阳明远时不时叫住空中小姐，为范晓鸥倒上热饮，或者为她拿来薄毯盖在她身上，他的一举一动都很贴心，让她不由抬起眼感激地看他，他注意到了她的视线，朝着她温柔微笑。她才发现原来欧阳明远确实长得很帅，只是以前她对他心存厌恶，所以一点儿都没注意到他的英俊。其实他还是非常出色的，只不过和聂梓涵是两种不同的类型。

想到聂梓涵，范晓鸥不由越过欧阳明远望向只隔着一条狭窄走廊的聂梓涵，他坐在外侧的座位上，此刻正低着头看着手中的杂志，觉察到了她投向他的视线，聂梓涵猛地抬起头来，眼眸里有着范晓鸥意想不到的渴切和热烈。

范晓鸥的心猛地一跳，连忙将目光调转开来，但眼角的余光好像瞥见了聂梓涵眼眸里的热切和渴望随着她逃避的举动而逐渐黯淡下去。范晓鸥瞅了个空儿再看过去，聂梓涵深邃的眼眸里已是一片浓墨的暗沉。

范晓鸥在心里叹口气，轻轻地将头靠在了欧阳明远的肩头上。有个肩头可以依靠，闭上眼，就可以什么都不想了，范晓鸥疲倦地想着，终于沉沉睡去。

第四十五章 非得死了才好受

傍晚，飞机降落在首都国际机场。远涵公司有车子来接，但风骚的欧阳明远却谢绝了和聂梓涵以及其他同事乘坐同一辆汽车，而是自己打了车护送范晓鸥回去。那架势就像吝啬的土财主一样，生怕聂梓涵这些贫苦长工们觊觎他所拥有的珍宝。

他开去的越野车被他扔在成都，特意花钱雇人开回北京，自己则陪着范晓鸥坐飞机，就是怕范晓鸥被这个男人再撬回去。

聂梓涵坐在公司派来的车上，专注地看着车窗外欧阳明远揽着范晓鸥站在路边，他盯着他们互相偎依的身影越来越远，久久没有收回视线。很久之后，他才吩咐司机："送我回军区大院吧……"司机答应了，立刻发动了车子。

距离上次和爷爷因为丁娜而闹了不痛快已经有段时间了，怎么也该回去看看了，聂梓涵叹口气，四肢摊开靠在宽敞的后车座上，头枕着靠枕，然后用手揉揉酸涩的眼睛，一股精疲力竭的感觉从心底涌出，让他的情绪低落到了极点。

进院子的时候，天已经黑了，聂梓涵往里走看到院子里有一条黑乎乎的人影，他停下脚步，那条人影出了声："臭小子，还懂得回来啊?"原来是爷爷聂道宁。

"爷爷……"聂梓涵辨认出是爷爷的轮廓，站住了问："天这么冷，怎么还在外头?"

"唉，人老了，不活动活动就僵了，所以出来院子里走走。"聂道宁看了看聂梓涵，说："你这是打哪儿回的啊?"

"哦，成都分公司出了点儿事，所以出差了这么久。"聂梓涵回答着爷爷，准备回屋，"我先回屋去，爷爷，我好几天没睡过了。"

"嗯。"聂道宁答应了，突然间却又叫住了聂梓涵："你小舅舅是不是跟着你出差了?"

"是啊。"聂梓涵停住了脚步，回头看爷爷，说："怎么了?"

"他去出差也不说一声，你姥爷家那边来人问过了，差点儿没登寻人启示啦!"聂道宁摇头，说："你们都是一个德性……"聂梓涵听了爷爷的话，也没再辩解太多，只是低声说："小舅舅的事，我也不太过问的……"

"好了，你快进屋去吧，外头冷，回屋暖暖，我再练练太极拳……"聂道宁挥挥手，让聂梓涵进屋去。可等孙子进了楼，他望望乌黑的天幕，背着手也慢腾腾地回屋去了。

聂梓涵痛快地洗了个热水澡，再吃了一顿母亲欧阳明华做的好饭好菜，然后到大书房里看了看父亲，又陪爷爷说了会儿话，就说犯困被长辈催着赶回自己的房间休息去了。他躺在床上，手臂压在脑后，怔怔地望着天花板，本来有困意的脑袋却一点儿睡意也没有了。

他想了一会儿心事，长长地叹气，觉得情绪低落得无可复加。他翻了个身，将枕头抱在怀里，闭上眼，满脑子里浮现的都是范晓鸥的影子，他发觉自己这些天来总是不受控制地想着她，她本是他的，本来是他的！他抱紧了枕头，咬着牙用拳头奋力砸了几下床铺，好发泄他内心的苦闷与痛苦。这种难过的滋味好像只有死了才好受些。

床铺发出了沉闷的咚咚声，他正忧郁难当，突然听见了这咚咚的声响中掺杂着另外几声咯咯的声音。他迟疑着停下了手中的动作，侧耳辨认出这杂声是门被敲响的声音，他连忙住了手，坐起身来，刚掩饰好自己郁闷而低落的神态，母亲欧阳明华就已经开门走了进来。

看到母亲一副欲言又止的模样，聂梓涵靠在床上，直起身问母亲："妈，怎么了？"

欧阳明华面露愁容，走到聂梓涵的床边坐下，停顿了一下才说："梓涵，你知道你小舅舅最近在做什么吗？"

又是欧阳明远，聂梓涵蹙起了剑眉，说："妈，小舅舅又出什么事了吗？"

"他啊，"欧阳明华摇摇头，一副恨铁不成钢的模样，"他闹着要和你小舅妈离婚呢！现在你姥爷姥姥为了这事都气得病倒了！唉……"

聂梓涵控制住内心的起伏，思忖了片刻，问了母亲最关键的问题："那小舅妈同意离婚了吗？"

"你说能同意吗？两人过得好端端的突然闹着要离婚，说起来你小舅妈也没什么对不起你小舅舅的，人也挺好的，可你小舅舅一年到头都不见人影，忽然回来就非要她签离婚协议。她不同意，他这个白眼狼倒好，没心没肺地就离家出走了，到现在也没个人影……"欧阳明华唉声叹气道。

聂梓涵沉默了，欧阳明华见聂梓涵不吭声，便说："梓涵，你跟你小舅舅向来感情好，你帮我问问他，最近他到底在想些什么？好端端的一个家，说不要就不要了，

可不能这么任性啊！做男人不要做陈世美！”

聂梓涵含含糊糊地应了。欧阳明华数落完欧阳明远，又望着聂梓涵说：“不说你舅舅了，说起他我心里添堵。说说你吧——”

聂梓涵叹口气，说：“妈，您可别关注我啊，我最近心情也不太好……”

“怎么心情不好了？是失恋了吗？”欧阳明华一双睿智的明眸直瞧着儿子，她虽已过不惑之年，但看上去依旧端庄秀丽。

聂梓涵没有回答，只是烦心地蹙着眉头，母亲的话让他有些迷惘，难道他现在的这种感觉就叫失恋？

“你啊，也该找个女朋友了，从小你这孩子的要求就比别人高，妈也不知道什么样的女孩子才能入你的眼。”欧阳明华悄声说：“不过妈知道你不喜欢丁娜，那你就别让你爷爷和你爸爸瞎操心，找个你喜欢的人啊！妈支持你！”

聂梓涵抬起眼，望望母亲，犹豫了片刻，突然问母亲：“那妈——我，我要是找个外地的女孩儿，您——您能同意吗？”

“主要还是看你喜欢，我没意见，不管本地女孩还是外地的，只要品格端正，人好，我都喜欢——”欧阳明华斜睨了一眼聂梓涵，说：“你是不是找到你喜欢的人了？”

聂梓涵又不说话了，他低垂下眼帘，说：“我、我还不能确认会不会和她在一起一辈子，哦不，应该说我不知道她愿不愿意和我在一起一辈子……”

“要找了就要在一起一辈子呀！否则自己找罪受吗？什么样的外地女孩会让你也没把握了？赶明儿有空儿带回来给我看看，让妈给你参谋。你呀，”欧阳明华难得看儿子竟也有为情所困的模样，不由摇摇头，“你简直和你小舅舅是两个极端，一个是不管有没有都要扑上去，一个是不管要不要，都要躲后头。都是什么怪毛病呀！反正我是不管，你小舅舅的事你有空儿帮点儿忙，你自己的事也要抓紧！”

说着站起身来准备回房，走之前欧阳明华又站住了，对聂梓涵说：“梓涵，你别固执，你听妈一句话，感情这个东西，不可能为了怕受伤就不肯付出，要得到一个人的真心，你首先必须要诚心！”

“我知道了妈，您休息去吧……”聂梓涵抬起眼看着母亲，欧阳明华笑了笑，走出房门，回头细心地将门给聂梓涵关上。

聂梓涵见母亲出门去，又恢复了颓然的样子躺了下去。母亲的话在他耳边回响，他想了想，一骨碌爬起来，拿着手机翻出了电话号码，犹豫了片刻，便下决心按了出去。

当范晓鸥睡得迷迷糊糊的声音从电话那头传过来的时候，聂梓涵觉得自己胸腔里的心跳不由加速了，很久没有这种紧张的感觉了，他对着电话小心翼翼地问：“晓鸥……你睡下了吗?”

“嗯，”范晓鸥把头从松软的枕头下面钻出来，睡眼惺忪地说：“聂……总……你找我有事?”说了话，睡意却消失了。

聂梓涵迟疑了一下，说：“欧阳明远呢？在你身边吗?”他捏紧了手中的电话机，唯恐听到欧阳明远突然冒出来的声音，虽然知道欧阳明远极有可能还和范晓鸥在一起。

“呃，他啊？早回去了……”范晓鸥打了个呵欠，喃喃地说：“没事我挂了啊，我好困……是你说……给我放两天假的……”

“哦，我知道，我没打算让你加班干活。”聂梓涵知道欧阳明远不在范晓鸥身旁，心里这才松了口气，他抬手摸摸鼻子，踌躇着，对范晓鸥说：“……晓鸥?”

“你说……”范晓鸥的声音很淡漠。

聂梓涵好不容易想到了词，对着电话说：“晓鸥，明儿我想请你出去吃饭，你有没有空儿?”说完满怀希望地等待范晓鸥的回应。但电话却被突然挂断，再打过去已关机了。

聂梓涵突然间觉得心里很空很空。他点燃了一根烟，望着窗户外面黑色的天空，第一次感觉到了如此深的寂寥。可是后悔又有什么用呢?

也许，有些事，该珍惜的时候不珍惜，错过了就是一辈子的事。

第四十六章
余情未了　暧昧不死

范晓鸥和欧阳明远的恋情无法遮掩地在公司里传开了。

对于一向风流的欧阳明远来说，这次和范晓鸥的恋爱简直是让他洗心革面，重新做男人了。但是他也不敢大肆张扬，怕以前的哥们儿知道了会建议他到北京著名的男科医院看看去。

范晓鸥和欧阳明远在一起之后，虽然和他感觉亲密了不少，但凭着女人的直觉总觉得隐约有些不对。但是哪里感觉不对劲儿，她又说不上来。尤其是她看到欧阳明远最近总接到莫名其妙的陌生来电，不仅神色变得异常，而且经常躲在角落里一打电话就是半个小时，声音压得很低，听不到他对电话那头说什么。

范晓鸥问欧阳明远是谁打来的电话，他不是支支吾吾不说，就是打着哈哈敷衍过去。范晓鸥这种别扭的感觉尤其是身处远涵公司里更甚。

其实公司里还是那些老同事，虽然也见到不少新同事，但总归还是旧人比较多。

见范晓鸥回来多数同事都保持了善意的微笑，对她也比去成都之前更加礼让了。但是范晓鸥却敏锐地察觉到在这些看似热情的背后，好像隐含着更多的蕴意，欲言又止，但又没有人点明，更多的只是心照不宣的旁观者神情，让范晓鸥有些迷惑。

范晓鸥回公司后还是暂时被安排在营销部，不过因为业绩突出被提升为总公司营销部主管，这点倒没人提出异议。不过范晓鸥到人资部里拿重新改好的工作证时，人资部主任笑眯眯地对她说："恭喜总经理夫人，以后有需要帮忙的尽管提啊！"把范晓鸥弄了个大红脸，这才明白那些有含义的眼神是怎么来的，估计现在公司上下都知道她是欧阳明远的人了。

范晓鸥匆忙拿了东西就走，在背后听见大家的窃窃讨论声，大意就是对她的好运气极其艳羡之类的。范晓鸥放缓了脚步，沿着长廊走着，心里不断问自己走了狗屎运究竟高兴不高兴，她的嘴角应景儿一样是勾着的，但心里却不知道为什么，总有一种说不出的惆怅，一个人独处的时候，心还是会隐约作痛。

……

和公司大环境相比，营销部里倒是补充了不少新鲜血液，原来的老业务员们几乎难觅行踪。看着一张张陌生的年轻新脸孔，范晓鸥只能感叹业务这块的人员改朝换代比较快。

既然升任了主管的职务，范晓鸥自然更加勤勉地对待工作，她打算多攒点儿钱也在北京买套房子，以后可以将姑姑和爷爷接到北京一起来住。欧阳明远虽然对她很好，但目前并没有向她提出结婚的要求，她也暂时不想这事。

不管怎样自己在北京有房子总是会底气足点儿，所以她铆足了劲头准备攒够在北京买房的按揭首付。欧阳明远并没有留意到范晓鸥现阶段对买房的迫切心理，对于他来说，只要盯着聂梓涵不接近范晓鸥就可以了，其他的事他倒不放在心上。

可是天不遂人愿，最近竟然有个全国性的文化论坛早不开晚不开，偏偏要在这个关键的时候开，而且还非要邀请他跑遥远的大东北参加。他本坚决不想去，但是那个论坛在业界有举足轻重的地位，而且请的又是企业法人代表还不能替补，这个面子还是要给的。

无奈之下欧阳明远只好再三叮嘱范晓鸥要等着他回来，在他出差期间，不得与陌生男人说话，更不能和相熟的男人说更多的话。范晓鸥知道欧阳明远意有所指，心中虽然觉得欧阳明远有些小题大做，但也还是遵从了他的要求，答应欧阳明远一定会和聂梓涵保持距离，两人非公事绝不会见面。欧阳明远这才依依不舍地一步三回头地出差去了。

远涵公司的业务一直在如滚雪球般增长，营销部里新进的人员不少，这两天又有新业务员来报到。人资部将新员工带到营销部后，因为营销部经理出去办事了，所以就由范晓鸥来指派新业务员的工作。

范晓鸥暂时放下手头忙碌的工作，从办公桌前抬起头来，还没等人资部介绍，新来的业务员却连忙恭谨地先向她打了声招呼："范主管您好，以后请您多多关照！"

范晓鸥有些发愣，说："你认识我？"

新员工笑着指指范晓鸥的胸牌说："上面写着您的名字呢！"

范晓鸥低头看看自己的胸口，不由也笑了，站起身说："欢迎你到营销部来。怎么称呼你？"

"我叫毛琴吟，是个新人，经验不足，还请范主管多指点！"毛琴吟态度落落大方，赢得范晓鸥的几分好感。她朝毛琴吟露出了友善的微笑，说："别客气，以后我们都是同事，互相学习吧。"说完两人相视而笑。

不出范晓鸥所料，这个叫做毛琴吟的女人果然就如她外表看起来的那般干练和精明。虽然刚开始毛琴吟对销售并不在行，但在几次跟着范晓鸥出去跑业务之后，她渐渐就找到了感觉，业务也逐渐开展得顺风顺水。

不过让范晓鸥有些纳闷的是，毛琴吟看起来是新员工的模样，但为人和行事都比她要老到得多，出手很是大方，而且是开着私家车来上班的，看来家境应该很不错。不过在远涵公司，这些外在的条件并不能代表一切，毛琴吟的直接主管还是范晓鸥。

范晓鸥并没有凭着老资历倚老卖老，打压新人啥的，反而毛琴吟的好学和精干让范晓鸥很是佩服，这让她想起了当初的自己，于是对毛琴吟另眼相看。

毛琴吟对范晓鸥好像也很有眼缘，经常约她一起出去吃饭、聊天什么的，请教业

务上的事，范晓鸥也尽量解答她的疑惑。两人的相处也算是比较愉快。

欧阳明远是在半个月后回来的，他风尘仆仆地，刚回来也顾不上回家，而是先到了公司里，想叫范晓鸥晚上一起吃饭，替他接风洗尘。

他兴冲冲地将行李扔在了办公室里，然后径直进了营销部，营销部里的人都埋头在格子间里工作，欧阳明远快走到范晓鸥的办公桌前时，见她正低头在忙碌，他准备给她一个惊喜，于是蹑手蹑脚地靠近了她，然后在她收拾桌上文件的时候，猛地叫着她的名字："晓鸥！"

"范晓鸥"被突然靠近的人影惊得一哆嗦，连忙抬起头来，正好和欧阳明远打了个照面！

两人四目相对，欧阳明远却怔住了，他口吃地说："你、你？——"

他噎住了，因为和他瞪着眼对视的，是他怎么也想不到的人——毛琴吟！

第四十七章
拥抱仙人掌

"你、你怎么会在这里？"欧阳明远犹如见到鬼一般，脸色都有点儿青白了。他下意识地朝四周张望，见没人注意，连忙压低了嗓子问毛琴吟。

"我来这里上班啊。"毛琴吟却跟没事人一样，镇静自若地回答着欧阳明远。

"可你坐、坐的是……别人的位置……"欧阳明远嗫嚅着说。

"别人的位置又怎么啦？"毛琴吟突然一笑，那笑容让欧阳明远心里直发冷，"就允许别人抢我位置，就不许我坐她位置啦？欧总，您也太偏心了吧——"

"你、你别闹了，赶紧给我回家去！"欧阳明远有些气急败坏地说道，但毛琴吟只是处之泰然地不作理会。欧阳明远还想动手来拉，却听见背后传来了范晓鸥的声音："咦，明……欧阳总经理你回来啦？"

欧阳明远听到范晓鸥的声音，差点儿魂飞魄散，他连忙转过身去，用自己的躯体挡住带着一脸清冷笑意的毛琴吟，对范晓鸥结结巴巴地说道："是、是啊，我回来了——"

范晓鸥本来想表示一下对于欧阳明远归来的惊喜，但是下午营销部事情繁忙，忙得两眼冒金星的范晓鸥心无旁骛，加上新来同事在一旁虎视眈眈，她也不好对欧阳明远太过亲密，于是便点点头，说："回来就好——"

但毛琴吟却不肯放过欧阳明远，她凑近了范晓鸥说："范主管，有件事我想告诉你哦——"眼尾早就瞥到欧阳明远一脸紧张的模样，她心中暗自冷笑，强调了一句，"是个重要秘密哦！"果然看到欧阳明远已经面如土色。

"什么事？"范晓鸥并没注意到神情过度紧张的欧阳明远，好奇地问毛琴吟，"琴吟，你想说什么？"

毛琴吟的视线在欧阳明远的脸上一点点地移过去，她知道此刻对于欧阳明远来说，每一刻都是煎熬，于是也不想这么快轻易地放过欧阳明远，她动作缓慢地看了好几遍，才附耳在范晓鸥面前悄声地说："我告诉你范主管，欧总的裤子前门没关好——"

范晓鸥循声望去，果真见欧阳明远不仅前门兜子的拉链没关好，还在裤腰处露出了里面的CK内裤，还带着红色的边。她红着脸想笑，又极力忍住，为了掩饰尴尬，她随口便提醒了欧阳明远一句："欧阳总经理，现在是上班时间你不做事吗？这么有空儿？"

"哦，我有活干，马上就去，我马上就去！"欧阳明远觉得脊背上已经满是渗出的冷汗。

"那你快去吧，我们也要忙了。"范晓鸥也顾及到周围旁人的眼光，所以尽量在工作期间不和欧阳明远表现得太过近乎。

欧阳明远点点头如临大赦，简直是落荒而逃，好像后面有鬼追着一样。

……

"嘭"地一声巨响，欧阳明远猛地用力撞开了聂梓涵办公室的房门，巨大的动静让正和客户打电话的聂梓涵惊愕地抬起头来，欧阳明远已经径直冲到了他的面前，捶着桌子吼道："聂梓涵，你丫的是故意的吗?!"

欧阳明远的声音那么大，聂梓涵面不改色地和客户说完了话方才把电话挂断，随后坐在办公椅上看着欧阳明远，说："小舅舅，你这是怎么了?"

"你少和我装蒜！你干的事情自己清楚！"欧阳明远听了聂梓涵和客户的对话更是脸红脖子粗，完全失了原来的温文和大度。

“我怎么了？你把事情说清楚。”聂梓涵并没有把欧阳明远的愤怒放在心上，他没做过什么事，为什么凭白无故地要背黑锅。

“我问你，毛琴吟是不是你特意安排进公司的?”欧阳明远的脸都黑了。

聂梓涵抬眼看了看欧阳明远，说：“我若说不是，你是不是也不相信我?”

“你说我能相信你吗？你别以为我不知道你和晓鸥以前的事!”欧阳明远气愤愤地说道：“我知道你对范晓鸥还没死心，可你也不能这么背后摆你小舅舅一道吧?”

聂梓涵听了欧阳明远的话先是一惊，随后镇静回答他：“小舅妈不是我请进公司里来的。”聂梓涵郑重声明：“是她自己要来的。我的本意是想等你回来让她和你商量后再说，但是她搬出了我姥姥姥爷还有我爷爷，这么多人连番围攻我，你说，我能不同意吗?”

欧阳明远蹙起眉头，恨恨说道：“这个女人到底想干吗?”

聂梓涵摇摇头，说：“我也不知道，但是小舅舅，我还是希望你不要伤害到任何人。”

“你以为我想啊?”欧阳明远没好气地说道：“我现在后悔当初稀里糊涂就和毛琴吟结了婚，现在搞得骑虎难下，她死也不愿意和我离婚，你说她平时里那么温顺一个人，现在简直都已经歇斯底里了，还跑到公司里当卧底监视我……”

“小舅舅，不管你当初是不是乐意结婚，但是现在小舅妈已经是你老婆，你的行为已经给她造成伤害了，她捍卫自己的权利也没错——”聂梓涵蹙起眉头说道。

“反正你就是她那一边的人。”欧阳明远瞥了一眼聂梓涵说：“你心里是巴不得我和范晓鸥分开的，对吧？我和范晓鸥分手，你就可以趁机收复失地了，是不?”

聂梓涵被欧阳明远呛得有瞬间的愣神，他的反应更加剧了欧阳明远的怀疑，欧阳明远更加愤懑地说：“聂梓涵，虽然你是我外甥，但我可要告诉你，不管过去晓鸥和你发生过什么，但是现在她是我的，你别再打她的主意了!”

聂梓涵从办公桌后缓缓站起身来，直视着欧阳明远，说道：“小舅舅，你若真是想和范晓鸥在一起，最好以一个自由身去追求她，否则我是不会袖手旁观的!”

“我和她之间的事要你管吗？你现在真是站着说话不腰疼!”欧阳明远怒极反笑，说：“你既然这么关心她，那你为什么当初要和她分开？为什么她会转向我这里?”

欧阳明远的话刺着了聂梓涵的心，他英俊的脸庞顿时冷了下来，说：“人总有做错事的时候，当初我有迫不得已的理由，可是现在我悔过了还不成吗?”

“迫不得已？得了。”欧阳明远嗤笑道，“你别骗鬼了，聂梓涵，你说实话，当初放弃了范晓鸥是不是因为看她是外地的穷孩子，和你贫富悬殊，地位不平等，怕你家里不同意所以才放弃的？"

"这个并不是主要的原因——"聂梓涵想解释。

"得了，聂梓涵你说老实话，不要说什么主要原因，我只说这算不算是你放弃她的一个理由，你说啊——"欧阳明远咄咄逼人。

聂梓涵闭紧了嘴不说话。

"既然连你都这样嫌贫爱富，你就无权评论我和你小舅妈的感情。我一直以为你是最了解我的，哪知道我们竟有这么多分歧。"欧阳明远苦笑，"我敢说你在没有遇见真正感情的时候，一定会和我一样，被家里一逼就匆匆忙忙找个人结婚生子，一辈子也就算过完了。"

"其实很多人到临死时也找不到真正爱的人，这一辈不是也过得很好？但我却他娘的在尘埃落定的时候遇见我喜欢的……可是一切都太晚了——"欧阳明远叹息道，"其实我对范晓鸥的感情要求很简单，我不求她是我以前见多的娇贵玫瑰花，即使她只是一株朴素简陋的仙人掌，我也愿意忍受所有的痛来抱着她——她是我的，谁也不能抢走！所以你死了这条心吧！"

聂梓涵听了欧阳明远的话，沉默不语。半晌之后，他缓缓地开了腔："小舅舅你说得很对，我也很感动，但是我不能将她让给你，我们公平竞争吧。"

第四十八章
绵里藏针

范晓鸥对聂梓涵和欧阳明远之间的暗潮涌动浑然不觉，埋头在北京打拼的她一心想在最短的时间内依靠自己的力量赚到更多的钱。每个在北京打拼过的外地人几乎都有这么一个迷惘的时间段。都是在生活稍微稳定之后，总想再上一个新台阶，不过因为现实的各种制约而无法实现自己的预期目标而感到郁闷。

也许是之前的情感受挫次数太多，也许是欧阳明远久久没有亲口给她婚姻的承

诺，范晓鸥的心里从最初的不在意到了完全没有了感情已经尘埃落定的底气。

所以即使欧阳明远对范晓鸥一往情深，她却没有太多的闲工夫给予他完全同等的感情。她总在自信和自卑中徘徊，更在内疚和自责中挣扎。她也不晓得自己现在是怎么了，焦躁得无以复加。范晓鸥觉得自已就像一个在字里行间被印反了的字母，拼凑不起来一个完整的人生单词，前路一片茫然，情感更是懵懂矛盾。

加剧范晓鸥这种焦虑感的一大主因是毛琴吟。毛琴吟和范晓鸥熟稔了之后，便经常和她探讨起感情和婚姻的事情。范晓鸥从毛琴吟的字里行间觉察出了毛琴吟的婚姻好像不幸福。原来毛琴吟已经结了婚，而且夫家的条件也不错，算是门当户对。不过因为有小三的介入现在开始闹离婚。从毛琴吟的叙述中，范晓鸥得知毛琴吟的丈夫是个典型的花花公子，见异思迁，喜新厌旧，始乱终弃。

范晓鸥对毛琴吟不幸的婚姻表示深切的同情之后，对此却爱莫能助，因为她对自己的感情也并没有多大的认可度，何来指导毛琴吟的资本，所以只能空泛地安慰毛琴吟几句，不过因为毛琴吟每天犹如祥林嫂般不停地在她耳边哭诉和怒斥，范晓鸥因此对自己将来的婚姻和感情更加没有期待，本就迷乱的心更加疲惫。

毛琴吟浑然不觉自己每天的絮絮叨叨对于范晓鸥来说是一种折磨。也许是从公司里的人那里听到了什么风声，毛琴吟经常缠着范晓鸥要她说点儿她的恋爱经历。忙碌中的范晓鸥总是接不上来话，却被毛琴吟认为是故意隐瞒，所以对此总有微词。

去食堂吃中午饭的时候，毛琴吟用筷子夹了夹餐盘中的菜，看着那些千篇一律的简单菜色她有些不易察觉地皱眉头，又抬起眼看了看坐在对面安静吃饭的范晓鸥，她想了想，见四周没有认识的部门同事，便小声地说："晓鸥，和你共事这么久，我可是把你当做好朋友了哦，我每天这么跟你说心事你烦吗？"

范晓鸥有些错愕，但连忙礼貌地说："不会呀，多谢你对我的信任，琴吟。"

毛琴吟摆摆手，说："唉，你不烦我就好，可是我都对你说那么多了，你却什么都不肯透露给我，你对知心姐妹还有什么可隐瞒的吗？"

范晓鸥有些无奈地抬起头，说："你想知道什么，琴吟？"她现在知道为什么职场总提倡君子之交淡如水这句格言，因为过度关注别人的隐私确实会让人感觉尴尬，她不知道毛琴吟有没有这种自觉。

"呃……我听说——你和欧阳总经理好上了，是吗？"毛琴吟终于把隐藏在心底的这句话问了出来，说完之后一双眼睛只是盯着范晓鸥看，眼眸里充满了焦躁和紧张。

范晓鸥一怔，随之沉默了许久，她继续埋头吃菜。毛琴吟不死心地又追问了一遍："你是不是和欧阳明远在谈恋爱呀？到底是不是啊？"

范晓鸥含糊地说："这个问题对你很重要吗？"

"当然！"毛琴吟下意识地脱口而出，随后又觉得有些失态，便拿着餐巾纸轻按嘴角，掩饰地笑着说："因为我很关心你，都是让你听我的废话和牢骚，我也想替你参谋参谋。"

范晓鸥叹口气，只是拨弄着餐盘里的饭菜，毛琴吟见此试探地问范晓鸥："你真和他是一对吗？"范晓鸥见无法再瞒，只得轻轻点点头。

毛琴吟的俏脸都变了颜色，她拿着餐巾纸的手在细微颤抖，半天之后她才继续问范晓鸥："难怪……即使你不说，其实最近这些日子大家也能看出他对你，呃，对你有异乎寻常的好感。"

范晓鸥苦笑了一下，小声地说："其实这个事，我也挺懵懂的，也不知道怎么就心软答应他了——"

"那你们，你们现在同居了吗？"毛琴吟继续追问道。

范晓鸥的脸刷地红了，一口饭差点儿呛出来，她连忙解释道："我们、我们什么也没发生过……真的……"

"啊？是吗？"毛琴吟的神情更加异样，她喃喃道："怎么会这样？像他那样的男人，也能忍受得住吗？"

"什么能忍受得住？"范晓鸥停下吃饭的动作，有些疑惑地看着毛琴吟，"琴吟，你好像很了解欧阳明远一样……"

"哦，"毛琴吟连忙回神，"公司里的人谁不知道欧阳明远的为人啊，我也是听他们说的。不过你还真有勇气啊，会和这么个人在一起——"

范晓鸥说："你知道他是怎样的人吗？"

"反正他的风评不好。"毛琴吟撇撇嘴说："我建议你别和这样的花花公子在一起，实话告诉你，我丈夫的性格和欧阳明远是一模一样的，你看我现在落成什么样儿了吧？"

范晓鸥的脸色也有些凝重起来，她低着头吃饭没再吭声。毛琴吟也觉得自己说得有点过，便堆上笑脸，说："咱们不谈这些不愉快的事了，反正多吃点儿菜，对自己好点儿，怎么也不能让这些男人把咱们击垮，是不？"

范晓鸥点点头，却没料到毛琴吟却又看似轻描淡写地追加了一句："其实——我挺佩服你的，晓鸥，欧阳明远都已经结婚了，你竟然不在意这个，现在的人也真算是想得开……"

“啊？什么？欧阳明远结婚了?!”范晓鸥犹如被雷电劈中，她惊愕地抬起头来，望见的却是毛琴吟一双有些发冷的眼眸。

第四十九章
借故堕落

“这个……”毛琴吟动作优雅地擦了擦嘴，不管范晓鸥震惊而忧虑的眼神，而是慢条斯理地说：“我也是听公司里的人说的，也不知道是真是假——”

范晓鸥怔怔地坐在那里，听到这个让她失神的消息脑子里几乎无法思考。毛琴吟站起身来，端走餐盘对范晓鸥说：“我先走了，晓鸥，我只是随口说说的，所以你可别在意我的话哦，也别乱想啊——”其实她知道范晓鸥肯定会乱想的。

范晓鸥用了很长时间才从椅子上站起身来，从食堂里出来，她直奔欧阳明远的办公室，想问个清楚。可惜的是欧阳明远不在办公室。范晓鸥依稀有印象，自从毛琴吟来公司之后，欧阳明远就很少在公司里出现。两人的见面不是在外面，就是在范晓鸥的家里。

见欧阳明远的办公室里没人，范晓鸥走到了楼层没人的楼梯间里拨通了欧阳明远的电话，从电话里传来的声音很嘶哑，欧阳明远好像很是疲惫，他用刚刚睡醒的喑哑声音在电话里说：“晓鸥？不是说好今晚我去接你吗？怎么现在打电话来了?”

范晓鸥没有接欧阳明远的茬，第一句便是：“欧阳明远，你告诉我，你是不是已经结婚了?”

电话里一片死寂，半晌之后范晓鸥才听到欧阳明远微弱的声音在电话里传来：“这事——这事比较复杂，等我有时间和你再说说——你是听谁胡说的?”他并没有正面回答范晓鸥。

“复杂的事我不想知道，是谁说的你也别管，现在我只想知道你是不是真的已经结婚了?”范晓鸥握着手机的手用力得几乎要将手机捏坏，有一股被欺骗的愤怒在她的胸口奔涌，她需要用很大的力气才能控制住自己不在公司里大声怒吼。

“我、我——反正你等着我向你解释。”欧阳明远听出了范晓鸥的愤怒，他急忙对范晓鸥说道：“在我向你解释之前，你别听信别人的胡说，好吗?”

“若你是被冤枉的，你可以解释。但假如你真的已经结婚，就什么也不用解释！我也不想再听！”范晓鸥冷笑一声，挂了电话。她靠在楼梯间的墙壁上，胸口急剧起伏，她咬着唇极力让自己冷静下来。她原想欧阳明远会义正词严地澄清他是不是已婚的事实，但从他电话里的表现来看，他是否已婚的答案已经呼之欲出了。

在公司里打手机说话也不方便，因为不知道有多少双眼睛在盯着，范晓鸥用极大的克制力掩饰了自己悲哀且愤怒的心情，慢腾腾地、心灰意冷地回到自己的办公桌前，却看到她办公桌上有一束快递送来的蓝色玫瑰花，范晓鸥在花店里看过，是昂贵的蓝色妖姬。

范晓鸥端起包装成扇形的精美花束，下意识地想找个垃圾桶扔掉，不用想也知道应该是欧阳明远送的。他总喜欢搞这种小资情调，丫的，让他死一边去吧！

但就在她拿起花束要扔的时候，视线却被隐藏在花束里露出一角的卡片吸引住了，她抽出一看，那是张印刷精致的花笺，上面还盖了签名的印章，竟是一个打死她也想不到的名字：聂梓涵！

今天既不是她的生日，也不是什么节日，聂梓涵吃错药啦，为什么会突然间送花给她？范晓鸥迟疑了半晌，才拿着卡片又仔细看了看，这才确认真的是聂梓涵的印章。

因为聂梓涵平日里在她呈交的文件上签的名都是用盖章从来不签字的，她当初也很纳闷为什么聂梓涵从来没有用笔写过字，所以对这个签名章特别眼熟。

她还是小心翼翼地将小卡片，放在办公室的抽屉里。她坐在椅子上，看着那束花想了想，不知道聂梓涵到底打的是什么主意，正在这时，她桌上的内线电话响了起来，她看着上面显示出聂梓涵办公室的分机号，犹豫了一下还是接了起来。

“为什么送花给我?”范晓鸥开门见山地问聂梓涵。

“你——喜欢吗?”聂梓涵避开她的问题，而是温和地反问她。

范晓鸥盯着香气四溢的蓝玫瑰，说：“还成吧，就是觉得没必要浪费。你不如把买花的钱换算成钱给我呢——”她半开玩笑地说着，脸上却一丝笑容也无。沉重的心事让她对聂梓涵突如其来的殷勤并没有表现出任何惊喜。

“怎么会浪费?”聂梓涵在电话那头低低地笑了，带了磁性的男性声音传过电话这边来，确实有着摄人魂魄的魅力。可惜范晓鸥心里如明镜一般，现在的她已经学会

了不再自作多情。

“你快说吧，想让我帮你做什么？”范晓鸥问聂梓涵，“除了借钱之外，其他的都好说。”

“你真的什么都能帮我吗？”聂梓涵说。

“当然，你是我哥哥嘛。”范晓鸥没精打采地说：“不过你不用这么客气，有事要帮忙说话就成了，犯不上花这么多钱买这些不切实际的东西给我。”

“我——”聂梓涵被范晓鸥堵得无语，他可是请教了很久才下决心向花店订花送她的。

“说吧，不要客气。”范晓鸥一边说着一边看着文件，“我手头还在忙，你若是没事我就挂电话了，不过还是要谢谢你的花，很漂亮。”

“呃，你别挂电话。”聂梓涵连忙在电话里把自己的意愿说了出来，“我……今晚你有空儿吗？我想和你一起吃饭。”

“你请客吗？”范晓鸥心不在焉地问着聂梓涵，“我可没钱。”

“当然，”聂梓涵说，“不会让你掏钱的，你想吃什么，尽管说。”

“我想吃山珍海味、飞禽走兽，最好‘此物只应天上有’的，你愿意请吗？”范晓鸥依旧情绪不高。

聂梓涵觉察出了范晓鸥有些低落的情绪，便说：“你想吃什么都成，不过，你是不是不高兴啊？说话都这么没精神？”

“没什么，晚上一起吃饭吧——我想吃点儿好的，最好把你吃穷了没钱付账，然后把你押在饭店里当午夜牛郎——”范晓鸥突然有种说不出的疲惫感，聂梓涵想请客就请客吧，她也想出去走走，她急切需要新鲜的空气来缓解自己好像被从天而降的一闷棍打中的郁闷和愤懑。

“行啊，欢迎你来吃我——那晚上见，下班后我在楼下停车场等你。”聂梓涵心情愉快地挂了电话。

有时候孤单很需要另一个同类，否则孤军无援，天人交战，死路一条，表演自杀，看客麻木。范晓鸥孤单惯了，所以非要找个人来垫背。正好聂梓涵自投罗网，那她也乐于和他一起跳下水，是死是活都随便。

“想去哪里？”聂梓涵在车水马龙中一边平稳地开着车，一边侧转头悄悄看范晓鸥。他的视线在她脸上停顿了一下，心里微微一凝，发觉今晚的范晓鸥好像又成熟长大了不少。

其实前一阵子还在和范晓鸥近距离接触，但是他发觉今晚的她和之前的又有了变化。女大十八变这句话可是经过古人精心提炼出来的，自有一番道理。

范晓鸥依旧扎着他喜欢的马尾辫，不过因为她的长发不像是别人那样刻意扎得光光的紧绷的，而是松松的，又有点儿歪斜地绑了一下，所以她的头发看起来蓬松、慵懒，再加上稍微染过色，就在随意中别有一种性感。

聂梓涵从来没把性感这个词和单纯的范晓鸥联系在一起，可此时此刻他的心却微微有些荡漾起来。他连忙收摄住心神，让自己能专心点儿开车。

范晓鸥视线本来是有些溃散的，听聂梓涵出了声，她才懒洋洋地说："随便吧，我都可以。"

聂梓涵见范晓鸥意兴阑珊，便问道："你怎么了？好像没精打采的，是公司派给你的任务太重了吗，所以累了？"

"唉，我哪敢在老板面前喊累啊？"范晓鸥的嘴角浮起一抹自嘲的笑，她转过头重新看车窗外面，然后说："只是冬天到了，我的脾气就不好，你别管我就成。"

"你啊！"聂梓涵摇摇头，为范晓鸥的孩子气而感到好笑，他想了想，极力想让今晚的气氛变得融洽起来，"你今年春节回家过年吗？要是回去，我让人给你先预定飞机票。"聂梓涵边说边看着范晓鸥。

"喂，你怎么突然变得对我这么好了？我还真不习惯耶。"范晓鸥转回头来盯着聂梓涵看，"你有话直说吧，到底要我帮你什么忙？"

"啊？"聂梓涵有些哭笑不得，他虽然平时话不多，可并不属于木讷型的男人，此刻却有一种被问倒的窘迫。

"我对你一直很不好吗？为什么你会有这种感觉？"说没有一点儿挫败感那是不符合实际情况的，聂梓涵也有些无奈。

"那你说，你真对我好过吗？"范晓鸥却盯着聂梓涵一直看，她也不看窗外了，那双清亮的眼眸里有着追根究底的探询和质问。

聂梓涵被范晓鸥的眼睛盯得有些尴尬，他心虚地收回和她对视的目光说："我、我……我也不知道我所做的一切是不是真的对你好——"

"是啊，所以你要么自以为是地替我安排，要么就干脆什么都不做，就等着看我自生自灭是不是？"范晓鸥突然变了脸色，声音也变得尖锐起来，"聂梓涵，我真受够了你的假慈悲还有假仁假义！"

聂梓涵闻声蓦地转头看着范晓鸥，还想争辩几句，但所有的话语在看到范晓鸥气得涨红的脸庞还有使劲儿忍着眼泪的表情时，全都堵在他的喉咙里，让他有些慌神。

“你怎么了?”聂梓涵急忙将车子靠向路边，而后缓缓停下。“到底出什么事了，晓鸥?”聂梓涵焦急地问着满眼都是泪水的范晓鸥。

“走开，不用你假惺惺的!”范晓鸥用纤细的手指胡乱地擦去脸上的泪痕，一边咬牙切齿地说道：“我受够你们这些龌龊的已婚男人了！从你们那些所谓寻找真爱的龌龊嘴脸中我看出来了，已婚男人真没一个好东西!”

“你说什么呢?”聂梓涵听了一头雾水，“我们这些已婚男人？你说谁?”

“就说你，就说你这个已婚男人也很龌龊，不成吗?”范晓鸥正愁着没人和她吵架呢，她是巴不得聂梓涵和她大吵一架，然后她可以趁机痛骂这个具有代表性的已婚男人。

“已婚男人？你是说我吗?”聂梓涵并没有动怒，而是注视着激动的范晓鸥，“可我没结婚，为什么要这么说?”

“切，边儿去吧，你没结婚?”范晓鸥突然间觉得很好笑，睁眼说瞎话指的就是这种人吧。“几年前的除夕晚上，你不是已经在电话里告诉我了吗?”范晓鸥可没有忘记，她曾经在小巷子痛哭到大半夜，哭得差点儿把心都给呕出来。

全国人民欢天喜地过大年，而她却觉得那一夜是世界末日。

“我告诉过你?”聂梓涵这下有些糊涂了，“我有吗?”

“怎么没有?”范晓鸥呜咽着说：“那晚有人问你新娘好看吗？你说还行——你忘了吗？我可没忘记!”

“除夕的晚上?”聂梓涵仔细想想，终于想起说：“哦，你说的是你还在上学的那个大年三十的晚上吧？那晚是有人结婚了，但新郎不是我，我只是伴郎——”

“不是你?”范晓鸥这下怔住了，“那晚你没结婚?”

“我一直没结婚啊。”聂梓涵看着范晓鸥说：“你怎么会有这样的误会?”

范晓鸥火爆的愤怒犹如涨满的气球突然被针扎破了一样，顿时消散疲软了下来。“你、你一直没结婚吗?”她喃喃自语，有些不能接受。这么说，她白白因为这事伤心了那么多年。

“那晚不是你结婚，那么到底是、是谁结婚了?”范晓鸥像是想起了什么，又从座位上直起身来，盯着聂梓涵问。

“这——”聂梓涵撇开头，觉得不知道该怎么说。

“那天晚上是不是欧阳明远结婚，让你当伴郎的?”其实不用聂梓涵开口，范晓鸥也能猜出个大概。见聂梓涵没吭声，范晓鸥颓然地坐回了座椅上，长长吐出一口气来，到现在她终于得到答案了，欧阳明远果然是骗了她，他是个有妇之夫!

范晓鸥什么话也没有说，聂梓涵看着她沉默静思的样子也不敢打扰她，怕她受刺激更厉害。半晌，聂梓涵听见范晓鸥轻轻地说："你很高兴吧？"

"嗯？"聂梓涵不解地看着范晓鸥。

"看到我这么狼狈和可笑，你很欣慰吧？"范晓鸥扯起嘴角，似笑非笑地看着聂梓涵，黝黑的眼眸因为愤怒而显得异常明亮，"你还算不算是我曾经喜欢过的男人？你就眼睁睁看着欧阳明远一而再、再而三地骗我而不吭声？你究竟要让我被伤害到什么样的程度才满意？！"

"我从来就没有要伤害你的意思！"聂梓涵连忙辩解，"我一直都希望你好，真的，晓鸥，我很在乎你——我爱护你的心思从来没有改变过……"

"很在乎我？你所谓的在乎就是一次次把我推离开你身边，然后让别人尽情去骗，去伤害我吗？你真行聂梓涵，我真是瞎了眼，当初怎么会喜欢上你，现在又怎么会被你舅舅给耍着玩，你们两个真是一丘之貉，算我倒霉，丫的我真犯贱！"范晓鸥气得发笑，她推开车门就准备下车，她要远离这两个无耻的骗子，最好永远都不要见到他们。

聂梓涵见她要走，连忙倾过身来，用力握住她要去开车门的手，他揽住她，用恳求的眼神看着她，嘶哑地说："别走，晓鸥！我知道我一直都在犯错。我从来就没有任何要玩弄你的意思，你相信我！我、我承认我是个懦夫，是因为、因为我总是害怕，有一天你会发现，我没你想得那么好……你会离我而去……"

"你在我的眼里，曾经是那么完美，我不知道你这种奇怪的心态是哪里来的！"范晓鸥不解地看着聂梓涵，"你说，你到底做了什么事，会这么害怕让我看见你的另一面？"

"这个……"聂梓涵低着头，在心里不断地作斗争，往事一幕幕涌上心头，他却还是缺乏坦白的勇气。半晌之后，他才下定决心对范晓鸥说："晓鸥，其实……那一年是我……"

"那一年你怎么了？"范晓鸥盯着聂梓涵，期待他将心事说出来，可是却在这时她的手机响了起来，是"倩女幽魂"，是她今天才设的欧阳明远的专用彩铃。

范晓鸥暂时停住对聂梓涵的追究，她看着手机，任它响了半天，才接起来："喂？"

"晓鸥，不是说好晚上你等着我吗？怎么没看到你的人影啊？"欧阳明远在电话那头有些着急。

“今晚我有约会，你也自己找乐子去吧。”范晓鸥靠在车门那里，语气冷淡地说道。

欧阳明远迟疑了半晌，开口说：“晓鸥，你是生气了吗？其实、其实有些事我本来想告诉你的，可是、可是——”

“别可是可是的了，我没工夫再听你瞎掰，我忙着呢，挂了哈！”范晓鸥不客气地说道，便想挂电话，欧阳明远觉察出了范晓鸥的不耐烦，无奈而又痛苦地说道：“别挂我电话，晓鸥，对不起，我错了，请原谅我——”

“欧阳明远，你知道我最厌烦什么吗？我最讨厌男人在伤害了女人之后，随便就是一句对不起，丫的这种廉价的道歉我不想接受！”范晓鸥只觉得无名火在她的胸腔里燃烧，她瞟了一眼面色也有些尴尬的聂梓涵，继续对电话说道：“你留着道歉自己享用吧。我告诉你欧阳明远，我们之间算是玩完了！我们是老账新账一起算。很多年前你就欠我的，本来我就耿耿于怀，现在更不能原谅你了！你等着，我会一起讨回公道来的！”

范晓鸥气狠狠地挂断了电话，坐在那里，胸口随着她愤怒的情绪而急促起伏。

聂梓涵坐在范晓鸥身旁，不敢出声。原本还在酝酿的道歉和坦白随着范晓鸥对欧阳明远恶狠狠的发泄，也随着时间一分一秒地过去，而开始一点点地萎缩，到最后那点儿可怜的勇气好像滴洒在滚烫沙漠里的水珠一样，都被紧张和焦虑烘烤挥发得一干二净。

“走吧，我们回去吧！”范晓鸥沉默了半天，疲惫地将头靠在车椅背上，闭上了眼，说：“回去吧，我很累！”

聂梓涵没有再说话，只是快速而平稳地发动了车子。

到了住的地方，范晓鸥说了声“谢谢”便要下车。但她刚推开车门，胳膊却被聂梓涵握住了：“晓鸥，我们谈谈可以吗？”

“我们之间还有什么值得再说吗？”范晓鸥心灰意冷地说道。嘴上虽还硬着，但此时此刻和聂梓涵在一起的感觉好像回到了很多年前，那时的他也是什么都管着她，而她也乐于被他管着。那种滋味又酸又甜确实值得回忆，可惜最后不过是镜花水月空梦一场，越是甜蜜回想起来就越是悲伤和难过。

聂梓涵深深凝视着范晓鸥，他的手还揽在她的肩头，他温热的手掌感觉到范晓鸥细瘦的肩膀在怕冷地颤抖，他微微叹息一声，将她揽近，接着范晓鸥听到聂梓涵在她耳边低声说：“晓鸥，我们、我们重新开始，好吗？”

范晓鸥觉得所有的嘈杂瞬间静止了，她瞪着聂梓涵看了半晌，才觉得非常可笑地哈哈笑出声来："聂梓涵，不至于吧，为了让你妹妹我开心，你竟然也能编出这样的话来，真让我刮目相看。不过，谢谢你了，不就失个恋吗，我还承受得住！你别瞎折腾，好端端的再来骗我——唔——"

范晓鸥的话还没说完，聂梓涵突然扳过她的脸来，范晓鸥还没反应过来，一个温热的嘴唇忽地就印上了她的嘴，顿时堵住了她所有的声音！

第五十章
意外的反攻

范晓鸥瞪着眼，从聂梓涵灼热的嘴唇贴上她的唇，到他用灵活的舌头撬开她的嘴，深入到她的口腔里与她亲密纠缠，一直到他终于餍足后松开她，她的眼睛还是睁着，整个人还是僵直的。她的脑海里已经无法思考，只能傻愣愣地坐在那里，像个痴呆的木偶。

久违的柔软，久违的甘甜，这个吻让聂梓涵有着微微的喘息，他看着范晓鸥发呆的模样，忍不住又再次贴近她，不过不敢再造次。

聂梓涵伸出手将范晓鸥嘴角暧昧的水渍轻轻擦去，然后贴着她的耳边低声说："我没骗你，我喜欢你晓鸥，我们重新开始吧——我保证我这次是认真的……"

范晓鸥怔然地坐在那里，正巧聂梓涵还在擦拭她嘴角，她张开嘴一咬，正好便咬住了他的手指，聂梓涵没有将手移开，任由范晓鸥咬着。范晓鸥咬得有点儿狠，半晌之后才松开聂梓涵的手指，他的手指上已经被咬出了深深的牙痕，就像箍套在手指上很久的戒指，戒面还印在上头。

"聂梓涵，到底是你疯了，还是我疯了？"范晓鸥背靠着车座椅喃喃地问道。喝多了韩国真露白酒，头真重，几乎是勉强挂在脖子上的，连思考都很困难。

"是我先疯的——"聂梓涵叹息了一声，用被咬过的手揉着自己的眉心，他拉不下脸来向她道歉，但间接却向她求了饶，"晓鸥，我也想忘记你，我曾想过要好好把

你当做妹妹，但是这么多年过去了，到现在我还是不能释怀，你说我该怎么办——”

范晓鸥没有回答聂梓涵，她的脑海里一片空白，聂梓涵此刻的告白更让她不知所措，以为自己是在幻觉中。她猛地一拍车门，甩开聂梓涵的胳膊，钻出了车子。

外面的空气干冷而清新，冬日的寒气无孔不入。范晓鸥被冷风一激，混沌的脑子终于有些反应了，依稀回想起刚才在车里好像发生过什么。不过发生过的都是不太可能发生的事，丫的，大冬天的，聂梓涵竟然和她又开始发疯了。

“我什么都没听到，聂梓涵，你真是疯了，害得我也跟你要疯。”范晓鸥冷淡地说着，转头便朝着大门走去。

“你听到了，范晓鸥！”聂梓涵也钻出车子，追在她身后，忍不住一把揽住了全身软绵绵的范晓鸥，将她结结实实地抱了个满怀！

“晓鸥，晓鸥……”聂梓涵富有磁性的声音带了魅惑人的沙哑，两人在路边的树下紧紧拥抱，聂梓涵满足地叹息，这一步迈出去其实也不像想象中的那般艰难，反而在枯燥无味的心里面增添了一股甘泉，让他晦暗的人生顿时有了光亮，他也真他妈的傻，到现在才想通。

他在心里暗暗骂着自己，手却不受控制地抬起范晓鸥晕红的脸庞，然后再次猛烈而又温存地吻她。她娇嫩的唇很凉很软，可是却有着醉人的芬芳，令他迷醉，他猛烈地吮吻着她，几乎要将她吞噬一般狂野。

范晓鸥几乎要喘不过气来，她不住用脚尖踢着聂梓涵的小腿，嘴里唔唔叫着想要挣开他，她要被吻得窒息了，她终于认识到聂梓涵今晚真的是发了疯，而不是自己产生了幻觉。

尽管两人穿的外套都很厚，但彼此都能感觉到对方身体的热度。尤其是聂梓涵，他觉得自己好像要燃烧起来一样，不仅身体嘴唇是火热的，甚至连他的眼神都是火热的。

“停……停……”范晓鸥首先求饶，她快受不了，再这么下去，她觉得自己都要被聂梓涵的热情给烤化。他今晚真是不正常，难道他也喝多了吗？或者又吃到春药了？

想到春药，范晓鸥就不寒而栗，她使尽全力，奋勇推开了聂梓涵紧贴着她的温热胸膛，然后抬起穿着厚厚雪地皮靴的脚，狠狠地就踩了聂梓涵一脚！

慌乱又有点儿晕的范晓鸥用的力度本就不看轻重的，聂梓涵被踩得发出了一声闷哼，接着就看到他英俊的五官扭曲在一起，他的眼眸里火热未退，脸上的表情却是夹杂着错愕和狼狈的。

“晓鸥……”他的脚几乎被她沉重的靴子跺瘸了，他倒抽一口气，还是咬着牙忍痛叫着她的名字。

可是迎接他的，却是范晓鸥的怒气和白眼，外加一句冷冰冰的“滚”！

第五十一章
苏格拉没有底

聂梓涵脚上还疼着，脸也是扭曲着的，心头更不是滋味。他不能说是含着金钥匙长大的纨绔子弟，可从小到大哪受过女人这样子的嫌弃？清冷而自尊心极强的天性让他瘸着腿站在寒风中不知道该怎么继续了，只是无措而矛盾地看着满脸怒容的范晓鸥。

她也是第一次看到高不可攀的聂梓涵这副失魂落魄的样子，可是范晓鸥一点儿都不想纵容聂梓涵这样的放肆。时过境迁，他或许是过去的他，可她却已经不是了。她实在无法忍受一个时而说她是他妹妹，时而又对她做出像情侣那般亲密事情的男人做她的男朋友，即使当初是那么深爱过他，可是如今，她在无尽的痛苦和黑暗中已经学会了成长，不再轻易因为男人的几句甜言蜜语就被迷得找不到北。

“聂梓涵，你……你今晚有病吧？”范晓鸥按着隐隐作痛的太阳穴，强迫着让自己的情绪平复下来。说刚才那个激吻她没有一点儿感觉那是骗人的，她的心脏到现在还是怦怦乱跳。也许是很久没有被男人如此亲吻抚慰，她竟然觉得腿有些发软。

她对聂梓涵正色说道：“我估计是饿着了，脑子里也不太清楚。所以你说什么我一句都没听懂。我们、我们还是，先——回去吧，天色也不早了——”

聂梓涵站在树影下，光线太黑，他的脸在树影里若隐若现，看不清脸上是什么表情。两人面朝空寂无人的寂寞街道，无话。

“晓鸥，我之前说的话是认真的，你再好好考虑一下，可以吗？”黑暗中他的眼神很亮、很深邃，似乎要望到她心底去一样凝视着她。

范晓鸥经受不住聂梓涵迫切而逼人的恳求视线，转过脸去看着停车场，不解地问着聂梓涵：“你——你这是何苦？为什么呢？是因为你太寂寞了吗？”这个转变太突然了，她分不清聂梓涵到底是什么心态，是戏耍，是逗弄，还是一时的心血来潮？

“不是，我并不寂寞。”聂梓涵叹口气，说：“晓鸥，我知道你会觉得我的决定特别突然——怎么说呢，”他的嗓子有些发涩，“是我以前不懂得珍惜你，所以才让我们错失了那么多的美好时光，这阵子以来，我才发觉我很在意你，你笑我也好，说我疯子也罢，总之，我不想再放开你——我们再在一起吧，可以吗？”说着，他伸过手来握住了范晓鸥的纤手。

范晓鸥的手指纤细而冰凉，被聂梓涵的大掌握住，两人的手腕有些微颤，但是很快范晓鸥的手便从聂梓涵的手掌中抽出，她不看他，说：“抱歉，我不能。聂梓涵，我替你揣测你的心态，其实你不是爱我，你是因为看到欧阳明远和我在一起，你觉得自己的一件玩具被人抢走了，所以心有不甘想重新拿回来，我说得对吗？”

“不是因为小舅舅，是我自己想要你。”聂梓涵的眼眸更加深邃。

“你以为我会信吗？”范晓鸥的嘴角有一抹淡然的笑意，聂梓涵却觉得这抹笑容比打他骂他还要让他难受和不安。

“我知道你不相信我，晓鸥，我可以等你。你是忘不了小舅舅吗？可是小舅舅他——”他以为范晓鸥还记挂着欧阳明远，便想说话，但范晓鸥却阻止了他：“你不要说了，你想说什么我都知道。我和欧阳明远的这件事，我会好好处理。幸好我还没来得及爱上他，他欺骗我那么多年，总有一天我会连本带利要回来的！”

“连本带利？”聂梓涵的神色有些凝重，“你想对他怎么样？其实小舅舅他对你也不是真的一点儿感情都没有，只是他——”

“聂梓涵，我真弄不明白你，你现在到底是帮我还是帮你小舅舅？”范晓鸥转回头，有些讥讽地看着聂梓涵，说：“所以我不知道你现在对我表白的目的是什么，难道是想替你的小舅舅来弥补我吗？那你未免也把我想得太简单了！”

“我没有要替小舅舅弥补的意思，我想和你在一起是我自己的决定，和他没有任何关系——晓鸥，你误会了——”聂梓涵没想到范晓鸥竟然会有这样的误解，他连忙解释，一向精明犀利的他也有被范晓鸥绕进去的时候。

范晓鸥却大声地说：“再见，聂梓涵！不送你了！”说完头也不回地朝着住处走去。

聂梓涵没有再出声阻止，范晓鸥走出去很远，还能感觉到聂梓涵灼热的眼神黏在她的背上，她甩甩头，把所有的纠结都甩在后头，再也不去想。

可是还没回到自己所住的楼层，欧阳明远的电话就如催命符一样打了过来，范晓鸥理都不理包里一直响个不停的电话，她慢腾腾地走出电梯，拿出皮包里的钥匙开了大门，返身关上门，把鞋子脱掉换上棉拖鞋，径直走到了沙发边上一屁股坐了下来，然后才打开皮包，拿出了手机。

她凝视手机半晌，才按下了通话键，电话那头的欧阳明远焦急的问话犹如连珠炮一样砸来："晓鸥，你去哪里了，我晚上还去过你那里，可你不在家，你到底去哪儿了？"

范晓鸥冷淡地说："我到外面透透气……"

"和谁一起去的？到家了吗？"欧阳明远追问个不停。

范晓鸥从有些发白的唇间逸出冷笑："我不想告诉你可以吗，欧阳明远总经理？"

"晓鸥，我知道你在生我的气，可是我真的不是故意要骗你的。"欧阳明远有些慌乱，内心知道这次恐怕是再难以得到范晓鸥的原谅了，但他依旧不死心地想要修补两人之间已经无法愈合的裂痕，"现在我说什么也没用，但是请你相信我，我已经和琴吟在办理离婚手续了——"

"什么，琴吟?!"范晓鸥觉得自己脆弱不堪的心已经再经不起任何突如其来的打击了，她用微弱的被打败的声音小声地重复一句，"琴吟，毛琴吟？——她是你的太太?!"

欧阳明远怯怯地说了声是，却让范晓鸥气得彻夜未眠。夜半的时候，严重失眠的她起身，摸索出床头柜里的烟盒和打火机来。很久没有抽过烟的她，给自己点燃了一支香烟，然后靠在床头上吸进一口，喷出来的烟雾缭绕变幻，包裹住了她的脸，她脸上的表情看起来没有了平日里的柔美，却多了几分戾气。

这些个王八蛋！范晓鸥在心里骂道，她狠狠地吐出一口烟雾来，觉得心口都气得疼了。她已经不再去想欧阳明远这个人渣了，光是想起这个神秘的毛琴吟，她的心里就有一种说不出的滋味来。丫的，她觉得自己真是太他妈的笨了，怎么谁都可以耍着她？难道她很好欺负吗？

她可没有忘记是毛琴吟亲口拐弯抹角告诉她欧阳明远已经结婚的事情。可是毛琴吟为什么不明说呢？躲在暗处算什么？等着伺机收集欧阳明远出轨的证据吗？她不知道毛琴吟每天对着自己会是什么感受，她都替毛琴吟揪心。

而欧阳明远为什么不早点儿告诉她毛琴吟就是他老婆？这一对夫妻都丫的心怀鬼胎！看来她这个不明不白的"小三儿"当得真是窝囊。

范晓鸥心烦气躁地掐灭了烟头，然后靠在床头仰天长叹了一声，她瞪着眼看着天花板，欧阳明远惊爆的这个意外内情盖过了她所有能闪过的念头，她被深深激怒了，也被深深伤害了。此刻在她心中转悠的唯一想法就是她绝对不能再放过欧阳明远这个狼心狗肺的东西了！还有那个毛琴吟！耍着人阴着人很好玩是不?!

她也要报复！范晓鸥咬牙切齿地想。既然欧阳明远从一开始就没让她好过过，那么从今晚后，她也会让他不会那么好过！她一而再，再而三给过他机会，而他还在不停地伤害她，那好，既然这样，看谁斗得过谁！她范晓鸥也不是随便捏的软柿子！

范晓鸥在这个凄清的夜里，独自一人又是咬牙又是愤怒地想了很久很久。再到公司里上班时，范晓鸥已经恢复了正常。倒是一肚子心事的毛琴吟看到范晓鸥面色如常地工作，有些先失了冷静。

“晓鸥……”毛琴吟在一旁察言观色了半天，才开口说：“呃，你和——欧阳总经理没闹出什么事吧?”

“嗯？什么事?”范晓鸥纤细的十指在电脑键盘上娴熟地四下翻飞，在打着客户的材料，漫不经心地说。今天来上班，她多留了个心眼儿查了查，果然发现之前她洽谈的几宗业务被人暗地里动了手脚，不仅挖了她的墙角而且在客户面前使劲儿诋毁她，让她签约不成。

看来这背后挖墙脚的人是蓄意要整她的，知根知底，她一直没有怀疑到毛琴吟身上去，如今真相大白了，范晓鸥的心里只有冷笑。

“你们……没有吵架吧？其实我说了那个秘密，心里感觉不安哪——”毛琴吟偷眼看着范晓鸥，脸上的笑容有点儿挂不住了。

“哦，你是说欧阳明远已经结婚了的事吗?”范晓鸥摇摇头，嘴角有一抹淡然的微笑，说：“谢谢你告诉我这个消息，不过欧阳明远已经向我解释过了，我等待他去处理。”

“你不在意他结婚了吗?”毛琴吟不可置信地张大了嘴。

“我自然是在意的，但是我相信他还是能妥善解决的。”范晓鸥斜眼看了一眼面色有些青白的毛琴吟，心中其实是有一丝恻隐之意的。

但毛琴吟的声音却猛地尖锐了起来：“这么说，你一点儿都没有打算和欧阳明远分开吗?”

范晓鸥蹙了眉头，说：“我为什么要和他分开?”

“你……你不觉得你有点儿过分了吗？小三终是要被人唾弃的!”毛琴吟终于按

捺不住内心的怒火，语气不善地对范晓鸥说道。

“没事，其他人我不管，只要欧阳明远不唾弃我就成了！”范晓鸥依旧平静。其实假如现在毛琴吟把实话对她坦承，说不定她也就此收手，随便给欧阳明远一个教训就得了。但是毛琴吟的这种跋扈而又嚣张的语气让范晓鸥有气，她即使神色平静，但内心却是恨的。

恨欧阳明远的欺瞒，更恨毛琴吟自以为智商高人一等的聪明。好吧，我就和你们夫妻俩耗上了，你能拿我怎么着吧?！范晓鸥内心已经被复仇的火焰所充满，所以只是冷眼旁观毛琴吟的暴跳如雷。

“你……小三是要遭到报应的！”毛琴吟憋了半晌，只吐出这句话来。

“那就让老天报应到我身上来吧。”范晓鸥却不被毛琴吟的威胁所震慑，她老实巴交了二十几年，老天爷也没有善待过她呀，所以该咋地咋地吧。

“我……”毛琴吟几乎没词可说了，她被范晓鸥的厚颜无耻激怒到无言。

范晓鸥却看了她一眼，说：“毛姐，琴吟，别总说我了，你这两天过得还好吧?我瞅见你的脸色怎么这么难看啊，是不是你的老公又给你气受啦?”

毛琴吟连忙掩饰道：“没有、没有……”说完灰溜溜地走开了。范晓鸥冷笑了一声，继续低着头干活。

一天下来倒也平静，只是下午快下班的时候，神龙见首不见尾的欧阳明远却遮遮掩掩地到了公司，他一到公司，就被守株待兔的毛琴吟一眼瞅见，于是便趁着没人注意，她一个闪身便进了欧阳明远的办公室，然后反身把门锁上。

欧阳明远没想到在公司会被毛琴吟抓包，连忙拎起办公桌上的公文包就要闪人，没料到却被毛琴吟一把从背后抱住了，接着听到毛琴吟贴在他背后的嘤嘤哭泣声：“明远……明远……”毛琴吟终于无法承受一般呜呜痛哭起来。

欧阳明远见惯了毛琴吟的坚强，做夫妻这么长时间，他所见到的毛琴吟都是冷静大气，深藏不露，就连姿态和神情都是恰到好处的，但像此刻的失控和崩溃却是他没有见到过的。欧阳明远一向最怕女人哭泣了，所以也有些慌了手脚，一边要拉开毛琴吟的手臂，一边手忙脚乱地说：“放手，琴吟，有话好好说——”倒没了前阵子坚决要和毛琴吟闹离婚的强硬和冷静。

可是毛琴吟却紧紧抱住了欧阳明远不放，她一边哭一边用脆弱而绝望的语气叫道：“我不知道说什么才好，反正我不要离开你，我喜欢你的，我一直都爱你，欧阳明远！我不能没有你！”

“什么？你、你爱我?!”欧阳明远吃惊地睁大了眼睛，他一直以为毛琴吟和他一样，都是家族利益和权势的牺牲品，哪里想到毛琴吟会爱上他！

“你、你骗人说笑的吧？”欧阳明远笑得僵硬，小心翼翼地看着毛琴吟。

毛琴吟满脸泪痕，但是却异常坚定地说：“是，我爱你，欧阳明远！哪怕你是有名的绣花枕头，哪怕你是烂了心的大萝卜，我也不可救药地爱着你！”说着松开了紧抱着欧阳明远的手臂，用双手捂住脸，又哭了。

这下欧阳明远彻底傻住了！半晌都回不过神来。

这天下午，直到下班后很久，欧阳明远和毛琴吟待在办公室里一直都没有出来。

聂梓涵忙完手头的活儿下班的时候，正好和出来的欧阳明远以及毛琴吟撞个对面，聂梓涵看着脸上依稀有泪痕的毛琴吟，微微叹口气，正要劝解铁石心肠的欧阳明远两句，却赫然发现欧阳明远的手是和毛琴吟牵在一起的。

这唱的又是哪一出啊？聂梓涵有些糊涂了，他若有所思的视线正盯着他们交握的手上，欧阳明远先看到了聂梓涵，连忙要抽出手，但却被毛琴吟用力握住，怎么也不肯松开。

欧阳明远只好尴尬地朝着聂梓涵笑笑，但聂梓涵却一点儿笑容也无，他站在那里，冷眼旁观着欧阳明远被毛琴吟拉走。和自己的小舅舅成了情敌，本来他该高兴看到眼前的这种情况，可默立了片刻之后，聂梓涵只庆幸范晓鸥没有看到这一幕。

聂梓涵通常是最后离开公司的，他站在公司大门边，准备关灯关门，却听到门边的暗处窸窸窣窣的有声音，他低沉地喝问了一声：“谁?!”

却看到范晓鸥的影子从暗处现了身。聂梓涵盯着范晓鸥苍白的脸看了半晌，放柔了声音，说：“你怎么在那里？”心中却一咯噔，明白范晓鸥必是看到了欧阳明远和毛琴吟刚刚牵手走出去的那一幕。

范晓鸥没有吭声，只是大步走出了门，然后站在大门边一言不发。聂梓涵关了灯，中央控制系统自动锁门，他走出来看着斜靠在门边的范晓鸥，张了嘴想说什么又忍住了。他伸出手臂拉过了范晓鸥，范晓鸥怔怔地被聂梓涵带出了公司。

“先去吃饭吧？”聂梓涵让范晓鸥坐上车，俯身过去替她系好安全带，然后低声征求她的意见。范晓鸥一动不动，像是什么都没听见。

聂梓涵叹口气，说：“很多事呢，不是你固执着不肯放手就能解决的，人是铁饭是钢，想要做什么首先得把自己喂饱不是吗？”

范晓鸥笑了笑，说：“你现在真像苏格拉底，像个哲学家，每句话都是哲理。”

可是她却不愿意当他的听众。现实中她只愿意当苏格拉，而不是苏格拉底，太深奥的哲学她不想去领悟，她只想做个普通人。

她是个痛快的人，偏遇上郁闷的人生。正如遇上秀才的兵，道理她不听。她觉得没必要听，也根本不想听。

聂梓涵哑然，过了半天才自嘲地笑笑："是吗？"

范晓鸥没有接他的茬，却在聂梓涵开始发动车子的时候突然问聂梓涵："你说，你们男人是不是一点儿都不排斥身边有很多的女人？而且不嫌多，最好多多益善，对吗？"

聂梓涵的动作停住了，他侧过头来，踌躇了片刻说："哦，这个问题……我不知道别的男人是怎样的，但我明显不属于这种人。"

"你又不代表大多数男人，你也是个另类！"范晓鸥有些烦躁地把耳边垂下来的乱发拢到耳后，然后有些赌气地说。

"我知道你说的大多数男人是谁，你是特指欧阳明远吧？"聂梓涵的火都窝在心里，他不得不承认，他真不喜欢范晓鸥一直提到小舅舅，即使她对欧阳明远的评价并不高，但他就是不喜欢她心心念念想的都是别的男人。

"我小舅舅的性格和我不一样。"聂梓涵想了想，终于还是对欧阳明远作了客观的评价，"他比较活泼，又更体贴一些，所以从小到大，可能更能得到女人的欢心，这是他的特性，但并不代表所有男人都和他一样。"

范晓鸥点点头，说："我猜想他从来没吃过感情的亏，所以才这般肆无忌惮。"

聂梓涵想了想，还真是，欧阳明远在情感上确实是常胜将军，向来都是欧阳明远甩女人，断没有女人甩他的理儿。不过一直以来聂梓涵对欧阳明远的感情观并不敢苟同。爱情本来就是一件严肃的事情，既然没有把握开展一段感情，就要早点儿和别人说开来，免得误人误己。

相对于欧阳明远情感的泛滥，严谨认真的聂梓涵对待感情算得上是严苛了，很久以来他对这点并不以为意，甚至对自己的洁身自好引以为荣。但如今他也在反思自己当初是不是做错了，尤其是在对待范晓鸥和自己的感情上，他有些懦弱过头了。

出身军人世家的他也曾当了感情的逃兵，这一点到现在他还是无法释怀。

聂梓涵偷眼看着脸上带了沮丧之意的范晓鸥，情不自禁地想开解她，他咳嗽一声，想缓解车厢里沉闷的气氛，但刚开了一个话头"都说女人的心海底的针，但其实男人嘛，也很难说——"就被范晓鸥打断了，"聂梓涵，你说欧阳明远是不是欠收拾啊？难道没有女人想着要收拾他吗？"

“啊?”聂梓涵朝着范晓鸥望去，只见在皎洁的月光下，范晓鸥同学仿佛化身为“美少女战士”，只差没有大声对着月亮喊道：“我要代表月亮消灭你!”

“你……难道你想要收拾欧阳明远吗?”聂梓涵有些心惊地问话了。

范晓鸥冷着一张脸，说：“欧阳明远是活该!”

“这个，晓鸥，你听我说——”在商场上风云不变色的聂梓涵听到了范晓鸥的心中所想，俊脸顿时露出了惊异之色。他连忙将车缓缓停靠在路边，然后开始苦口婆心地劝导起范晓鸥这件事情可能带来的严重后果。

但是不管聂梓涵怎么说，范晓鸥就是铁了心要给欧阳明远一点儿颜色看看。

“晓鸥——”聂梓涵终于忍不住了，他一把握住了范晓鸥的手，压低嗓子却加重了语气说道：“晓鸥，你听我的话，放弃这些可怕的念头，你会找到你喜欢而且也喜欢你的男人，到那时你会觉得自己此刻的行为那么的可笑……你听我的，没错……”

“我等不到那一天了。”范晓鸥冷冷地挥开了聂梓涵的手，望向窗外说道：“我再也不会相信男人了！所以我也不会再相信你的话!”

聂梓涵被堵得一句话也说不出来。半晌过后，他沉默着重新发动了车子，范晓鸥依旧固执地看着车窗外，聂梓涵看似专注地开着车，但心思却完全不在方向盘上。他想了很久，突然一个紧急刹车，将车重新停回了马路边。

范晓鸥幸好系了安全带，否则脑袋恐怕会撞出一个大包来。她愣怔过后反应过来，忍不住怒容满面，看着明显不在状态的聂梓涵说道：“你干吗？难道你也失恋了吗?!”

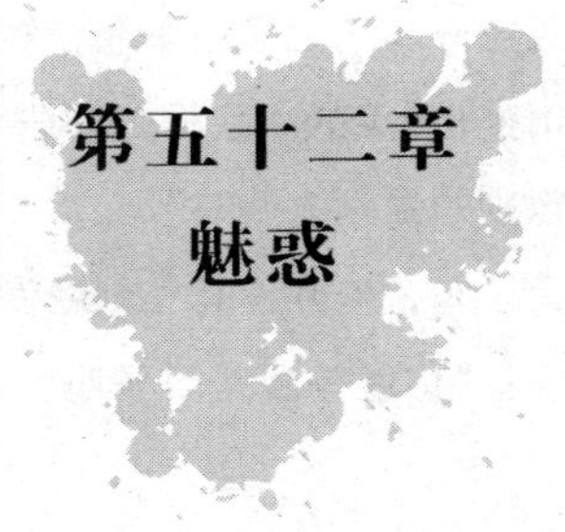

第五十二章
魅惑

聂梓涵只是对范晓鸥说：“下车吧，我真有话要和你说。”两人便一起下了车。

聂梓涵借着路灯一直看着范晓鸥，她正低着头借着昏黄的路灯开始用脚践踏被自己拉长的影子，他的眼神里闪动着范晓鸥无法理解的复杂感情，克制自己的冲动不去再次吓着她。

半晌之后，范晓鸥听见聂梓涵在轻声对她说："晓鸥，放弃你的计划，再重新考虑我之前对你说过的话，好吗？"

"我和你说过了，为什么你不肯死心呢？"范晓鸥却一点儿也不领聂梓涵的情，她清秀的脸上有一抹古怪的笑容，"你也别演戏了，我知道你现在阻止我只是想打消我复仇的念头，好为你的小舅舅开脱，不是吗？"

"不是。我从来不拿我自己的幸福当赌注。"聂梓涵很严肃认真地说道，表情也是一如既往的严谨和沉稳。

"那我也不想和你交往。"范晓鸥觉得自己太累了，她犯不着再重新回头期待眼前这个她爱了很多年的男人的施舍，"即使我需要爱情，我也会重新找一份真正属于我的感情。除非——"

"除非什么？"聂梓涵追问道。

"除非你有一万人为你作证，说明你是真心爱我的。"范晓鸥仰着头仔细在想有什么是聂梓涵最不可能做到的事，"或者你肯为我放弃所有的架子，当众下跪向我求婚！你敢吗？"

她问他话的时候是带了挑衅的语气说的，她知道要让聂梓涵做到她所说的那两点，概率几乎是零。果然她见聂梓涵就此沉默了，对于生性严谨的聂梓涵来说，这两个要求简直是要颠覆他平日里苦心保持的睿智成熟的形象。

所以他默然不作声，范晓鸥失望而又释然地笑了，聂梓涵真的要是能做到这两条，他也不是她所认识的聂梓涵了。

范晓鸥走回了车边，径直打开车门上了后车厢，然后探出头来对着伫立在车旁的聂梓涵说道："走吧，我是和你开玩笑的。我只是想告诉你一个道理，己所不欲勿施于人，你自己做不到的事，也别勉强别人……"

聂梓涵一直闷声不吭地上了车，他并没有立刻就发动车子，而是坐在驾驶座上沉默了良久，才回头对范晓鸥说："你能等我些日子吗？我会努力去调整的，我可能需要点儿时间——"

范晓鸥嗤笑一声，没有吭声。聂梓涵只好发动了车子，他边开车边还想说什么，但是车后座上的范晓鸥却用抱垫遮住了自己的脸，不想再理会他。虽然对聂梓涵已经完全不抱任何希望了，但范晓鸥的心里却好像依旧有着轻微的伤心。

……

时间进入了春节的倒计时，在京的外地异乡人都急着回家过年，到处一片拥挤熙攘。可这年冬天范晓鸥却没有要回家的意思。

欧阳明远最近一直没怎么上公司里来，毛琴吟见身份暴露，也就不再隐瞒，大大方方地向同事承认她才是正宗的老板娘。这一下子投向范晓鸥的目光从艳羡转为了鄙视和不屑。

范晓鸥尽量让自己的心态平和，去坦然面对各种猜疑的目光。她给家里打过电话，她在电话里固执地对姑姑和爷爷说今年春节不回家，然后无视姑姑的失望坚持留在北京，准备在北京独自过年。

姑姑和爷爷猜不透范晓鸥的心思，可是范晓鸥的心里却有着背水一战的决绝与愤怒。曾经一度泯灭的复仇心理在欧阳明远的步步紧逼下，已经重新燃烧成火苗，在她心中沸腾。其实在北京这段时间里她也积攒了一些钱，虽然数目不多，但也够回家乡开个小店了。

但是她心有不甘，为什么一直欺骗她的男人可以过得这么逍遥，而她却一直处于吃暗亏的境地？不，不成，她必须要给欧阳明远一个惩戒，抚慰自己受尽伤害的心灵，然后才能甘心离开北京，而且她已经下定决心，从此以后不再在北京瞎混了，她要陪着爷爷和姑姑在家乡过平静的日子，她的生活也不再需要奢华和繁荣。只要一片清净的天空就够了。

心中盘算好了主意，于是范晓鸥更加急不可耐地开始实施她的复仇计划了。

欧阳明远这阵子不经常上公司，范晓鸥便主动给他打电话，可惜她打过去的电话总是被毛琴吟截留。两个女人在电话里的声音都是冷淡的，暗地里却充满了剑拔弩张之意。范晓鸥不知道毛琴吟用什么方式在这么短的时间内就收复了失地，而且还能将欧阳明远控制在手中，看来绝对不是简单之辈。

虽然开局就受阻了，但范晓鸥却丝毫不气馁，做业务习惯被冷落的她早练就了犹如忍者一般的等待和坚持。即使冰天雪地，但她就像那无处不生长的爬山虎一样，悄然地将自己的枝枝蔓蔓攀爬上屋子的每一条缝隙，就为了等待那个即将出现的人。

欧阳明远终于还是出现了，他是带着客户回公司的，看来毛琴吟帮忙拉了不少业务回来。欧阳明远依旧风流潇洒，虽然身后跟着毛琴吟以及一大串助手，但阻挡不了他意气风发的好气色。范晓鸥隔得很远便望见欧阳明远，她有些愕然。当然并不是被欧阳明远的排场所吓倒，而是被他对待感情竟然这么云淡风轻而感到吃惊。原来，这个世界上真有人是可以一夜之间忘情的，她除了震惊之外，还真相当佩服这种人！

她隔着人群瞻仰着欧阳明远和毛琴吟，仿佛又回到了多年前她仰慕聂梓涵那种自惭形秽的时光里。这些雍容华贵的人群在她面前画了一条线，有意无意地将他们的世界和她的完全分离开，因为她不属于那个档次，更不属于那个世界。

好吧，既然生命可贵，崇高、伟岸、华丽、高贵她攀爬不上，那她就做一只低级害虫，将这些所谓的正义“来福灵”都给杀死吧！她端着咖啡杯有些讥讽地笑了。

人群虽然喧闹，但欧阳明远还是隔了很远看到了范晓鸥，其实想让男人忽略范晓鸥的存在根本不可能。成熟美丽的范晓鸥只不过穿了一袭合身的羊绒连衣裙，但那简单的连衣裙却将她完美的身材曲线勾勒得淋漓尽致。柔和的浅紫色衬托得她的脸庞很是雪白，黑色的长发低低盘了个发髻，配上她顾盼生辉的眼眸，更显神秘气质。

一般在公司里很少看到范晓鸥如此装扮，欧阳明远情不自禁地盯着范晓鸥看，说话和举止都有些魂不守舍起来。

范晓鸥却不动声色地假装没注意到欧阳明远痴迷的视线以及毛琴吟嫉恨的眼神，而是步履轻盈地走回了自己的办公室里去，她的姿态是端庄的，可在转身的时候还是特意把婀娜的身姿给摇曳出娇柔的曲线来。她对自己并没有太多自信，但要尽力而为。

她其实还是高估了欧阳明远的定力，他甚至在还没下班的情况下就给她悄悄地打电话，范晓鸥根据欧阳明远压抑而小心的声音猜测出他应该是躲在哪个密闭的空间里偷打的。她一边接电话，一边警惕地观察有没有人注意自己，而后动作敏捷而快速地摸索到了走廊里。她顺着一排排的办公室搜查过去，都没有发现欧阳明远的踪迹。

范晓鸥想了想，壮着胆子走到了走廊尽头男洗手间附近，她站在洗手间前的楼梯口侧耳细听了片刻，果断地推开了正对男厕的楼梯门，结果真在楼梯间的平台上看到了鬼鬼祟祟在打电话的欧阳明远。

范晓鸥悄无声息地走了过去，顺手把楼梯间的门给关上。欧阳明远冷不丁被突如其来的动静吓了一跳，抬起头神色惊慌不定，看到是范晓鸥，他的眼眸里闪着欣喜的光芒，他连忙跨上两级台阶，一把握住了范晓鸥的手，压低了嗓子说：“晓鸥！”

范晓鸥难得地没有立刻挥开欧阳明远的手，她只是眯缝起眼睛看着欧阳明远，听着他结结巴巴地说明为什么这段时间一直没有和她见面的原因。

“你……你知道，我老婆家里是做生意的。”欧阳明远有些沮丧地用另外一只手拂开了覆在额头上的乱发，心烦意乱地说：“你可能不晓得像我们这种家庭的婚姻一般都是商业或者政治联姻，有着说不明道不清的纠结关系，牵一发则动全身，离婚的压力不是一般的大，所以我……”

“你不用说了。”范晓鸥并没有如欧阳明远想象中的那样哭闹和纠缠，反而善解人意地对他说道：“我知道你肯定是有难处，否则不会这么丢下我不管……”她说话的声音颤抖着，眼眶也红了，看得欧阳明远一颗心都软了，他情不自禁地揽住了范晓鸥，在她耳边说：“晓鸥，你放心，我一定会争取和毛琴吟离婚的——”

“真的吗？”范晓鸥在欧阳明远怀中抬起梨花带雨的脸来，明眸里绽放出希望的光芒问他，“那、那你什么时候能离呢？”

“这……”欧阳明远卡壳了，他迟疑了一会儿才说：“总之，我会很快的。”

“很快？”范晓鸥却长长叹了口气，说：“很快是什么时候？我……我怕不能等你等太久……”

“为什么？”欧阳明远闻言心里一惊，连忙问范晓鸥：“是有人在追你吗？”

范晓鸥迟疑沉默不语，半晌之后，她才勉强笑道：“有人追得紧是一回事儿，最主要还是我的家里人希望我早点儿找到归宿。我爷爷给我下了最后通牒，要是还不能在今年春节之前找到合适的结婚对象，我就得回家相亲……”

“不，你别去相亲！”欧阳明远这下可急了，他抱着范晓鸥香软的身子怎么都舍不得放手，他思忖了片刻，下定决心对范晓鸥说：“你等我这个春节，春节过后我一定给你一个交代！”

“那好吧，我就相信你！”范晓鸥咬着唇迟疑着说道，欧阳明远这才舒了口气，然后释然地将范晓鸥抱得更紧，但范晓鸥却挣开了他的怀抱，整理了一下头发，然后抬起头看着欧阳明远说：“这里太不隐蔽了，被人看到不好。我得回去干活儿了，免得被人发现我们在这里。”

欧阳明远想想也是，于是便收回了手臂，他有些焦躁地盯着范晓鸥，说：“那，我们什么时候再见面？我、我很想你——”

范晓鸥正往回走，听欧阳明远这么说，她俏皮地转过头，眼波盈盈，里面都是不舍和依恋，她轻轻地对他说：“到时候我再通知你，总有办法再见面的。”

听范晓鸥这么一说，再看着她娇俏而忧愁的脸庞，欧阳明远顿时觉得世间所有的喧嚣远去，天地间唯有范晓鸥的纯真眼神，他犹如受到魅惑一般点点头，惆怅万分地看着范晓鸥离去。

晚上远涵公司高层以及营销部全体人员陪着大客户召开了酒会，酒会很是奢华隆重，可欧阳明远明显不在状态。敏锐的毛琴吟觉察出了欧阳明远的异样，但在重要大客户和公司下属面前却依旧保持了绝佳的风度和气质，博得所有人的赞赏。只有在转身去拿侍应生手上的鸡尾酒时，毛琴吟才露出了脸上的焦灼神情。

毛琴吟拿起了酒，听到耳边响起了聂梓涵关切的声音：“小舅妈，你也盯了一天别累着了，还是少喝点儿酒，换杯果汁吧——”聂梓涵站在毛琴吟身边，西装革履，英气慑人，俊逸出尘。

毛琴吟没有特别固执，她顺从地接过聂梓涵递过来的果汁，朝着他点点头，然后带着聂梓涵走到僻静的角落里。毛琴吟大口地将一杯果汁喝完，像在掩饰着内心的狂乱和不安。聂梓涵出声了：“小舅妈，你好像在紧张什么……出什么事了吗?”

毛琴吟望了聂梓涵半晌，才说：“我紧张你小舅舅的花心毛病又犯了!”

聂梓涵闻声没有回应，只是低着头看着手中的酒杯，毛琴吟叹口气说：“我知道你向着你小舅舅，所以你就当没听见我发的牢骚，我只是没有耐心了而已。”

“其实——小舅妈，”聂梓涵开口道，“只有你才是最适合小舅舅的，但是小舅舅现在还不晓得，所以他才会胡闹。”

“他现在哪是胡闹，”毛琴吟无奈地笑，“他现在比任何时候都较真儿，即使我跟他摊牌，假如我们离婚有可能他的家族事业会元气大伤，他也并没有多在意。刚顺从了两天，现在你看，又开始故态重萌了!”

聂梓涵顺着毛琴吟的视线望去，竟见着欧阳明远站在酒会的边缘地带，一双眼睛一动不动只是痴痴在望着什么，而在酒会场地的另一方，正站着和客户礼貌交谈，娓娓动人、美丽得体的范晓鸥。

范晓鸥时而和客户低声交谈，时而抬起眼和欧阳明远相视对望，虽然没有一句语言的交流，但只要稍微留点儿心，还是能感觉到这看似距离很远的两个人根本就是在互相暗送秋波，暧昧地调着情呢。

第五十三章 嫉妒

众人不晓得那两人之间正眉目传情，但毛琴吟却是看得分明，她牙关紧咬，清秀端正的椭圆脸上不由自主充满了嫉妒之意。

“欧阳明远你最好不要挑战我的底线！”毛琴吟终于声音沙哑地说道。

“小舅妈，你——没事吧？”聂梓涵俊脸的表情也好不到哪儿去，但他还是细心地觉察到了毛琴吟情绪的激动和眼神里的憎恨。

“没事。”毛琴吟强行镇静了一下，然后看向聂梓涵，有些颓然地说：“我只想歇歇，好像有些累了——”

“那我扶你过去坐会儿吧。”聂梓涵很有风度地搀扶着毛琴吟到酒会一旁的沙发椅上稍作休息。

毛琴吟坐下连连吐出几口气来，方才觉得胸闷的症状有所减轻。她这才抬起眼感激地看了一眼聂梓涵，说道：“多谢你了，梓涵。你小舅舅要是有你这么会体贴人，我也犯不上这么纠结和矛盾……”

聂梓涵笑了笑，只是说：“小舅妈你先别着急，凡事总要讲求方式和方法。小舅舅是爱玩了一些，但他人不坏。”

“我就是知道他人不坏，所以才纵容他到现在。”毛琴吟叹口气，疲惫地抚按着眉心，“若是我不在乎他的话，我就不会甘心坐在这里看着他和别人眉来眼去的了——”

聂梓涵用眼角的余光看了看远处自以为传情传得天衣无缝的欧阳明远，浓眉也不由微微蹙了起来。

“不瞒你说，”毛琴吟突然对聂梓涵说道，“其实明远在外头做什么，我心里头都有数，他自以为能瞒我瞒得挺好，其实他那些风流韵事我都有证据，包括现在的这个——”毛琴吟说着，有些不屑且怨恨地朝着众人瞩目的范晓鸥望去。

聂梓涵心里一惊，但还是不露声色地问毛琴吟：“小舅妈，你现在掌握了什么内情？你告诉我，有需要帮忙的话我一定尽力为你解忧。”

“你真该管管你的下属了。”毛琴吟一双精明的眼眸里此刻浮上了怅惘和无奈，“放纵女职员和自己的上司搞婚外恋，这是不道德的——”

聂梓涵苦笑，说：“小舅妈，这事属于个人隐私，我也不好插手……”

“趁着现在烂摊子还没彻底散掉，你赶紧帮我想个法子解决这件事，否则真等到鱼死网破的那天，估计什么都晚了！”毛琴吟依旧是态度温婉地说着话，可语调里却充满坚决与冷情。

聂梓涵迟疑了一下，决定还是不要将这复杂的矛盾激化了，他点点头对毛琴吟说：“小舅妈，你放心，我会帮你尽量处置完善这件事。但在我想出办法之前，你先稍安勿躁，不要做出什么冲动的傻事来，免得事态扩大无法收拾……”

“你放心，我不会的，这点儿理智我还是有的。”毛琴吟抬眼看着聂梓涵，微微一笑，颇有气定神闲、运筹帷幄的大家闺秀风范。她娘家是商界叱咤风云的家族，她系出名门，自然不会搬起石头砸自己的脚。一切只待聂梓涵去处理。

酒会的一角，站在僻静角落里的范晓鸥正拿出手机准备给欧阳明远发短信，她深谙越热闹越安全的反追踪门道，所以抓紧时间给正落单的欧阳明远发信息好约定下次见面的时间和地点。不过她的这种举动时不时被前来搭讪的人给打断。

她有些不耐烦，却也不好得罪客户和同事，只能强颜欢笑，心里却有些焦急。

总算瞅了个空儿，便把约会请求的短信发了过去，她远远看到欧阳明远转过身瞅瞅没人注意，连忙拿起手机看她的信息时，她的脸上浮起一抹冷笑。不过等欧阳明远看到短信露出欣喜笑容朝她望过来的时候，她也连忙朝他绽放出明媚的笑容来。

欧阳明远的短信很快就回过来了：“我很想见你，宝贝现在有空儿吗？我们出去聊聊？”

范晓鸥装作不在意地瞄瞄短信，然后回了一条过去：“不行，今晚你是主角，目标太大。”

“那什么时候？”欧阳明远走到自助酒水区，借着拿酒顺道给范晓鸥发短信。

“过两天，公司年会，我们再见面。”范晓鸥想了想，按下了手机短信发送键。

“也好。那我去订房间，我们单独相处好吗？”欧阳明远试探着发过来这行信息。

范晓鸥咬着唇，想了一会儿，回了过去：“好。”接着她看到欧阳明远突然间喜形于色的表情，她有些嘲弄地挑了挑嘴角，正要收起手机，旁边伸过一只手来拿去了她的电话，聂梓涵高大的身影出现在她身边，边看手机边问她：“晓鸥，在玩什么？手机游戏？”

范晓鸥被吓得有些花容失色，连忙用手捂住怦怦乱跳的胸口，一把抢回了手机，掩饰着说：“你干吗无声无息地出现？吓我一跳！”

“我在你旁边叫过你，不过你太专注游戏了，所以没听见我喊你。”聂梓涵面不改色地说道，还要去拿范晓鸥的电话，范晓鸥顾不得上下级尊卑有别，连忙用力拍开他的手，将手机紧紧贴在腰腹部，再不肯让聂梓涵偷窥她的隐私。

“你、你不去招呼客人，跑这里干、干什么？”范晓鸥全身不自在，有一种被人活捉了现行的尴尬和窘迫，很快她便对自己此刻的反应而感到愤怒，她不应该是这种畏罪胆怯的表情，聂梓涵又不是什么人，凭什么管她。她咳嗽了两声，逐渐平复了自己惊疑不定的心虚情绪。

“客人已经招呼过了，他们吃好喝好玩好，看来挺满意的。所以我现在没事干

了，就过来陪陪你——”聂梓涵一边说着，一边转过身去，有意无意挡住了范晓鸥望向欧阳明远的视线。

范晓鸥被聂梓涵火辣辣的眼神看得面上一热，说：“你陪我干什么？我不需要人陪！”说着转身便要走，但无论她怎么想逃脱，聂梓涵高大的身躯总在她身旁，挡住了她的去路，打乱了她想继续和欧阳明远调情送意的计划。

“你要干什么?!”范晓鸥总算无法忍耐，她压低了嗓子悄声斥责着聂梓涵。

“我——只是想问你一句话而已。”聂梓涵无视范晓鸥的恼羞成怒，他一只手插在裤兜里，用另一只手端着高脚杯，迟疑了半晌，很有些吞吞吐吐。

范晓鸥一心只想摆脱聂梓涵的监督，顾不上和他纠缠，下意识地顺着他的话问：“问什么你快点儿说，我还有事，忙着呢！”

聂梓涵又犹豫了一下，才突然压低嗓子对范晓鸥说道：“晓鸥，你能不能，能不能——”

“能不能什么？你有话快说，有屁——”后面的半句话她及时咽了回去，她也不想在大庭广众之下暴露出她女山大王的形象。

“能不能——”聂梓涵说这话的时候虽然漫不经心，但心里却也是紧张的。握着酒杯的手心里微微冒出了汗。

“你能不能做我的老婆?”他终于下定了决心，决意这次一定要抢在欧阳明远的前面对范晓鸥表白。

范晓鸥瞪着聂梓涵看了一会儿，然后一言不发地就要走开。聂梓涵见范晓鸥一点儿反应也没有，连忙紧跟两步，想拉住她求个明白话。可范晓鸥却小声提醒他：“聂总，请注意影响！”

聂梓涵只好生生地停住了拉她的动作。接着他听见范晓鸥用只能他听得到的声音对他说：“聂总，别犯孩子气，没必要和谁赌气——”

“我没有——”聂梓涵想要辩解，范晓鸥却朝他露出了一个安慰的笑容，小声地说，“没事的，聂大哥，即使我和别人在一起，我也会永远记得你，真的——”范晓鸥早就揣测到聂梓涵现在可能的心态，因为习惯了，无所谓了，熟悉的地方没有风景了；厌倦了，害怕了，无助了，这是一种特别的心情。不过不必当真，因为男人，天生就是花心的。

“不是，我——”聂梓涵从来没有感觉到自己这么词穷过，他心里纵有无数的心底话却不知道该如何表白。也许只有在即将失去，才知道去珍惜，但是好像——稍微晚了点儿。

范晓鸥朝着聂梓涵摆摆手，笑吟吟地走开了，聂梓涵觉得有无数复杂的情绪堆堵在他的胸腔里，让他突然有一种凄凉而沮丧的感觉。他从来没想过范晓鸥会真的不要他了，他习惯了有范晓鸥陪伴的日子，任何人都有这样的一个人，无法戒掉他的习惯。

他看着范晓鸥纤细的背影渐渐离他而去，他一直以来对于范晓鸥似乎都不是特别的喜欢，其实只是因为她太过完美，太过不真实。他不知道自己当初的选择是否正确，只是害怕全盘皆输的感觉，所以他选择了孤单。

在得知欧阳明远和范晓鸥成为一对的那一刻开始，他就养成了在黑夜里失眠的习惯。

他习惯一个人抽着烟静静地回忆以前和范晓鸥相处时的点点滴滴：她对他笑的样子；她生气的样子；她第一次期期艾艾告诉他她喜欢他时的羞涩表情；被他残酷拒绝后脸色苍白得像张纸一样的样子；还有曾经为数不多仅有几次的同床共枕时，她静静地睡在他身旁露出孩子似的满足表情……

当然，她也永远不知道拒绝她之后他曾深夜到酒吧里买醉的情景；她永远不知道他为她写过厚厚的日记；她永远不知道他为了她整夜整夜睡不着……

其实爱有时候放弃比拥有更需要勇气。

聂梓涵在此刻感觉到了一股来自灵魂深处的疼。他习惯了她，他不能过没有她的日子。他犹豫了很久，终于想认真对待自己的感情一次，可是她却倒进了别的男人的怀里，用别人的温暖去缓解他给予她的那种疼痛。

他不甘心。他犹如一个窥探的猎人，在暗处窥探曾经被他驱逐放养的猎物，看着原先属于他的心爱之物被别的猎人所包容拥有，他虽然很想过去将猎物重新夺回来，可是那猎物却已经忘记了他是它的主人。

他活该被抛弃，只是下场有点儿惨。

……

远涵公司每年都开年会，犒赏辛劳了一年的工作人员。这个年会与表彰会不同，倒像是一台展示员工风采的新春联欢晚会。远涵公司的几百名员工，除必须坚守岗位的以外，都来参加晚会了。

远涵公司不差钱，就差热闹。于是这台晚会放在五星级大酒店里隆重举行，不仅有现场抽奖、游戏等环节，更有员工表演才艺的环节。场面非常热闹，奖品也很丰厚，兴高采烈的员工们干脆来了一个集体的狂欢。甚至还吸引了不少报纸和电视台记

者来参与拍摄。

范晓鸥在酒店的化妆间里化妆，觉得自己的心跳非常快。并不是因为今晚她要表演节目，而是因为半个小时前欧阳明远给她发了一条短信过来，上面写着：晚上10点楼上酒店1098房间。到前台拿房卡，不见不散。

范晓鸥心虚地左顾右盼，见没人注意，她才把手机小心翼翼地放进了提包里，她坐在化妆椅前有些发愣，心想欧阳明远的这个约她是去还是不该去。她轻轻叹了口气，无论如何在酒店开房叙旧总是太过暧昧。她也不是未成年儿童，知道进入了房间意味着什么。

报复他的决心是肯定的，但是不是真的要牺牲自己，她还没想好。但是若是不去，恐怕她会失去最后一次报复欧阳明远的机会。她不是要他妻离家散吗，为什么临到关键时刻，她又犹豫了呢?!

范晓鸥有些作难地盯着镜子中的自己。镜子里的女人脸上虽然化着浓艳的妆容，但厚重的口红却掩盖不住她苍白的唇色。化妆间的房门被推开了来，有别的女同事表演完兴奋地进来卸妆，一边高兴地说："晓鸥，你可要好好准备，过会儿就轮到你啦。今晚聂总和欧阳总经理都到现场，给大家发奖金礼品发得手都软啦！好好表现，他们肯定会给你大奖的。"

范晓鸥笑笑没有说话，她犹豫了半晌的心终于在此刻作出了决定，她望望镜子中那个靓丽婀娜的人影，对自己说："你辛苦排练了那么久，又费尽心思为的是什么?恶人需要惩罚，否则他永远都不知道自己究竟犯的是什么错!"

……

范晓鸥今晚表演的是肚皮舞！聂梓涵看着手中的节目单，微微有些愕然。他怎么也没想到范晓鸥竟然会跳这种性感火辣的舞蹈。士别三日，当刮目相看，也许他真的从来没有了解过范晓鸥。他线条完美的嘴角有一抹带了纵容的笑意。

欧阳明远在聂梓涵的身边却有些坐立不安，他已经极力控制住自己的情绪，但心潮依旧澎湃无法停止，即使毛琴吟在他身边，也无法阻止他对今晚酒店1098房间的期待。

欧阳明远都算好了，等会儿9点多毛琴吟将回家给她叔叔过生日，他今晚有两三个小时是自由的，他可以和他真正喜欢的女人在一起，共度这短暂而美好的时光。今晚还没有真正见到范晓鸥，他就已经无法控制对范晓鸥的思念与渴望了。

直到一身性感装束、美艳得几乎无法让人直视的范晓鸥从大厅中的舞台后侧随着音乐慢慢扭动出来时，欧阳明远沉浸在无比的惊讶和兴奋中，久久不能自拔，他对范晓鸥如此美丽性感的爱慕之情上升到了最高点！

第五十四章
绽放的罂粟

范晓鸥穿着金黄色缀满璎珞的印度短袖纱衣，展露着纤细的腰肢，和着铃鼓的节拍欢快地扭动着婀娜的身姿，她盈盈不堪一握的腰肢一会儿像蛇一样妩媚地扭动着，一会儿又魅惑地前后摆动，在充满中东情调的乐曲中，仿如鱼儿在水中游动戏水一般，用一个个热辣辣的舞姿点燃出奔放的热情，大秀性感火辣的另一面。

在观众热情高涨的欢呼声中，她边舞边用一双美丽明亮的眼眸顾盼生辉，将女人全部的美丽、柔媚、激情和狂野展露无遗，震撼到了在场的所有人。尤其是平时见惯了范晓鸥端庄大方的男同事们，差点儿没当场把眼珠子看得掉出来。

欧阳明远几乎都痴了，他怔怔地盯着场上妖冶的范晓鸥，一动不动，就连毛琴吟站起身来跟他说她要先走他都没听见。毛琴吟咬着唇瞪了欧阳明远一眼，站起身来施施然走了出去。

聂梓涵凝视着舞台上艳光四射的范晓鸥，看着她在上面颠倒众生，他靠在椅背上，好整以暇地看着她明目张胆地诱惑着台下的男人，他当然知道她今晚的目标是谁，他用眼角的余光看着在他身旁的欧阳明远，欧阳明远明显被迷住了，一双眼睛眨都不眨地盯着台上的范晓鸥。

聂梓涵在心里微微叹口气，其实若不是他的定力强，他一样也会被范晓鸥优美而诱惑的舞姿弄得晕头转向的。今晚他还有要事，不能这么快就乱了阵脚，聂梓涵屏住呼吸，静静观赏舞台上的范晓鸥。他的手插在裤兜里，那里有一张硬邦邦的房卡。

范晓鸥的眼波流转，她的目的在于欧阳明远，但不知道为什么她的眼神却总是和台下的聂梓涵撞个正着。她觉得有些心虚，聂梓涵坐在台下，他的帅气和出色让人想不注意他都难。他穿着质量剪裁都一流的手工天鹅绒休闲西服，头发梳理得平平整

整，看上去很是精神。

她被他火辣辣的眼神盯得有点儿跳不动舞步，尤其是一些性感魅惑的动作好像使唤不出来，只能草草就结束了撩人的动作。下意识里，她还是不敢在聂梓涵的面前表现得太过分。但即使只是这样匆匆结束了她的肚皮舞节目，场上的鼓掌和口哨声却是整场节目中最热烈和火爆的，她一连谢了三次幕才被主持人和同事们放下台去。

范晓鸥一下台就匆匆跑向化妆室去更衣，她没忘记今晚她还有个重要的约会。她匆忙地开始卸妆，浓厚的妆容卸去，露出了她原本姣好清丽的面容。

她正在心急地忙乎，手机接收到了一个短信，她打开来一看，是欧阳明远发来的："我先过去房间，你马上来。我们的时间不多，我怕有变故。"

范晓鸥咬紧了嘴唇，卸妆的动作缓慢了下来，她犹豫了片刻之后，才回了个短信："好，我马上过去。"

衣服也不换了，她接着快速地卸妆，将脸清理干净。然后匆忙中在印度舞裙外套上一件长长的黑色大衣，直到脚踝，将里面的婀娜性感身躯隐藏得很妥当。她从化妆椅上站起身来，和周围还未表演完的同事说笑了几句，这才尽量神态自然地开了化妆室的门，慢慢走出来。

临走的时候她特意检查了一下小拎包，看了看里面，小包里静静躺着一部高清晰度的数码相机。她瞥了一眼这个重要武器，深吸一口气，决意今晚让报复的行动取得圆满的结果。

范晓鸥先到酒店大堂的服务台去拿房卡。因为临近春节，很多公司都选在酒店里办年会晚会的，有很多人喝多了留宿酒店。所以范晓鸥去拿房卡也没引起旁人的注意。

范晓鸥还是尽量压低嗓子小心翼翼地对前台小姐报了自己的名字，很快就拿到了1098房间的房卡。她将房卡捏在手心，手心里微微出了点儿汗。

等电梯的时候她低垂着头，唯恐被人认出来，欧阳明远的房间定在十楼，是全酒店最高级的套房，范晓鸥看着电梯里墙面上的镜子，里面有个裹得严严实实的女人，面色苍白，头发披散着，有些凌乱，眼神游移不定，犹如一个不甚高明的小偷。

她此行前去，就是要当一个小偷，不偷钱，只偷情。

随着电梯一层层升高，范晓鸥觉得自己的心跳也越来越快，她甚至有一种逃出电梯的冲动。她用力捏住手中的小包，极力让自己镇定下来。

今晚临阵脱逃，她只会前功尽弃。其实也没有什么，只要能拍摄到欧阳明远和她亲热的照片，她的任务就算大功告成了。

只是，这个任务的执行看起来比较简单，实际上却是那么难。范晓鸥靠在冰凉的电梯墙面上，吐出一口气，心里有些矛盾。

但没容她想太多，电梯就已经到了10层。范晓鸥沿着松软厚实的地毯缓缓地走着，犹如一只轻巧的小猫一样，在长长的走道里悄无声息地前行。

1098房间不难找，范晓鸥很快就站在了房间的面前。她盯着房门上的房牌号半晌，才将手中被汗水微微润湿的房卡亮出来。房卡上是1098，房牌上也是1098。

她的心跳如雷，呼吸也有些急促。长长的走廊里只有她一个人，她左右张望，觉得心虚得腿都有些软。假若聂梓涵知道了，一定会笑她有贼心没贼胆。

可这个关键时刻，她为什么又想起了那个让她心灰意冷的男人呢，范晓鸥咬着唇，觉得自己不可理喻。她鼓足勇气，决定还是按照原计划进入1098房间和欧阳明远“叙旧”去。

可就在她将房卡靠近磁感应门锁时，“咔哒”一声，1098房间对面的1099房间却突然间悄然无声地开了门！

范晓鸥借着1098房间光亮可鉴的房门看到了身后1099房间的门猛然开启，她冷不丁被吓了一跳，手中的房卡没拿好，一下子掉在了地毯上。

她没敢回头，就要低下头去拿回房卡，可就在她低头的时候，一条矫健的人影突然从1099房间里闪出，一把从后腰搂抱住了毫无防备的范晓鸥。

“啊——”范晓鸥惊骇得想张口叫喊，可那个黑色人影一把掩住了她的嘴，然后快速地将她拖进了1099房间的门里，接着门被迅速而无声地关上。整套动作一气呵成，快速准确得天衣无缝。

1098房间的欧阳明远听到动静穿着睡袍走出来开门，可门开处却没有人。他探出脑袋去，走廊里空荡荡的，什么人也没有，只有一张房卡孤零零地躺在门下的地毯上。

范晓鸥被拖进1099房间的时候有点儿懵，她拼命挣扎着，嘴里发出了“唔唔”的声音。这种愤怒而惊骇的感觉直到鼻翼里闻到了身后那个人身上散发的她所熟悉的气息，她挣扎的动作才减缓下来。果然她被抱到套房里的沙发上，当那人松开她时，她连忙回过头来，看到的就是那个让她又气又恨的聂梓涵。

“你……你……”范晓鸥瞪着聂梓涵，柔软的胸口还惊魂未定地不住起伏着，“你怎么会在这里？”

聂梓涵蹙着浓眉看着范晓鸥，说：“这个问题该我问你才对，你不在晚会上看节

目，跑到酒店客房里做什么？”

“这个……这个……这个好像不是你能管辖的范围吧？管我那么多干吗？!”范晓鸥心虚地在沙发上坐好，顺手将黑色大衣裹紧，唯恐露出里面妖艳性感的纱衣被聂梓涵看见。心里有鬼，嘴上却很强硬，只是发颤的声音出卖了她的心虚。

“不管你是不是愿意让我做你的男人，但至少我还是你哥哥吧？既然这样，我就有管你的权利。”聂梓涵站在范晓鸥的面前，高大的身影遮住了本来就很柔和的光线，将范晓鸥笼罩在他身形的阴影里，他对她还是具有一种不怒自威的威慑力。

范晓鸥低垂着头，像犯错的小学生一样，她咬着唇，半天才支吾着说：“我、我到酒店里开房，是、是想好好休息的——”

“是吗？”聂梓涵依旧不露声色，他盯着她问，“想休息还需要男人陪伴吗？而且挑谁不好，非要找个已婚男人？!”

“你、你是怎么知道的？”范晓鸥受惊地抬起头来，正好望见聂梓涵的黑色眸子。他的眼眸里有着隐忍的怒气，她看了他一眼就胆怯地低下头去，不敢和他对视。

聂梓涵也不回答范晓鸥，他看着她心虚而躲闪的模样，很多斥责的话在喉咙卡着，却又不忍再对她大声怒吼。他转过身去，走到了房间的门边，听了一会儿外面的动静，然后回身招手让范晓鸥走近他身边。

范晓鸥迟疑着从沙发上站起身，慢腾腾地走到聂梓涵的身后。聂梓涵也不说话，让出酒店套房对外的猫眼给范晓鸥看，范晓鸥见聂梓涵神色严峻，不敢多看他便将眼睛凑近了那个小孔，房间的隔音效果很好，她听不太清楚外面发生的动静，但是她却看到一群人聚集在对面的1098房间的门口，为首的竟然是欧阳明远的妻子毛琴吟！

范晓鸥看到毛琴吟用力敲打着酒店房间的门，后面还尾随着一大队人马，其中还有人拿着照相机扛着摄像机，她心里一惊，脸色也微微发白了。看来毛琴吟叫上了报社和电视台的记者，声势很是浩大。

范晓鸥心跳加速，屏住呼吸看着毛琴吟敲门不开，从口袋里拿出了一张房卡刷开了门，便带着那群人杀进了房间，看来毛琴吟是有备而来的。范晓鸥后背发凉，渗出了冷汗，如若不是聂梓涵半途将她劫持到了对面的房间，恐怕她将会和欧阳明远被“捉奸在床”了！

范晓鸥将视线从窥探孔移开，靠在门边心有余悸，脸色也苍白得让人心疼。

“你……你早知道了？”半晌，范晓鸥才用颤抖的声音问聂梓涵。

“嗯，”聂梓涵点点头，看着范晓鸥，一贯冷冽的眼眸里有着一丝怜惜，“其实，你和欧阳明远的一举一动都在毛琴吟的监视之中，你怎么这么傻，差点儿就闹出大事了！”

范晓鸥咬着嘴唇，低着头由着聂梓涵训斥。

“我对你说过，真要报复不要用这种方式，害人终害己，你又何必呢？”聂梓涵正色地说道。范晓鸥一声不吭，眼眶却慢慢红了起来。

聂梓涵见范晓鸥这副不经说的模样，心里一软，及时收住了更严肃的斥责。他伸出手，拉住范晓鸥的手臂，说：“过来吧。”范晓鸥这次没有反抗，顺从地随着聂梓涵重新回到了沙发前。聂梓涵在沙发上坐下，伸手轻拉，将范晓鸥拉往自己的怀抱。

范晓鸥轻巧纤细的身躯在聂梓涵的怀抱中轻微颤抖，聂梓涵用力抱住了范晓鸥，轻吻着她带着清香的秀发，他在她的头顶低声叹息：“为什么要这样呢？你真要报复就报复我吧，都是我对不起你，让你变成这样的……”

聂梓涵不说则已，一说之后范晓鸥满腹的余悸，以及忍耐很久的忧伤化成了委屈的泪珠儿，顿时夺眶而出。她咬着唇，极力想控制住眼泪，聂梓涵觉察到了范晓鸥的颤声呜咽，他轻抚着她的后背，低声说：“想哭就哭出来吧，嗯？”

范晓鸥将脸埋进聂梓涵温热的怀抱中，抽抽噎噎地哭开了，聂梓涵叹口气，由着范晓鸥在他怀抱中低声而颤抖地哭泣着。他温柔地安慰着她，纵然她有千般万种错，他还是不忍心再怪责她。谁让他最初的时候没有担当，不敢正视自己的感情，让范晓鸥自生自灭，在情感的旋涡中痛苦挣扎。

结果折磨了她，却痛了他自己。聂梓涵将软弱哭泣中的范晓鸥用力抱紧，决定从此以后绝对不会再让她为别的男人哭泣。不管将来他和她的感情结局如何，在此刻，他必须得让她感受到他对她的深厚感情。

“别哭了，晓鸥——”聂梓涵拍拍范晓鸥柔弱的脊背，示意她不要再哭，“再哭我心里也难受。乖一点儿，好吗，别哭了，你还有我，我一直都在的——”

“你才不会一直都在呢！”范晓鸥哽咽着哭腔，哭得更加厉害，“你说不要我就不要了，我不要再相信你！”

“我说的是真话，晓鸥，”聂梓涵抱住范晓鸥，低哑地在她耳边坚定地再三强调，“晓鸥，我要你和我在一起，永远都不分开，好吗？”

“凭什么？为什么？”范晓鸥依旧呜咽。

“因为——”聂梓涵停顿了一下，轮廓分明的脸庞上终于浮现出了一抹忸怩，“因为我喜欢你，晓鸥。其实，我一直都喜欢着你，不是哥哥对妹妹的情意，你懂我的意思吗？”他说着将脸埋进了范晓鸥的柔滑秀发里。

范晓鸥从聂梓涵的怀抱中蓦地抬起头来，睁着惊讶的泪眼，无法相信这话竟然是从他的嘴里说出来，她以为他从来就不会说这种话，所以她曾期待他的“爱情”，从满怀希望沦为失望，到最后终于绝望了。

没想到却在今晚听到了他对她最诚挚真切的表白！范晓鸥瞪着眼，怀疑自己出现了幻觉，她直觉地推开了这个最近行为明显不可思议的聂梓涵，生怕他又会想什么法子伤害她一般想离他远一点儿。

这么多年了，她没忘记在聂梓涵的人生字典当中，谁若是惹到他，他会让这个人生不如死的残酷手段。她担心他是因为她惹了他的小舅舅而想法来折磨她报复她，所以她不能再轻信他的话了。

范晓鸥的这个疏离的动作让聂梓涵的脸色微微一变，在她站起身来想要跑开的瞬间，他伸出手去拉她的肩肘，她长大衣的下摆挂住沙发的扶手，害她差点儿摔跤，加上聂梓涵的拉扯，范晓鸥的黑色长大衣就这么被扯了下来，露出了里面穿着的单薄而性感的纱衣。

看到范晓鸥完美成熟的身躯罩着如此妖冶的衣服，聂梓涵的浓眉一挑，今晚她当众蛊惑众生的一幕又浮现在他的脑海中，这个他倒也不太生气，让他心里顿时翻滚起醋波的是他一想到范晓鸥和欧阳明远约会连衣服都没来得及换，或者她就想穿着这件单薄的看上去几乎什么都没穿的衣服去诱惑欧阳明远，他就无法控制住自己恼怒的情绪。

他深呼吸，极力让自己易冲动的脾气平缓下来。今晚他必须让范晓鸥属于他，所以他不能轻易就让自己计划的一切打了水漂。他不会将范晓鸥让给欧阳明远，她本来就是属于他的，他说爱她是真的，只是今夜终于有勇气向她表白而已。

他用手轻轻一带，范晓鸥黑色大衣从她手臂滑落掉在了地毯上，他将她抱了个满怀！

“放开！”范晓鸥慌乱地想要挣扎着起身，但聂梓涵的手臂却犹如铁箍一样扣住她纤细的腰肢不放，将她牢牢抱在他的怀中。他看着她，单手从口袋的兜里摸索了一会儿，掏出了一个精致的锦盒来。

在范晓鸥的注视下，聂梓涵徐徐地打开了锦盒，里面一枚熠熠生辉散发着璀璨光芒的钻戒出现在范晓鸥面前。

“嫁给我，晓鸥——”聂梓涵低声对范晓鸥说道，随后也不等她回答，就将那颗晶亮的钻戒从锦盒中取出，拉过范晓鸥的手，不容分说地将钻戒套进了她左手纤细的无名指上。

“晓鸥，我是认真的，请你答应我，一辈子都陪在我身边，永远不离开，好吗?”聂梓涵紧紧握住范晓鸥的手，直直看着她，黑色的眼眸里有着如海一样的深沉爱意。

范晓鸥怔怔地看着聂梓涵，微微张着嘴，依旧不知所措，她已经完全被他出人意料的举动给弄昏了头。行事果断的聂梓涵不发力则已，一发力就来了个重型炸弹，轰得范晓鸥差点儿都眩晕了。

这、这个算是他的正式求婚吗？这么说，他一直说要和她结婚是真心的了？范晓鸥半晌才收回了瞪着聂梓涵的目光，随后将视线投向自己手上，手指上钻戒的强烈光芒有些刺眼，她的手指在微微颤抖，指尖有些冰凉。

“你……你……”范晓鸥心里有很多话，却不知道该怎么说出口。

“晓鸥，做我的妻子好吗？假如你愿意，我们随时可以结婚。”聂梓涵再次表达了自己的坚定决心，大手同时用力握紧了范晓鸥有些发凉的手掌，他再次将她紧紧抱在怀里，几乎要将她嵌进身体一般用力，然后松开了她，对她说：“你不说话就代表你同意了，对吗?”他盯着她，眼眸里的热力几乎可以将她融化。

“不是，我——”范晓鸥好不容易才从聂梓涵慑人的眼神中摆脱出来，想开口表明自己还在犹豫的立场，但聂梓涵站起身来，拉着她，低柔而坚决地说：“我们去喝一杯庆祝一下吧——”说着将范晓鸥打横抱起走到套间的吧台前，想给范晓鸥倒杯酒。

范晓鸥脑子发懵地被聂梓涵放在吧台前的吧椅上，怔怔地看着他在吧台后娴熟调酒的动作，半天还是没想明白今晚究竟是怎么回事。她本想拒绝喝酒，但聂梓涵很快就在她面前放了两个干净的高脚杯，她叹口气，用手擦擦脸，想想那就喝一杯吧。眼前这种突发状况，实在让她接受不来，喝杯酒定定神也好，她坐在吧台边，手臂撑在吧台上，等待着聂梓涵给她调酒。

放在台上的手很是熠熠生辉。手指上的戒指实在太过闪亮，她觉得自己的眼珠子几乎要被那强烈的光芒灼瞎，看那个小石头的大小，估计身价不菲，但她觉得自己戴着它很是奇怪，怎么看怎么不对劲儿。

她正纠结这个钻戒的来历太过仓促和突然，于是伸出手就想撸下来。聂梓涵在她对面看到了，眼神一凝，张口说：“戴上了就不许脱。你敢摘下来试试?”

范晓鸥的动作停住了，她抬起眼看着聂梓涵，不服气地说：“为什么呀?”

“戴上这个就表示你是我的女人了。”聂梓涵好整以暇地开始倒酒，“今晚我们先预支洞房花烛夜，结婚仪式等我们双方家长都在场的时候再办，你觉得怎么样?”

“什么？洞房……洞房花烛夜？预支?”范晓鸥本来已经端起了吧台的酒杯，刚

抿了一口酒，听见聂梓涵说的话，差点儿没把口中的酒喷出来。

“对，洞房之夜。”聂梓涵放下调酒盅，端起了自己满满的酒杯，轻轻地在范晓鸥的酒杯上碰了一下，酒杯和酒杯之间发出了玻璃摩擦的清脆声音。

“因为我等不及了。今晚，我想要你。”他低声说，然后先将自己酒杯中的酒饮尽。

“不是……我……”范晓鸥拿着酒杯彻底傻了，“你……你……”她几乎语无伦次了。

聂梓涵放下手中的杯子，从吧台后走出来站在范晓鸥身边，见她酒杯里的酒还没动过，他用手握住范晓鸥的手腕，拿过她的酒杯便喝了一大口。看着范晓鸥还在愣愣的，他嘴角向上扯起，露出了一丝邪邪的笑容，他伸出手去，抬起范晓鸥的下巴，然后出人意料且不容分说地便吻了上去。

“唔……不……”范晓鸥刚张口，一股醇香的酒液便涌进她的口中，顺着她的喉咙流下，原来他是在喂她。

“你……”范晓鸥想从吧台上站起身来，但聂梓涵却按住了她，喂完了酒他的嘴并没有离开她柔软的双唇，而是继续辗转而深入地亲吻着她……

第五十五章
浪漫满床

范晓鸥颤抖着说不出话。眼前的这个男人，她曾经为他哭过，为他笑过，在他身上倾注的是她所有的爱，爱到她曾经在很长的一段时间里一想起他冷酷无情的脸就会伤心得不能自已。她甚至已经作好从此对他死心的决定了，她要重新开始另外一段感情，可是聂梓涵出人意料地又将她拉了回去。

范晓鸥忍不住泪眼朦胧，即使是在聂梓涵激情膨胀的时刻，她也无法安心地将完整的自己交给他，她怕一旦两人发生了亲密关系，那么，若往后再有什么情感上的波折，他们便永远回不到过去，将来肯定连朋友都做不成了。

聂梓涵几乎无法自控，所有的想法都被他抛之脑后，今夜的他真的只想完完整整地拥有范晓鸥。之前的他因为畏缩和懦弱，差点儿错过了这份爱情，今晚他再临阵退缩，连他自己都看不起自己了。

挣扎于要还是不要之间，他已经考虑了许多年，如今，他决定了，这辈子，他要范晓鸥。即使将来的结果是悲凉的，他也不能再次放手了。

在犹豫和轻微的抗拒之后，范晓鸥还是无法抵御聂梓涵火热的攻势，向着他敞开了自己。……汗湿的身体互相重叠着，聂梓涵紧紧抱着范晓鸥一动不动。半晌之后，他才喘息着亲吻着范晓鸥的脖颈和胸口，然后恋恋不舍地从她身上翻下。他躺在范晓鸥的身旁，赤裸密布着汗珠的健壮胸膛不住起伏，还未完全从那种欲死的快感中挣脱出来。

他满足地叹息，随后伸出一只手臂环抱住闭着眼的范晓鸥，一边怜惜地用手将她汗湿的乱发拂开，范晓鸥那张布满泪痕的脸正侧贴在枕头上，聂梓涵心口一窒，凑上去在她耳边低语："……疼吗？"

范晓鸥蜷缩在聂梓涵怀抱中，整个人都有些迟钝了。她没想到和聂梓涵竟然发展得这么快，她还没做好准备，就已经完全失身于他。是他太主动，还是她的意志力太薄弱了？她的心里乱得连自己都理不顺了，只能疲倦得什么话也不肯说。

"我知道这样委屈你了。"聂梓涵倒是明白亏待了范晓鸥，他的下巴靠在她的头顶，轻轻磨蹭着她的头发，大手不住在她光滑的躯体上爱抚，他沙哑地说："过两天我就带你回家见我父母和爷爷——"范晓鸥还是一动不动，聂梓涵等不到范晓鸥的回应，有些纳闷地问她，"你怎么了？不愿意嫁给我吗？"

范晓鸥拉开聂梓涵沉重的手臂，卷过一旁的床单裹住自己，拖着酸疼的身体想下床，但刚起身却又倒了下来，不凑巧地扑在了聂梓涵的胸口上。她挣扎着起身，却被聂梓涵再次一把抱住，他至下而上地盯着她的眼睛，说："生我的气了吗？"

范晓鸥的眼眶微红，她转开脸，但眼底却有着依稀泛上的泪光。

"我知道今天这件事你还没做好准备，"聂梓涵柔声抚慰着范晓鸥，"可是我也没说过不负责，我真是想和你结婚才和你这样的——你相信我，我不会再辜负你的——"

范晓鸥的眼泪扑簌簌地滴落在聂梓涵的脸上和脖颈上，他叹息一声，用力将胸膛

上的范晓鸥紧紧抱住，他搂住她良久，才说："我爱你，晓鸥，不会再让你难过了——"

"真……真的吗？你不会再骗我了吗？"范晓鸥吸吸鼻子，哽咽着说。她的眼泪滴落在聂梓涵的嘴边，他伸出舌头轻舔，有点儿咸。他揽着她的腰肢，看着她的眼睛，认真地说："我保证，我会一心一意地对你，直到世界末日，否则我们永远都不分开，好吗？"

聂梓涵郑重地对范晓鸥许诺。他就打算这辈子和范晓鸥在一起，所以对于自己今晚在上床前急不可耐的表现他虽然汗颜，但还是没有后悔过。

范晓鸥咬着唇不知道该怎么办，聂梓涵翻过身去，将她再次压在身下，然后亲吻着她的脸庞和嘴唇，他爱不够地吮吸舔弄，范晓鸥转动着脖子，想逃开聂梓涵的肆意讨好和抚摸，挣扎间她看到了自己手指上的戒指，便想摘下来还给聂梓涵。

聂梓涵见她这个动作，俊脸一沉，停下了动作，看着范晓鸥将钻戒脱出，便问道："你想干什么？"

"我……我不习惯戴这个……"范晓鸥的眼角还有泪花，把钻戒放在聂梓涵的手上，然后她缩在被窝里，拉起被子盖住自己，蒙住头不想看他。

聂梓涵和她发生关系这件事太突然了，连她自己都有些不知道该怎么顺理成章地和他成为男女朋友，她没忘记，差点儿她就成了他的小舅妈。

"你戴上吧。"聂梓涵拿着钻戒看着裹成粽子一样的范晓鸥说："我特意为你买的，真的，晓鸥。你是在怀疑我的诚意吗？"他问她。她没有吭声，依旧静静发愣。

聂梓涵拿着钻戒有些难堪，他坐在床上，下身仅仅盖着床单一角，他肩膀健壮的肌肉在柔光下显得很结实，腰腹上更呈现出完美的六块肌肉，平整的胸膛上有条银链子隐约可见，更凸显他的男人味儿。他微微叹口气，低声说："拿着吧，好吗，晓鸥？"

他从来没这么低声下气地求一个女人接受他的求婚，不过也是，确实也没人用上像他这种霸王硬上弓的求婚方式。

见范晓鸥对他还是心存疑虑，聂梓涵想了想，从脖子上摘下了自己的那条项链，然后将钻戒穿进链子里，接着掀开被子，不顾范晓鸥的惊呼，就将挂着钻戒的银链子套进了她的脖子。他盯着她，郑重地说："这条银链子我从小都戴着的，是我爷爷给我的，我帮你把戒指穿进去了，不管你愿不愿意，你都是我的人了，以后你得跟着我——"说着他凑近了范晓鸥，在她耳边低声地命令她道："你听明白了吗？范晓鸥！”

范晓鸥提起银项链看了看，又抬眼看着聂梓涵，见他一脸的诚恳和惶惑，她咬着唇，迟疑了半晌，才微微叹口气，终于说：“你……再骗人就是小狗！”

聂梓涵本是一脸的焦急等待，听闻范晓鸥如是说，他忍不住咧开嘴，嘿嘿笑了起来。其实揭去他在陌生人面前刻意维持的坚硬冷漠的面具，他仍然是过去的阳光少年那般温文可亲。范晓鸥看着他灿烂的笑容，心里微微一酸，然后便是点点的甜蜜。

但还没等她想更多，聂梓涵宽阔的胸膛向她逼近，他再次用力抱住了她，这一次，范晓鸥终于不反抗了，两人终于前嫌尽释，互相拥抱在一起。

“我们很快就结婚！”聂梓涵低语。

“嗯。”范晓鸥犹豫了一下，还是轻轻点了点头。回应她的，便是聂梓涵绵长而又愉悦的亲吻还有如细雨润物般的缠绵……

缱绻纠缠了一夜，第二天将近中午的时候聂梓涵和范晓鸥才起床。

聂梓涵靠在床上，看着范晓鸥红着脸在他面前梳洗穿衣服，他的眼睛眯缝着，但眼底是不易察觉的欲火。

“过来躺一下吧，晓鸥——”聂梓涵的声音里还带着沙哑，听起来很性感。范晓鸥绯红着脸，头也不敢回，只是害羞地说：“赶快起来吧，我们还有很多事情没做呢。”

“有什么事情比现在的事更重要？”聂梓涵嘴角含着笑说。范晓鸥咬住唇，从镜子里白了他一眼。见无法诱惑住范晓鸥，聂梓涵只好从床上起身，范晓鸥梳好头发，转头回身看到聂梓涵大咧咧地袒露着光裸健壮的男性躯体，顿时吓得低叫一声，脸更红了。

聂梓涵倒是不以为意地起身去洗澡，然后擦着湿漉漉的头发出来。他亲了亲范晓鸥的脸颊，不再胡闹，只是说：“我们现在就回去吗？”

范晓鸥“嗯”了一声，他们已经说好这几天就去拜访双方的家长，商量一下他们的婚事。收拾停当后，聂梓涵便带着范晓鸥出门去退房。两人刚从房门里走出来，却看到对面的1098房间门也开了，从里面走出了一脸疲惫和颓废的欧阳明远，还有脸带怨恨泪痕的毛琴吟！

八目相对，四个人都愣住了。

第五十六章
到底意难平

"梓涵……你、你怎么会和她在一起?"还是毛琴吟先反应过来，她迷惑不解的目光投向脸上有着些微尴尬神情的聂梓涵，又瞟向脸色绯红的范晓鸥，心中升起了无数个问号。

"小舅妈……我……"聂梓涵挠了一下脑袋，难得的有些忸怩，而范晓鸥则缩在聂梓涵的身后，不敢抬头看着对面的两个人。脸带春风的聂梓涵和范晓鸥看上去像是一对赏心悦目的般配情侣，但看在欧阳明远的眼里，却完全不是那么一回事。

欧阳明远的眼睛自从发现了他们的身影之后，就一直没从范晓鸥的身上挪开过。他无视毛琴吟和聂梓涵之间的对话，他牢牢地盯着范晓鸥，向她逼问道:"你……昨晚和聂梓涵睡在我对面的房间里?"他的声音带了焦灼和恼怒，更有着无尽的疲惫和失望。

范晓鸥垂下眼帘，没有吭声。"你说话啊!"欧阳明远低吼一声，就想走过来拉住躲闪着的范晓鸥问个清楚。他不晓得昨晚的这些事是不是一个圈套，他好端端地在1098房间里等着和范晓鸥共度浪漫美好的时光，却没料到毛琴吟竟然怒气冲冲带着一堆人前来捉奸，他当时庆幸范晓鸥没在场，但眼下看着聂梓涵春光满面的模样，他宁可昨晚和范晓鸥被捉奸。

"小舅舅，你别激动!"聂梓涵见欧阳明远勃然变色，唯恐他伤害到范晓鸥，连忙拉过范晓鸥将她挡在身后。欧阳明远却着急地跟上去，想拉回范晓鸥。

"小舅舅，你别碰她，她已经是我的人了!"聂梓涵见欧阳明远还不肯放弃，无奈之下一咬牙对着欧阳明远和毛琴吟道出了实情。

聂梓涵的话犹如晴天霹雳一样打下来，顿时打得欧阳明远懵住了，半晌他都缓不过气来。而毛琴吟也十分诧异地问聂梓涵:"你们、你们又怎么会搞在一起?范晓鸥不是和明远那个什么吗?"

"小舅妈，别用搞在一起的词，其实晓鸥一直是我的女人。"聂梓涵见该来的总要来，豁出去后心境倒也放松了许多，他看着毛琴吟说道:"四五年前她就和我认识，我爱她，她也爱我，她和小舅舅的一些事，可能是小舅舅误会了……”

“误会？”欧阳明远在一旁咬着牙，他再也顾不得许多，一把推搡开聂梓涵，然后握住了范晓鸥的肩头，不住声地问她，“晓鸥，你告诉我，你是被他给骗的，是吗？是不是昨晚你走错房间了？我让你来1098房间，你为什么不来？你为什么要跑到1099房间去？”

欧阳明远是真的伤心了，昨天他一晚都没睡着，和毛琴吟谈判到天亮。毛琴吟带人来捉奸的行为更加坚定了他要和她离婚的决心，这一点恐怕也是极力想挽回感情的毛琴吟无法料到的。在复杂的感情中，总有一个人会受伤。欧阳明远承认他是自私的，他顾不得太多，却没想到，他的计划全被聂梓涵这个家伙给破坏了。

欧阳明远激动过后想到了什么，放开了范晓鸥，转而怒问着聂梓涵：“聂梓涵，我问你，你怎么会在我房间的对面开房，你告诉我，你是不是故意的？是蓄谋已久的？”

“是。”聂梓涵看着欧阳明远，毫不逃避地回答道。

“你为什么要这样做？你们以前是有过一段感情我知道，可是后来我记得明明是你不想要范晓鸥的！”欧阳明远嘶声说道，嗓子全哑了。

欧阳明远的话让范晓鸥微微有些瑟缩，她看着一脸愤怒和伤感的欧阳明远，心里突然涌起了愧疚的感觉。原来，欧阳明远真的是对她动了真情，而她一开始就只是想报复他而已。而欧阳明远说的“明明不想要范晓鸥”这句话也勾起了她对往事的回忆，她向后倒退了一步想偷偷溜开，她的心里也很乱，不知道怎么应对眼前的这个场面。

可是她低估了聂梓涵想要她的决心，他的眼角瞥见她有退缩之意，连忙甩脱了欧阳明远，伸出手拉住了她，然后说：“我想要范晓鸥，这点一直没有改变。只是之前我有很多顾虑。小舅舅——”聂梓涵拉住范晓鸥的手，感觉到自己的心安定了很多，他不能再次失去她。

“小舅舅，其实我很感谢你让我明白晓鸥对我很重要，我承认昨晚的事是我蓄谋已久的，因为我不想失去她。你还有小舅妈，但是失去晓鸥，我就什么都没有了——”

“你这个臭小子！我不是你舅舅！我没你这么没良心的外甥！”欧阳明远犹如一只受伤的狮子一般吼叫。毛琴吟连忙上前去拉住欧阳明远，劝道：“明远，你别激动了，事情既然都这样了，你就放弃吧……”

“不用你管！”欧阳明远像个孩子一样对毛琴吟发脾气，他那张英俊的脸上有着

不甘、难过和痛苦，“毛琴吟，你不用假惺惺的，我不用你同情！”欧阳明远甩开毛琴吟的手，然后一把揪住了聂梓涵的大衣领子，“聂梓涵，我要杀了你！”他咬牙狠狠地说道，在两个围观女人的惊呼声中，随手就给了聂梓涵当面重重一拳！

这一拳落在了聂梓涵高挺的鼻梁上，欧阳明远的手指传来了骨头肌肉相互碰撞挤压的错动声，这让他有种嗜血的兴奋，他提起拳头，如雨点般的拳不停地落了下来。聂梓涵倒是一动不动，任由欧阳明远打他。他心中也有愧疚，知道对于一个男人来说，被人从手里抢走女人是何种耻辱和不甘。于是不吭声地，让欧阳明远出气。

欧阳明远一通乱打，范晓鸥和毛琴吟连忙冲上去想要拉开纠结在一起的两个男人。但如何能扯得开来？到了最后终究还是欧阳明远顾及到了血缘亲情，怕聂家从此断了血脉绝了后，这才喘着粗气住了手。

两个男人犹如拉了很久的老牛都在呼呼地喘着粗气。聂梓涵的五官俊秀的脸上满是淤青，不过幸好也没伤着重要部位，但显得异常狼狈。

毛琴吟看着两个男人为了范晓鸥大打出手，再看看一脸焦虑和不安神情的范晓鸥，她突然冷冷地说道：“你现在看到了吧？害得这舅甥俩为你大打出手，你很满意吧？我告诉你，你不要以为你耍狐媚子就能得到你想要的东西！我们毛家和欧阳家也不是好惹的！”说着冲上前去，一把拉起了精疲力竭的欧阳明远，吼了一声，“走吧你！傻帽，为了这么个水性杨花的女人折腾，你是不是男人啊?!”

也许是一场混战耗费了精力，也许是对感情的彻底失望，满脸颓然的欧阳明远没有吭声地任由毛琴吟拉走。走之前，他回头看了一眼范晓鸥，范晓鸥低着头没敢回望他，她的眼底里满是羞愧和内疚。

“范晓鸥，你等着，我会让你付出代价的！你等着！”走廊的尽头传来了毛琴吟不甘的叫声，但声音很快就消失在了电梯里，看来是欧阳明远反将情绪激动的毛琴吟拖走了。

聂梓涵感觉到有黏稠的液体从他鼻子上流下，他用手一抹，拿到眼前一看，竟是血。

“聂梓涵，”范晓鸥颤抖着手从口袋里拿出纸巾给脸有淤青的聂梓涵，然后煞白着脸，对他说道：“我们还是分开吧，我们真的不合适……”他们的感情太错综复杂，牵涉的人太多了，她实在没办法理顺，也对他们将来的感情缺乏必要的信心，所以只得退让得越远越好。

“你说什么？”聂梓涵正擦着鼻血，闻声盯着范晓鸥，半晌才惊愕地问：“分开？”

“我们现在不是两个人在谈恋爱，而是关乎一堆人，我真不知道怎么去面对你家人……而且你小舅舅和小舅妈以后……我们又不是不要再见面了……”范晓鸥觉得不堪其扰，疲惫地说着，心中也有些愤懑，假如刚开始聂梓涵就能接受她，她又何必在这茫茫人海中自寻烦恼？假若他真的爱她，又何苦让她独自凄凉等候了那么久？想到这些，范晓鸥就对聂梓涵没有太多的信心。不管怎样，他刚开始是不要她的，对于一个自尊心敏感而脆弱的女孩儿来说，这是深刻并且致命的打击。

“小舅舅小舅妈那头以后我再去劝说，你现在安心当我的老婆就行。”聂梓涵见范晓鸥又露出了心存疑虑的神情，顾不得脸上和身上的伤，一把拉过了范晓鸥，急切地对她作了保证，“你不用怕，一切有我呢——”他搂住她，想给她以力量和信心。

范晓鸥被聂梓涵抱在怀中，听着他急切的保证，感觉到他对她的在乎，她的心更乱了。她将脸埋在聂梓涵的胸口，半晌才没有把握地说：“我们的事，真的会顺利吗？”

“我们又不是犯了什么十恶不赦滔天大罪的人，不用怕的，一切有我！”聂梓涵再三向范晓鸥保证，同时轻轻吻了她的脸颊，说：“现在你已经是我的人了，你想撇下我不管吗？我可不答应……”范晓鸥的脸一下子红了，她被聂梓涵紧紧抱在怀中，又被他热烈的爱所感染，只好暂时放下了心头的那份不安和忐忑。

……

两人到酒店前台退了房，聂梓涵直接将范晓鸥接到他住的地方。途中聂梓涵只容许范晓鸥回去整理了一下她的行李，然后半强迫地帮她把东西都运到他的住处，理由是他们即将结婚，范晓鸥自然要夫唱妇随，跟着他住。

范晓鸥被聂梓涵如此急迫而温存的做法给弄得有点儿措手不及。她表面上虽然是顽强的职业女性，但其实内心深处还是一直存在着传统女性的温顺和体贴。不过她对聂梓涵这种有点儿稍显大男人的主张并不排斥，于是便听从了他的安排。

“把你的身份证和户口簿给我。”聂梓涵在范晓鸥将行李搬到了他那里之后，突然对范晓鸥说道。

“身份证我这里有，但是拿户口簿干吗？我户口簿还在老家，由我姑姑保管着呢。”范晓鸥有些摸不着头脑，但还是找出了身份证给他。

“结婚登记需要户口簿。”聂梓涵一边仔细看了看范晓鸥的身份证，一边漫不经心地对范晓鸥说道。

正在整理行李的范晓鸥昏头昏脑地应了一声，半晌才反应过来：“啊，什么结婚登记啊？”

“我们马上登记结婚吧?”聂梓涵将范晓鸥的身份证放进了自己兜里，然后正色地对范晓鸥说道：“你让你姑姑把户口簿给你快递过来，我们过几天就去登记。在这之前，你先跟我回去见我爷爷和父母，然后我再跟你回你老家见你爷爷可以吗?”

“会不会……会不会太快了?”范晓鸥瞠目结舌，之前聂梓涵说过要和她结婚，但她没想到他的行动会这么快。

“不会，我们浪费了太多时间，现在需要争分夺秒。”聂梓涵从后面搂住范晓鸥纤细的腰肢，低声在她耳边说：“我一分钟都不想多等，我恨不得你马上是我妻子……”

范晓鸥被聂梓涵抱住，她仰着头靠在他的胸膛上，闭上了眼睛。长了这么大，除了和爷爷姑姑一家人在一起之外，在北京这么久，她终于再次感受到了被人疼爱的滋味。

“那好吧，我和爷爷姑姑说……”范晓鸥的声音有些哽咽，心想爷爷和姑姑要是知道她突然间要结婚，怕是会吓一大跳吧，她得让姑姑先和爷爷透个底，免得爷爷有心脏病经受不住。

“我陪着你打电话，你现在就打吧。”聂梓涵担心夜长梦多，便对范晓鸥说道。

范晓鸥迟疑着，终于拨通了老家的电话。才晚上九点半，可是姑姑好像已经睡下了，接电话的声音带了几分睡意。听到是范晓鸥的声音，范紫的睡意消了大半，一般晚上九点之后范晓鸥很少会打电话，于是范紫有些疑惑地对着电话那头说：“晓鸥……你这么晚了，出什么事了吗?”声音里带了不安和担心。

“我没事，姑姑……”范晓鸥支吾了半天，有些羞涩地难以启齿自己和聂梓涵的婚事。一旁的聂梓涵搂着范晓鸥在沙发上坐下，静静听着她在电话里和家人谈话。

在绕了半天八竿子的弯之后，范晓鸥抵不住聂梓涵朝她使的眼色，便硬着头皮对姑姑说：“其实……其实姑姑，我今晚打电话，是……因为我，我想和您说一声，那个……那个我，我要……”

“哎呀，你这个傻孩子，想说啥就说呗，大半夜的，你想让你姑姑吹冷风啊，说，什么事?!”范紫打了个大大的呵欠。

范晓鸥转头看着聂梓涵，看到他对着她鼓励地微笑，终于鼓足勇气说：“我、我要结婚了，姑姑……”

范紫在电话那头一声不吭，半晌之后，范晓鸥的耳朵就被姑姑的大嗓门差点儿给震破：“啊?你……你刚才说什么?你这个丫头——是、是说要结婚吗?”

范晓鸥咬着唇，不好意思地应了一声，说："是的，姑姑，我要结婚了，跟您和爷爷说一声，顺道想向您要一下户口簿登记……"

"我是在做梦了吧？"范紫被这突如其来的喜讯震得都反应不过来了，但欣喜过后，她立刻恢复了精明厉害的本性，连忙询问范晓鸥，"这丫头，这么大的事儿也不早说。你先得告诉我，要和你结婚的那小子是谁？"

"哦，他……他是我曾经和你们提起过的聂大哥……聂梓涵……"范晓鸥还是有些羞涩地说道。她曾经和家里人提起过在北京一直有人在照顾她，所以聂梓涵的名字对于范家人来说并不陌生。

听说要娶她家心肝宝贝的人是聂梓涵，原本还担心范晓鸥被坏小子骗了的范紫的心先放下了一半，她相信晓鸥的眼光，若是人品不好晓鸥也不会选他。她想了想接着问范晓鸥："那聂梓涵的家庭状况如何？他……养得起老婆吗？"

范晓鸥的脸红红的，小声地对着电话里的范紫说："姑姑，他是我公司里的老板啦……一直都是，我没和你说就是了……"

"老板？那就是事业有成啦？"范紫拍拍胸口舒口气，哪家大人不希望自己的孩子嫁个可靠有安全感的男人啊，她终于满意地点点头，却突然想到一个严肃的问题，连忙再次正色地问范晓鸥，"等等，你老实告诉姑姑啊，你说的那个聂梓涵条件那么好，那为什么他和你拖到现在才结婚？他是不是有老婆了？你是不是为了钱去当什么小三儿了？"

范紫心细，很多年前范晓鸥为情憔悴的模样她还记得，直觉应该和这个聂梓涵脱离不了关系，如今这两人突然要结婚，她只担心范晓鸥吃亏，又怕范晓鸥糊里糊涂上了男人的当。

"姑姑，你想到哪里去了？聂梓涵他……他还没结婚……"范晓鸥被范紫的神经过敏弄得啼笑皆非，但心里却暗暗庆幸自己在欧阳明远的感情上时悬崖勒马，否则她将会被姑姑和爷爷倒吊起来狠抽一顿。

"哦，没结婚吗？那就好，那就好！"范紫总算放下心来，顿时兴奋得如同热锅上的蚂蚁，说："那你们准备什么时候登记啊？至少得带回来让我们看看吧？"

"会的，姑姑，我们先去看望梓涵的父母，然后我就带他回来见你们……"范晓鸥甜笑着对姑姑说道，随后和姑姑聊了两句，怕影响姑姑休息就挂了电话。可是电话刚放下来没有五分钟，电话铃又响了起来。

范晓鸥一看还是家里的电话，不解地接起来一听，竟然是爷爷范立辙打来的。原来姑姑已经迫不及待地将这个好消息告诉爷爷。老范一激动哪里还能睡着，连忙命令

范紫把电话接通和范晓鸥说话。

范晓鸥边接着爷爷的电话，边有些埋怨地盯了聂梓涵一眼，都怪他出的馊主意，这下好了，这大晚上的，爷爷和姑姑估计都该睡不着了。可聂梓涵靠在沙发上，只是望着她笑，手臂还牢牢抱着她，和她一起倾听电话里的声音。

“晓鸥啊——”电话里刚传来了爷爷苍老的声音，范晓鸥就有泪凝于睫的感觉，她咬着唇，应了一声。

“听你姑姑说，你有喜讯要告诉我们?”老范乐呵得眼角都湿润了，能不高兴吗，那么小的娃娃这么快就长大了，而且要成家了，他也算对得起九泉下的老伴还有范晓鸥早逝的爹妈了。

“嗯，爷爷，我……我要结婚了。”范晓鸥的声音哽咽了，她知道爷爷一直以来对她的期望，她也总算能让爷爷放心，终于找到一个可以依靠的港湾。

“那小子呢？我跟他说说话。”老范等不及听到孙女婿的声音。范晓鸥噙着眼泪带着笑把手机递给聂梓涵说：“给你，爷爷要和你说话。”聂梓涵连忙接过电话，对着电话就先喊了一声：“爷爷。”

这一声亲热的“爷爷”把老范喊得全身舒畅，他连忙答应了一声。对于聂梓涵他是有印象的，当年范晓鸥这小娃娃刚到北京，靠得就是聂梓涵的帮忙才在北京立住了脚跟，而且还在北京上完了大学，他对聂梓涵一直是感激在心的。如今听说孙女要嫁给这个男人，他刚听到心里就赞成了。只要聂梓涵这孩子品行端正，对范晓鸥好，做为一个长辈他也不会刁难这个好小伙儿的。

老范和聂梓涵在电话里没说上几句话，心中顿有惺惺相惜之感。聂梓涵的态度极为恭谨和谦和，完全出乎范晓鸥的想象，她从聂梓涵脸上的笑容中也可以看出来，爷爷应该对他是很满意的。范晓鸥觉得心口暖暖的，她坐在聂梓涵身旁，贴着他的臂膀，静静聆听这个世界上她最爱的两个男人之间的对话。

老范兴致勃勃地说到最后，对聂梓涵说道：“孩子，我可把晓鸥交给你了，你以后可要多担待她啊——”老范在电话那头激动得声音都变了。

聂梓涵连忙答应，说：“爷爷，您放心，我以后一定会把晓鸥当成我的眼珠子来疼爱，我知道您一直疼她，您不用担心，往后我会好好疼爱她的。”

“行，有你这句话我就放心了!”老范说着呵呵笑了起来，兴奋得不知如何才好。还是范紫怕身体虚弱的老范吃不消，便劝说老头儿放下电话早点儿休息去，老范这才意犹未尽恋恋不舍地挂了电话。

聂梓涵放下电话后，凝望着范晓鸥说：“你爷爷和姑姑很有趣。”

范晓鸥只是抿嘴笑，轻声说："在你们大城市里的人看来，其实我们都是小里小气的乡下人……"

聂梓涵握住她的手，认真地说："城市和乡下的不都一样是人吗？我真感激他们让我得到了一个这么好的你——"他难得说情话，眼下这些话语却都是发自肺腑的。

"我会好好爱你，晓鸥，一辈子都不会让你再受苦。"聂梓涵认真地发誓。

范晓鸥点点头，眼角有泪光。

"你就跟我回家，好吗?"聂梓涵问范晓鸥。见她脸上有退缩之意，聂梓涵紧紧搂住了她，说："你既然爱我，也要接受我的家人，对吗?"

范晓鸥这才颔首，她反手抱住了聂梓涵，但心里却像有十五个吊桶，七上八下的。

第五十七章 三堂会审

可丑媳妇总要见公婆的。范晓鸥坐在聂梓涵开的车里，朝着聂梓涵的家而去。在北京这么久，范晓鸥还是第一次去聂梓涵的家，想象中他的家庭应该是很有权势的那种。但是当聂梓涵的车子开进了三步一岗、戒备森严的军区大院，并往大院深处驶去的时候，她才意识到聂梓涵的家世应该比她想象中更显赫。

随着这个认知越来越清晰，范晓鸥的心里也更加忐忑起来。她穿着素雅的羊毛大衣，里面是端庄的背心呢子裙搭配高领毛衣，连鞋子都选了最保守的黑色，车后备箱里还有她精心挑选的礼物，这些都是为了能赢得聂梓涵父母和爷爷的喜欢而准备的。

她并不是个趋炎附势的人，假若聂梓涵只是个普通常人的后代，她也一样喜欢。她这么做只是从一个还未进门的小媳妇那种期待讨好长辈的心态来出发，因为发现夫家的家世雄厚远远出乎她的想象，所以就更加不安和担忧。

聂梓涵觉察出了范晓鸥坐立不安的紧张情绪，他边开车边偷看她，说："干吗那

么紧张？我又不是把你带去卖了！”说话间聂梓涵的心中有些微的懊悔，其实就如之前范晓鸥一直埋怨他的那样，早几年若是他没有那么多顾虑，直接把范晓鸥带回家，也许今天她就不用这么发愁和担心了。

“没事的，丑媳妇总要见公婆。”聂梓涵极力想让范晓鸥宽心，“你放心，我妈妈肯定喜欢你——”他说着，伸出手去，拍拍范晓鸥紧张得都有点儿发凉的手背。

车子开进了将军楼33号院，门口的警卫员看到是聂梓涵的车连忙开了院门，聂梓涵将车径直缓缓开进车库，接着带着范晓鸥下了车，警卫员连忙上来帮忙从车后备箱里拿东西。范晓鸥连忙说谢谢，聂梓涵也拿了一堆的东西，带着范晓鸥进屋去。

进门之前，范晓鸥极力深呼吸，同时悄悄地整理了一下头发和领子，这才跟着聂梓涵进去。和她的想象中不同，将军楼里的家具不多，摆设也很简单，但很整齐考究，里外透着简约却大气的风度，同时也透露出一种严谨和令人敬畏的氛围。

范晓鸥的脚步有些迟疑，聂梓涵回头招呼她：“进来吧，晓鸥。”范晓鸥这才有些局促地跟了前去。客厅里并没有人，聂梓涵的剑眉不易察觉地微蹙，他回来之前已经和家里人打过招呼，要带他的女朋友回来，哪知道都不在客厅里，家里出了什么事吗？

聂梓涵见范晓鸥有些发愣，连忙拉着她说：“我爸我妈可能有事出去了，你先坐会儿，我上楼去看看——”范晓鸥点点头，聂梓涵正要上楼，从二楼的楼梯转角处却走下来端庄秀丽、仪态婉约的欧阳明华。

欧阳明华见到客厅里的人，微微一愣。聂梓涵连忙迎上去说：“妈——这是范晓鸥。”他指着范晓鸥，轮廓俊秀的脸上有着些微的忸怩。范晓鸥也慌忙地打招呼，说：“伯母好。”

“你好，晓鸥。”欧阳明华看着端庄秀气的范晓鸥，第一印象还是不错的。但想想楼上现在的阵势，她的脸色有些凝重起来。

聂梓涵问欧阳明华：“妈，爸爸和爷爷呢？”

“哦，他们在楼上。”欧阳明华叹口气，声音里带了几分愁绪，“还有你外婆外公，舅舅舅妈也来了——”

“啊？”聂梓涵吃了一惊，“小舅舅和小舅妈也来了？”说话间他转头看向范晓鸥，见她的脸色刷地一下白了。

欧阳明华点点头，说：“他们在二楼等你们呢。”

聂梓涵站在那里蹙起了剑眉，顿时明白为什么母亲的态度和神情是这副模样了。他抬眼看着母亲，说：“妈妈，您是听他们说了什么吗？”

欧阳明华看了一眼面带尴尬之色的范晓鸥，保持了面上的平静，说："是听说了一些你们的事，梓涵，你也不是孩子了……可做事情为什么还是这样不顾全后果呢？"

聂梓涵没料到事情的发展会这样，他站在那里也有微微的愣怔，随后他拉过范晓鸥的手，对范晓鸥说："晓鸥，那我们先离开这里，等以后再回来。"

"你这是要上哪里去啊？"欧阳明华见聂梓涵拉着范晓鸥要走，连忙叫住了他。

"妈，您看我们现在上去能成吗？我倒好说，万一晓鸥被你们刁难她该多难受啊。"聂梓涵说着，不顾欧阳明华的劝阻，拖着范晓鸥就要离开。

但两人刚走两步，就听见二楼的楼梯那里传来了严肃的声音："梓涵，赶紧上楼来，你爷爷要跟你说话！"竟是聂梓涵的父亲聂志远。聂梓涵站住了，望向父亲，聂志远神色严厉地说："快点儿！大家都在等着你！"

聂梓涵望望范晓鸥，正要叫她先回去，但聂志远却说道："那个姑娘，你也不要走，一起上来，把事情说清楚了——"

"晓鸥还有点儿事，爸，她改日再来好了。"聂梓涵连忙推推范晓鸥，想让她置身事外，聂志远再次叫住了范晓鸥："这位姑娘，我知道你是我儿子的女朋友。假如你将来想进我们的家门，今天就一起和梓涵上楼来，把事情说清楚。"

"爸，你——"聂梓涵有些气急败坏。

"你们上去吧。"欧阳明华见大家僵住，连忙打圆场，"不管有没有错，把事情和大家交代一下不就成了吗？"聂志远见聂梓涵还不动弹，便再次申明："需要你爷爷亲自下楼来请你们上去吗？"

聂梓涵这才转向范晓鸥想征询她的意见，可进门后一直闷声不吭的范晓鸥却抬头看了看聂志远和欧阳明华，态度不卑不亢地说："伯父、伯母，既然这样，那打扰你们了，我这就上楼把事情的来龙去脉交代清楚……"

"晓鸥——"聂梓涵还想阻拦，他的父母倒也罢了，他是素来知道爷爷聂道宁手段的铁硬，若是范晓鸥承认了同时和他还有小舅舅在交往的事实，不仅会被扫地出门，甚至在北京也从此没有了立足之地。他必须要保护她不受伤害。

但范晓鸥对聂梓涵说道："有些事我确实有错，也无法逃避，该承担什么样的后果我也会相应去承担，我不会推卸责任的。"说着缓缓走到楼梯前，准备上楼。

聂志远和欧阳明华没料到范晓鸥的态度竟然如此谦和而且直率，多少对这个原本先入为主印象不太好的女孩有点儿另眼相看。聂梓涵见范晓鸥上楼，无奈之下只好也跟着上了楼。

范晓鸥没想到来的人竟然这么多。首先看到的便是一脸冷意的毛琴吟，面露不情愿之色的欧阳明远，还有几位重量级的老人。她没有见过聂家和欧阳家的长辈，但凭感觉还是能猜测出那对慈眉善目的老人是欧阳明远和欧阳明华的父母，也就是聂梓涵的外公外婆。

而坐在中间位置的那位须发花白、眉目间甚是威严的老军人应该就是聂梓涵的爷爷聂道宁了。范晓鸥没有想过，第一次上聂家来遇见的就是这种情景，这架势不就是三堂会审吗？

看到范晓鸥走了进来，欧阳明远的眼睛先是一亮，但随后眼底的热情立刻被黯淡所掩盖。毛琴吟望向范晓鸥的眼神则是不屑和愤怒的，范晓鸥略微低了头，打算兵来将挡水来土掩，因为该面对的总是要面对，而且她也想趁此机会将事情和欧阳明远说个清清楚楚。

“你——就是范晓鸥了？”聂道宁徐徐开口了，他的音调不高，但透着洪亮和浑厚。

“是的，您好，聂……聂爷爷……”范晓鸥迟疑了一下，礼貌地应声。

“你还真有脸来吗？”毛琴吟听闻范晓鸥的声音，在一旁小声地嘟囔了一句。因为妒忌和吃醋，身为大家闺秀的她也无法避免自己成为怨妇。欧阳明远站在毛琴吟身后，对毛琴吟的态度不满地挑了眉头，但想想还是一声不吭。

范晓鸥的脸色有些讪讪的，众人都没有好脸色给她。她本想向后退躲在聂梓涵的身后，但自尊心让她勉强站住，等待他们的批判。

“你来我们家做客，本来是应该欢迎你的。可是，我听琴吟说，你和欧阳明远交往在先，破坏他们的家庭不算，现在又突然变成了梓涵的女朋友。你能说说这些是不是事实？又是怎么转变成这样的？你不解释清楚了，我是不会同意你和梓涵在一起的！”聂道宁语速缓慢但甚有权威地说道。

“我是和欧阳明远交往过。”范晓鸥没有太多的迟疑便回答道，引得众人侧目。

“你能承认说明你的品性还不算太坏。不过你也看到了，这么多人等在这里，就是希望你能给明远和琴吟夫妇一个道歉和解释……你现在能解释一下吗？”聂道宁盯着范晓鸥说道，他的眼神十分锐利，说话的语气客气中带着能看透人本质的震慑力。

“她没有什么可解释的，爷爷。”聂梓涵站出来护着范晓鸥，“小舅妈和小舅舅有些事情可能是言过其实了。”

“我言过其实？”毛琴吟这下可不依了，她转向公公和婆婆，委屈的眼泪在眼眶里打转，“是谁狐媚子般一直缠着明远？即使当着我的面她也那么嚣张不安分哪！”

毛琴吟越说越委屈，顿时悲从中来，低声呜咽起来。

聂梓涵的外公外婆也面面相觑，聂梓涵的外公对聂道宁说："亲家啊，这件事还得请您帮忙想个法子妥善处理才是。"

"您放心吧。"聂道宁颔首，"这事我会查个水落石出，真要是关乎梓涵在其中搅局的事，我一定饶不了他！"说着只是拿眼瞪着脸带了不服之色的孙子聂梓涵。

"其实，伯父伯母，各位长辈，我想整件事情的来龙去脉也许你们并不了解。我承认我和欧阳明远交往过，但是，我这么做是有我的苦衷的。"范晓鸥见事情演变成这样，她曾想将往事封存不再追究，现在看来是不可能了。也好，那她干脆全都直说了吧！免得这个秘密如鲠在喉，让她一直都活在过去的阴影之下。

"你有什么苦衷吗，尽管说吧。"欧阳明华其实对范晓鸥还是有好印象的，难得儿子带了个女孩儿回来，本来是件大喜事，可是这女孩儿却又和自己的弟弟纠缠不清，唉，这是怎么样的孽债啊。她搬过一张凳子，想让范晓鸥坐下说，但范晓鸥却婉言谢绝了。

范晓鸥站在那里，心里的酸和涩一直涌到了喉咙，她盯着欧阳明远，视线直逼着他，不让他躲闪的目光逃开，她突然伸出手指住欧阳明远，一字一句地清晰地说道："我和欧阳明远交往，是因为我想报复！"

"报复？"欧阳明远吃了一惊，他纳闷地回望范晓鸥，"除了隐瞒已婚的事实，我有对不起你的地方吗？我虽然不算什么正人君子，但我也从来没有动过你一根手指头，你为什么要报复我？"

"你到现在了还在抵赖！"范晓鸥终于忍无可忍，"你还记得几年前你在杂志上刊登过征婚广告的吗？"

"什么征婚广告？"欧阳明远脸上现出迷惘之色。

"《知心》杂志啊！你忘记了吗？你在中缝登征婚广告，希望交到你的梦中情人，可其实你真正的目的是骗取他人的邮票，满足你集邮的欲望，是不是?!"范晓鸥边说边摇头，觉得欧阳明远果然不可救药，到现在了他还是不悔改。

范晓鸥在伤心气头上，没有觉察到一旁的聂梓涵和聂道宁在听到"征婚广告"和"集邮骗人"这些话之后，脸色顿时起了变化。

"其实你刊登的广告并不高明，只是我太傻了！"范晓鸥苦笑一下，"我不仅给了你我爷爷最珍贵的一枚军邮，还把你当做我心中的偶像一样喜欢……"往事不堪回首，假如能回到过去，她一定要给过去执迷不悟的自己两个爆栗子，让自己清醒过来，她曾经喜欢上的男人是这么的不堪和猥琐。

“我爷爷为了这枚军邮，急得心脏病突发，差点儿就因为我的任性而酿成大祸！而你呢，却逍遥法外，得手之后你很得意是吧?!”范晓鸥眼泛泪光，控诉时字字带泪带恨。

“那时我还小，不懂得报复。我爷爷说算了不要再追究了，但是我不甘心！我必须要来北京找你，找到那枚邮票，我要找到蓝军邮回去给我爷爷一个交代！”范晓鸥咬牙说道。

“你爷爷？军邮……”聂道宁的脸色大变，从椅子上站了起来，盯着范晓鸥仔细打量着。而聂梓涵则向后退了一步，微闭了眼，心头满是愧疚之意。

“邮票……征婚……”欧阳明远听了范晓鸥的话，下意识地跟着复述了好几遍，记忆有点儿模糊，他使劲儿让自己回想起来，到底有没有做过这样的混账事。

可是范晓鸥无视欧阳明远的思考，她将他的反应视为“装腔作势”，她盯着他继续控诉道：“因为受到失去这枚邮票的影响，我没考上大学，所以我来北京找你，想找到那枚蓝军邮。可是没想到你根本不认账，把我拒之你家门外……后来我在招聘会上看到了你的名字，就激发起了我要再次找到你的决心！我到公司以后才发现原来你骗到邮票后就把它给卖了！而且从来没有良心不安的时候！像你这种人，活该要遭到报应的！”

“晓鸥……”欧阳明远寻思片刻之后，抬头看着神情激动的范晓鸥，对她说道：“你误会了，当年征婚骗你邮票的人，不是我！你弄错了！”

“不是你?”范晓鸥冷笑，“不是你又是谁？信封上白纸黑字，写的是你的名字：欧阳明远！”

“征婚人的名字是我欧阳明远没有错，但实际上是有人冒用我的名义去征婚的。冤有头债有主。晓鸥，你一直报复错了人，也苦了你自己。”欧阳明远叹息一声，觉得心里无比的沉重，原来一切都只是个局，他的心头百味错杂。

“就是你，你不要再抵赖了！”范晓鸥气得发笑，“到了现在你还有必要摆出这种煮熟的鸭子嘴硬的姿态吗?”

“晓鸥，当年骗你邮票的人就在你旁边站着呢！”欧阳明远苦笑，远远地朝着聂梓涵努努嘴说道：“你自己去问梓涵吧，我都不知道原来我替他背了这么多年的黑锅，现在该他自己去承担后果了！”

“梓涵?！黑锅?”范晓鸥闻言脸一白，浑身大震，下意识地就往聂梓涵站立的方向望去，只见聂梓涵低垂着头，没有和她对视。他高大颀长的身形好像也失去了平时的挺拔和底气。

“欧阳明远，你这是什么、什么意思？”范晓鸥觉得自己的呼吸有些困难，隐约中觉察出了事情的真相，但打心眼儿里却又不肯相信那个几乎会将她整个人都焚毁的惊爆事实。

“你去问聂梓涵吧，这件事从头到尾他最清楚。”欧阳明远说着，面带不平之色将脸扭向一旁。他身旁的毛琴吟则是一头雾水地望望这个、望望那个，狐疑满腹，却不敢胡乱开口问欧阳明远。

“那，梓涵，你告诉我，这究竟是怎么回事？”范晓鸥见欧阳明远将所有矛头都指向聂梓涵，于是她也转过头去，盯着明显神色不对的聂梓涵问道。

“晓鸥——我——”其实聂梓涵带范晓鸥回家来，原是打算让她参观他从小居住的地方，再顺势将过去的所有秘密向她和盘托出，希望能在两人结婚前取得范晓鸥的谅解。却没想到先在这种情况下被人当众揭穿了他的秘密。

说此刻他的心头不慌乱那是假的，只是一时间他更担心范晓鸥会承受不住这个打击，他站在那里，几乎也是头脑一片空白。半天之后才敢小心翼翼地张口，思忖着怎么向范晓鸥解释，最好能将对她的伤害降到最低。

但他心里头也明白，现在说什么都没用，错误已经酿成，伤害也早已深入骨髓。

第五十八章
她比烟花寂寞

恰在这时，听得一声雷霆般的大喝声响起：“梓涵，你这个孽障，我早就告诉你不要害人，你看今天终害己了吧?!”喊话的人就是聂梓涵的爷爷聂道宁。别人不晓得聂梓涵曾经干过些什么事，但那件“冒充征婚骗取邮票”的事情对于聂道宁来说，印象却极为深刻。老政委也没想到，时隔这么多年，邮票的正主儿还真的能找到这里来。也许真是缘分太深了。

聂梓涵被爷爷聂道宁大声呵斥，他的头低得更低了。范晓鸥见状，心中更加对聂

梓涵产生了无数的疑惑："梓涵——你说话啊——难道、难道当年征婚的人，真的是、是——"她的声音有些发颤，只是紧紧盯着聂梓涵，既害怕又渴望听到他的回答。

"在杂志上征婚的人是我！"聂梓涵终于开口承认了当年他年少轻狂时所犯下的错误，他看着范晓鸥，深邃的眼眸里有着愧疚和不安，"当年骗取你邮票的人也是我。你不要怪小舅舅，当时是我冒用小舅舅的名义去征婚的——"

范晓鸥呆呆地站在那里，觉得世界上所有的声音顿时都离她远去，聂梓涵后面的话她几乎都已经听不见了。只看到他的嘴在一张一合，但是她什么也听不到。

半晌之后，她只能凭借本能，机械地问他："征……婚的人是你？那么——和我一直通信来往的人也是你吗？"聂梓涵点点头，不敢看范晓鸥。

"要和我交朋友的人也是你了？"范晓鸥问。

"是。"聂梓涵的声音越来越小，气若游丝一般。

"那么——最后骗走我的蓝军邮的人也是你吗？"范晓鸥继续问。

"是。"聂梓涵在所有长辈们面前承认错误，他几乎无地自容。

"好，很好，你很好——"总算是真相大白了，说不清范晓鸥此刻的心情，她觉得自己真是天下唯一的一个"二"货！她被打死也想不到自己如今最深爱的男人竟然就是曾经骗得她最惨的男人。不，不是曾经被骗，她是一直被聂梓涵蒙在鼓里，骗到现在的。

她瞪着聂梓涵，开始呵呵笑了起来，脸上的笑比哭还难看，让聂梓涵开始担忧起来。

"晓鸥，对不起，我知道你不会原谅我，所以我一直没敢向你坦白——"聂梓涵上前去想再次拉住范晓鸥的手，却被范晓鸥一把推开了！

"你跟我在一起这么多年，你有无数个机会可以坦白，你为什么不说?!"范晓鸥几乎是出离愤怒了，可是悲伤和痛苦像把坚韧的刀不住在切割着她的喉咙和心口，让她的心完全裂成了碎片。她甚至清晰地听到了原本深藏在她心头的聂梓涵的高大雕像轰然的垮塌声。

不，不，范晓鸥躲开聂梓涵的靠近，她瞪着他那张完美得无法挑剔的俊脸，再看着他明亮而俊秀的眼眸，她在心里对自己说："不可能，他不可能是那个曾经害得我终日以泪洗面的少年，不是那个让我一生为此而改变的坏人。"但是电光火石间，往事一幕幕在眼前浮现，所有的疑点也一一显示出来：邮币卡市场的相遇，聂梓涵看到她身份证时的悬崖勒马，这么多年来的忽冷忽热、顾虑重重……这一切都说明了他的心里头是藏着事的！

提到往事就躲闪的言辞、疏远的距离、从来不签字……所有的迹象都表明，欧阳明远说得并没有错，当年骗她邮票的人，就是聂梓涵！

范晓鸥望望欧阳明远，又望望聂梓涵，心里头像是被堵上了一团棉花，窒息而沉闷，还伴着震惊和疼痛。她觉得自己已经不能自主地呼吸了，天和地开始在她眼前旋转起来。

聂梓涵连忙伸出手去想扶住范晓鸥，但她却犹如躲避瘟疫一样，闪开了他的手。她紧贴着墙壁站着，面色苍白如纸。

欧阳明远冷眼旁观站立了一会儿，决定不在这里做个小丑了，今天发生的这些事情他暂时还无法消化，他悄然地走到楼梯旁，蹬蹬地下了楼去，很快就消失不见。

二楼会客厅里的空气好像就此凝结了。聂道宁缓缓地站了起来，神色激动地看着范晓鸥，问道："你……你那枚军邮是怎么来的？你说，是你爷爷的，那么，能告诉我你的爷爷叫什么名字吗？"

可是范晓鸥眼神凝滞、神情恍惚，什么都不肯说。她因极度的失望和伤感，声音都哑了。

范晓鸥转过头，什么话也不再说，也不再看一眼还处于深深忏悔中的聂梓涵，她木然地倒退着，一步步远离聂梓涵，直到后背碰到了木质楼梯，她才转身顺着楼梯奔下楼去！

"晓鸥！"聂梓涵一声大喊，连忙追了下去，"我知道我错了，请你不要离开好吗？晓鸥……"聂梓涵见范晓鸥走了，心里空得让他瞬间全身都没有了气力。他曾经想过眼前的这种场景，他早料到范晓鸥会生气，却唯独忽略了她走后他内心这般的恐慌，那是一种全世界即将毁灭，被深海的海水没顶的害怕。

"别走，晓鸥——对不起，晓鸥——"他三步并作两步追下了楼。木质楼梯刚发出轰然的声音，聂梓涵整个人已经冲到了楼下。

他正好看到范晓鸥跑出了军区大院，平时的范晓鸥很柔弱，但跑起来速度却很快。聂梓涵连忙对警卫员喊道："拦住她，帮我拦住她！"他的声音嘶哑得不像话，警卫员听了半天才明白他的意思，愣神间连忙要将范晓鸥拦住。

可是院子里突然开出来一辆车，车子超过了疾奔中的聂梓涵，一直开到了范晓鸥的身边停下。

"上车吧，晓鸥！"竟是欧阳明远的车。范晓鸥迟疑了一下，看着追上来的聂梓涵，她开了车门就坐上了车，欧阳明远快速地将车子驶出了军区大院，他从后视镜里

看到聂梓涵依旧在寒风中拼命奔跑想要追上车子。

他问范晓鸥："还准备回头吗？"范晓鸥坚决地摇摇头。

欧阳明远点点头，一脚将油门踩到底，车子像离弦的箭一般飞了出去，可聂梓涵却并不死心，跟在寒风中跑出了很远的距离还不肯放弃。

欧阳明远看着后视镜中的聂梓涵渐渐变成了一个小黑点，这才掉过头来看着范晓鸥。只见范晓鸥直着腰坐在副驾驶座上，整个人都是没有生气的，眼神呆呆地盯着车窗外。

"晓鸥，晓鸥——"欧阳明远轻轻呼唤着范晓鸥，范晓鸥半天才转头过来看他。

"你要去哪里？"欧阳明远问道。

"过会儿你把我放下来就好。"范晓鸥轻声说道，苍白的脸上也有着迷惘之色。

"去我那里先坐坐吧？"欧阳明远迟疑了一下，征询着范晓鸥的意见。可是范晓鸥却摇摇头，说："不了，多谢你。我很累，想自己找地方待着，就不麻烦你了——"她有气无力地说着，想了想又说："对不起了，明远。我一直错怪你那么多年……"

"唉，没事，我不知道原来你误会了，早知道我就早点儿告诉你，也不至于让你难受成这样——而且当年我也有错——"欧阳明远有些愧疚。

"算了。"范晓鸥摇摇头，苦笑了一下，说："其实当时你也不会想到今天这样，过去了就过去了——"

"那你能原谅梓涵吗？"欧阳明远小心翼翼地问道。

范晓鸥想都不想地摇摇头，说："我这辈子都不可能再原谅他了！"她长吁一口气，心里头一片荒凉，早在几个小时前还火热奔跳的心，此刻已经成为死灰一片。

欧阳明远见范晓鸥如此，也不再多说，他沉默地开了一会儿车，突然问范晓鸥："你之前说你从家乡来北京找过我？可我并没有看见过你啊——"

"那天我去找你，你家保姆说你不在。我等了很久还是没见到你，不过晚上在巷子里遇见一个醉鬼，毛手毛脚的，把我吓得够呛，从此就再也没去找过你了——"范晓鸥将头靠在车座上，凝视着车窗外灰蒙蒙的天，茫然地回答着欧阳明远。时间过得真快，不知不觉已经过去了很久。

"是吗？"欧阳明远听了范晓鸥的话，脑海里回溯过往，想起了多年前的自己很喜欢花天酒地，有一天回家的时候在巷子里遇见了一个小姑娘，酒醉迷糊中只记得那人的身体很柔软很芳香，却没料到是范晓鸥。假如那次她能找到他，也许他和她的缘分将会重新改写。只可惜，就差了那么一步。

两人默默地各自想着心事。车子缓缓开进了市区，范晓鸥突然让欧阳明远停车。

“我要下车了，谢谢你送我——”她真心地感谢他，一边开了车门下车。

欧阳明远突然间不舍地叫了一声：“晓鸥——”他心中的情感犹如波涛翻滚，却不敢开口挽留，他知道，从头到尾，真正的男主角其实都不是他。但他不愿做配角，即使知道自己的戏份即将终结，他也舍不得这本配角狗血人生的剧集就此落幕。

范晓鸥下了车，转头对他笑笑，因为痛苦和失落，她的笑容里没有明媚的阳光，但她的美丽依旧灼伤了他的眼睛。她朝着他摆摆手，说：“再见，明远。”

“再见晓鸥——”欧阳明远说着，觉得鼻子有些酸，眼睛也模糊了起来。

范晓鸥看了他一眼，慢慢地转身向前走去，她的身材纤细而瘦削，但腰杆却挺得很直，远远看去，好像总是端着架子，倔犟的样子让人心疼。

她的身影有些寂寥，欧阳明远贪婪地睁大眼睛追寻着范晓鸥在人群中若隐若现的影子，但很快她就淹没在熙攘的人群中，看不到了。

冬日的夜来得特别早，刚才还是光线明朗的天，很快夜幕就猝不及防地降临了。临近春节，北京的大街小巷比往常清冷。来自外地的工作者都急匆匆地挤着火车赶着飞机回家去团圆了，偌大的北京城顿时空了，平日拥挤的街道多了很多空儿，一眼望过去，只有寥寥几个行人在匆匆赶路，这种空旷显露出了凄凉和寂寥来。

范晓鸥一个人缓缓走在北京冬夜的街头，从灯红酒绿的霓虹灯，到远处明亮的万家灯火，但是这些好像都和她没有半点儿关系。夜晚的公园里竟然也有灯火，周围的音像店里传来了含混喧闹的音乐声，迷糊中范晓鸥听得一句歌词：“得不到的永远在骚动，被偏爱的都有恃无恐……”是什么歌，她不知道，也不想去探寻。

她裹紧了羊绒大衣，将自己的脸藏在了大衣的领子后头。这个城市的繁华和喧嚣她不关心，同样的，她也不希望别人关注到她。

今天出门的时候，她还满心欢喜，期待能当聂梓涵的新娘，想着拜见完他的父母和爷爷后，就带着他回老家过年去，她当时还想爷爷和姑姑将会高兴成什么样，也想带着聂梓涵到她父母的坟前上柱香，告诉双亲她终于可以苦尽甘来，黯淡的灰姑娘生涯终于结束，从此以后可以和她的王子幸福地生活在一起。

谁知道，还没到午夜12点，她就被打回了原形。

清冷的空气中夹杂着雪花，她仰着头，用脸去感受那冰冰凉的雪花，雪花在她脸上凝结融化，渐渐有水珠滑落。但她依旧没有哭。原来心真正碎裂的时候，是哭不出来的。

突然一声巨响，绚丽的烟花在她头顶爆炸开来，盛开出了大朵极致绚烂的花儿，

原来是公园里正举行迎新年烟花晚会。范晓鸥站在漫天的烟花下，恍惚中望见青涩少女时的自己，仿佛还站在故乡那条长长漆黑的巷子里，因为某个人的负心而悄悄哭泣。

这不是时光隧道，烟花将灭未灭，周围陷入了一片黑暗，将她拉回了现实。但随后又有漫天的烟花绽放，这夜和故乡的那夜不同，有喧闹的人声和快乐的笑语，划破了漆黑天幕的寂寞和黑暗。

在这一片耀眼的烟花灿烂中，范晓鸥混杂在喧闹的人群中，一直干涸着的眼眶酸涩起来，渐渐地，终于泪如泉涌。

39度2，轻微撒点野

05

让我们在绚烂中定格

第五十九章
再见，再也不见！

腊月二十五，已经接近年关了，小镇上充溢着浓浓的过节气息。逶迤的古巷里，凹凸不平的青石板路上方，还弥漫着鞭炮燃过的青烟，孩童在巷子里欢快乱窜，时而传来大人的呵斥和笑骂声，给空气更增添了几分欢喜的意味。

范晓鸥的姑姑范紫赶了个大早，准备伺候完父亲范立辙吃早餐后，就忙碌着做特色小吃鱼丸。这鱼丸是用鳗鱼、鲨鱼或淡水鱼去鱼骨剁绒，加面粉搅拌均匀，包上瘦肉或虾、猪肉等馅心，锅内放水烧开，小火慢慢煮开，边挤边把鱼丸放进去，鱼丸浮上水面就可以捞出来了。放在冰箱里冷冻可以吃上一个春节。

范紫将煮好的鱼丸用漏勺捞出，马上放到冷水里冷却，看着鱼丸诱人食欲的色泽，她有些得意，不太年轻的脸上泛起了笑意，挤得眼角的皱纹深了起来。为了这个大年，她可准备了不少东西，足够全家人还有客人吃的了。

晓鸥这孩子不是说要带男朋友回来吗？聂梓涵是北方人，不知道习不习惯南方的饮食和气候，所以范紫更加用心，唯恐招待不周。范紫正忙碌着，范立辙也拄着拐杖到了厨房来。

“哎呀，爸，您不在屋子里待着跑到厨房里干吗？快回屋去，厨房里冷——”范紫一转头看到了父亲，连忙张着两只做过鱼丸而黏糊糊的手，要把父亲赶回客厅里去。

“晓鸥怎么还没回来呢？你过节的东西准备够了吗？”老范看着桌子上的东西也不挪窝，只是专注地问女儿。

“够了够了，差不多够好几个人吃一整个春节的了。”范紫一边说着，一边督促老爹赶紧回屋去，南方的冬天不供暖，虽然气温还没降到零度，但还是寒冷彻骨的。

老范这几年的身体一直不太好，范紫担心因为天冷引起父亲又犯心脏病，所以就赶着让父亲回屋，免得冻坏了身子。

老范听了范紫的保证，本来刚放下心思，但转念想想，新的担忧又出来了："晓鸥这孩子怎么还没回来？她带回来的男人也没个影子，两个人不会在路上出啥事了吧？"

"哎呀，爸！"范紫无语了，"您别瞎操心了成吗？晓鸥他们现在可能已经在路上了，您老稍安勿躁，别这么紧张，您这么叨叨害得我也跟着您紧张起来了，再说晓鸥带回来的毛脚女婿都还没发憷，我们着什么急呀！"

老范想了想，觉得范紫说得也有道理，便说："那你好好准备，我先回屋，你有事就叫我——"说完拄着拐杖回屋去了。范紫看看父亲老态龙钟的背影，在心里叹了口气。

范晓鸥是傍晚6点多到家的。她进屋的时候，范紫还在厨房里忙活，正动作麻利地洗碗。范紫刚把洗干净的碗摞在一旁，转身一看，一条纤细的人影无声无息地贴在厨房的门口，吓得惊叫一声，差点儿没把手里的碗给打翻。随后定睛一看，竟是范晓鸥，不由笑骂了一声："你这个臭丫头，怎么无声无息地就回来了？"

说着话才发现范晓鸥是一个人，身后没有跟随的人，甚至连行李都没带。范紫也不以为意，以为范晓鸥是卸下了行李放在客厅里，于是便上前去拉着范晓鸥，说："客人在哪里？行李呢，都放在屋里了吧？"说完心急地想要到客厅里去看客人。

但是范晓鸥却有气无力地拦住了范紫："姑姑，就我一个人回来。"范晓鸥的声音沙哑，蜷曲的头发随意地盘了起来，虽然天色已暗，但范紫靠着昏暗的光线还是敏锐地觉察出范晓鸥黑黑的眼圈、憔悴的面容、没精打采的表情中所流露出的疲惫与烦躁。

范紫不由小心翼翼地问范晓鸥："那你，你说的男朋友呢？没——和你一块儿回来啊？"

范晓鸥沉默了半天，撇开了这个让她难受的话题，对范紫说："姑姑，先不说这个，有剩饭吗？我饿了——"说着，便挤进厨房来。

"锅里有剩饭，不过也不多了，我给你下碗面吧？要不煮碗鱼丸给你吃？"范紫小心翼翼地问范晓鸥。

范晓鸥饿得连点头的气力都没有了，她在厨房的小板凳上坐下，然后安静地等着范紫给她弄饭吃。她离开北京的时候口袋里的钱只够买一张回家的车票。她的拎包落在了聂梓涵的家里，之前因为要结婚，所以她真后悔把身份证交给聂梓涵。她也没找他要，她实在是不想再见到他了，那么大的一个北京城容不下她这个渺小的人物，她

在街头徜徉了半晌，还是决定就此离开北京，回家去。

因为没有身份证，所以不能乘飞机和火车，她费了九牛二虎的劲儿用口袋里最后所有的钱买了一张汽车票，像一个游魂一样飘上了春运的客车，因为又累又饿又困，加上精神欠佳，恍惚间她仿佛又回到了当年从家里离开到北京的那个场景。那时她的心里唯有一个念头，就是要把爷爷钟爱的邮票给找回来，也因为年轻，所以什么都不怕。但是此刻挤在密不透风的车厢里，她的心里充满了悲凉。

等回到家里，范晓鸥就像逃荒的难民一样，狼狈不堪。她狼吞虎咽地吃完了姑姑给她做的饭菜，然后坐在厨房的小板凳上发愣。范紫麻利地收拾了碗筷，一边洗碗，一边看着默不吭声的范晓鸥，问："你怎么搞成这副鬼样子？发生什么事了吗？"

范晓鸥疲倦地将脸埋进自己的双掌里，动也不动。范紫看着范晓鸥心不在焉的样子，叹口气说："得了，看到你这副样子，就晓得你的婚事没戏了——是不是啊？"

范紫连问了好几遍，范晓鸥才抬起头来，有气无力地说："姑姑，我很累，想回房休息了——"说着站起身来，身子摇晃了一下，差点儿栽倒。范紫连忙搀扶了一把，本还想多问，但看着范晓鸥失魂落魄的模样，话到了嘴边还是咽了回去。

范晓鸥晃晃悠悠地回到了自己的房间，甚至连爷爷的屋子都没进去。她不大的闺房里焕然一新，换上了新被褥和新床单，连椅子都是刚买的。范晓鸥站在门边看着眼前的这一切，突然间觉得鼻子酸楚得说不出话来。

背后有动静，她转过脸来，看到爷爷范立辙正看着她，满是沟壑皱纹的脸上绽放出欣喜的笑容，范晓鸥喊了一声"爷爷"，就转过身去，扑到了爷爷的身旁，然后"哇"地哭出声来。

"傻孩子，都快过年了，哭个什么劲儿啊？"范立辙看到范晓鸥孤身一人的狼藉，还有纵横满脸的泪痕，他阅人无数的心里早就有了数，唉，不就没带人回来吗？不算什么的。

老范拍着范晓鸥哭个不停的脊背，情绪也很低落。不过他不想让这个心头肉悲伤难过，于是不住地安慰着范晓鸥："咋啦，咋啦？有什么委屈跟爷爷说说，这不是回家来过年了吗？怎么哭得稀里哗啦的，一点儿都不喜庆了！"

"爷爷，对不起——"范晓鸥边哭边内疚地向爷爷道歉，"我什么都没有拿回来，什么都没有——"她越说越觉得伤心，蓝军邮和男朋友，她一件都没带回来，实在是太失败了。回到家里的放松，让她更加感觉到了自己的无能和失败，加上心中的痛苦和悲伤，让她哭得无法停止，不住哽咽，最后还是在爷爷的极力开导下，暂时平静了下来。

晚上在范立辙的房间里，开了一次家庭会议。范紫看着眼睛肿得犹如红桃子的范晓鸥，问她："真的和那男人吹了？为什么？"

范晓鸥红肿着眼睛，点点头，嘴唇咬出了白色的牙印，范立辙叹息了一声，说："既然没有缘分就算了，咱们也不强求，又不是没人要。"

范紫坐在椅子上，想了想，说："既然这样，那我就帮你安排相亲，争取这个春节把你的事儿给订下来——"

"啊？姑姑……"范晓鸥有些吃惊地抬起头来，"这么快？我、我还没做好准备……"

"不用做准备了。"范紫边说边有些气愤聂梓涵的不识抬举，"你还想着为那个男人守身啊？他不要咱们，咱们也不稀罕他！我建议你赶紧重新找一个，以后就好好在家过日子，也别再去北京了，在家不也挺好的吗？"

"我……我……"范晓鸥低着头，说："我有打算不再去北京了，但是相亲这回事儿……姑姑，我想晚点儿再说，我现在什么心情都没有，真没有要结婚的意思……"

"可是……"范紫还要再说，却被老范阻止了，"范紫，晓鸥既然这么说，就再等等吧——"范立辙自从知道范晓鸥是和聂梓涵分手，独自一个人跑回来之后，浓密的眉头就再也没有舒展过。

"总得给她点时间。好好在家过个年吧，忙碌了那么久，也该好好在家放松放松了——别拿那些事来烦晓鸥……"一家之主范立辙发话了，范紫自然也是同意的。只是范紫还是叹气说："我准备了很多年货，看样子这个春节是吃不完啦——"

"吃不完就喂狗！"老范还沉浸在孙女被有眼无珠的男人抛弃的愤慨中，猛不丁地来了这么一句，范紫便再也不敢多说什么了。

第六十章 不速之客

随着年关越来越近，年味儿也越来越浓。与热闹的年景儿相比，老范家却显得有

点儿寂静。范紫看着年前特意准备的吃食和年货堆积如山，不由有些发愁，她唉声叹气地说："这可怎么办？我得想办法处理这些东西去。"可不吗，放在那里吃不完，过些日子这些香喷喷的食物估计就该变质没法吃了。范紫决定把这些多余的年货送给亲戚朋友们一些。

范晓鸥整天窝在房间里，一直不肯出来。连饭都是范紫端到屋子里给她吃的。看到范晓鸥颓废、心不在焉的模样，还有老范欢喜落空的寂寞表情，范紫的心里沉甸甸的。老的小的都垮了，她可不能倒下啊，这算什么事啊，不就没能带回个男人吗？至于吗?！范紫依旧风风火火地进进出出，极力想让这个人丁单薄的家庭散发出点年味儿来。

除夕这天到了，范紫早晨起来准备洗个头，这个头和平时洗的程序不同，平日里她洗澡洗头都是随便冲冲就得了，前几天听邻居说蛋清能护发，于是她也想试试。可是就在她敲了个鸡蛋，用蛋清在头上揉搓后准备洗掉，结果水太烫，挂了一头蛋花，捋了一早晨。

就在范紫手忙脚乱地在和满头的蛋花作斗争的时候，小院子的大门却被小心翼翼地敲响了。

"谁啊？谁啊?"范紫没好气地朝着院门外叫着，一边胡乱地包了块毛巾走过去开门。门开处一个高大的身影让她有些愣怔，"你找谁?"范紫诧异地问那个看上去很年轻的男子。

"请问，这是——范晓鸥的家吗?"来的男子用好听的嗓音问着范紫，深邃的眼眸黑亮，看人的时候让人无法忽略他的问话。

"是、是啊，您是哪位?"范紫被眼前男子的帅气晃得有些眼晕，镇定了片刻才狐疑地再次问道。

"我是聂梓涵，冒昧打扰您了。"男子一听自己确实找到的是范晓鸥的家，不由微微松了一口气。他在小镇上已经转悠了好几趟，总算找上门来。

"哦，你就是聂梓涵啊?"范紫一听聂梓涵的名字，心里又惊又疑。

"是的，您、您是范紫姑姑吧?"聂梓涵看到范紫的脸色不太好，连忙出声问道。

"我是范紫，不过可不是你姑姑。"范紫马上撇清关系，不管怎样范晓鸥还在屋子里躺着呢，看来都是眼前这个男人惹的祸。

"哦，那冒犯您了。"聂梓涵心中虽然着急想早点儿找到范晓鸥，但对于范晓鸥的长辈他不敢有任何的怠慢。

"范阿姨，能告诉我晓鸥在哪里吗?"聂梓涵问。

“她生病着呢，不想见人，你还是别去打扰她吧！”范紫冷淡地回答道。

“我、我能进去看看她吗？”聂梓涵手上只提了一个简单的旅行包，风尘仆仆。

“我是特意从北京赶过来的，范紫姑姑，我和晓鸥之间闹了点儿矛盾，我想当面和她解释清楚，请您给我个机会——”聂梓涵语气诚恳地再三请求着范紫。

范紫本不想答应，但转念想了想，觉得聂梓涵看上去一表人才，人也有礼貌，至少从表面上看和范晓鸥也算般配。她迟疑了片刻，才给聂梓涵让路：“进来吧，外头风大。”

聂梓涵连忙面带感激之情进了小院。范紫带着聂梓涵进了小客厅，对聂梓涵说：“你先坐下吧，我去喊喊晓鸥，看她要不要见你。”

“好的，多谢姑姑了。”聂梓涵连忙感谢。

范紫看了一眼聂梓涵，转身就到范晓鸥的卧室里去找范晓鸥了。范晓鸥并不知道家里来了客人，还是窝在床上，用被子蒙住头。

范紫进屋后一把就将范晓鸥的被子掀开，小声吼道：“赶快起来，丫头！起来啊！”

“姑姑，让我再睡会儿，我赖上半个小时的床就起来帮你干活好吗？”范晓鸥脸上有点儿浮肿，睁着困乏的眼睛对范紫说道。最近也不知道怎么了，总是犯困，睡也睡不够。

“不是我不让你睡，是外头有人找你！”范紫见范晓鸥还在赖床，就伸手拉她。范晓鸥迷迷瞪瞪地被拽起来，然后靠在床头，还没从神游的状态中回神，范紫已经帮她披上衣服，硬要拽着她起身。

“干吗啊，姑姑，到底是谁来了？”范晓鸥打着呵欠漫不经心地问道。

范紫也不答话，拉着范晓鸥就来到门边，细心地替她捋了捋头发，然后开门让她出去。范晓鸥不在状态地站在门口，茫然间，一条高大的身影便映入了她的眼帘。

她盯着那个人半天，终于才反应了过来，脸儿刷地一下白了，表情也冷了下来，转身就要回屋里去，可是身后站着姑姑范紫，范晓鸥的突然转身和范紫正好撞了个满怀，范紫“唉哟”一声，揉揉鼻子，说：“你也看着点儿啊！”

范晓鸥连忙扶住姑姑，连声说：“对不起，姑姑——”范紫看了看范晓鸥，朝着她身后的人努努嘴，说：“你别管我了，有客人来，你先招呼吧——”

“他不是我的客人！”范晓鸥斩钉截铁地回答道，绕过范紫就想回屋。背后的人出声了：“晓鸥……对不起……我……”

“别叫我的名字！”范晓鸥对于聂梓涵一点儿好脸色都不给。

“姑姑，你快让他出去！”范晓鸥对范紫叫道，“赶紧开门放狗！”

“我不管你们之间发生了什么问题，你看人都追上门来了，总不好把他轰出去吧？再说这大冷天，又是除夕，你让他上哪儿去啊？”范紫总是嘴硬心软，小两口没有隔夜的仇，范紫也想让这对小情侣有个结果，于是摆出长辈的架势，极力想圆场。

“我不管他上哪里去，反正不能在咱们家待着……”范晓鸥说着话，鼻子一酸，心里下定了决心，不让聂梓涵再待在她面前，他要是留下，她不是抓狂就是会发疯。

“晓鸥，对不起，我知道我做了错事，我来这里真的是诚心实意来请你原谅我的……”聂梓涵站在那里风尘仆仆，瘦削的脸上有疲惫之色，更充满了怕范晓鸥不肯原谅他的惶惑和怯怯，原本飞扬自傲的神采早就荡然无存。

“我绝不会原谅你！”范晓鸥的声音已经哽咽。她扭着头，背对着聂梓涵说道，“请你马上离开我家，我们家里的人不欢迎你！”

情急之下的范晓鸥声音不免大了点儿，惊动了书房里的老范，他闻声开门出来，看到了陌生人，微微有点儿吃惊，问聂梓涵：“小伙子，你是——”

“哦，是爷爷吧？”聂梓涵看着老范，连忙转头毕恭毕敬地回答道：“我是聂梓涵，晓鸥的男朋友……”

“你就是聂梓涵啊？怎么之前没陪晓鸥回来？”老范蹙了眉头问聂梓涵，“我们都以为你不来了——”

“之前我和晓鸥有些误会，所以她先回来了。”聂梓涵极力解释，“我惹她生气了，爷爷，我是特意前来赔罪的，因为不晓得这里具体的地址，所以折腾了不少时间，本来是可以早点儿来的——”

“你当然要早点儿来了，女孩子嘛，都是这样小心眼的。”聂梓涵的迟到虽然有错，但是看到人来了，老范也挺高兴的，于是说道：“既然来了就先坐下吧……”说着就要让聂梓涵坐下，但范晓鸥却极力反对。

“爷爷，你快点儿让他走人，我不想再看到他！”范晓鸥的脸涨得通红，声音带了些许哽咽，眼眸里更有气愤的泪花。

“你们到底出了什么事？”范立辙这下也糊涂了，他看看一言不发的聂梓涵，又看看情绪不稳定的范晓鸥，说：“不能当面和家里人说吗？”

“爷爷，反正你不要被这种人的假象所迷惑！”范晓鸥用手擦了一下有点儿湿漉漉的脸颊回答范立辙。

老范叹口气，对聂梓涵说：“小伙子，你也看到了，我孙女一定要让你走人，所以你自便吧——”

聂梓涵站在那里只是不肯动。范紫见状和父亲使了个眼色，两人暂时退出了房间，留下空间给这对明显在闹别扭的小两口。

聂梓涵看着消瘦的范晓鸥半晌，终于还是难耐内心对她的想念和愧疚，走上前去伸出手想去够到她，他的声音低哑，说："晓鸥，对不起，请你原谅我……"

"你别假惺惺的了。"范晓鸥一把甩开了聂梓涵的手，因为对他失望至极，所以语气里极度冰冷，"聂梓涵，请你马上离开这里，马上走！"

"晓鸥！"聂梓涵的声音里带着乞求和软弱，"求你原谅我，可以吗？我知道错了，我不能失去你……"他的声音沙哑得几乎不可辨认。

"你错了？"范晓鸥冷笑两声，觉得眼角有温热的液体不停涌出，不，不，她再不能原谅了！她努力了半晌才将喉头的堵块咽下，决绝地对聂梓涵再次申明，"不管你承不承认你的错误，我们之间都无法挽回了，我现在不要求什么，只要求一件事……"

"什么事，你说……只要我能做得到的我一定……"聂梓涵忙不迭地说道。

"我只要求你不要再出现在我面前，可以吗？"范晓鸥盯着聂梓涵一字一字地说道。

聂梓涵默然地立在那里，南方的冬天屋子里没有暖气，虽然平均室温在零上，但此刻聂梓涵却感觉到有些寒冷。他半晌才开口："真的……一点儿余地都没有了吗？晓鸥？"

"是的，你赶紧走，我不想再看到你！"范晓鸥几乎是用吼的声音叫道，然后"嘭"地一声关上了门，弹跳的门差点儿撞上聂梓涵的脸，将脸摊成春饼。

第六十一章
人生处处都意外

可是尽管范晓鸥要将聂梓涵轰走的决心异常坚定，但老范和范紫突然间就对风尘

仆仆的聂梓涵产生恻隐之心，说是大过年的回去没有车票，小镇的旅馆也都关门了，而家里备下的年货又多，所以聂梓涵就顺理成章地留了下来。

南方的除夕夜不包饺子，吃的是丰盛的年夜饭。对于范紫来说，反正不管时间早晚，反正客人终归是来了，也不枉她准备了那么长的时间，所以打算在客人面前一展身手，年夜饭准备了好几道菜，丰盛的程度能与大饭店媲美。

聂梓涵几次想要到厨房帮忙，不是被范立辙阻止就是被范紫推出门口，父女俩统一的意见就是让聂梓涵别瞎帮忙，有这个工夫还不如去哄哄屋子里的乖戾公主呢。

聂梓涵见状顺水推舟地便到了范晓鸥的房门口想负荆请罪，但范晓鸥反锁了房门，怎么都不肯应声出来，直到吃年夜饭的时候，范紫过来威逼利诱，她才不情不愿地从房间里出来，到了客厅的饭桌前。

饭桌前已经堆满了色香味俱全的佳肴，范立辙还拿出了珍藏多年的好酒来招待聂梓涵。范晓鸥一眼就看到聂梓涵正坐在饭桌边，和爷爷范立辙谈笑风生，甚是融洽，这一眼望去更让她气不打一处来。

“爷爷，你为什么要留下他？”范晓鸥质问爷爷范立辙。

“他不是你的朋友吗？”范立辙觉得范晓鸥有些小题大做了。

“他不是我的朋友，他是个贼，他不配坐在这里！”范晓鸥头一次对爷爷脸红脖子粗。

“晓鸥！你也太不懂事了！”范紫见范晓鸥这么没风度，一方面是觉得她不了解家里人对她的苦心，一方面也为聂梓涵打抱不平，“你心里有气也不能这么没礼貌啊！再说了，来者都是客，不要这么任性了晓鸥！”

“爷爷、姑姑，你们赶紧让这个人离开，我讨厌他！多一眼都不想看到他了！”范晓鸥的情绪在此刻失控，压抑多日的委屈伤心和痛苦还有愤恨在此刻一起爆发出来，她转过头，对聂梓涵怒道：“聂梓涵，你有完没完，折腾我不够，又想来糊弄我的家人吗？”

聂梓涵一下子涨红了脸，赶紧站起身来，面色尴尬，眼神里带了几许无奈和隐藏的痛楚。

“晓鸥！”还是范立辙喝斥了一声，阻止住了范晓鸥歇斯底里的叫嚷声。

“坐下来吃年夜饭！我不管你们之间有什么恩怨，但是今晚是除夕，你们都给我闭上嘴，乖乖吃顿团圆饭，免得左右邻居以为我们家出了什么变故！你听到没有？坐下！”范立辙很少这么大声说话，但是发起怒来对范晓鸥非常有震慑力。

范晓鸥虽然极其憎恨聂梓涵的出现，但是相比较之下，她更担心爷爷受到强烈刺激心脏病发作，于是咬着嘴唇余怒未消地勉强坐了下来，与聂梓涵坐了面对面，两人的视线在空中交缠，范晓鸥冷哼一声，撇开了脸。

“开饭！”范立辙脸色阴沉地对着范紫说道。一家四口人围在圆桌前开始吃起团圆饭。

老范让范紫给聂梓涵倒上酒，然后和聂梓涵面对面开始喝起酒来，范紫本想阻止父亲喝酒，怕影响到他的身体，但看到现场气氛有些僵化，便也默许了父亲自从患病以来额外的奢侈。

“小伙子，是北京人吗？家里都有谁啊？”酒过三巡，老范开始盘问起聂梓涵来了。

“是的，爷爷，我从小在北京长大，我和爷爷还有父母住在一起。”聂梓涵毕恭毕敬地回答老范。

“哦，三世同堂啊？你爷爷好福气，他贵庚了？”老范端起酒杯，吱溜一声吞下肚，然后咂巴着嘴，羡慕地点点头。

“我爷爷年纪和您差不多。”聂梓涵见老范干杯了，连忙也举起手中的酒杯一口喝下，顿时一股热气从肠胃升腾起来，他俊美的脸上浮起一片红晕。

“和我一般老了？你爷爷是干什么的？”老范又随口问道。

“他是军人，以前参加过抗美援朝战争的……”聂梓涵不敢怠慢，一一回答道。

“参加过抗美援朝战争？”老范吃菜的筷子停在了花生碟上，他蓦地抬起头来，盯着聂梓涵看了半晌，直想要从他脸上看出点儿什么来一样，就是没把视线移开来。

半晌，老范才叹口气，说：“原来全中国的老兵有那么多呢……”聂梓涵没有接话，只是抬起头来看着老范，老范难得有听众，对聂梓涵说：“小子哎，愿意听我陈芝麻烂谷子的故事吗？”

聂梓涵笑了，说：“当然愿意了，爷爷。”

老范又喝了口酒，开始讲起来：“1950 年 10 月，参军的那年的我还是个农村孩子，十八九岁的年纪，用连长的话说，就是嘴上的毛都还没长齐呢，就扛着小米加步枪，随着抗美援朝的队伍，雄纠纠气昂昂地跨过鸭绿江，和敌人拼死作战去了。”

“我随着军队乘坐火车北上，那时北方已下起鹅毛大雪，气温摄氏零下 25 度，可我和战友们的被服还是温热带的着装：头戴大沿帽，身穿薄棉衣，脚穿解放鞋，来不及换装就匆忙北上了。列车上我遇见了我一生的好兄弟，他把棉服脱下来给我穿，说他是北方人。”

往事一幕幕被拉开，老范开始陷入了回忆之中……

那时候志愿军战士除了武器外，还有许多给养要随身携带，当时每人要带半斤盐、4斤半炒米和5斤炒面，还有15斤高粱米和小米。一些身体瘦弱的士兵无法承受高强度的行军路程还有背负的重量，有些半路上就病倒了，没办法跟上大军队伍。

但是这些困难对于从小在农村长大的范立辙来说，根本就不在话下。路途的艰辛和重负简直跟玩儿一样，因此范立辙对那些弃笔从戎的青年学生很是有看法，自己都不能照顾好自己，怎么能上前线打仗呢？

不过，在这些体能明显不强的志愿军面前，有一个人范立辙倒并不看低，那就是来自北方的新兵聂战友。也就是列车上给他棉衣穿的好兄弟。聂战友是青年学生参军，到了队上，部队领导看聂战友体格并不健壮，就叫他当通信员。他不愿意，领导说服不了他，最后还是把他放到了一线的班里。听说聂战友还是高干子弟，但是范立辙在他身上却没看到任何一点骄傲自大的优越感。

聂战友和范立辙老是被分到一起出任务，两人自从成了好朋友之后，有干粮一起吃，有水一起喝，谁也不会落下谁。训练之余他们工作的重点是修工事挖坑道，有时一去就是几天，衣服被雨水露水打湿，就没有干过。吃的真就是雪水拌炒面，整夜整夜在雪地里潜伏，还不能睡着，因为睡着了打呼噜会惊动敌人。就这样回来了还得挖坑道修堑壕，累得不行，常常站着就可以睡着。

范立辙看着累成一滩泥的聂战友，心里有些为他心疼，就说："等以后战争胜利了，一定得让你好好休息！"

"唉，咱们这次还不知道能不能活着回去呢！"聂战友叹了口气，说："兄弟，假如我回不去了，你到时候给我家送个信，有空儿的时候就到我家替我照看我爸我妈！他们辛苦了一辈子，不容易！你要是牺牲了，我也会帮你往家里送个信的！"

"你放心吧，兄弟！我们都要活着回去！"范立辙是直来直去的肠子，才不晓得什么吉利不吉利的话，只是憨憨回答了这么一句话。聂战友拍拍他的肩膀，也应了一声，青春的热血在彼此的身体里沸腾，那个难忘的战争岁月，战场上结下的友情是金子般的情谊。

可是战役一开打就感觉不对劲儿。晚上急行军，路上一软一软地踩的都是尸体。范立辙天亮一看就傻眼了，从没见过那么多的尸体，很多都是前头部队留下来的，也有朝鲜老百姓的。第一次，他感觉到了战争的残酷，还有保家卫国的神圣。

聂战友安慰他："不怕的小范，既然活着，就不要让人看轻咱们，我们要坚持到最后的胜利！"于是他们不怕死，两人边打边怒吼，用手榴弹炸、冲锋枪扫、刺刀挑，在战壕里和敌人杀红了眼。都到了急眼的时候，喊杀声、怪叫声、爆炸声、枪声，惨叫声响成一片。头一抬，敌人又上来了，聂战友从土堆里爬出来端起机枪，还没打几发，范立辙就亲眼看到身边的机枪手被炸成两截，上半身挣扎了几下就不动了。

聂战友边打边掩护范立辙，冷不丁大腿上中了一枪，范立辙转过头来一看聂战友受了伤，跟发了狂的狮子一样，扛着机枪一通扫射，一边大吼："快撤，小聂!"

"不，我们死也要死在一起!"聂战友也冲着范立辙大吼，怎么也不肯撤退。范立辙朝着旁边的战友使了个眼色，让他们架着受伤的聂战友先走。

聂战友和脱离险境的战友们在观察点借着照明弹的亮光和朦胧的天色往下一看，远远地只见也受了伤的范立辙竟在壕沟内跪着走来走去，在一堆死尸中间端着一挺机枪对着山下往上爬的联军猛扫。他的身后拖着一段累累赘赘的东西，拖来拖去，很碍事儿，仔细一看竟然是他的一截被炸断的小腿!

白惨惨的一根骨头看得清清楚楚。炮击炸起的烟雾一会儿就遮天蔽日，弹片乱飞，没人能够走过去把他带回来。虽然这仅仅是一百多米的距离。烟雾中聂战友趴在黄土上，手里紧紧握着泥土，无声地流下了七尺男儿的眼泪。

那一场血战打得昏天黑地。范立辙心想完了，他估计就要这么牺牲在朝鲜战场上了。心里虽然这么想着，但手上不停地向敌人投手榴弹，严守阵地，一直守到援兵上来。终于瞅了个空儿，在敌人还未反应过来的时候他已经拉着了手上的手榴弹一甩一个侧滚，然后趁机爬上了壕沟。

飞机大炮一遍遍轰炸山头，嫌那山太高削去了一米多。

范立辙一路爬着，终于爬了回去，昏倒在自己人的阵地上。等候多时的聂战友坚持着不肯离开，非要等着范立辙，随后和范立辙一起被送往了后方根据地。

这一仗范立辙的腿让炮弹炸掉鸡蛋大的一块肉，几乎残废。他几乎没了命，聂战友一直守护在他身旁。范立辙的一根肋骨摔断，一条血肉模糊的腿差点儿被截肢，一只眼睛几乎失明。于是他的前线生活终于结束了。

他被送往国内进行治疗，聂战友也和他一起回国。生死之交使两人决定拜为兄弟，聂战友握住范立辙的手，说："兄弟，咱们来结拜吧，我比你年长两岁，以后你就叫我哥好了。"

范立辙从绷带后面费劲地笑了，嘴里说："成啊，太好了!"

大难不死的两个人随后因伤一起转业复员。聂战友听从父母的意思，就近分到了G军区警备司令部通信处当通信员。

聂战友问范立辙："兄弟，你是转业回家，还是咱俩人还在一块儿?你也申请到警备司令部当通信员吧?一起好有个伴。"

“行啊！”范立辙想也没想就同意了，在他心里，聂战友已经是他血浓于水的亲兄弟了，他对聂战友也有一种亲近感，这种亲近感连自己的亲兄弟也未必能有。于是他二话不说，就跟随聂战友打了报告，一起去了G军区警备司令部。

范立辙成了军区通信站无线连的一名报务员，而聂战友则是通信员。经过一阵子的疯狂学习，范立辙的成绩突飞猛进，部里还专门在会议中表扬了他，这让他很是高兴。

在单位里参选入党积极分子，通过民主选举，聂战友在不记名投票中得到了夸张的票数。范立辙就没那么幸运了，虽然得票也非常高，但他所在的报务班总共就两个入党名额，处长还是把另一个名额分给了连部报务员。

看到范立辙情绪有些低落，聂战友也高兴不起来，他想了想，朝着范立辙笑了：“唉，这些都不算啥事，咱们还是有乐子的！”聂战友说的乐子，其实就是他唯一的爱好，那就是集邮。聂战友自小就喜欢集邮，多年积攒下来，收藏的规模和数量也不容小觑。可以说他特意申请到G军区警备司令部就是冲着邮票来的。

1953年2月，为了优待军人寄信，邮电部发行了一套“军人贴用”邮票，第一枚底纹为橘红色，俗称“黄军邮”；第二枚底纹为紫色，俗称“紫军邮”；第三枚底纹为蓝色，俗称“蓝军邮”。

这套邮票于1953年7月初开始印制，是新中国第一套军用邮票。邮票分批印完，陆续下发到各部队和军事机关，每位官兵每月可得到2枚用于通信。

聂战友在G军区警备司令部通信处工作，就负责驻军的军邮票发放。因此占据了天时地利，让他很是期待和激动。但是还没等他将这套军邮收集完整，就有部队反映，在没有信箱代号的情况下使用军人贴用邮票容易泄密，邮票使用范围和对象也难以控制等。

为此，军队有关部门作出决定，将没有下发的邮票全部销毁！聂战友虽然不舍，但还是遵从命令参与了邮票销毁工作。

范立辙对于邮票并不在行，但跟随聂战友耳濡目染，所以也对邮票开始有了兴趣。听说这套军邮要被销毁，他还在心里可惜了半天。

一天夜里，范立辙突然被聂战友推醒，他睁开惺忪的睡眼，看到聂战友神色慌张地压低嗓子说：“坏事了，立辙，我可能要被抓去坐牢！”

“啊？”范立辙立刻从床上蹦了起来，正要大声问为什么，却被聂战友阻止了，“我犯了错误，事情败露了，我完了，我完了！”此时此刻的聂战友，完全没有了平时里冷静的形象，而是惊慌失措，惶惶不可终日。

“你告诉我，出了什么事啦？”范立辙看到聂战友这副样子，觉得自己的天也要塌下来了。

原来事情还是出在那军邮上。负责焚毁邮票的聂战友出于私心，也出于爱惜的心态，并没有完全将手头的邮票销毁，而是悄悄留起了一套，他原本以为这件事没有人知晓，但是没想到军区里专门有人严查这件事，很快销毁邮票的数目就清楚了，现在谁都知道这套军邮被人私自隐匿起来。

这件事要是被查出，私藏邮票的人估计将会受到严厉的惩罚。范立辙第一次知道原来聂战友的父亲是某军区政委，聂战友知法犯法，家教严厉，难怪如此惊慌而没有了主意。

"你别慌啊，咱们慢慢想办法——"范立辙劝慰着聂战友。

"还能有什么办法？你知道我父亲对我管教严厉，要是知道我在队里犯了事儿，他肯定经受不起这个打击！"聂战友脸色煞白，犹如世界末日来临。若是被父亲知道这件事，不打死他也会剥他一层皮。

范立辙最见不得朋友痛苦，他看着聂战友痛苦的模样，想了想，一咬牙，说："得了，这件事，我来替你扛着！"

"不！不能让你替我顶罪！"聂战友变了脸色，怎么说也不肯让范立辙背这个黑锅。但范立辙说："我从小就没有父亲，你的父亲就是我的父亲，而我的母亲也和蔼，我去承认个错误，说不定就没事了——"

"这件事后果很严重的，我不能拖累你——"聂战友还是不想拖累范立辙。

可是范立辙第二天就去承认错误了。他说是他故意怂恿聂战友给他弄套邮票的，专案组人员问他那套邮票哪里去了，他咬紧牙关说他欣赏过后被他给扔了。

专案组人员正头疼这件事，眼下有人顶罪，心里一松，也不大追查这套邮票的下落了。

但是范立辙和聂战友却小瞧了这件事的严重性。聂战友被警告处分，写书面检查，而范立辙则被勒令提前退伍。

消息一出来，聂战友就不住打自己的头，非要自己去承认错误不可，却被范立辙拦住了："哥，别啊，只要你过得好，就是兄弟我过得好！我愿意为你承担这个结果，谁让我们是兄弟呢?!"两人都红了眼眶。

"兄弟，那你回去，等以后我会好好补偿你的。你不用担心，到时候我动用一切关系，让你重新回到军队上来！"聂道宁想了想对范立辙保证道。

说实话，范立辙的心情是极其复杂的，习惯了集体生活，回家后能否一下子适应过来还是个未知数。但是听聂道宁这么一保证，他心里便稍微有了底。

范立辙要走的前一天，聂战友叫上了几个在班上比较要好的弟兄一起聚在军区外

面的一家小饭店里喝酒为他送行，到了真正复员的那一天，最后一程是他们班的所有兄弟们送的。所有人都哭了。

那年的雪非常大，范立辙一身便装踏在了厚厚的雪中缓缓地走着，路过宿舍，范立辙用依恋的眼神看着那幢三层楼房，那是他战斗的地方、骄傲的地方，可是，他再也不能踏进半步了。范立辙用力地用双手擦了擦湿润的眼睛，向战友们敬最后一个军礼。

范立辙走出军区大门的时候，听到后面有人喊着他的名字，他停下脚步，却是一脸泪水的聂战友，聂战友把一个笔记本塞进了他的手里，然后抱住他，哽咽了："是我对不起你啊，兄弟，我不是人——"

话还没说完，就被范立辙用力一拍肩膀："你胡说些什么呀！我走了以后，你一定要好好干，你记住了，现在你不是一个人在当兵，而是代表我们两个人！还有，我等着你来找我！"说完，他狠狠心，推开聂战友就大步往前走，再也不回头。

在返乡的火车上，范立辙用颤抖的手打开聂战友给他的笔记本，赫然发现笔记本中夹着一张簇新的蓝军邮！

第六十二章 岁月如歌

回忆起往事，范立辙的脸已经喝得通红，聂梓涵也没有劝阻他不要喝酒，他边听着故事脸色边变得异常严肃起来，老范嘴里说的聂战友，他感觉非常熟悉，但又无法确定是不是认识。

聂梓涵也是男人，从小受军人的教育，知道对一个当过兵的男人来说，荣誉和友情有多么的重要。他也由衷地对面前形容枯槁却异常有担当的老人产生了敬畏之情。

"说说您回来之后的故事吧？"聂梓涵对范立辙说道。

范立辙低垂着头，苦笑了一下，说："我当时哪里能想到这件事对我人生的影响如此之大，简直是改变了我的命运……”

当年还很年轻的范立辙哪里想到被军队驱逐出来的事情会是他人生履历上一个抹不去的黑点儿。他复员回到原属地，到民政部门去报到，想落实户口并希望能得到工作安排，但民政部门的负责人态度冷淡地让他回到镇上去找镇干部。

可是镇干部已经事先得知了消息，早就对他没有刚去当兵时候的那股热乎劲了，当他向镇上提出转业工作的要求时，根本就没人理会他。无奈之下，老范只好回到了村上，重新成了一位农民。

“后来怎么样了？”聂梓涵关切地继续问，内心有些难受。“还能怎么样？我是从农民去的部队，然后又从部队回到了农村。”老范猛地喝了一口酒，然后将酒盅往桌面一顿，苦笑着说：“幸好我老娘没有嫌弃我，还替我找了个好老婆，总算有人对我知冷知热，只可惜我没那份福气，因为邮票这件事，‘文革’的时候又被拉出来批斗。我家老婆子想不开，竟然跳湖自杀了。你说，她怎么那么傻啊？不过也怨我，我没有及时开导她，因为我也在关牛棚……”

老范边说边用手搓搓脸，叹了口气，这么多年来他是头一次剖开心扉，诉说他内心对亡妻的愧疚和怜惜。这边的范紫和范晓鸥早也是面带泪痕，沉默不语。

半晌，范紫故作轻松地说：“算了，爸爸，今天大过年的，您非要挑起我们家的伤心事不成？”

喝醉了的老范像个孩子般呜咽了半晌，总算也听了劝，不再多说了。聂梓涵望着老范的模样，不由将爷爷说过的战友和他内心想到的一个人重叠起来。越是这么对比，他发觉越是相似，他的心猛地抽紧了，但是脸上的神情还算镇定。不管怎么说，等将来有机会，他肯定会亲自向那个人求证的。

范晓鸥用手抹抹脸上的泪痕，脸色很是苍白，范紫抬眼担心范晓鸥着凉，就对她说：“你没事吧？是下午没睡好吗？脸色怎么这么难看？”

范晓鸥摆摆手，面对一桌子煎炸蒸煮的美味佳肴，她竟一点儿胃口都没有。范紫见范晓鸥食欲不振，便起身到厨房里去端熬了整整一个下午的鱼头汤来。很快热气腾腾的鱼汤就端上来了，汤汁呈现乳白色。

范紫将汤递到了范晓鸥跟前，虽然都是平时最喜欢的菜肴羹汤，但今天范晓鸥看着鱼汤却突然间感觉到一股鱼腥气扑面而来，她蹙着眉头，勉强喝了一小口鱼汤，那股腥味更加浓郁，一股酸水猛地涌上了喉头，让她面色顿时变了。

“你怎么了？汤不新鲜吗？”范紫细心，发现了范晓鸥的不对劲儿，连忙也喝了一口汤，然后露出狐疑之色，“不会啊，汤和平常一样啊——”

范晓鸥用手捂住嘴，觉得胃肠里好像掀起了海浪，止不住的酸水在不住晃荡，一直冲出了喉头，满嘴都是。她再也顾不得许多，站起身推开了桌椅，连声招呼都来不及打，就一下子冲到了卫生间，对着马桶一阵狂呕。

吐出来的都是酸水，范晓鸥对着马桶吐得昏天暗地、眼泪汪汪，半晌之后才筋疲力尽地撑着身子站起来，身旁有人递过来一杯温水让她漱口，她昏昏沉沉中接过，漱口后又将杯子递给那人，这时才发现身旁的人是聂梓涵，她本想对他怒目相视，但已经吐得精神委靡，无暇答理他，她摇摇晃晃地走出卫生间，拒绝聂梓涵的搀扶。

出了卫生间，范晓鸥迎上去的就是范立辙和范紫焦虑的眼神："丫头，怎么了？是吃坏肚子了吗？"范紫连忙问道。

范晓鸥无力地摇摇头，说："可能是有些着凉了吧，我回屋躺躺就好了。"范紫和老范见范晓鸥这副模样，也只得随着她去了。

范紫陪着范晓鸥回房去，而老范则叫住了聂梓涵："小伙子，来，咱们今晚继续喝！"聂梓涵虽然牵挂回屋休息的范晓鸥，但老范的话却还是让他不敢违抗，只得坐了下来，陪着明显喝多了的范立辙。

范紫搀扶着范晓鸥回屋去，范晓鸥一路干呕，不时呕出酸水。范紫在一旁看了，心里只是奇怪。把范晓鸥放在床上安顿了下来，范紫这才坐在床边仔细观察着面色苍白浮肿的范晓鸥，试探地问道："你还难受吗？要不要上医院去看看？"

"不了，姑姑，我休息一会儿就好了，从前两天就这样了，只是吃不得荤，一闻那些油腻鱼腥的东西就想吐。"范晓鸥长长叹口气，声音里充满了疲惫。

"啊？吃不了荤？闻不了鱼腥味？"范紫盯着范晓鸥看了半晌，脸上狐疑之色越来越凝重，她终于忍不住发问了，"晓鸥，你上个月月事是什么时候来的？"

"上个月来过，但是这个月的还没来。"范晓鸥下意识地回答着姑姑。

范紫闻言犹如雷击，半晌才缓缓地问范晓鸥："晓鸥，你老实告诉姑姑，你和聂梓涵之间的关系进展到什么程度了？"

范晓鸥一惊，白皙的脸顿时红了起来，她转过头，准备装聋作哑避开姑姑的这个问题。

但随后范紫的一句话却让范晓鸥差点儿惊跳起来："要是你们有过亲密关系，你现在这种症状，你有考虑过可能是怀孕了吗？"

"啊?!"范晓鸥全身一颤，从床上跳起来，"姑姑，你是说我怀孕了?!"

"我也不能确定，"范紫虽然还未出嫁，但是平时里替邻居和亲戚料理过不少事情，所以范晓鸥怪异的变化还是难逃她的火眼金睛，“等过完年我带你上医院检查去……”

范晓鸥坐在床上只是不肯言语，她的眼神慌乱惶恐，嘴里喃喃自语：“不……不可能吧？”她和聂梓涵只有一夜短暂的情缘，不可能那么巧就让她赶上了。嘴上说不可能，但仔细想想那夜他们事前事后什么措施都没做，极有可能中奖了。越是这么想，身上越是发冷。

范紫见范晓鸥如丧考妣，面色煞白，心里也有些不忍，替她宽心说道：“不过也有可能是你神经过敏，别那么紧张。”但是范晓鸥哪还听得进去范紫的话，她用手捂住了自己肚子，沉思了半晌，才坚决地说道：“不管有没有，这个孩子我不能要！”

“你疯了？”范紫吃惊地张大了嘴，“要是你有了，正好和聂梓涵结婚，把孩子生下来！不能便宜了他！”

“我不会和他结婚的。”范晓鸥摇摇头，对姑姑说：“姑姑，有些事你不知道，我和他不可能，也不是一个世界的人，所以我不会和他结婚的。”

“聂梓涵我们也见到了，是个不错的小伙儿，条件和样貌，哪一样配不上你？”范紫摇头叹气，说：“你不会挑花眼了吧？晓鸥？”

“姑姑，你只看到表面的，其余的事情你晓得吗？”范晓鸥终于忍不住了，她转头盯着姑姑说道：“姑姑，假如是你，你能接受一个从头到尾都在欺骗你感情的骗子吗？”

“怎么了？难道聂梓涵欺骗过你？”范紫问道。

“我实话跟你说了吧，姑姑，聂梓涵就是当年欺骗我寄邮票的那个人！”范晓鸥的声音哽咽，“我就说他怎么对我那么好，原来他一早就认出了我，还欺骗我那么多年！”

“啊？不会吧？”范紫这下也懵了，“他就是骗了咱们家邮票的那个大骗子？”

“是的，就是他！”范晓鸥用手掩住了潮湿的眼睛，“他一直瞒着我，不仅不坦白，还骗了我那么久，我永远都饶不了他！绝不原谅他——”不仅欺瞒多年，甚至还和她发生了亲密关系，范晓鸥只要一想到这件事，就忍不住愤恨与难过，浑然忘记了当晚自己的狼狈还有情势的紧急。

“看不出来他外表斯文，原来竟是这么个败类啊！”范紫义愤填膺，直接对范晓鸥说：“那我去轰他走！这臭小子！看我不好好整治他一下！”范晓鸥一动不动，不接腔，也不阻止。

范紫见范晓鸥不反对，就怒气冲冲地走了出去。范晓鸥在屋子里等待外面的动

静，但外面却依旧很平静。她方才负气回屋，此刻又不好意思再出去看个究竟，心里只是想，要是聂梓涵被轰出去，那晚上他住哪里去？因为小镇除夕夜连旅馆都关门了。随后又一想，不是希望他彻底离开她的视野，那么他爱上哪去就上哪去，关她什么事了？

心里这么想着，姑姑范紫又走进来，面带难色地说："我插不上话，看来你爷爷对姓聂的小子还挺有好感的。"

范紫说得没错，老范和聂梓涵在饭桌上很聊得来，两人都喝了点儿酒，发觉彼此对邮票都有着特殊的兴趣和爱好，酒逢知己千杯少哇，于是便聊得很是投机，范紫根本就插不上话，只好先退让一边去。

"算了，今天是年三十，就让人家住下吧，等过了这个年再说，而且也让你爷爷和人说说话，最近他身体不好，一直没出门……"范紫对范晓鸥这么解释道。

"啊？爷爷的病情都没有好转吗？"范晓鸥听姑姑这么一说，连忙问道。

"那次手术之后，医生是让他住院好好疗养的，可是他说在医院里不习惯，非要回来在家休息不可……"范紫对父亲的倔脾气也无可奈何。

范晓鸥听到这里，站起身来，就要走出去，范紫以为她要亲自赶人，连忙从后面拉住了她，恳求似的叫了一声："晓鸥……"

范晓鸥回过头来，说："我只是瞧瞧爷爷，姑姑，你别担心……"透过门帘，范晓鸥朦胧间看到范立辙坐在饭桌前和聂梓涵聊得热火朝天，连脸上的皱纹都是舒展的，而聂梓涵也神色恭谨，看得出来，他一心想要讨好老范同志，于是天南海北，谈天说地，无所不包，一老一少看上去甚是融洽。

范晓鸥心里想轰人的欲望终于暂时平息了下来，她叹口气，转头便迈脚回去，问范紫："姑姑，那今晚让他住哪里？"

"哦，我早就收拾好房间了，这个你别发愁。"范紫倒是回答得很利索，范晓鸥盯了姑姑一眼，没再吭声。

不知道客厅里的两个男人是何时入睡的，迷迷糊糊中醒来的范晓鸥睁开眼时，已经是新的一年了。外面依稀有鞭炮声响，脑子已经清醒了，但是身子却懒懒的。她在床上赖了很久，听见姑姑敲门让她起床吃饭，她才浮肿着眼睛，慢腾腾地起身。

床尾那里，放着姑姑为她准备的新衣服，她拿起来看着簇新的呢子大衣，嘴角不由泛上一丝苦笑。想起小时候在大年初一，总是会为有新衣服穿有压岁钱拿而感到无比兴奋，但是长大了，对于过年的印象却渐渐模糊了起来。

也不知道昨夜爷爷和聂梓涵是否在守岁，范晓鸥想了想，穿好衣服然后开门出去，客厅里干干净净，摆着糖果和橘子瓜子，并没有人影。门口倒传来了欢笑声，她缓缓走出去一看，只见聂梓涵在院子里帮爷爷和姑姑在放鞭炮，她立刻站住了脚，想回房去，但聂梓涵一转头已经看到了她。

他站在那里，依旧身材颀长，目光炯炯有神，范晓鸥不想和他对视，撇过头去，范紫连忙叫住了她："晓鸥，快来，咱们放烟火爆竹，新年第一天，也取个好彩头！"

范晓鸥摇摇头，说："不了，你们放吧，我想回屋再休息一会儿……"

"丫头，你的脸色不对啊，身体不舒服了吗？"老范走上前去想仔细端详范晓鸥，范晓鸥连忙摇摇头，说："我没事，爷爷，我只想躺会儿……"早晨没吃早饭，竟然虚弱得连摇下头都觉得头昏眼花，范晓鸥连忙扶住了门框，勉强站住。

"晓鸥，你先吃点儿东西然后再去休息。"聂梓涵鼓足勇气也走上前去，想扶住步履飘浮的范晓鸥，范晓鸥见他来拉她，连忙一抖手，想将聂梓涵推开，可因为心里着急，脑子里一片空白，四肢更是乏力不支，她眼一黑，整个人在爷爷和姑姑的惊呼声中向前栽去，正好扑入了聂梓涵张开的臂弯中，晕了过去。

等范晓鸥从昏迷中醒来，发觉自己的四周一片洁白，好像是病房。她的床边围着面色焦急的范立辙、范紫还有聂梓涵。三个人齐齐盯着她看，脸上的神色非常复杂。

见她醒来，聂梓涵连忙弯下身握住了她的手，沙哑地问："晓鸥，你醒了？"范晓鸥转开头，依旧冷冷地不回话，只把视线投向了姑姑范紫，"我……我这是在哪？你们怎么都在这里？我没事，我们回去吧……"

"现在你不能回去，还得等医生给你开好药……"范立辙用手揉揉脸，叹口气，有点儿不知所措。

范晓鸥不解地看了一眼神色怪异的爷爷，她撑起虚弱的身子想要起身，却被范紫按在了床上，范紫在心里微微叹口气，替范晓鸥掖好被角，这才说："你可别动啊，小心动了胎气……

"啊？什么……什么胎气？"范晓鸥好像被雷电击中一样，全身一抖，不可置信地抬起头来，盯着那三个人。

"你怀孕了，晓鸥，"聂梓涵焦虑的俊脸有一抹兴奋之色，"你有了我们的孩子……"

"……"范晓鸥几乎失去了声音，半晌她都无法反应过来，只是喃喃道："真……真的是这样吗？"

"医生刚刚替你检查过，说你是劳累过度，加上怀孕，所以身体吃不消了，你要好好静养，不要再有情绪波动了，知道了吗？"范紫放缓了声音对范晓鸥说道。

可范晓鸥依旧一动不动，将脸转向床里，什么话也不肯说，更不愿意答理聂梓涵。

范立辙也看不下去了，他站起身来，叹口气，说："丫头，没想到你也这么新潮，先上车后补票啊！算了，既然事情都这样了，你也好好收心，以后好好跟这个臭小子过日子吧——"

"不，爷爷，我还没作好决定，您别管我了成吗？"从被子里传来范晓鸥憋闷的声音。

"都到这个时候了你还嘴硬？你现在耍脾气了？孩子怎么办啊？"老范又开始着急上火了。

"爸，您先回去，我来照看晓鸥，她现在情绪激动，您老也别在这里添乱了……"范紫一看情势不对，连忙好言安抚范立辙，让他回去。范立辙叹口气，说："也罢，我看不下去了，我操不了你们这份闲心，我怕我会被气死……"说着转头瞪了一眼一旁的聂梓涵，气哼哼地说："你这个臭小子，好好照料我孙女，要是再招惹她，我这条老命豁出去也要跟你拼了！"

聂梓涵忙不迭地点头，老范哼了一声，甩手便走。

范紫见老范走了，原想也退出病房，让聂梓涵和范晓鸥好好谈谈，但范晓鸥却从病床上坐起来，对她说："姑姑，我也要回家！"

"可是，你现在——"范紫有些措手不及，吃惊地看着范晓鸥。聂梓涵在一旁说话了："晓鸥，你和我怄气可以，别和孩子过不去，我知道我对不住你，但是我答应你我会用我这辈子好好补偿你，请你原谅我好吗？"

可是过去一直意志不坚定的范晓鸥就像吃了铁秤砣一般，就是不去回应他任何的请求。

正好吊瓶也挂完，范晓鸥等医生过来，她便提出了出院的请求，医生已经查看过范晓鸥的病历，见她是初期怀孕，只是体弱，确实没有什么影响，于是吩咐范晓鸥回家后要好好注意补充营养，便同意了她出院的请求。

范立辙前脚刚进门，没料到范晓鸥后脚也跟着回来了，他目瞪口呆地看着虚弱的范晓鸥被搀扶进屋子，正想再说什么，却被范紫拦住，"爸爸，您就别再凑热闹了，就让他们俩自己解决吧……"说着便把父亲拉到一旁的屋子，也让聂梓涵暂时先出去，随后关上房门，看着范晓鸥慢腾腾地爬上床。

"晓鸥，你告诉姑姑，你打算怎么样？"范紫终于忍不住了，开口便问。

范晓鸥一动不动。

“你说话啊，你这个倔脾气，真是不知道拿你怎么办才好!”范紫等候在一旁许久，见范晓鸥就是不肯回答问题，凑近前一看，发现范晓鸥闭上了眼，对她的问话根本无动于衷，于是摇摇头，只得暂时先退出了房间。

客厅里老范正细细盘问聂梓涵，与之前的和颜悦色不同，眼下的老范异常严肃：“小子，我可要你表态，我孙女这件事，你打算怎么处理?”

“爷爷，您放心，我会负责任的:”聂梓涵连忙对范立辙表决心，“我马上和晓鸥登记，然后让她把孩子生下来……”

“嗯，这还差不多!”老范这才有点儿开颜，但他的话音未落，就被开门出来的范紫打断了：“得了，爸爸，现在问题不是出在聂梓涵身上，而是得看晓鸥能不能原谅聂梓涵……”

“嗯？你什么意思?”老范有些迷惑不解地看着范紫。

“你问问聂梓涵吧，看他到底做了什么对不起晓鸥的事!”不忍心看着晓鸥纠结的范紫不满地瞪了聂梓涵一眼，要他自己说。

聂梓涵垂下了头，半晌才缓缓说：“爷爷，是我对不起晓鸥，她对于我当年欺骗了她宝贝邮票的事耿耿于怀，我知道我做错了，我一直想努力补偿她，但是她不给我这个机会……”

“啊？邮票？等等，你先别说，先回答我，什么邮票?”老范紧紧盯着聂梓涵。

“就是那枚蓝军邮。”聂梓涵涨红了俊脸，低着头回答。

“原来蓝军邮是你这臭小子骗走的，你看我怎么教训你!”老范说着，上前去就要揪着聂梓涵的衣襟揍他，聂梓涵并不反抗，准备让老范替晓鸥出口气，但老范却被范紫一把拦下。

“算了爸爸，现在他都是晓鸥孩子的爹了，您老打他算什么啊?”范紫没好气地对老范说：“您老这么大年纪了，还这么冲动。眼下最要紧的是让晓鸥怎么高兴起来，她情绪再这么低落下去，恐怕会影响到她肚子里的孩子……”

“嗯，你说得有点儿道理。”老范用手抹抹脸，连声叹气。范紫又转头对聂梓涵说道：“你现在别去刺激晓鸥了，让她自己好好想想，等她想通了自然会好起来的。”

聂梓涵低垂着头默不做声，半晌才颔首。

这个年对于范家来说，过得实属不易，谁都没心思沉浸在过年的气氛中。范晓鸥从医院回来后，在屋里闷睡了几天之后，却在正月初六的早晨不见了踪影。这可急坏了前去打扫房间的范紫。聂梓涵听说范晓鸥突然间失踪了，一张俊脸顿时也没有了血色。

一家人立刻到处寻找，可是找遍了所有亲戚家，甚至连小镇上的公园僻静之处都找遍了，还是不见范晓鸥的踪影。最后还是在小镇的小卖店门口，卖杂货的阿婆说清晨看到范晓鸥独自一个人往医院的方向去了。

“医院？”范紫心里一咯噔，和聂梓涵对视一眼，心中都升起不妙的预感，两人急匆匆地追去了小镇医院。范紫带着聂梓涵就直奔妇产科。她一边奔跑一边祈祷范晓鸥不要做傻事，聂梓涵跑得比她快得多，不一会儿他就失去了影踪。

第六十三章 血债血还

等范紫气喘吁吁到了医院的妇产科，果然在人流手术室的门口，看到了独自坐在长椅上的范晓鸥还有站在范晓鸥面前的聂梓涵。聂梓涵面色煞白、头发蓬乱，早就没有了平日里意气风发的俊逸模样，他盯着面色冷漠的范晓鸥，声音有些沙哑，他问她：“为什么你不要这个孩子？只是因为我是孩子的父亲吗？”

范晓鸥起先没吭声，经不起聂梓涵如刀子般犀利的眼神，半晌之后她点了点头，说：“是。”

“你就这么恨我？恨得连一条生命都不怜惜了吗？”聂梓涵再问。

“是。”范晓鸥继续回答。

聂梓涵沉默了。就在这时，人流室里走出了一个护士，问道：“谁是范晓鸥？该你了——”

“嗯，我就是。”范晓鸥面色冷静地从长椅上站起身来。因为春节期间没什么病人，很快就轮到她做手术了。

“别去，晓鸥！”聂梓涵见范晓鸥不顾他的感受，真的要把孩子做掉，一股从未有过的愤怒和悲伤顿时击中了他，他一把扯住了范晓鸥的袖子，说：“不许你打掉孩子！范晓鸥，你没有权力这么做！我是孩子的父亲！”

护士没料到聂梓涵的反应竟然这么激动，被他凌厉的喝止声吓得发抖，她有些好奇地看了看这个帅气的男人还有一脸倔犟的范晓鸥，没再多说，只是点了一下头，说："范晓鸥，那你和家属商量一下再决定做不做吧。"说着转身便走回了手术室。

"你放手，聂梓涵。"范晓鸥急忙想要甩开聂梓涵的手，但他的手如铁箍一般，怎么也挣脱不开。

"我不会放的，晓鸥，你说吧，你要怎样才肯原谅我？"聂梓涵抓住范晓鸥的胳膊，怎么也不肯松开，他怕自己一松开，不仅会失去孩子，更会连范晓鸥一起失去。他的声音颤抖，脸色苍白，到了如今，他才深深领会到范晓鸥和孩子对他的重要性。

他抱住范晓鸥，第一次放下了所有的自尊，求着她说："晓鸥，求求你，别这么对我，好吗？我求你了——"他的声音急促，胸膛都在微微发抖，语气中透露着渴望和焦灼，"只要你原谅我，我做什么都可以。也请你，不要残忍地杀死一条生命，可以吗？那孩子身上流着我们两个人共同的血液，求你，别这么残忍，别对我这么残忍，可以吗？"

"我残忍？"范晓鸥冷笑了一声，推开了聂梓涵，"是你残忍还是我残忍？"她笑，眼泪却扑簌簌地滚落下来，"我再怎么残忍也比不过你吧？你骗我的时候难道不是更残忍吗？这么多年来，你看着我傻乎乎地被蒙在鼓里，是不是很有成就感，你回答我！"

"我不是存心的，我承认我对不起你，但我对你的感情是真的，这一点我从来没有骗过你。"因为焦急和忧虑，聂梓涵的眼眸特别亮，隐约中有水光，他从来没有这么在乎过一个人，情绪也从来没有这么外露过。

"你对我的感情？我怎么没有觉察出来？"范晓鸥打掉聂梓涵再次伸出的手，警戒地盯着他，"聂梓涵，你赶紧离开我的视线，我不想再看到你！"

"晓鸥……"聂梓涵绝望地看着范晓鸥，祈求她，"你到底要我怎么做，才能打消你的念头？"

"要我打消念头也可以。"范晓鸥看着聂梓涵，一字字道："你必须要答应我三个条件，或许我会留下孩子……"

"你说，只要我能做到的，我一定做到。"聂梓涵急切地盯着范晓鸥。

"第一，你得当众向我下跪，向我道歉说声对不起；第二，你必须滚回你的北京去，找到那枚蓝军邮还给我；第三，永远不要再和我联系，不要再在我面前出现！我

就这三个条件，你能做得到吗?”范晓鸥问道。

一直在旁边看着的范紫终于忍不住开口：“晓鸥，你这样也太过分了——”

“姑姑，我的事你别插手。”范晓鸥退后一步，冷眼看着聂梓涵，不让姑姑介入这件事。

“可是……”范紫为难地看着聂梓涵还要再说。

聂梓涵的脸色从白到青，又从青到红，再变白。他声音低沉地对范晓鸥说：“晓鸥，我知道应该给你赔罪，可是现在人这么多，以后在家我再跪搓衣板可以吗?”

范晓鸥头也不回地说：“我不知道，你自己看着办吧!”

现场一片沉寂，突然众人发出一阵惊呼，范晓鸥心里一动，转过身去，竟然看到聂梓涵从口袋里拿出随身带的瑞士军刀，用力在自己的胳膊上一划，顿时手臂出现了一道血痕：“晓鸥，对不起，我向你道歉，我爱你，请你原谅我可以吗——”

范晓鸥看着他冒着血的胳膊，用手捂住了嘴，喃喃道：“你疯了吗?”他宁可流血也不愿意给她下跪，这个自尊心极强的男人到了现在还是用他自以为是的方法来赎罪。她虽不能轻易原谅他，但也不敢用自己肚子里的一条生命来和他执拗。

范紫连忙跑去向护士要来胶带和纱布，替聂梓涵包扎好。聂梓涵谢了范紫，走近晓鸥伸出双臂搂住了范晓鸥的腰身，那里孕育了他的孩子，无论如何，他不能让这条小生命因为父母的恩怨而消失。

他是真爱面前这个任性而固执的女人，他活该有此报应，眼下只要她肯原谅他，即使抛弃所有的尊严和颜面他也在所不惜。

可是范晓鸥掰开了聂梓涵的手，说：“你想用流血换下跪吗?好，第一条算你做到了，那么第二条，你立刻从我的面前消失，然后永远不要再回来……”

聂梓涵沉默了良久，他居高看着范晓鸥娇小的身躯，盯了很久，见她一动不动，终于叹口气，声音沙哑地说道：“那我走了以后，你要好好照顾好自己，可以吗?”范晓鸥撇过脸，连看都不看他一眼，只是说了一声：“你赶紧走!”

“好，那我走了，你要好好的，我找到蓝军邮就会拿来还给你——”聂梓涵说。

“寄快递就成了，你别忘了第三条!”范晓鸥一点儿都不心软。

聂梓涵没有再说，转过身朝范紫一个躬身，恳求她：“姑姑，请你照顾好晓鸥，我回北京去找到那枚蓝军邮，找到后我再回来。”

“好，那你快去找回那枚邮票吧，总归是她的心病。”范紫叹口气，点点头。

聂梓涵“嗯”了一声，深深地看了范晓鸥一眼，转身便朝医院外走去，走到一半，他转过头，想看看范晓鸥，却发现她背对着他，背影是那么孤僻和倔犟，他的心好像被猫啃过了一样，又痛又难过。这些都是他咎由自取，活该有报应。

第六十四章
负荆请罪

从医院回到家里，在度过了怀孕初期的难受之后，范晓鸥开始变得能吃能睡起来。肚子也开始一天天地显出轮廓来。刚开始的时候，范晓鸥对胎儿并没有太多感情，她只是觉得那是一条生命，她必须要尊重她或者他而已。但随着孩子在肚子里一天长大，她能感受到孩子的震动和转身，这带给她无比的新奇和感动。

让范晓鸥更为感动的是，爷爷和姑姑并不嫌弃她未婚先孕，而是尽心尽力地照顾着她，她的一举一动都能引起家里的大震动。因为贪吃贪睡，她的体重开始直线上升。

姑姑除了经常会单独给她开小灶弄好吃的，有时候还会给她弄点儿不一样的补品和水果。范晓鸥看着那些琳琅满目的营养品，问姑姑："这些东西很贵的吧？姑姑，你别买这些贵重品了，我什么都能吃，没必要铺张浪费。"可是范紫只是自顾自地买，并没将范晓鸥的话放在心上，范晓鸥吃着这些昂贵的外来水果，也没再说话，但留了个心眼儿。

天气一天天热了，南方的夏天总是酷暑难耐。知了在枝头吱呀吱呀叫个不停，午睡的时间到了，平常的时候范晓鸥因为身子重，总会睡得很沉实。这天下午，她费了很大的劲儿，总算勉强让自己睁开了眼睛，发现一直守在她房间里的姑姑不见了，外面客厅的木门传来了一声响，隐约中听见有人在低声说话。

范晓鸥坐起身，挺着隐隐突起的圆肚，悄悄地开门出去，客厅里并没人，她慢腾腾地走到了客厅的窗户往外望去，只见姑姑正背对她和一个男人在低声说话。范晓鸥从窗子里静静地看着外头，只见那个男人将一袋东西交给了范紫，然后问范紫："她情况怎么样了？"

“胎儿发育良好，你不用担心了。”范紫说道：“你要不要进去看看她？”

“不了，她看到我情绪又要激动。”男子叹口气，说：“有姑姑你照顾就成了。”

“唉。”范紫说：“你们这两个小冤家到底在闹什么啊？孩子都有了，有必要闹成这样吗？”

聂梓涵没有吭声，他苦笑了一下正要说话，抬起眼视线却和窗户内的范晓鸥对了个正着。两人谁也没有说话，只是互相凝视着。范紫不明所以，还在那里喋喋不休。

范晓鸥盯着风尘仆仆的聂梓涵，他瘦了很多，随意地穿着便服，虽然外表依旧俊逸出色，但和以前的他那么注重外表简直有天壤之别。他盯着她看了一会儿，她发觉虽然两人这么长时间没有见面，但他的眼眸中有种东西依旧能让她心潮澎湃，她连忙后退了一步，在聂梓涵即将要出声的时候，“啪”地一声，用力关上了窗子。

聂梓涵眼眸里所有的亮光在瞬间消失，他低垂下头，觉得心里头好像有块石头压得让他喘不过气来。范紫听到动静转过头来，正好看到范晓鸥甩窗户的一幕，她叹口气，用同情的眼神看着聂梓涵。

聂梓涵化解尴尬地笑了笑，对范紫点点头，就慢慢地往院子外头走去。范紫在后面叫他：“不多待一会儿了吗？”

“不了。”聂梓涵回答着范紫，“谢谢姑姑，我走了。”

从小镇回到北京的路途很长，聂梓涵选择了长途客车，并没有坐飞机。车厢里乱哄哄的，到处都是操着本地口音的小地方居民，扯着嗓子在嚷嚷。聂梓涵听不懂外乡话，于是选择了靠窗户的座位坐着，一路上在喧闹声中置身事外。

汽车在不紧不慢地行驶着，他突然感觉到了一种从未有过的孤独。他所爱的女人还有孩子都留在了他身后的小镇，而他却无法真正拥有她们，在那一瞬间，好像有什么东西击中了他强硬的心房，第一次，他有想家的欲望，还有一种想哭的冲动。此刻，他总算体会到了范晓鸥当年离乡背井在北京时的那种心情。

而当年，就在她最需要他帮助和慰藉的时候，他却当了感情的逃兵，即使现在，他也依旧无法给她幸福。只有到了现在，他才深刻理解，幸福不是权倾朝野，也不是富可敌国，而是每一个微小生活目标的如愿抵达。

电话突然响了，聂梓涵从迷惘而痛楚的情感中回神，他低头看了看手机，见是爷爷聂道宁的电话。聂道宁在电话里问他：“现在哪里？”

“回北京了。”聂梓涵回答道。

“还是没有争取到人家的谅解吗？”聂道宁叹口气问道。

聂梓涵没有回答。

“是什么原因不能原谅？”聂道宁继续问。

“爷爷，你不晓得，还是那枚蓝军邮。”聂梓涵疲惫地叹口气。

“还是因为当年你骗了她邮票的事吗？”

“有一部分原因是这个，另外，主要还是我对不起她……”聂梓涵将头靠在陈旧而污渍的汽车椅背上，眼睛没有焦距地盯着车窗外的风景。

“她说要从前的那枚蓝军邮，但是那枚邮票已经被我卖了……”聂梓涵摇摇头，“这辈子也许我都无法得到她的谅解了……”

“你回到北京赶紧回家来一趟！”聂道宁突然打断了聂梓涵的声音。

“有什么事吗，爷爷？”聂梓涵问道。

“我之前不晓得你们的症结是那枚蓝军邮。反正你回来就知道了，总之，你必须要让你的老婆和孩子都回到你身边！”聂道宁斩钉截铁地说道。

等聂梓涵风尘仆仆地回到北京已经是第二天的深夜了，他想起爷爷说过的话，赶紧打了车直奔军区大院。将军楼里依旧亮着灯，看来爷爷在等他。

聂梓涵和焦急等待的父母打了声招呼，便直奔楼上爷爷的书房。聂道宁坐在宽大的办公椅上，带着老花镜，在灯下观看着什么。听到聂梓涵进屋的动静，聂道宁抬起头来，说：“你回来啦？”

“嗯。”聂梓涵疲惫地说，然后在一旁的椅子上坐了下来，对聂道宁说：“爷爷，您找我有事吗？”

聂道宁招手让聂梓涵过去，聂梓涵站起身来走到书桌前，赫然发现书桌上有一本邮册，他在聂道宁眼神的鼓励下，伸出手去慢慢翻开了集邮册，顿时视线被集邮册里的邮票紧紧吸引住了，“爷爷，这——”聂梓涵张大了嘴，“蓝、蓝军邮？”

聂道宁颔首，脸上浮起一丝微笑，他叹口气说：“本来是想圆我自己一个梦，现在看来还是物归原主吧——”

聂梓涵怔怔了片刻才反应过来，“爷爷，原来那个拍卖会上的神秘买家就是您？”

聂道宁只是笑，半晌才说：“是的，是我拍下的这枚邮票，当时只是想珍藏，用来纪念我以前一起抗美援朝过的战友，现在看来，你比我更需要它，所以拿去吧——”说着把集邮册往前推给了聂梓涵。

踏破铁鞋无觅处，得来全不费工夫，聂梓涵将集邮册拿起来，手有些轻微的发颤。

半晌，聂梓涵突然想起了什么，放下集邮册，正色地对聂道宁说：“爷爷，您说

的抗美援朝的战友，可是叫范立辙？”

聂道宁脸色一沉，反问说：“你怎么知道？”

“这枚邮票就是范立辙给的范晓鸥，他是范晓鸥的爷爷！”聂梓涵对聂道宁说道。

“啊？”聂道宁从椅子上站了起来，神情紧张地说：“你、你……你见过了范立辙？他现在怎么样了？”

“果然就是您啊爷爷。”聂梓涵面色复杂，半晌才发出一声叹息，闭上眼说：“爷爷，我们两个都欠了人家的情，对不住他们……”

聂道宁脸上浮起愧疚之色，无可应对。

“爷爷，您知道吗，因为当年的事情范立辙‘文革’时被批斗，妻子忍受不了精神上的巨大压力自杀了，留下一双儿女。但是晓鸥的父母因为跑长途客运出了车祸离开了人世，现在范立辙和他唯一的女儿还有孙女晓鸥相依为命……”聂梓涵低垂下了头，“我们两个人都欠人家的太多了……”

聂道宁向后倒退了两步，然后颓然地坐在椅子上，半晌才从牙缝里挤出字来：“我以为范立辙会没什么事……没想到他竟然因为过去的事而……”他说着用青筋暴突的手掩住了自己皱纹丛生的老脸，痛苦不堪地喃喃道：“是我对不起他们……我有罪……”

聂梓涵从来没见爷爷这么痛苦过，但是他没有劝慰聂道宁，这种良心上的不安感觉他能体会，他也饱受过这种痛苦和愧疚的煎熬。

“爷爷，去向他们道歉吧……这样您心里会好受些，范立辙一家也会好过点儿……”聂梓涵想了想对聂道宁说道。

聂道宁抬起头看着聂梓涵，聂梓涵走过去，轻轻拍了拍聂道宁的肩头，说：“爷爷，你不是从小就教育我男人要敢作敢当吗？这么些年过去了，您该给范爷爷有个交代……”

聂道宁沉默了良久，终于点了点头。

午后的天气异常燥热。范晓鸥肚子大得让她无法仰躺，只能侧着窝在床上。院子里一阵喧哗，不过她觉得肚子很重，人也倦怠得慌，所以一直蜷缩着，懒得起身。

外面的声音越发喧闹，她想了想，努力睁开沉重的眼皮，从床上坐起来。侧耳倾听，客厅里好像有人在说话，她将肿胀的腿伸到床下，找到拖鞋，然后扶住臃肿的腰身，慢腾腾地走到了门边，拉开了门。

客厅里好几个人，听到拉门的声音，齐齐转头过来，范晓鸥吃惊地睁大了眼。客厅里来了两个客人，一个是聂梓涵她并不奇怪，另外一个则是聂梓涵的爷爷聂道宁！

范晓鸥站在门边，一时间不知道该进还是该退。她正犹豫间，却看到了爷爷范立辙一脸的复杂神色，随后便被一层冷淡所笼罩。她有些担心地喊了一声："爷爷——"聂梓涵听到范晓鸥的声音，连忙转过头来，看着范晓鸥，他的视线落在范晓鸥突起的肚子，黑亮的眼眸中满是激动神色。范晓鸥瞪了他一眼，就把头撇开。

"老弟，这么多年了，你真的忘记我了吗？我是你的大哥啊——"聂道宁上前一步，就要去握住老范的手，老范却向后一步，冷淡地避开了老战友的亲切问候。他盯着满脸激动的聂道宁，只是冷冷地说："请你出去，我不认识你——"

"大哥？"老范觉得心头百感交集，他苦笑了一下，说："算了，我可没那份福气，我没什么大哥，您是认错人，走错门了……"那么多年了，他一直以为能等来昔日的战友，甚至在"文革"时候坐牛棚的时候，他都在坚信战友能出现在他面前，为他说句公道话，但是他什么也没有等来，等来的是自己的妻子因为不堪忍受羞辱而自杀的消息。从那时起，他就对自己立下誓言，要和这个害了他一生前途的战友彻底划清界限。

"不，立辙，我知道你是责怪我这么多年来一直没有来看你，所以心里对我有看法……其实我……你复员回家乡之后，我派人找过你，不过你已经不在故乡了……"

"你什么时候来找过我？"范立辙终于按捺不住内心的激动，盯着聂道宁，说："你别再假惺惺的了，现在来这里有什么意义？能让我老伴在'文革'中活回来吗？能让我儿子儿媳妇复活吗？这么多年来发生过那么多的事，让我也看清了人情冷暖。所谓的友情都是假的，即使我再憨，也晓得是谁在戏耍我！"

"不是，立辙，你听我说，我确实不知道你因为我那件事生活发生了那么多的改变，我、我对不住你——"聂道宁的神色黯淡，满是愧疚之情。

"你不知道？你若是有心，就不会到现在才来。"范立辙的嘴角有着嘲讽，但更多的是对往事的痛心和懊悔。

"我知道错了，我知道我欠你太多。对了，我听梓涵说，你和孙女都在找那枚蓝军邮，我在拍卖会上拍到了这枚邮票，今天我特意把它带来，让它物归原主……"聂道宁一边说着话，一边让聂梓涵把那枚蓝军邮拿出来。

聂梓涵不把邮票拿出来还好，这么一拿出来，立刻让范立辙的情绪更加激动："我说聂道宁，原来你不仅骗了我，你的孙子还骗了我孙女，有你们这样欺负人的吗？"说着冲上前，就想夺过聂梓涵手上的邮票然后扔出院子去。

看到范立辙的情绪这么冲动，聂梓涵连忙退让一步，他扶住范立辙，低声说：

“范爷爷，请您冷静一下，我知道我和我爷爷对不住你们，但是请给我们一个改过的机会，可以吗？”

“怎么给机会？”一直在旁边不出声的范紫说话了，“你们聂家一个老的，一个小的，老的一张邮票害得我父亲为你背黑锅，我母亲为了这事死得不明不白，小的更绝，不仅冒充征婚的，骗了我家晓鸥的邮票，而且还把她肚子搞大了……你们聂家，都是不守承诺和信用的。你们还在这里做什么？还不赶紧给我出去，难道等着我用扫帚赶你们出去吗？”

聂梓涵和聂道宁面面相觑，聂道宁还想争取，范立辙却将脸背过去，对范紫说：“范紫，赶紧给我送客！”

“等等，姑姑，我想和晓鸥说几句话……”聂梓涵见范紫真的去拿扫帚，连忙出声，想尽自己努力挽回和范晓鸥之间的感情。他向前走了一步，范晓鸥却警惕地向后退了一步。

“你有话快说！”范紫怒气冲冲地说道。

“晓鸥，我知道你一直不肯原谅我，可是，看在你肚子里即将出生的孩子不能没有父亲的分上，就原谅我好吗？”聂梓涵看着范晓鸥略显憔悴的脸庞，还有她圆滚滚的肚子，放缓了声音，温柔地对她说道。

“孩子是我一个人的，和你没有关系。”范晓鸥扳着脸冷冷地回答。

“不管怎样，晓鸥，请你原谅梓涵好吗？”聂道宁也在一旁替聂梓涵求情，“他为了能早日得到你的原谅，甚至把公司的股份都转让给了他小舅舅，自己一个人在不停地追查邮票的下落，只希望能早日见到你……”

“你别当说客了。”范立辙毫不留情面地打断了聂道宁的话，说：“我孙女的事情不劳你操心了。孩子生下来就是我们老范家的，我们老范家养着，将来孩子随我们姓范，和你们聂家没关系！”

“不是，爷爷，我……”聂梓涵还想挽回什么，范晓鸥开口了：“聂梓涵，我早和你说过了，我的孩子我会自己抚养，和你没有关系。那枚邮票本来就是你们聂家的，只是委屈我爷爷替你们保管了那么多年。眼下你们也得到了那枚邮票，我们算是再也不相欠了。请你和你爷爷拿上你们的邮票，出去吧，我不想再见到你们，我相信我的孩子也不会愿意见到两个不负责任的男人。所以请你们离开吧……”

“晓鸥，晓鸥……”聂梓涵一把拉住范晓鸥的手臂，却被她一把甩开。范紫怒声说：“你们再不离开，我就要报警了！”

聂道宁见情况比他想象中的还要糟糕，只得长叹一声，对聂梓涵说：“梓涵，算了，我们先出去吧，让我们大家彼此冷静一下，看看什么样的解决办法最妥善……”

聂梓涵却不动，半晌之后，他才沙哑地说：“晓鸥，我就那么不可原谅吗？我知道我犯了许多错，但是，但是我一直是爱着你的……”范晓鸥冷笑一声，什么话也不想说，只是当聂梓涵离开的时候，她的眼眸里依稀泛起了水雾。

聂家爷孙走后，范家的人静默了好半晌。范紫拍了一下桌子，说：“最近这些都是什么事啊！”而范立辙看着玻璃窗外越下越大的雨叹了口气，缓缓地说：“真是天网恢恢，疏而不漏……”

第六十五章
变调的节奏

南方八九月份台风来袭特别频繁。不过对于自小生长在南方沿海的人来说，这种台风天气已经习以为常了。下午两点的时候，大风将街道两旁的铁制垃圾桶连根拔起，然后像玩玩具一样，推得满街滚。

老范看了看外面灰沉沉的天空还有呼啸凶猛的风势，起身将呼呼乱响的玻璃窗关上，然后嘴里嘟嘟囔囔道：“今天风这么大，肯定清净了……”范紫端着锅进屋，看了看父亲，说：“爸爸，您放心吧，今天那两个家伙肯定不会再来了。”老范点点头，说：“我看也是。”

范紫说的那两个家伙就是聂道宁和聂梓涵，这爷孙两个得不到老范和小范的原谅，并不死心，天天上门来做客，也不管老范家人到底欢迎不欢迎。尽管老范家人没有一个好脸色，可是这爷孙俩照样上门，不是带了礼物，就是进屋坐着，即使一句话不说，也要坐很久才肯离开。尤其是聂梓涵，天天在范晓鸥卧室门口守着，轰他他也不走，和之前所采用的战略战术完全不同，这次是采取了硬攻。

老范和范紫见状也无可奈何，毕竟范晓鸥肚子里有了聂梓涵的孩子，而且眼看着范晓鸥就要生了，所以聂梓涵这么着急紧张，他们也不好说什么。

相比较之下，聂道宁的待遇更不如孙子聂梓涵了。范紫首先就不招呼他，更别提老范了。见老范还是对往事难以释怀，聂道宁除了心里愧疚之外，一直想替老范做点儿什么。但老范却一口回绝了聂道宁要补偿的请求。

“我都已经入土半截了，什么也不奢求了，现在唯一的孙女也被你家孙子给霸占了，你说我还能说什么？”老范意志委靡地说道，从战争英雄到落魄的老头儿，妻子早亡儿子车祸，如今的他对什么名利浮华都不感兴趣了。

聂道宁见老范须发皆白，昔日高大的身形佝偻着，心中升起一丝痛楚，他明白老范的今日完全是他一手造成的。想当初他犯了错，却让老范来替他背黑锅，而且当年随着他不断取得功绩，一步步提干上去，他也怕过去的事情影响到自己，所以可耻地当了逃兵，一直没有来找老范。如今做什么也难以补偿老范受到伤害的心了。

想到这里，聂道宁也有点儿心灰意冷，于是每天到老范家只是坐着，静静地等待着老范的驱逐，他想用这种方式来表达自己内心的歉疚。只不过每次没坐多久，总会和聂梓涵一起被范紫驱逐出去。

台风看来马上要登陆了，电视和广播上一直告诫镇上的居民要及早做好准备，老范和范紫也连忙加固门窗，准备迎战这百年一遇的超级大台风。范晓鸥挺着大肚子，也要出来帮忙，却被他们阻止了。范紫忧心忡忡地看着范晓鸥的肚子说：“晓鸥，你可别这个时候生啊，台风来的时候，估计道路都要被封堵了。”

老范不满地看了一眼范紫，说：“你别这么乌鸦嘴，晓鸥肯定在台风过后生，没事她不会凑热闹的。”范紫吐吐舌头不说话了。范晓鸥坐在沙发上，只觉得心神不宁。本来就有些沉重的身子，越发有点儿难受起来。怕家里人担心，于是她就皱着眉头一声不吭。

就在这时，院子的门被敲响了，三个人面面相觑。范紫说：“不会吧？难道那两个门神又来了？”老范说：“别开门，让他们赶紧走吧，别添乱了，出了安全问题咱们可不负责。”

“嗯，我这就叫他们走！”范紫自告奋勇地出去了，但没过一会儿她回屋了，带了一股狂风，后面还跟着两个全身湿透的男人，果然就是聂道宁和聂梓涵。

“范紫你——”老范吹胡子瞪眼睛，就要说范紫。

范紫委屈地说：“我哪挡得住这两个疯子啊？他们非要进来，说要保护咱们，怕台风太大，而且咱们住的小楼也不安全。”范紫的话没落下，聂道宁已经开口了：“老范，你们还是换个地方待着吧，外面已经积水了，听说台风来势凶猛，最高达到12级，你们住的地方地势太低，万一被水淹没怎么办？”

“这个就不用你操心了，你们赶紧走吧，免得这里被台风淹没的时候连累到你们！”老范丝毫不领情，很不客气地亲自下逐客令。

范晓鸥见聂梓涵过来，立刻从沙发上站起身来准备回屋，刚一站起身，她立刻痛苦地低低叫了一声，从腹部传来了一阵剧痛。聂梓涵见状，立刻一把握住了范晓鸥的手再也不肯松开：“晓鸥，你怎么了？是肚子痛吗？”

“放手，我不用你关心。”范晓鸥的手被他捏在手中，他的手掌很温暖而且宽大，她的手微微一抖，忍着肚子的不适连忙想要甩开聂梓涵的手，但他却怎么也不肯放。

“我担心你，你的预产期不是快到了吗？”聂梓涵紧张得揽着范晓鸥对她说道。

“不用你管！”范晓鸥涨红了脸，咬着唇推开聂梓涵，但聂梓涵却更紧地揽着她：“我是孩子的父亲，怎么不能管了？”聂梓涵叹口气，贴着范晓鸥的耳边对她说：“原谅我吧，晓鸥，我快受不了啦，我知道对不起你，请你别再这么折磨我了好吗？”

范晓鸥不仅脸红，这下眼睛也不由红了。但她还是嘴硬，就不肯原谅这个男人。肚子里传来一阵阵的痛，她不由弯着腰蹙起了眉头。聂梓涵心一紧，说：“你是不是要生了？”

范晓鸥咬着唇，疼得嘴唇开始发白了起来。

老范这边还在和老聂犟着，聂梓涵已经面色大变，喊道：“爷爷，你们都别再闹了，晓鸥要生了！”老范和老聂闻声都围了上去，连声问道：“怎么了？怎么了？”

“哎呀，晓鸥真的要生了！咱们得赶紧把她送到医院里去！”范紫连忙跑到客厅的玻璃门前看看院子，发现风急雨大，院子里已经开始积水了，这是以前的几次台风都没有发生过的事，这下心里不由有些着慌，她连忙转过头对老范说：“爸爸，好像水淹进来了……”

老范一瞅院子，果然台风已经开始正式登陆了，外面的风猛烈得几乎要将房间的屋顶掀开，而院子里的积水已经淹没了花坛，看样子有继续上涨的趋向。他这下顾不得太多了，冲着聂梓涵就喊道：“赶紧把晓鸥送医院啊！趁着水还没开始淹上来，赶紧先出去！”

聂梓涵也往外头看了看，事不宜迟，他对聂道宁说道：“爷爷，我送晓鸥去医院，您是留在这里还是随我一起去？”

“咱们一起去吧！”聂道宁连忙说道，一起要帮忙抬起脸色煞白的范晓鸥。老范已经没有了主意，他团团转，不知道该干什么好，范紫说：“爸爸，你赶紧把晓鸥房间里我收拾好的包裹拿过来，我们马上送晓鸥去医院！”老范这才稳定了心神跑进房间里去，拿了包裹就跑出来。

聂梓涵已经将范晓鸥小心翼翼地横抱起，范紫替他们拿着伞，聂道宁拿着大衣跟在后面，老范也连忙跟了上去。

门刚一打开，一股狂风便扑面而来，把人刮得不住趔趄。院子里的水已经漫到了台阶上，开始灌进屋子里来。范紫撑的伞一下子被掀翻了，把众人浇了个透。老范看了看四处淹水的院子，被风刮得站不住脚，极力才吼出声："怎么办？风太大了，要不要回屋子里避一避？"

聂梓涵看着怀中的范晓鸥，只见她面色煞白，手捂住肚子不住喊痛，回头就对老范说："范爷爷，不成，晓鸥得赶紧送医院，您不用担心，我送她去！"

心急火燎的老范再也顾不得许多，点点头，说："那你注意点儿，咱们赶紧走吧——"说着拿着包裹一路在前趟着水就出去了，老聂见了自然不肯落后，连忙也跟上前去。老范在雨中回头看到老聂也跟上前来，鼻子里哼了一声，嘴上却没再说啥。

一行人刚出院子门口，这才发现整条小巷已经被淹了，越往前走水越深，最深的地方已经到达了齐腰深处。大家正在着急的时候，正好有艘冲锋舟从水上开了过来，原来镇政府已经派出人员前来援救。

见到有孕妇待产，冲锋舟上的武警官兵连忙将冲锋舟行驶近前，但是冲锋舟上已有被救的镇上居民，老范他们要全上去恐怕有困难。老聂想也没想，就让聂梓涵和范晓鸥还有范紫先上了冲锋舟。

"爷爷，那你呢？"聂梓涵回头焦急地问道，"还是我留下，您和范爷爷陪着晓鸥到医院去吧——"

"别傻了孩子，晓鸥需要你！"老范见老聂这么做，连忙对聂梓涵说道，"你是孩子的父亲，自然要你陪在我家晓鸥身边。我和你爷爷随后就到！"说着转头看了一眼老聂，老聂见老范肯答理他，不由有些受宠若惊，连忙也附和着说。

"可是——"聂梓涵还想再说，怀中的范晓鸥却已经被武警官兵接了过去，其中一个小武警催促聂梓涵："赶紧上船，等会儿我们再回来接他们！"聂梓涵只得和范紫随着范晓鸥一起上了船。

范晓鸥在铺天盖地的疼痛中，不住咬着聂梓涵的胳膊。四周都是水，她又一次感觉到了那种濒临窒息的死亡感觉。疼痛的迷蒙中，她感觉到聂梓涵不停在她耳边说："晓鸥，晓鸥，你要挺住，一定要挺住！"

她勉强睁开了眼眸，看到聂梓涵满头满身都是湿漉漉的，全身已被雨水浸湿。

"你要坚持住，晓鸥，你还有我们的孩子，一定要坚持住！"聂梓涵将身上的雨衣脱下盖在范晓鸥的身上，自己淋得像只落汤鸡。他被雨水打得睁不开眼睛，不住用手抹着满脸的雨水，却一直用身体守护着她，替她遮挡风雨。

范晓鸥在雨幕中盯着聂梓涵唯恐失去她的潮湿黑眸，张了张嘴，聂梓涵连忙凑上前去，他听见范晓鸥在问他："你……爱不爱……"

"我爱你，我和孩子都永远爱你……"聂梓涵用力抱紧了范晓鸥，从来没有在别人面前表现过脆弱的他，声音有些哽咽。在如鞭子抽打般的暴风雨中，他感觉到范晓鸥将脸贴在了他湿漉漉的胸口。他的心里又痛又甜，使劲抱紧范晓鸥，犹如要将她镶嵌进自己胸膛那般有力，永远也不松手。

"没事的，我们会没事的……"他在她耳边说道，犹如一座牢靠的大山，庇护着他的妻儿。

老范和老聂目送冲锋舟远去，两位老人站在齐腰深的凉飕飕的雨水中，谁也没先开口。最后还是老范先回身，趟着水走了几步，回头对老聂说："咱们先退回屋子里去吧，现在水太大，看样子是河堤被冲垮，引起内涝了，没办法前进了。"

"嗯，听你的。"老聂连忙回答道。两人摸索着费力前行，由于风浪太大，两个老人几乎被困在水中无法动弹，也不知道是谁先伸出手去，两双大手在相隔了几十年之后，重新握在了一起，相扶相持着退回到了屋内。

水位越涨越高，老聂和老范被迫往楼梯上走，一直被洪水逼迫到了楼顶，两人坐在屋顶上，望着四周汪洋一片，不由都有些震撼。

老聂像是想起了什么，对老范说："你说咱们会不会淹死在这场洪水中？"老范抬起头看了看他，回答说："你也太小看咱们的生存能力了，在朝鲜战场上都能生存下来，这点儿风雨算什么？"

老聂沉默了片刻说："可是咱们都老了——"

"是啊，我们都老了。"老范也沉默了，"自从退伍之后，我就老了，一晃眼也这么多年过去了，我活得真窝囊啊——"

"都是我害得你……"老聂愧疚得无法言语。

老范垂着头，半晌突然说道："算了吧，其实我就是想和你赌气来着，我是气你不来看我，我本来就是要替你顶的，所以也不存在要向你讨公道啥的——"

"我知道，所以我心里才难受。"老聂的眼角有些湿润，"是我太贪名利，所以现在才来找你——"

"你别说了，过去的事一笔勾销吧。"老范抬眼看着多年的旧日老友，过往的陈年旧事一幕幕在脑海中浮现，那珍贵的战友情谊又重新回来了，他苦笑了一下：说，

“是命运捉弄人，我们这辈子有缘再相会，何必再和命运过不去呢？”

“你肯谅解我了吗？”老聂激动地问道。

“你孙子都是我孙女肚里孩子的爹了，我们也成亲家了，还有什么不能谅解的呢？”老范叹口气无奈地说道。

“谢谢你啦，好兄弟！”老聂激动地拍着老范的肩头感激地说。老范却对他泼冷水：“水马上就要淹到楼顶了，我不会水，你呢？”

“我也是旱鸭子。”老聂回答道。

“那完了，咱们没牺牲在战场上，估计要在阴沟里翻船了——”老范忧虑地说道。

“能死一起就死一起吧。”老聂却豪气万丈。

“行啊，你真这么想，我也愿意奉陪，这辈子我的窝囊气受够了！”老范也被激起了豪情。但还没等老聂回应，又有一艘冲锋舟行驶来靠近了他们：“首长，我们来救你们来了！”老聂的身份被武警官兵们知晓了，这次的冲锋舟是专门来接他们的。

“我才不是首长，我只是军人！”老聂蹙起浓眉说道，一边不安地望向老范，但老范只是朝着他挑挑眉，并没说什么。

两人上了冲锋舟，一路向前，此时风速已经达到每秒40多米，当冲锋舟开到河堤大桥的引桥时，竟被强大的风力吹得难以前进。老聂和老范以及武警官兵们隔着风雨声，听到了前方的哭喊声。

“前方是个小学校！”老范耳尖，辨认出了孩子们的哭声。

“仔细听，努力辨别群众在哪个方向。”老聂自然而然地对武警官兵们说道。

几名救援队员在风雨中，听了2分多钟，终于辨清了学校孩子所在位置。在能见度较差的情况下，冲锋舟以最快速度，往围困学生方向开去。

“看见了，就在前面！”一个队员激动地喊着。此时，巨大的洪流滚滚奔涌，水面上到处漂浮着垃圾、树枝、水草和动物的尸体。一片汪洋之中，只有几幢房屋露出了屋顶，上面挤了很多人，他们正奋力向这边发出求救的呼喊。

武警官兵加大油门，驾驶冲锋舟像箭一样冲了过去，就快到地方了，螺旋桨却被渔网缠住了。老聂和老范两人配合默契，一起伸手进水里开始修理机器，依稀中好像回到了过去在战场上的那种默契。在他们的共同努力下，冲锋舟又重新发动，驶近了被围困的学校师生。

几十名学生为抵挡大风，抱成了一团。大风吹得人站不稳，老聂和老范努力站稳，拉起被围困的学生，将救生衣脱下给他们穿上，用力把他们拉上了冲锋舟。

就在冲锋舟开出去100多米的时候，发动机突然熄火，几次发动均失败。在这样的大风大浪中，失去动力的小舟随时都有倾覆的危险！

这时，螺旋桨又一次被渔网、水草等杂物缠住。疾风暴雨里，冲锋舟像一片树叶一样顺流急速往下游漂去。面对险情，曾经是司令员的老聂给船上人员进行了简单的分工：救援队员用小镰刀、手一点一点地清理螺旋桨、排除故障，老范则指挥其他人用竹竿、水瓢不停往上游划，减缓下漂的速度。老范再次脱下救生衣，给旁边的一个学生穿上。

"立辙兄弟，你先歇歇吧，你的身体吃得消吗？"老聂转过头来，看着气喘吁吁的老范问道。

"我能行。老哥哥，实话告诉你，我活了这么一把年纪，只有今天好像又回到了我们的过去，我觉得这辈子真的没有白活，哪怕就是救人失去了生命，我也不枉费来这世上走一遭——"老范疲惫至极的脸庞却有着蓬勃的异样光彩。

老聂摇摇头，说："你别胡说，咱们都要好好的，晓鸥还在医院里生孩子呢！"

"嗯，我们再救一个就到医院里去看他们！"老范回头笑嘻嘻地对老聂说道。老聂见老范如此固执，也只得随他去了。老聂心里知道，老范因为过去而整整憋屈了一辈子，如今的老范完全褪去了原本颓靡的外衣，他好像重新看到了朝鲜战场上那骁勇善战的范立辙。既然这样，那就让久违的热血和青春的感觉再次将他们的血液点燃。

冲锋舟继续前行，大约过了一分钟，船上的一名学生惊呼："不好，前面是开闸泄洪的陡门！"所有人都在拼尽全力划水，可是仍无济于事，冲锋舟越来越快地被吸向正在泄洪的陡门。

只有几秒种，失控的船尾就重重地撞上了陡门，冲锋舟被撞得打了一个转，船首调过来，又重重地撞了上去。

坐在船尾的老范眼疾手快，就在撞击的一刹那，他一把抓住陡门走廊的水泥栏杆，回头大喊："快让他们上走廊！"

老聂和武警官兵连忙把身边的群众往走廊上推，一个、两个、三个，这时，一个大浪打来，冲锋舟被吸进旋涡。一个巨浪打来，老范的身影随着冲锋舟在旋涡里消失不见了！

老聂和被解救的学生们站在还没被洪水淹没的水泥走廊上，眼睁睁地看着老范从他们面前消失，老聂先是不可置信地愣了片刻，随后发出受伤狮子一般的吼声："立辙兄弟！"他发了狂一般想要跳下水去救这个他一生愧疚的战友，但却被武警官兵们

一把拉住。

“首长，我们去救人，请您在这里等待。”有人系上安全绳下水救人。

可是老范却再也没有上来过。经过十个小时的打捞，他的遗体才被打捞上来，虽然被水泡得浮肿，但还是能看得出来老范的神情非常安详。

“老范，我的好兄弟，我对不住你，对不住你啊——”一片汪洋之中，久久等候不肯离去的老聂见到了老范的遗体，腿一软，跪在了冰冷的水泥走廊上，失声地号啕。

此时是晚上7点20分，阵痛了十几个小时的范晓鸥在聂梓涵的陪伴下，在小镇的医院里顺利产下一名6斤半重的健康男婴。

第六十六章
青春的定格

三年后。小镇新建立的军邮纪念展览馆里。一对年轻的夫妇带着一名蹒跚学步的可爱男孩参加了剪彩开幕仪式。邮票纪念馆里一套三枚珍贵的军邮吸引了许多游人的目光，那对年轻的夫妇也在邮票玻璃窗前凝视着那套邮票。

那是一套难得一见的军邮，据说是以小镇上一名在剧烈台风中因为救护学生牺牲的抗美援朝老战士的名义捐献出来的。完整的品相还有不菲的身价都让许多慕名前来的集邮爱好者啧啧称奇，只有那对青年男女面色严肃，还带了些许悲戚。

俊美可爱的小男孩用小胖手指着玻璃橱窗里的邮票喊道：“曾爷……爷爷……”

那美丽的母亲隐忍已久的泪水终于盈满了眼眶，身旁的俊逸男子一把揽过了她，安慰地拍拍她的肩。范晓鸥将脸埋进了聂梓涵温暖的怀抱中。

“依照爷爷的心愿，我们为他建立了这个邮票纪念馆，也算是慰藉他的在天之灵，希望他在天国一切都好。你别哭了，爷爷不喜欢爱哭鬼，你别给他丢脸啊……”聂梓涵一手抱着儿子，一边低柔地对范晓鸥说道。

“妈妈……不乖，不是……好孩子……”小男孩羞范晓鸥。

“嗯。”范晓鸥擦去脸颊上的泪痕，不好意思地继续将脸重新埋进聂梓涵的肩膀中。聂梓涵抱着儿子，揽着心爱的老婆，经过了惊心动魄的围观老婆生产之后，他开始觉得什么名利浮华都是云烟，他有妻有子万事足。

展览馆揭幕的红布落下的瞬间，在小镇的一处陵园里，一个年过花甲的老人在一座墓碑前低头默哀。墓碑前放着一束金达莱。

老人清理着墓园的杂草，随后在墓碑前放上根烟，点燃，好像对面坐的是好久不见的老友一般，他也坐下，然后对着墓碑讲话。

“兄弟，我又来看你了，过去我那么多年都不来看你，欠你实在太多了，如今我有的是时间，可以经常来看你。”老人颤巍巍地倒了杯酒，洒在坟头前。

“你喝吧，可惜我找你太晚了，没能和你痛快喝上几口。今天邮票纪念馆开幕，他们请我去剪彩，我没去，我只想和你好好待着，活了大半辈子，才晓得那些东西全都是身外之物，想当初我那么自私，一心想着自己，尽让你背黑锅，你说，我是不是坏得厉害?”老人一边絮絮叨叨地说着，一边用手掌擦拭着墓碑上的尘土。

墓碑不会说话，但远山传来了呜呜的风声，像是谁在低低应和。老人将视线投向墓碑上的照片，久久凝视。墓碑照片上的人一身军装，年轻的笑容明亮灿烂，那是很多年前范立辙抗美援朝时候的照片，是从退伍证上拿下来制作的。

“对了，你的闺女范紫我帮她介绍了个对象，是个军官，近期也要结婚了，这个证婚人我是要当的，到时候我会帮你喝几杯新人敬的酒。至于晓鸥和梓涵，他们给我和你生了个大胖小子……我有福气带孙子，不过你没福气看到……”聂道宁的声音停滞住了，他花白的头发在风中飘拂，天空中下起了蒙蒙细雨，他抹了一把脸，将脸埋在手掌里半晌说不出话来。

“孩子一天天大了，我也一天天老了，你说我们的青春怎么就那么容易就过去了呢？真想让时间永远停止，但是谁都挽留不住时间，咱们的那些热血青春就这么过去了。现在……我想要找个老伙计下下棋，补补罪过，你却不给我这个机会……这就是你对我的惩罚吗?”

酒倒完了，聂道宁又点了根香烟放在墓碑前，早已老泪纵横。

雨悄悄地停了，和煦的风宛如一只手在轻轻抚慰聂道宁，久久地，远远地，他依稀听见有人在叫他：“爷爷，爷爷……”他转过头，看到聂梓涵带着范晓鸥还有孩子朝这边走来。远远看去，就是和睦幸福的一家三口。

老聂赶紧擦了一下眼睛，站起身来，等待着他们过来。照片上的人依旧笑着，聂道宁想了想，弯下腰悄声对墓碑上的老范说道："算了，听你的，难过的事不提了，说点儿高兴的吧。对了，兄弟，你知道你的外孙取名叫什么吗？"

老聂凑近了墓碑，悄声说："告诉你吧，叫范思辙。是晓鸥给起的，耳熟吧？没错，就是国际名牌！"